LIE RI
猎日

石桥霜潭 ◎ 著

（本故事纯属虚构，如有雷同，纯属巧合！）

广东旅游出版社
GUANGDONG TRAVEL & TOURISM PRESS
悦读书·悦旅行·悦享人生

图书在版编目（ＣＩＰ）数据

猎日 / 石桥霜潭著 .—广州：广东旅游出版社，2013.10

ISBN 978-7-80766-627-1

Ⅰ . ①猎… Ⅱ . ①石… Ⅲ . ①长篇小说 - 中国 - 当代 Ⅳ . ① I247.5

中国版本图书馆 CIP 数据核字 (2013) 第 198028 号

责任编辑：何　阳

封面设计：张金花

责任校对：李端苑

责任技编：刘振华

广东旅游出版社出版发行

（广州市越秀区先烈中路 76 号中侨大厦 22 楼 D、E 单元　　邮编：510095）

邮购电话：020-87348243

广东旅游出版社图书网

www.tourpress.cn

印刷：北京毅峰迅捷印刷有限公司

地址：（通州区潞城镇南刘各庄村村委会南 800 米）

710 毫米 ×1000 毫米　16 开　18 印张　400 千字

2013 年 10 月第 1 版第 1 次印刷

定价：36.00 元

CONTENTS 目录

第一章 山雨欲来……………………001

第二章 入狱…………………………009

第三章 营救…………………………018

第四章 庆贺大宴……………………027

第五章 讨价还价……………………035

第六章 峰回路转……………………044

第七章 浮出水面……………………050

第八章 筑省际公路…………………059

第九章 报复…………………………067

第十章 曲线建桥……………………075

第十一章 擒获真匪…………………091

第十二章 真相大白…………………097

第十三章 暗算………………………104

第十四章 下马威……………………112

第十五章 顺势而为…………………120

第十六章 乐极生悲…………………126

第十七章 抓人质……………………131

第十八章 协防………………………136

第十九章：救人……………………142

第二十章：夜袭……………………147

CONTENTS 目录

第二十一章 虚与委蛇……………153

第二十二章 互助……………158

第二十三章 出卖……………165

第二十四章 伏击……………171

第二十五章 再解救……………178

第二十六章 筹款救人……………184

第二十七章 靠山吃山……………190

第二十八章 前景再现……………195

第二十九章 暗中使力……………202

第三十章 暗下操作……………207

第三十一章 进攻北山……………214

第三十二章 交换人质……………220

第三十三章 逆转……………227

第三十四章 督战……………234

第三十五章 马不停蹄……………241

第三十六章 急转直下……………250

第三十七章 反水……………257

第三十八章 酣战……………264

第三十九章 乱作一团……………271

第四十章 你死我活……………278

第一章 山雨欲来

　　清末民初某年的元宵之日，年的气氛至今儿达到高潮。大红圆润的日头暖洋洋地挂在古槐枝头。一只老鹰展开翅膀定浮在脚下岩边的万丈深渊之中，犹如升空的纸鹞。此处乃绵延八百里的北山之经济政治中心——祖源村。祖源虽称村，规模和繁荣程度却一点不逊色于一般集镇，酒肆客栈店铺货行皆有。它坐落在巍峨主峰之半腰，是三道逶迤主脉之源发地。陡峭处如刀劈斧砍，山势雄浑而险峻，结构奇特且别有洞天。既有可跑马圈地的草甸平川，又有多处一夫当关万夫莫开的险要隘口。

　　此时，村东的校场上，使枪的，弄棒的，摔跤的，举石锁的，耍大刀的，练马上功夫的，应有尽有，青壮男女，妇孺老耄都来到场上，或操练或看热闹。练的人脱得只剩下贴身白褂额头还冒着汗，看的人身穿棉袍手拢袖筒两片嘴唇滋着乐。每年十五的元宵节，操练把式、切磋功夫，是北山人最开心热闹的传统节目，散居各处的北山人都要赶来。外路人要加入北山亦不反对。

　　你只要看一眼祖源村前这一大块被村人称为校场的大操场，和村前街头那恢宏的、精湛得能与紫禁城的皇宫有一比的宝纶阁，以及嵌在登封桥下的那一溜被磨得油光贼亮的栓马环，你就能猜出祖源村的祖先可不是泛泛的庸常之辈。

　　校场前被称作点将台的高墩上端坐着族长等一干德高望重的长者。长者们望着下面一拨拨、一圈圈打斗、操练的人群，频频交头接耳、捋须浅笑。

　　校场上最具热闹看点的是高墩前的那个大圆场子。这里人头最多笑声最为响亮。骑在高头白鬃马上的那个威风凛凛的家伙，是北山的护卫大队长。这护卫大队长之职是由连续两年比武获胜者担任。一任三年。牛松柏已连任了三届。他因长年打铁，那手臂有一般人的大腿粗，脸膛红亮似关公，一身短打穿着，更显得他熊腰虎背，壮硕异常。他手握一杆圆头木棍，正跟一个同样手持圆头木棍的青年在较量。两匹马在打着转地你进我退，若谁被对方刺中胸部或挑落马下，就算谁输。牛松柏精神亢奋，越战越勇，一连上来两个都让他刺下马。当第三个被挑下马后，额上微微出汗的他把跑到胸前的长辫往后一甩，辫子飘逸地飞起来，在颈项上绕一圈垂至右胸前，那动作好一个风姿洒脱，好一个意得志满。他大声朗笑道："你们这些年轻人怎么回事啊？难道真是一代不如一代了吗？"

　　高墩看台上，脸庞清癯的朱守箴摘了老花镜，手指下意识地抹着镜面，用轻慢的眼神望着台下那个最热闹的人堆围场，对旁边的族长柳嘉仁冷言冷语道："你看看牛松柏的那个牛逼样，难道我们北山真的就没人打得过他咯？"

"怎么，忌妒啦？你们将来是有可能做亲家的呀！"

"得，两码事。一个打铁匠，我是看不得他那狂样。"

"这是没办法的事，物竞天择是前辈定下的规矩。当护卫队长是这样，当族长也得这样，按规矩办。为了北山的生存发展，人家就是要我这顶族长帽子，我也得给他。狮虎鹰隼阔步高飞，狐兔蛙鼠各安本位。"柳嘉仁手指抚捻着胸前的苍髯，眼睛正视前方，心平气和地说道。

"我知道，北山的不安定就是从改制后起的。"

"难道你还想破了规矩回到过去？"

"我也不是这意思，我只是觉得……"

"你不要看不惯……你崇文，他尚武，你俩有什么可争的？"

"那……我……我不是这意思。"朱守箴终于把自己思路理顺，"祖训里面不是有一条，要安贫乐道、崇文尚武吗？安贫乐道暂且不论了，我说的是崇文，崇文应该是第一位的。可现在倒好，我们北山满眼只剩下崇武尚武了。天天习武打斗，进书院的孩子是越来越少。受此影响，穷家富户都不愿送孩子来读书了。"

族长柳嘉仁说："这是活生生的现实造成的。你没看到八国联军火烧圆明园？你没看到东边倭寇把我们的海军打得全军覆没？丧权辱国的条约签了一个又一个。我们中国太羸弱了，这个年头得靠这个说话。"他把手掌握成拳头，晃了晃，一副老当弥坚的样子。话罢，他目光转向，不想继续这个话题。

在远离热闹人群的一空僻处，一英俊少年在一门心思地腾，挪，跳，跃，一把大刀耍的白光如练，上下飞舞。身边跟他年纪相仿的牛金宝，是他父亲铁匠铺的徒弟。金宝望望那边的热闹场面，时而说一句："看看你爸的那个神气样，天下无敌啊！"少年回道："天外有天，人外有人，哪有无敌的道理？"

少年是护卫队队长牛铁匠的独子，名字叫牛耀宗。他耍罢大刀又操起长枪。他虽然一个人在这里练得起劲，耳朵却支棱着，父亲那边的输赢成败都能感觉到。他为父亲的勇猛无敌感到骄傲。

穿红着绿的裙钗们在左边自成一圈。圈内一英姿飒爽的中年巾帼与一娇小玲珑的美少女，用两柄秃头竹剑在一进一退地搏击着。

看台上的朱守箴瞅了瞅左边圈内比试的小女，心中得意不已。她娘是老蚌怀珠，近四十生的秀秀，正所谓老年得女疼如珍宝。他对族长笑微微地炫耀道："我心虽然一心崇文，可我家秀秀的武功在女子当中却是名列前茅的，跟耀宗都有一拼。"

"这就是你一直遏制她，她逆反你的结果。"族长将须笑道，"这下你知道压制的恶果了吧。不过，这应该也有护卫大队长的一份功劳。不是他硬逼着姑娘小伙苦练，你家的秀秀能这么出息？"

"那也要看她自己上心不上心。秀秀是好上这个了。嗨……女孩子家喜欢什么不好，偏喜欢打打杀杀。"

"这年头啊，还是会使枪弄棍的好啊。一能保家卫国，二能强身健体。你朱家做了几辈子的教书先生，也该改换改换门庭了。"

"我也只能这么想了。"朱守篾抬头向上，看着青天，嘴里念念有词。"天若有情天亦老，北山自古出好鸟；世人都说读书好，北山竹篾是个宝。秀秀她既然这么喜欢耍枪弄棒，我索性遂了她心愿，搞个比武招亲，让日后的小夫妻见天争个你低我高去。"

族长柳嘉仁悄悄问道："你是不是想以此试试耀宗的心思？"

"我试他干吗？一家养女百家求，谁来都一样。虽说牛家父子对秀秀不错，我却不看好他。"

族长嘉仁说："你既有这想法，那选日不如撞日，就今天好了。等会我来宣布。也好给参加比试的小伙们一个期盼，一个惊喜。"

看台上另两个议事会里的长者都说好，已七十有九岁的胡老耄口齿不清地说道："这，这，这还还可以给崇武的元宵，增添一……一份玉成新人之禧咘。"

朱守篾没再吭声，看样子是默认了。

这时议事会的管事陈痲痲走过来，他附在族长耳际道："我在街上看到龙源你娘舅家的那个外侄了。他那一身衣服好洋气好时尚哟。"

族长的外侄名字叫罗长生，他此刻正骑马从圈外看客的人群中挤进。他头发挂耳西帽盖顶，上衣是竖领双排扣，裤子臀部宽大裤脚口紧索，腰侧还别着一把装在皮套里的小手枪，穿着打扮跟山上小伙廻然两样。只见他上前一步，对牛松柏抱拳施礼道："不才长生前来与卫队长一决高下，请牛叔接招！"说话间，这个青年接过人家凌空投掷过来的长棍顺势便横扫过来。牛松柏立马侧身把木棍竖起格架化解。长生紧接着高举木棍劈头盖脸砸下，牛松柏两手持棍一横轻松磕开。罗长生来势凶猛，一上来就连发数招。牛松柏不免暗里赞许后生可畏，两人过了十几招，竟没分出胜负。长生催马跑开几步，引诱松柏追赶，长生突然扼住马头转身把一根长棍直捣龙池，眼见着就要刺中，牛叔一个大幅度的后仰，长枪从他的脸面上部滑过。说时迟那时快，已近身的牛松柏的长枪嗖——地刺出，以千钧之力捣在长生腋下。长生不禁哎呦一声，栽下马来。牛松柏微微颔首，打马向前，作胜者状。身后的长生突然一个鲤鱼打挺，凌空跃起，双手抓住牛铁匠脑后的长辫就把整个身子吊了上去。四周的看客都被后生的这个大不敬动作给惊呆了。人说头脑头脑，三分神道，发辫系父母所授，心血所养，岂能容他人随便染指戏弄。牛铁匠火冒三丈，面露狰狞，回身一把捞起后生，高高擎起，使劲向前抛出。不曾想，被甩出的后生竟能在空中翻一大跟斗稳稳立在地上。见此，牛松柏的十分火气减去三分，但依然满脸怒容。他两腿一夹马肚，白鬃马扬起四蹄从围观的人隙里蹿了出去。

牛松柏走后，众人便道："罗长生啊罗长生，你这个小子也太没教养了，长辈的毛发岂是你随便可以戏弄的？"罗长生不屑地说道："我就是要消除你们的这种毛发受之于父母，任何人不可侵犯的迂腐观念。城里的公告都张贴两遍了，留发不留头，留头不留发。你们别以为宋县长是说说玩的。你们哪天进了城，让哪个顶真的警察逮住砍了脑壳，你们就知道留发的害处了。"

两个年轻人乐呵呵地笑道："要砍，便让他砍，砍了不就碗大个疤。看你，那一叉子不长不短的头发，不男不女的像什么？狮子头？真要是黑皮上来逮人，还不知谁砍谁呢。"

罗长生冷笑一声："你们以为你们会这么两下三脚猫功夫，就不得了啦！你们再能，能得过枪子吗？"说完，他掏出短枪，说："你们谁想试试？就是护卫大队长再有本事，遇到枪子，他也得歇火。"

两年轻人轻蔑地："是能不过枪子儿，但总比贪生怕死强。"

罗长生摆弄着枪，说道："识时务者为俊杰，像你们北山的这些犟头卵才会一头撞死在南墙上。"

一个老者不以为然地说："这关我们屁事。我们几多年也进不了一次城的。我们这里山高皇帝远，警察能把我怎么样？能把我屌咬了去？"

罗长生说："你老不进城，不等于你的儿孙们不进城。你长辈不起带头作用，你就等着你的儿孙遭殃吧。"

牛耀宗听了这些说辞，收了刀枪不练了，跨上自己的乌索马，顺着校场右边的沙石小道去追父亲。追了不太长的路，远远看见父亲坐在七里甸草坪头的那株银杏树下。儿子把罗长生说的话跟还在生闷气的父亲说了。

儿子问父亲："那个罗长生说得对是不对？"牛铁匠听了半晌没吭声，眼睛望着对面的一面山脊。草坪的尽头是一座陡峭的山峰。山上青一块灰一块的，青的是四季长青的冬青树，灰的是山皮岩石和落叶乔木。父亲好像是要透过表面去看清山的内在实质似的。

父亲想了会，跟儿子说："人家嘴上说的是没错的，也有些道理的。我是担心人家心里想的与他嘴上说的不一样，说的与做的又不一样。"

儿子说："父亲是不是想得太多了。"

父亲说："难道你忘了牛氏一族与罗家的纷争？事情虽然过去二十年了，但我们多想一些是没有坏处的，不要以为以前是我们赢了，我们就可以掉以轻心。他罗家多少年都没有上山了，今天突然出现，又是用此等方式羞辱我，我想他们是不怀好意的成分居多，善者不来，来者不善啊！"

儿子说："既是这样，等会我就去问一问族长，问他为什么要放这样的对手上山，族里应该派人盯住这个罗长生才是。我们牛家当年是为了北山的利益才跟他罗家翻脸的，他这个族长是大家选的，他就要为北山的安危着想，他不能不考虑这个问题。"

父亲说："话这么说是没错，不过做人也不可不近情理。俗话说，面和心不和，上门都是客，何况人家还是族长的亲戚，族长他自己又没亲自去守乌龙口，你也没有证据证明人家一定做下了什么龌龊事，你有何理由叫族长去盯自家亲戚的梢？"

父子两个正说着话，突然听见啁——的一声划破长空的哨响，一根响箭穿过冬日正午的阳光，划动凝结滞止的空气，朝着父子俩的头顶呼啸而来。箭头不偏不差地钉在牛松柏头顶上方一尺的银杏树干上。牛松柏把缚着一节空心细竹的箭杆拔下，只见黑色的三角箭头上有一个自己极熟悉的印记——一个绿豆大小的牛字。那是自己打制箭镞留下的特有戳记。牛松柏眉头拧成一个疙瘩，这下他是真的想不起来了，自己一年不知要打制多少箭镞，已分不清这是友人射来的，还是仇人射来的。如果是友人，那倒无所谓，这了不起是人家跟你开个恶作剧的玩笑。若是仇人射来的，那这枝响箭就带有明显的警告和威胁含意了。

儿子要去对面的山上察看是何人所为，父亲说："算了，等你赶到他人恐怕早已不在了，我不想让人看笑话说我怕了。"

儿子说："那我还是回校场上去呆着，但愿能发现点什么。"

父亲说："好的，我儿你要当心！"

儿子说："我会的。"

于是一个匆匆打马回校场，一个信马由缰地回家。

七里坪草甸尽头两山夹一坞的口上有一栋独家屋。房屋是干打垒的泥墙，茅草盖顶，只有左边打铁的第一间，顶上盖的是瓦片。屋旁有一条从坞里流出的淙淙溪水。牛铁匠之所以把家安在这里，除了怕打铁的噪音影响乡邻，他自己也喜欢这里的清静。另外这里是北山通往另外几处人家村落的必经路口，可以方便揽活。还有旁边的这一大片草甸，人们在遛马的隙间就可以把铁掌换了。

老婆姚氏见到丈夫回来，一看神情就问："你今天怎么啦？"牛松柏淡淡地回道："不怎。"姚氏说："多少年了，你什么都是挂在脸上的，会装过吗？"牛松柏就笑道："如果我跟你说，将有大难降头，你怕是不怕？"姚氏说："我的胆量是你给的，你怕我就怕，你不怕我就不怕。"姚氏说罢从房里拿出一封没有具名的信和一把匕首，说："这是我去溪里洗衣服时，有人用这把刀钉在我们家门上的。"

牛松柏展开信笺看，上面只有无头无脑的两句话：祸福相倚，转眼间；谋事在人，成事在天。

字迹中规中矩，老中显嫩，狂里见拙。这谁写的，是善意的提醒还是恶意的威胁？是谁能如此洞察我的心思？不错，这些年来，凭着我广泛的人缘，精湛的武艺，过人的胆识，和人人都看得见的我为北山父老作的贡献，族长的位子于我是迟早的事。坦坦光明路，殷殷族人情，这没有什么不可告人的。

牛松柏去到房里，在床后的夹板下取出一支短铳插进夹袄里。这短铳是他自己打造的。他想那个长生之所以本事不如自己还那么嚣张，不就是身上挂把枪的缘故吗。我今后也把这家伙搁身上就是。

耀宗回到校场上，金宝告诉他："方才那个罗长生把山上的好几个小伙都打输了，然后逼着他们剪辫子呢。族长也同意了。"

"是吗？"耀宗嘴里心猿意马地答着，眼睛却瞟到看台上。

此时，看台上的柳族长正拿着一铁皮喇叭，大声说道："现在跟大家宣布一好消息。下面的男女混比，先由朱秀秀登台招呼大家。她爹说了，如果有哪个年纪相当的小伙赢了她，他就把秀秀嫁给这个赢了她的小伙。"族长说话时的眼睛望着这边的耀宗。

柳嘉仁话罢，大家瞪着眼，一时没明白怎么回事。当第二遍说完后，下面才响起一片稀里哗啦的欢呼声。有个别小伙还捏指鼓唇吹出响亮的口哨声。

校场边的金宝笑着对耀宗说道："这下好了，你不必跟她家里扯牛筋了，上去一锤定音就是。"

耀宗却说道："定什么音？一个男子汉打赢一个弱女子，说出去也不怕难听。"

金宝说："那万一让人家赢了，你怎么办？"

耀宗说："是你的夺不走，不是你的，煮熟的鸭子还能飞。"

这时，村里两管事的分开众人，在台前辟出好大一场所。

秀秀在圈中站了一会，也没人上。对于这样的男女混比，小伙子是旁观的多，参与的少。一是觉得男的跟女的比总有点那个，赢了人家也未必光彩，万一比输更丢人；二是知道秀秀心有所属的，便提不起那个兴致来。想来也只有柳有才有此想法，然而此刻他人又不在现场。按秀秀的心思，她等待的人自然是耀宗，可人家就是不现身，开场便冷清了。于是一有家室的汉子走进圈内要跟秀秀一见高下。汉子说："为避免伤着你，我们还是徒手过招吧。"

秀秀上着玲珑紧袖口绸绣衣，下穿灯芯绒松紧运动裤。她将一揸袖口，取过一柄竹剑，一本正经地："不必徒手，我们还是持器具吧，又不是真刀真枪，怕什么？"

汉子邪笑道："难道秀秀的身子就这么金贵，容不得男人染指一分？"

秀秀持剑变色道："少啰嗦，快接招来！"

汉子操起一根圆头柞木棍便与秀秀过起招来。汉子开始的动作有些轻佻，棍头不是点向秀秀的胸前，就是捣至人家胯间。秀秀含羞带怒，左闪右避，应招还招。因心里有气，那剑锋上便带上了三分杀气，一剑下去竟把汉子的衣襟给挑破了。汉子怒起，一个劈头盖脑的迎头棍，对准秀秀的天灵盖破天而来，秀秀一个右跨偏头，巧妙躲过；汉子紧接着的第二下是一百八十度的拦腰横扫，秀秀一个急后仰，腰身折成九十度，汉子的棍子尚未来得及收回，秀秀闪电的一剑刺出，剑头狠狠戳在汉子胸前，使对手连着倒退了好几步。

汉子讪讪地尴尬退下。

秀秀盼着耀宗快快上场，可左顾右盼，期盼的人儿就是不现身，心里便充满了怨怼。这时罗长生再次到这里出场。秀秀见这么一个英俊偶傥的新式青年向自己迎来，心跳加快，不禁红了脸。长生礼貌地对秀秀点头道："在下罗长生，在上是朱小姐吧？我能否与你过上一两招？"

秀秀迟疑一下，红着脸："可以。"

长生取了一柄同样的竹剑。两人谦让一会，便你一剑我一剑地交起手来。两个起先是虚与委蛇，杀了一阵后，秀秀的手法突然凶狠起来，招招往软肋或致命处去。长生的剑法看去不怎么地，却总能不疾不徐地化险为夷。

秀秀之所以手法凶狠起来，是因为围观的人群里有人轻声议论，说这罗长生是不是看上秀秀了？

你来我往，不显山不露水间，秀秀的左胳膊上便莫名其妙地中了一剑，不轻不重的，点到为止的。连秀秀都不甚清晰地意识到，还是作裁判的陈痫痫提醒一句："秀秀，你中剑了。"

"是吗？"秀秀惊愕地，"不算，再来。"

比试继续。秀秀脸上憋的通红，手法快速，剑剑有变化，式式出奇招。长生的剑法看似笨拙迟缓，却能以一招应多招。不经意间，秀秀的剑突下又中了一剑。这回她当下便感觉到了，不等裁判出声，她便大声地："再来！"

长生微微一笑，两人继续。

柳族长与朱守箴一起走下看台，分开众人，来到两个跟前。族长说："不必再比了，你们两个已经见分晓了。"

朱老夫子径直来到罗长生跟前，拱手道："好一个翩翩少年。士别三日当刮目相看。你长生的剑法是含而不露、拙中藏锐啊。"

"是小姐承让。想必你就是朱小姐的父亲朱老先生了？"

"正是，不才正是愚叟独女。先前族长在台上说的话想必你也听见了。你长生如果有意，就……就择日让你家人来提亲吧。"

族长侧目朱守箴："你……"

人群里有幸灾乐祸或不明其意的口哨声响起。

耀宗把这一切看在眼里。事情的变化让他措手不及，又有几分无奈。很晚了，他才回到家。他没跟父亲提比武招亲的事，只说了长生跟几个小伙比试，逼输的小伙剪辫子的事。还说是族长同意的。

族长怎么能这么软面疙瘩似的胳膊向外拐呢？他真的是老了，懦弱了。想当年山上大旱，千余老小眼见饿毙。是他柳嘉仁手举大刀率北山敢死队冲下山，在一个个商贾大户门上飞镖明示：不论下山经商发了财的北山人还是当地或外来商客，见镖户每户借粮一百担。限时缴齐，不从者朱门喋血。后来又是他柳嘉仁率先在高山低洼处开垦水田，并种出高山特有的红皮稻谷。见到效果，家家学样。因多样种植，此后乡亲们生计无忧。于是老族长主动让贤，并在宝纶阁墙上嵌青石铭文：为北山计，特立此规。此后族职，不分姓氏，遑论出身，物竞天择，能者担任。

第二天清早，还未起床的柳族长见牛松柏突然到，连忙披衣出来。他说："我正要找你，你便出现了。"牛松柏没好气地说："你是要我带头剪辫？"族长说："正是。"牛松柏怒火中烧地说："你这族长也太怂包了？一近六十的长者能听信嘴上无毛小子的鼓噪？人家做一套子叫你钻，你就钻？昨下午在七里坪银杏树下，就有人朝我射来一箭，到家又得知有人用匕首钉一匿名信在我门上。你说这是怎么回事？"

"真有这样的事？"

"难道我编假话来诓你不成？"

族长心想，这事还真严重了。表面上却装着无所谓。他解释说："长生叫剪辫子是为我们北山好，这些事总不至于是他干的吧？"

"难说，他罗家跟我牛家的仇恨大着。"

"那是上辈人的事，与他长生没关系。长生去省城读书后又去了日本留学，他知道些什么？"

牛松柏说："人是有了学问才会变得更狡诈的。"

"你松柏就是一根筋。"族长笑笑，说，"你知道早年同罗家穿一条裤子的，你家堂兄牛二是怎么说的？他说你这些山佬是屁事不懂一个，现在京城里连当过皇帝的溥仪都剪西装头了，你们这些子民还要为他守个什么志呢？"

牛松柏气咻咻地说："他以为他是城里人，当了老板就了不起了，吐出的吐沫就成钉了？头发长我头上，我高兴，我乐意，碍人家什么事了？剪辫子事小，我当心人家以剪辫子为由，借机生事。我打听了一下，你的这个外甥从日本一回来，就在县警署谋到了一什么职位。他这次上山，不是什么好兆头。"

"我正是考虑这个，才这么劝你的。你想啊，别看我们在这里练武练的一股劲，在他那把铁匣子面前，这些功夫全没用。"

"这我还就不信了。"见族长贬低武功，牛松柏是满脸的不高兴。

族长于是又说了朱老夫子让秀秀比武招婿，是罗长生赢了的事。

"这事耀宗怎么没跟我说？耀宗他没参加比试吗？"

"他牵着那匹乌索马，远远地靠路边站着，没参加。不知他当时是怎么想的。"

牛松柏怒其不争地："这个犟儿子，平日看他对秀秀挺有意的，到了关键时刻就瘪怂了。"

"瘪怂倒未必。这孩子没上去，想必有他的考虑。"族长招呼牛松柏在对面椅上坐下，继续道，"我为什么听长生的？实话告诉你，我那外甥上我这来过。你知道长生的叔父罗子俊吧，不多天前，他的独立团调防到龙源来了。差不多同一时间，恰好一省议员在我们境内被劫杀。人们在私下传言，说是北山匪干的。再把你说的箭和信的事一联系，我们不得不有所防范啊。所以我们必须小心谨慎才是。"

"是不是有人故意给我们栽赃啊？"

"栽赃也好，事实也罢。我看人家是醉翁之意不在酒，山雨欲来风满楼。现在的北山已不是铁板一块了。林子大了，什么鸟都有。你要让护卫队员密切注意探防，特别要加强乌龙口的防守。"

牛松柏心情沉重地离去。

第二章 入狱

县衙所在的龙源镇，坐落在巍峨北山以南二十公里的一块盆地似的平原上。在北山与龙源镇之间的这二十公里是低矮的山丘、田畈，零星的棚户民居，这里是藏不住龙熊虎豹的。它刚好作为龙源人对付北山强人的缓冲地带。

龙源城墙高筑，一道石围子把一片繁华的万千广宇揽于怀中，城墙环绕相接成一个基本的圆形，东西南北四个城门口刚好连接城中呈十字形的四条主街道。四个城门口还衍生出一些靠城吃城人居住的简陋坯房。县府、警署驻扎在北大街钟鼓楼的支街上，东大街是楼堂馆所的聚集地。这里昼夜灯火通明，笙歌悠扬。罗家的两个大院占了东大街上的一条巷子，人称罗家巷。巷子两对面住着门庭显赫的罗家兄弟叔侄的几十口人。

跨进气势的右宅第，进门是一个宽阔高大的厅堂。厅上的摆设雍容而华贵，古老又现代。乌檀木的太师椅和茶几，黄花梨木条案，红木八仙桌，镶白玉片的骨板凳。左壁上一幅木框西洋油画，画面是满山的桉树和一条溪流，一个穿着16世纪服饰的古典女子挽藤篮走在木桥上。靠右壁的半圆桌上居中架一台张着大喇叭的留声机。

一家人正在堂中的一张饭桌前围桌而坐。一身警服的罗长生边吃早饭边跟父母说笑："我上北山一趟就给你们白捡了一媳妇，不知你们要是不要？"

罗长生把事情的经过说了个大概。

"想不到日本的剑道还着实有用啊。"父亲罗子范笑呵呵地，"我听说过那个叫秀秀的姑娘，人长的倒是招人喜欢。只是她的那个父亲……"欲言又止地摇了摇头。

母亲廖氏不偏不倚地说道："多少年前的事了，你还记着。不是他们逼你们罗，你们罗家能有今天的这番造化吗？照我说，你还要感谢人家呢。"

"你这是怎么说话的？"父亲的眼睛瞪着母亲。

长生说："行了，就别吵了。我上去比试也是一时的心血来潮。自己已是舞刀弄枪的了，再娶个动刀使枪的女人做老婆有意思吗？"

"这话倒也是。"父亲笑了起来，"我是说呢，出去见过世面的我儿怎么会看得上一个北山佬。"

长生不满地望了父亲一眼，却懒得搭理了。

"我儿的眼界高着呢。"母亲乐滋滋添上一句，"那次，我看你跟一个好漂亮好洋气的新式姑娘走一起。那个女孩倒是蛮配我宝贝儿子的，是谁家女孩？"

　　"被你看到啦？人家是大都市人，哪会把我放眼里。我上班去了。"罗长生整整衣领，取了衣帽钩上的大沿帽戴上出门去了。罗长生知道母亲说的是新式西医院的那个美丽护士长。罗长生是一次到西医院看重感冒认识的。他找理由跟她约会过两次，他对她的确很倾慕，很有好感。

　　他步行来到北大街钟鼓楼对面警署。警署是两长溜带走廊的新式平房，两溜房的前面横着一面墙，中间开一门洞。对面城墙门洞的钟鼓楼的门内就是过去的老县衙，也是现在民国县政府的所在地。一块白底黑字的县政府招牌，就挂在大门口的石头墙上。挂招牌的粗铁钩嵌在两块方形红砂石的隙缝里。

　　长生的屁股还没坐热，便被人叫去了局长室。方仲义局长对这个留学刚回的文武全才很是倚重，一来就给他安排了一队长职位。有事也喜欢找他商量更愿意叫他去办。

　　方局长问："你上北山摸到情况没有？"

　　罗长生答："没什么异常发现。"

　　"难道不是他们干的？这便是怪了，谁有这个胆量？昨天宋县长又把我找了去，省里限我们一个月破案。这倒霉事看来还真难交差了。"

　　罗长生说："不急，我再派人去四乡和近郊查访查访。"

　　一个月很快过去，案子还是石沉大海。鉴于沈议员的深厚背景和家属的吵闹、纠缠，上面一再追问案子查得如何，县长在挨了数次批后，终于把这责任一股脑儿地推给了北山。他说，打唐明起，我们这里就有个强盗山了。人家兵强马壮，我们奈何不了它。省主席就这事跟省保安司令发牢骚，说老韩啊，你这个保安司令是怎么当的？国民新政府岂能容忍这种强盗山继续存在？韩司令说，这事容易，我的一个独立团是新近迁往龙源县驻扎的。我让罗团长把这龙源的北山端了就是。

　　这话是在酒桌上说的。酒后韩司令还真给罗团长打了电话。司令问，这里是不是有座强盗山？罗团长说，有啊！出名得很呐！他们占着山势险恶，易守难攻，存在几百上千年了。司令又问，你能不能确定沈议员就是他们劫杀的？罗团长说，不是他们，还会有谁？听说沈议员身上带了不少钱，山上都是一些见钱眼开的货。司令沉吟一会，说，那好吧，如果宋县长有什么要你们配合的，你就协助协助他们。

　　决定剿灭北山盗匪的思路就这样在高层头脑里形成，这是宋县长在推诿责任时没想到的。省主席把保安司令的大话转告宋县长，说："人家沈议员是大实业家，又给你们即将建造的省际公路捐了这么多钱，为了给他家属一个交代，也是为了龙源的长治久安。你拿出点整治履新的精神来，端了这个强盗山。我让独立团听从你的调遣。"

　　放下电话的宋县长后悔不迭，一天都愁眉不展。要知道山上即使有盗匪，那多数的妇孺老小还是无辜的，那上面可是有大小好几个村庄呐，不是专门的土匪窝。心中没了主意的他，只好把罗团长方局长招来，说是自己请客，就在钟鼓楼的高台上，届时请务必到。

　　罗团长从城西郊驻地赶来，一到钟鼓楼门口就被迎在楼下的宋县长握住了手。罗团长两条剑眉浓而黑，身壮且高，天生是做军人的料。站一旁的瘦骨嶙峋的警察局长方仲义跟罗团长频频点着头，三个一阵寒暄后，往钟鼓楼上拾阶而上。

　　上到鼓楼顶，罗团长立在城垛似的楼沿眺望。他乐呵呵地说："这里登高望远可是个好地方啊！老子几十岁了，还是头一次上这上面来。"

　　宋县长说："你罗团长有鸿鹄之志，十几岁就跑大码头闯江湖去了，一个小小县衙的钟鼓楼哪会在你的眼里呀。"

　　罗团长说："你这是什么话？我出去也是没办法，谁不愿在家享清福，喜欢出去受洋罪？"罗一想起往事就怨恨不已。

　　"可你到底还是出人头地地回来了，这以前受的苦就值。"宋县长把罗团长往八仙桌边让，"来，来，来，坐下聊，你坐上首。"

　　罗团长当仁不让地坐了上席，然后开门见山地："你宋县长今天让我上这儿来，有何见教呀？"

　　宋县长谦虚地："什么见教，我是来跟你们讨主意的。"

　　"是想让我配合你围剿北山？"

　　宋县长说："罗团长的脑子就是灵光啊！"

　　方局长插道："不是配合，是要你担任主攻。"

　　罗不悦地："我主攻，你这个警察局是干屁吃的？"

　　方局长说："警察只能维护身边治安，是干不了大事的；攻城夺寨是你罗团长的强项，你是专打硬仗的队伍。我就一围着屋院转的小家雀，哪能跟你这搏击长空一冲千里的雄鹰相比啊！"

　　罗团长这才满意地笑了笑："家雀也罢，雄鹰也好。我听宋县长的，只要县里给足粮饷，你宋县长让我怎么干我就怎么干。"

　　"罗团长果然是爽快之人。来，来，来，上菜，我要好好与罗团长干一杯。"宋县长脸上愉悦，心里却在想，他的给足粮饷，到底是个什么数呀？

　　酒菜上来，宋县长亲自给罗团长斟酒，要给方局长斟时，方局长忙一手接过酒壶，说我自己来。宋县长敬了罗团长一杯后方才开口道："罗团长，你说我们能不能想个办法，既剿了盗匪又不伤及无辜？"

　　罗团长愣了一下，说："这个，难。覆巢之下岂有完卵。枪弹是不长眼睛的。"

　　宋县长说："那北山还是剿不得。那是好大一片村庄呐，还不止一个。"

　　方局长望着宋县长，手里的一双筷子半天没动。心里道，这么优柔寡断的，怎么当县长呐？

　　罗团长嚼完嘴里的一只鸡腿后方才开口："弄半天，还是一场空欢喜。我是好长时间没仗打了，心里正痒着呢。"

"仗总归是要打一仗的，关键是如何打的问题。我的意思是，越少伤及百姓越好。你罗团长有什么好办法？"

"不想硬来，巧取也行呀。"罗团长想了想，说，"你县长大人给山上捎一封信，叫他们的族长或是什么带头人来县里商议查找罪犯之事，然后把他扣下当诱饵。等到他们的人来救，再把他们一网打尽。这打到网里的，十个有九个都不冤。"

宋县长想了想，说："这个办法好是好，就是卑鄙了些。"

罗团长说："什么卑鄙不卑鄙的，欲要成大事就得不择手段。省主席对你可是寄予厚望的。你不想在你的任上做出政绩？"

方局长插道："你宋县长能这样为百姓着想，已经是很仁慈了。"

宋县长想到粮饷问题，问方局长："你对罗团长的这个方案怎么看？"

方局长说："好啊，正符合你宋县长的意思。"

宋县长对方局长说："那就按罗团长的主意办，把人引进城来。打个小伏击，你警察局总不至于对付不了吧？"

罗团长打着哈哈道："我想方局长一定行的。"

方局长自问自答地："是吗？那我就试试。"

宋县长说："我今晚就修书一封，明天送上山。"

酒后回到城西郊营房的罗子俊，吩咐副官黄金彪："你给我马上监视去北山的路口，跟踪宋县长送信去北山的人，等信送到后，在没下山前就把送信的干掉。切记，不要被任何人发现。"

他娘的，这个宋衙门真是一个抠门的主，既想剿匪又不想出血，哪有这么便宜的事。我要让你偷鸡不成蚀把米。我要你到头还要求到老子头上来。

罗子俊这么恨恨地想。

北山上云遮雾罩的，隔十余步就看不清前面的去路，云岚依附在草丛树桠间，就像孩儿依恋父母，相依相牵，不愿离去。在无数次约定相聚的岩后，两棵枝叶繁茂的情侣松下，耀宗与秀秀背对背地隔空站着，一个满脸怒容，一个一脸歉疚。

"你那天为什么不上来比试？"

耀宗像锯了嘴的葫芦，不出一声。他自己都不知道为什么，也许是射向父亲头顶的那一枝黑箭干扰了他的心情，也许是他心中的爱还没达到瓜熟蒂落的时候。

秀秀问："你当时到底是怎么想的？长生家真的来提亲怎么办？"

耀宗说："能怎么办，你就答应下这门亲事呗。反正你爹也是瞧不起我牛家的门庭的。"

"谁说我爹瞧不上你们家啦，谁说的？"

"这还用说吗，谁也不是笨蛋，有谁看不出？"

"那你是我爹肚子里的蛔虫啰，他怎么想的你都知道？"

"对，还不止是蛔虫，还是一坨屎，臭哄哄的。"耀宗脸上的歉意消失，满脸的意气用事。

见此，秀秀心里的怒气倏然消退。耀宗说的何尝不是事实。早先，老父亲见自己三天两头提到牛耀宗，便贬牛家父子都是大字识不了一箩筐的，牛家在北山根基短浅。然后便嘲笑他家的房子，耀宗家的那栋茅草屋溅满了爹的口水。秀秀却是爹越反对越是铁了心，弄得做老子的一点办法没有。本以为这事经自己软泡硬磨后，八成已成定局，没想到半路杀出个程咬金。

自打父亲跟罗长生说了那番叫他家长来提亲的话后，父亲就整天笑嘻嘻的。他心里的那个乐啊那个盼啊，都表现在言行举止上，对秀秀是既哄又捧。这便把秀秀的心搅成了一团麻，一会儿想着走出大山去城里生活的美好前景，一会儿又不舍着从小到大与耀宗相处的一点一滴。

秀秀与耀宗的争执没有实际意义，只能徒增一些怨气。

于是两个不欢而散。

离家还有一道岭，耀宗就听到了从自家铺子里传出的"乒——乓、乒——乓"的打铁声。一进门，耀宗二话不说拿过金宝手中的大锤，举过头顶，一下又一下，沉重的铁锤落在烧红的铁块上，一气砸了几十下。沉默的父亲用小锤指引着儿子把重锤落到该落的部位，待到铁件冷却重新入炉烧时，他才一边徐徐拉动风箱一边从容地跟儿子说道："人生跟这打铁是一个道理，一块铁疙瘩，只有经过不断的炼烧、锤打，它才能变成对社会有用的物品。这恋情只有经过磨难，才有更醇的滋味。"

父亲的话让耀宗的心情渐渐疏朗开来。耀宗说："什么呀，你以为我是去会秀秀？我才懒得呢。"

父亲说："我知道你不是去会秀秀，你是去七里坪对面的山上寻痕迹去了，想看看山上射箭的脚印跟门前飞刀传信的是不是一个人。"

耀宗说："我阿爸也不笨嘛。我想青出于蓝而胜于蓝都不行。"

父亲说："你暂时还不行。以后肯定行。"

耀宗在心里想，父亲还真是鬼精鬼精的，我前几天偷偷做下的事，他心里都跟明镜似的。耀宗已查看得一清二楚，射箭与传信的是两副不同的脚印。射箭的穿的是草鞋，而飞刀传书的那个家伙留下的是一双难得见到的稀罕胶鞋的鞋印。

山上自从出现突兀情况后，护卫队加强了训练和警戒。训练由原来的一月一次改为半月一次。原来由专门守山的四人小组改成由一队和二队轮换派人去乌龙口值岗。每人都轮到，轮完一队换一队。一队负责人是牛耀宗，二队是柳有才。这日正好是柳有才值班。

时值中午，当头的太阳暖暖地照着，刚喝了酒的柳有才醉醺醺懒洋洋地躺在一线天顶上宽泛的峭壁上。他想起前些日子自己在四青山打兔子时给牛松柏射去的那一箭，心中还是兴奋不已。自己对于护卫队长的日益不满终于付诸行动了，尽管是悄悄的，暗地里的。我以后还要有更大的动作，想跟我争位子，我自然要你付出代价。

远处突然传来"踢跶、踢跶"的急促马蹄声。柳有才挣扎着起来，手搭凉棚向远处眺望，只见一个只露出一双眼睛头罩猴狲帽的人躬身伏在马背上，策马疾行。这是北山人冬天里惯常的穿戴。柳有才心想，是谁下山这么早就回头了？因为刚喝了酒，被冷风一吹酒劲上来，天旋地摇的便又重新躺下。他少了一句问：是哪一个？

此人就是县府的通信员。送信人一路畅通无阻地到达北山村村口。他那张望彳亍的行举，被经过登封桥口的牛松柏看见了。

"哪一个，干什么的？把帽子摘了！"

通信员把猴狲帽下了，说："我是县府送信的。你们柳族长家在哪？"

"难道乌龙口的人没告诉你吗？"

"什么乌龙口？一路上我没碰见人呐。"

到柳嘉仁家，送信人留下信就走了。族长慎重拆开信封，展开信笺，信不长，只有短短几行。全文如下：

柳族长：

兹因本县盗匪猖獗，扰民滋事。省议员沈××被劫杀一案一直无法结案，望你们拨冗协查。对重大线索提供者，政府予以嘉奖。为本县今后的长治久安，故请你或管事于三月十五日赴县府共商治安大计。

县长：宋仁熊

看了信，沉吟半晌，族长对牛松柏说："你看看，人家虽然没有明说，可字里行间充满了对我们的怀疑。这叫好事不出门坏事传千里。名声在外了呀。嗨……这都怪我二十多年前办下的鲁莽事啊！"

牛松柏说："你别多想了，这些年我们北山的有些人确实也做下了鸡鸣狗盗之事。你也别管人家是怎么想的，我们就照人家说的办。不管有没有，我们开个会，叫大家提供提供线索，不管有用没用，报给县府。三月十五日，我到县里走一趟。"

"到时还是我去吧。人家信是写给我的。"

牛松柏诚恳劝道："路途颠簸，你岁数比我大十几二十岁。家中没你不行，没我可以。上面不是说'故请你或管事'，还是我去吧。我腿脚比你灵便些，万一有个三长两短，也比你能应付。"

族长说："也罢，那你就多历练历练，我也好早日放心交班。"

通知贴出，当晚在宝纶阁召开村民大会。有一家来一代表的，爱赶热闹的就全家出动。一时村街上都是人。大家有说有笑地往村头的宝纶阁去。渐渐地，高大的前大厅里便坐满了闹哄哄的男女老少。说起让大家提供劫杀案线索。大部分村民说，笑话，我都几年没下过山了，叫我们提供什么？混世魔王鼻涕说，有赏金吗？有，我就编一个。村民们把开会当成了谈天说地的好机会。大家东扯葫芦西扯瓢，没多少人把这当正经事。偶尔有人扯出一点线索，与劫杀案的关系也相去甚远。

看到这结果，族长和牛松柏只有苦笑。

会后第三天，也就是三月十五。天没亮牛松柏就独自下山去，太阳至一竿高时，到山脚的他搭了一辆顺路马车往城里赶。到县衙大堂，等候在这里的宋县长只问了一句："你一个人来的？"牛松柏说："族长年纪大了些，我替他不可以吗？""有你这个护卫队长也行啊。我得委屈你一下了！"宋县长朝下面一努嘴，几个壮汉一拥而上。面对枪指太阳穴的和架压胳膊的几个大汉，牛松柏是丈二和尚摸不着脑袋。他问宋县长："你们这是干什么？想干什么？""你说干什么？"宋县长怒目而瞪："都四天了，我派去给你们送信的人呢？"牛松柏说："人当时就回了呀。"宋县长火气很大地："回个屁！你们就是什么都不同意，也不能扣政府的信使吧？"

"我们根本没扣人呀！"说什么也不相信的牛松柏当即写了信，让急送西街的牛记酒家，捎回北山。

接信后，族长柳嘉仁是一脸严峻，马上让耀宗组织护卫队全面搜山，特别是在上下山道的两侧。两天后，族长回过来的信的语气很是凝重。信上说，很是不幸，县府的送信人的确是死在七道弯右边的树丛里。刀是从背后捅进去的。从血痂和肤色来看，已有几日。吾即刻着人将尸首运送下山。

宋县长抑制住愤懑，拿着回信质问牛松柏："你们这些北山匪，你还有何话可说？"北山护卫队长愣在那里。这下，牛松柏的确是无话可说了。

牛耀宗想着被关在县衙的父亲，便主动要求带着传家和加德两护送尸首下山。族长嘉仁担心被激怒的县长会把他们也抓进去，叫他们千万不要直接送县衙，把死人搁在三里亭的关帝庙里即行。耀宗一行三人骑马下山，来到快到北城门的三里亭，刚把装死人的麻袋从马上扛进庙里，外面就被罗团长的兵丁包围了。

一看对方都是长枪短炮的，耀宗未作任何抵抗就束手就擒。他说："我要见我父亲，我要见宋县长。"

罗团长的副官黄金彪嬉皮笑脸地："原来你就是牛公子啊！我就是送你去县长那里的。你会见着县长和你父亲的。"

骑在高头大马上的黄金彪押着牛耀宗三个人进城，在北大街上被迎面而来的一行警察撞上。黄金彪主动跟对方打招呼："这不是罗侄长生吗，干啥营生去？"

发现黄金彪身后的队伍里绑着三个人，罗长生便沉下脸来询问道："你们这是干什么？是不是蝗虫吃过界啦？"

黄金彪笑嘻嘻地："你还不谢我啊，我这是替你罗队长效力呢。这三个鬼鬼祟祟地往关帝庙里藏东西。我上去一看，原来麻布袋里装着个死尸。这还得了，我就马上把他们带过来了。"

罗长生听对方这么说，便道："那你把这三个交给我吧。"

黄金彪说："既然走到这里了，我也就不在乎多走这几步路了，我直接送到宋县长那，也许能领几个赏钱呢。"

罗长生板着脸："那你领赏钱去好了，希望下不为例。"

黄金彪依然笑嘻嘻地："罗侄，那就不好意思咧。"

见了宋县长，黄金彪讨好道："我们罗团长听说你派到北山送信的被杀，就叫我们在城关一带加强巡视，正好看到这一干人把一麻袋抬进关帝庙，不知干什么，我们就围了上去。原来他们是想把县府通信员的尸首丢那。我们就把尸首和三个北山贼给你带来了。"

宋县长心头大悦地："黄副官你请上坐，上茶，上好茶。罗团长真是帮了我大忙了。改日我登门致谢。"

黄金彪说："你忙我也忙，茶就不喝了。"

"也罢。"宋县长送到厅堂门口，两指夹着的两枚大洋便漏入黄金彪下摆的口袋里，"路上喝茶。"

黄副官跟宋县长哈了一下腰。

送走罗团长手下，宋县长回头质问耀宗三个："你们为什么不把人给送到这里，而要搁在关帝庙里？是杀了人心虚了吧？"

三个异口同声地："我们没杀人。"

"还狡辩！"宋县长不由分说地把三个押入大牢。

下午，罗长生从警署来到这边县衙。他问宋县长："上午是怎么回事？"宋县长就把经过和原因说了，然后感叹道："你看看这北山强人简直是没一点道理可讲？他们这么气势嚣张地枉害人命，你看我是不是有些妇人之仁啊？"

罗长生说："我上次按照局长意思，去北山勘察了，没发现什么异常。你有证据证明通信员就是北山人杀的吗？"

"外人是进不了北山的乌龙口的，那里整天整夜都有人值守。人是被杀死在上面的七道弯，这还用证据吗？"

罗长生没有跟宋县长辩驳，只说："我去狱里看一下。"

宋县长说："你跟你那个老冤家不要打起来就是。"

罗长生笑道："你也知道我们的故事啊。"

宋县长说："是龙源人都知道。"

在牢里，牛松柏对向他走来的罗长生骂了起来："你这个王八蛋，你的阴谋终于得逞了。"

罗长生随他骂，也不辩解。骂了一会，长生就基本知道了事情的大概。临走，长生说："你好生养息吧。"

晚上，罗长生回到家，见叔叔正在与父亲聊得开心。叔叔因大部分时间住军营，已好久未登门了，今天也许是高兴，回家时就过来转一下。罗团长看到侄子进家，继续对大哥道："……想不到他们牛家父子俩双双进了大狱。我终于替我们罗家出了一口气了。"

罗长生连忙接上："这事是你干的？"

"噢，不不，我是说牛耀宗是我手下帮忙逮住的。"

"叔，地方治安的事，你以后少插手。"

父亲罗子范马上呵斥儿子："你怎么跟叔说话的？"

"没事，当年哥你没时间管我，我不照样混出了头。"罗团长摘下头上军帽，仿佛上面有灰，指头弹两下，细声慢气地对长生道，"侄啊，这些鸡毛蒜皮的小事，你叔我是不想管，也懒得管。我真要管的话，别说警察局了，连宋县长都得听我的。你信是不信？"

长生不以为然地笑笑："这就是叔吹牛了。你是地方驻军，军政两条线，都是各自对自己的上级负责。你想管，管得了吗？"

罗团长对自己的大哥道："读书的就是读书的，我看到我侄的书生意气，倒是越来越可爱了。不过，刚出校门都这样。不怪。"

做哥的说："你这是夸他呢，还是贬他？"

罗子俊说："夸呀。"

长生说："我不跟你们说了。"逐去厨房弄吃的。

第二天，宋县长把方局长找来商量。他说："一下抓了他们四个人在牢里，你必需马上安排人马监视北山的下山道口。他们一旦有什么行动，你们好提前做准备。"

方局长想了想说："不是我说泄气话，根据北山盗匪的这种嚣张气焰，我们这个伏击方案取胜的把握不大，就是侥幸取胜，损失肯定大，得不偿失啊。"

"你别长人家志气，灭自己威风。难道你两个中队，上百号人都对付不了几十号土匪？"

"不是我们对付不了，是盗匪太狡猾。"

"对付不了也要对付。你们是吃干饭的？如果牢里的人被劫走，你这个局长也别干了。如果人没劫走你还能打死他们几十个，我给你方氏通报嘉奖。"

方局长只有领命而去。

第三章 营救

接连有四人被诱捕进了大狱，这个闷棍让一向高调的柳族长一下苍老不少。如何解救这四个成了他这些日子最焦心的头等大事。身边没了可倚重的牛家父子，他只好征询朱守簏和孙子柳有才的意见。朱老先生的意见是用文的，说弄一班人去县府据理力争，捉贼拿赃，捉奸拿双，说北山人劫杀了沈议员，你搜到了赃物没有？说北山人杀害了县府通信员，你指出是哪一个？

柳有才说："朱先生说得对，有理走遍天下。我不信他县长能不讲道理。"

"哪个去论理？是你有才去，还是你老朱领头去？"

有才愣了一下，道："我可没这口才。"

朱守簏说："我理应是该尽一份力的，可没时间呀，我得给孩子们上课。这又不是一两天就能解决的事。"

"好了，好了，你上课去吧，我不耽误你的时间了。"族长厌烦地挥挥手。

朱老夫子走后，柳有才宽心地从挂壁上取下一柄剑，在堂前饶有兴趣地舞起来。族长皱了眉头忍了一会，终于斜了孙子一眼，开口："你年纪也不小了，怎么一点也不知为爷爷分点忧啊。"

有才心有怨恨地回道："我怎么不知分忧啦？我不知分忧就不会去参加护卫队了。"

一说起护卫队，族长的气就不打一处来："你还好意思说护卫队，县长派人给我们北山送信那天是不是你值的班？人家闯过了乌龙口，你怎么就一点都不知情？兴许就在那一会儿，连谋害送信的人也一并混了进来。"

有才委屈地："爷爷不要瞎联想嘛。人家进来了我不知道是我不对。但你也不能担保人就一定不是我们北山人杀的？"

"放肆！"见孙子的这种无所谓态度，族长是一肚子火。他清楚自己的孙子有欲望有想法。你有欲望有想法，我不反对，只要你按规矩来。可他……族长不愿想下去，也不想想下去。"你嘴上说得好听，跟他们讲道理。我知道你心里是怎么想的。"

"怎么想的？"有才想，难道我的心思被爷爷看出来了？说实在的，有才心里是巴不得牛家父子两个都回不来。北山没了他们父子两个，今后这里就是他柳有才的天下了。

武功比我强着，漂亮的秀秀被他喜欢着。这些年来，风头被他们占尽，我一直被他父子俩压得抬不起头来。我是族长的孙子，你们凭什么样样强过我一头？如果没了你们，我心里说多舒畅就有多舒畅。你们不是能吗，你能你就自己逃出来呀，那就是真本事。有才浮想联翩地。

爷爷目光如锥地："你是不是巴不得牛家父子回不来？"

有才避开了爷爷的目光："我没有。"

"没有就好。没有，你就想办法去把他们四个救回来。规矩已立了多少年，你想出人头地，你就要做出让人属目的成绩，你要让人家佩服你，敬重你，你的本事就要高过人家一头。在我们北山，靠玩心机是行不通的。"

一句玩心机，让有才的脸上不免一红。

"你在想什么呢？"族长见孙子痴愣着，拍他一下，"你没看见传家的老娘加德的老子跟爷爷一把鼻涕一把泪地哭诉哀求：你们要救人，救救我的儿子好不好？……眼下就是你表现的最佳时机。"

有才想了想，说："好吧，爷爷，你既然是这么想的，只要你不怕断后。我有才就去博一把，万一死了，你就把我与我父亲埋一块。"

"你说什么咧！"族长脸颊的肌肉不禁痉挛一下。"你这是窝囊废说的话。有本事的人是既能办成事情，又能保护自己的。"

看到爷爷痛心疾首样子，有才说："那好吧，我去试试。"

"你准备如何救？"

"你说呢？"

想到牛耀宗下山被逮的教训，族长决定不再具体出招。他说："你也不是小孩了，自己拿主意才能增加才干，你自己看着办吧。若要调动护卫队人马就跟我说一声。"

秀秀听说柳有才要下山救人，她说她也去。护卫队的几个跟牛家要好小伙子也积极要求参加。柳有才说："这种事光有热情是不够的。你们看看，队长和耀宗这么有本事，还不是照样被抓了关进去。他们警察有枪杆子，懂吗。我与秀秀先下山侦察侦察，要帮忙时再叫你们。"

金宝说："我师傅不在，我心里跟猫抓似的，我跟你们一道下山，我们分开走就是，万一有危险，也好有个照应。"

有才笑道："你是不放心秀秀是吧？她在比武场上已是定了佳婿的人。我就是想诱拐她，也要她自己同意才行呀！"

金宝说："我没你那么多花花肠子。我是担心我师傅。"

有才说："我不管你去不去，你反正别在我面前晃悠就行。"

秀秀对金宝说："我支持你与我们同行。不过，我们不能戴笠骑马，这样子人家一看就知道我们是北山人了。"

有才说："秀秀说的有道理。要去，我们三个都要乔装打扮才行。"

于是一身苦力着装的金宝挑了一担柴火走在前头，秀秀锦装绣服打扮得漂漂亮亮的，柳有才长袍马褂戴副墨镜像个乡绅富家弟子模样。三个有说有笑地启程。有才问："这样子，像不像在外面发达了的我，携了新娘子回家省亲呐？"

秀秀说："不像。如果金宝挑的是两只皮箱还差不多。"

金宝说："我们三个只有不沾一点关系，才像那么回事。到山脚我们得分开走。"

快到下山口上，挑柴的金宝我先走一步了。秀秀自然就走在了中间，有才说我断后吧。

从山脚到城里的这一段长路又是一顿好走。挑柴的金宝还好说，肩上压着重担，脚头赶着你就匆匆地向前奔走。出行骑惯了马的秀秀走着走着便觉得好生冤枉，见一辆老汉赶的马车从身旁过，一招手，人家便捎上了她。秀秀与两个的距离于是迅速拉开，不多会就消失在路的尽头。

来到县城北城门口。今天这里与往日不大一样，有黑衣警察值守，对可疑人员进行盘问搜查。秀秀马上对赶车老汉说："帮帮忙，你就说我是你儿媳妇可以吗？"老汉点点头。

此时进城的人少，警察见到漂亮女人就生起了事。

"干什么的？"

老汉答道："跑单帮，替人拉货的。"

"车上是你什么人？"

"我儿媳妇。"

"我看一点都不像你儿媳妇。你一臭赶车的，有这么漂亮的儿媳妇？这女人下来，我们要仔细盘查。"

老汉于是顺水推舟地："你就下来，等会自个儿回家吧。"

秀秀一下车，老汉就赶着车先走了。一个脸膛黑黑的以搜身为名在秀秀身上摸捏起来。见女人不十分反抗，另一个就说，往里面摸摸，可能藏了什么噢。黑皮的手就更大胆地朝衣服里面去。

啪！一个巴掌突然脆脆地落在黑皮脸上。

"你打人！"黑皮惊愕地不可思议地看着女人脸，正欲回以重手，手腕却被女人一把捞起别到身后。秀秀一抬手，黑皮弯腰哟哟叫疼。这一切都发生在片刻间。秀秀幽幽笑道："叫姑奶奶，我就放手。"

另一警察在片刻的惊慌之后，端枪对着秀秀呵道："把他放开，不然我就不客气了。"

秀秀说："你有本事就开枪呀！"

这时从旁边门里出来几个穿警服的。其中一个说："这个女的这么蛮横，是不是北山匪婆啊！"

最后出来的罗长生一见是秀秀，在大惊失色之余，忙摆手，说："放开，都放开，放下枪。这是我一个朋友……自己人。"

黑皮甩着被捏痛的手，说："队长，我看她是你朋友，才，才手下留情的。"

罗长生说："那就谢谢你了，黑皮。"

一个眼睛滴溜溜地转着，不怀好意地："罗队长，你这个女朋友这么厉害，我可从没听你说过哦。还长的这么标致，能不能介绍我认识一下啊？"

罗长生故意神神秘秘地说："我的朋友，又是女的，还很漂亮，能随便介绍人认识吗？"

于是大家都会意地笑起来。

至此，秀秀才用柔柔的眼神望着长生。长生走近秀秀，说："让你受惊了。对不起啊，我请你吃饭，算是向你赔礼道歉，怎样？"

罗长生向眼睛滴溜转的队副说道："我先走一步了。"

于是两个并排走在熙来攘往的大街上。

这时秀秀才跟长生说了一句："刚才真要谢谢你啊。"

长生开玩笑地："自家人嘛，有什么好谢的。"

秀秀不解地："什么自家人啦？"

罗长生故作一本正经地："什么你不知？那天不是柳族长用铁皮喇叭对众人宣布的吗？大家都听见的。"

秀秀不作声了。默默走一段后，她另起话题："你们突然在城门口设起了岗，查什么呀？"

罗长生想说查的就是你们北山强人，但话到喉咙口又咽了回去。他说："秀秀，你跟我说老实话。你们北山人到底有没有劫杀沈议员？那个给你们送信的通信员为什么会死在你们山上？"

"你问我，我怎么知道。如果说是山上个别人的行为，我不敢保证说一定不是北山人干的。如果说是村里行为，据我对柳族长和对护卫队牛松柏的一贯了解，他们决不可能做出如此卑劣之事的。"

罗长生沉吟了一会，说："你这倒是实在话。虽然我爸妈恨死了我表姑丈，但我姑丈的为人我还是清楚的。他当年与我们罗家结怨，也是为了北山众人的生存。至于牛家父子，那更是两条急公好义的血性汉子。他们应该不属于那一类人。"

秀秀没想到罗长生也是一个很讲道理的人，心里倏然对他产生了好感，也有了新的想法。她试探地："你既然这么认为，你能不能帮我一个忙，让我去牢里见他们父子一面？"

"这个……"罗长生犹豫了一下，"等我们吃过饭再说吧。"

走进一家小饭店，他们点了饭菜，饭吃到一半时，秀秀见店前有卖大饼馒头的，马上过去买了一张大饼和十个馒头，在装大饼和馒头时将一把匕首悄悄裹进了大饼里面。

罗长生看她将一包吃的东西拎过来，说："看来我不同意都不行了。"

秀秀莞尔一笑："我知道你罗长生是好人。"

"我知道你心里最惦记的还是牛耀宗。"

"我知道你心里也没我。"

罗长生一时语塞,有些尴尬地强辩道:"你怎么知道我心里没你?没你的话,在城门口就不会给你解围了。你知道吗,我们在那设岗,查的就是你们这些北山佬。"

"真是这样?"秀秀脸一红,有些过意不去,"谢谢你啊,长生。"

饭后,两人一路朝钟鼓楼而来。大狱就在这一大门的另一个套门里。罗长生带着秀秀直接去了关人的地方。罗长生对牢头说:"我一个朋友想给牛家父子送点吃的,你看行是不行呢?"

牢头大大咧咧地说道:"你罗队长的面子我总得给吧。"

长生对秀秀说:"你进去递一下就出来。我在这与他说两句话。"

秀秀进到牢内,见四个是关在一间里的。她把吃的东西从栅栏递进去,说是长生带她进来的,简洁地说了两句山上的情况,然后说今天自己和有才金宝进城就是为了救你们而来打探的。

牛松柏听了,说:"你跟族长讲,让他们千万别来救我们。我早就看出这是宋县长设的圈套。他在等着你们往这火坑里跳呢。"

秀秀指指递到耀宗手里的包袱,悄声说:"里面有刀。"然后眼睛向牢后的墙壁瞟去,见墙壁是青砖石灰嵌缝,心里一下轻松不少。

秀秀大声说:"我走了。"掉头往门口去。

在延后的一个时辰里,金宝挑着柴火担来到北城门口。他在路旁歇了好半天,等到有才到,他才问:"今天有岗哨搜查,我们进是不进?"

有才说:"免得他们疑心我们是北山人,我们转到南门看看。"

来到南门,这里也有岗哨。有才把身上藏的一把短刀塞进金宝的柴火中间。两个隔开一段距离,分别往城门口走去。

见到有才的体面穿戴,两个警察问都没问就放他过去了。金宝挑柴走到城门口时,他们拦住金宝问:"干什么的?"

金宝说:"你们眼睛瞎啦?"

"嘿,一个乡巴佬,口气还这么冲。"一个三角眼抓住金宝的柴担前推后拽的。

另一个说:"算了算了,既是乡巴佬,你还跟他计较什么。"

三角眼就顺坡下驴地把手放开,忘了搜身就放金宝过去了。

两个走在街上,一个擦身而过的市民停住脚步问:"这柴火卖吗?"有才说:"我买了。"过后,感觉不安全的有才说:"我们是不是从巷弄走?"于是走在前边的金宝就挑着柴火担拐进右边的一条巷子里,有才跟着走进。两人隔了好一段路往前去。在长长僻静的巷里走出没多远,前面慢吞吞迎面过来一背枪的单个警察。警察身子靠墙让挑柴的金宝先过，一会，后面的有才经过警察身边时，有才突然一记猛拳砸在警察的太阳穴上。警察顿时给打晕了，软软地瘫倒在地。走在前面的金宝听到声响，回过头来看时，发现有才已在下对方的枪了。

"不许动！"就在离倒下警察右侧围墙的坍塌口，现出一个裤子还没系完整的警察，他脸对前面背朝金宝，枪口指着有才。这一切就发生在顷刻之间。

面对黑洞洞的枪口，有才只有慢慢举起双手，乖乖站在那里，一动不敢动。事情的千变万化，令金宝一时不知所措，但他很快便想出了对策。这些想法和对策其实也就在千分之几秒的时间内完成的。

端枪的警察突然一声"哎哟——"，人便歪倒在地上。他感到背后飞来一把利刃，刀锋凉飕飕地插进了背脊心。

转危为安的有才抹一把虚汗，又在昏倒在地的警察头上砸了一枪托，来不及商量，两个迅速把两警察尸体抬到坍塌的围墙后，两人提起两杆枪就往前奔。见前面一撇柴棚里有一大堆稻草。金宝说："我们把枪先藏这里。"说罢就把枪插进了稻草堆。有才也把枪插了进去。

手上没了枪，两人顿时觉得安全多了。

心情稍稍安定的金宝埋怨有才做事太蛮撞，没商量。

有才有些不好意思地："我实在太想有杆枪了。你想啊，再好的武艺，能抵上枪子儿吗？"他心里是这么想的，在有枪的今日，你牛家的武艺再高，抵个屁用。枪口对枪口，你比我也强不到哪里去。

"不行，我还得把丢在原地的柴火挑走。"那可是个引人猜疑的东西，金宝掉头又往回去。

柴火担还在，金宝把刀抽出还给有才。来到对面巷弄口，金宝就把柴火贱卖了。金宝说："我们先去弄点饭吃，既然有了枪，我们去救人就更有信心了。"

有才说："凭两杆枪几发子弹就想去救人？你做梦吧，说不定人家正张着大口袋等着我们往里钻呢。"

金宝说："你这么怕死，来救什么人？"

有才说："我不是怕死，死也要死得有意义不是？"

两个人边争执边往街旁的一家饭店去。等到饭菜上桌，吃的时候，突然见街上有几十号持枪警察齐刷刷列队跑过。店堂里的食客纷纷起议论，搞什么名堂啊？出啥事了？一会儿便听见消息灵通人士发布消息说：是有警察被人杀了，枪被抢了。警察局正在关闭城门实施大搜捕呢。

听了这话，金宝眼睛盯着有才看，意思是都是你惹的祸。有才用笑眯眯的眼神回视他，那意思好像说，你怕了吧，还牛松柏的徒弟呢。包你没事就是。

两个匆匆吃完饭，闪进南大街一大户人家后门，在里面躲了起来。

秀秀走后，牢里的四个很快把大饼和馒头分着吃了。为了阻止山上人来救，牛松柏决定立马开始自救行动，人越早逃出去越好。这墙虽然是用砖砌的，却是实心墙，砖是三分厚七分宽的大砖，打扁砌的。四个人用匕首轮流剔缝，用了三四个时辰，到天黑时，第一块砖才有所松动。再下面的砖就好撬一些了。好在天已经完全黑下，至半夜时分，终于扩展成能容一个身子爬出的洞。

牛松柏说："为了能顺利冲出城去，我们必需先弄到枪，要拿到枪就得去值班室。到时我们要眼快手快，不能让他们发出一点声响。要知道，对面就是警察局，一惊动，我们一个都跑不了。"

四个从洞口钻出牢房，悄悄摸到牢狱大院门口的值班室，恰好里面的灯这时拉亮了，四个马上退到屋角趴下。一会，里面磨磨蹭蹭出来一个人，面壁刚掏出两腿间的玩意，边听到絮絮有声。牛松柏做一手势，耀宗一个箭步上去，刀伸到前面的喉结处一抹，对方顿时像走了气的皮球软塌在地。与此同时，另三个已悄然潜进屋，三张床上的三个狱警的脖子在一瞬间被扭断。靠里壁的那个也许本来就是醒着的，惊人的一幕使他惊咋得坐起来，被随后进来的牛耀宗一刀了结性命。

一切顺利，四个一人操一杆枪出大门，瞄一眼对面警察局，猫腰迅速从支路上了北大街。子夜的街上冷冷清清，见不到两三个行人，只有几盏昏黄的路灯像萤火虫一闪一灭的装点着城的夜空。四个顾不得个别夜游民对他们的恐惧和张望，向不远处的北城门口疾行。不想城门却是紧闭的，大方横杠上挂一把大铁锁。这时城门楼上有晃动的手电光射下，随后传来干什么的喝问声。几个迅速退避到就近的一条巷子里隐身。

四个不知怎么才好，一时急得抓头挠腮。这时从城西方向传来一声枪响，接着又是一声。枪声使牛松柏想起秀秀说的，今天她是与有才金宝一同来的，是不是他们出什么事了？四个于是急忙往西城门方向而去。

有才和金宝的确是出事了。全城展开大搜查后，有才和金宝从人家后院屋里溜出，这时天已经黑下，两个决定去稻草堆里取了枪再溜出城去。不想却在去取枪的途中被几个便衣警察盯了梢。两个拿到枪后才发现被跟踪，于是折进一居民家，以居民作人质。警察只得围而不攻。双方就这么僵持着。时间却不以人的意志在流淌着。临到深夜，以为警察总有懈怠犯困时候，有才悄悄溜下楼想冲出去，对方射过来一枪以示警告。有才才气不过地回了一枪。

有才回到楼上作仰天叹息状。

金宝讽刺道："怎么，后悔抢枪了吧？"

有才说："后悔个屁。我是虎落平原被犬欺啊。"

金宝说："早知这样，不如闯进去救牛队长，反正都是一个死，还死得壮烈，死得光荣。都是你……这下憋屈了吧，只有在这等死了。"

良久，楼下院子里突然传来一连串的清脆枪声。两个惊诧愣怔之余，持枪移步楼下偷窥，见围守的便衣警察是被外头射来的子弹打倒的。四个冲进院子的黑影正在寻找着什么，他们的衣着举止像是自己人。难道是牢里的那四个？大胆走近，果然是。

"师傅！"金宝激动地一声，与师傅拥在一起。

有才宽慰地说道："你们终于得救了。"

牛松柏说："谢谢你让秀秀把匕首送进牢里。"

耀宗说："现在不是说话的时候，我们快走。哪一个城门口都出不去了。最好能找到一根又粗又长绳子，我们爬城墙出去。"

这家主人听了，主动拿出一根又粗又长绳子来。这个也劳烦你一并送给我了。金宝把墙脚的一个捞大水柴用的树杈钩顺手拿手里。大家走出好一段路，发现有才没跟上，正欲回头去找，只见他哼哼唧唧地，除了肩头背着枪手里还抱了一箱子弹。

牛队长称赞道："还是你有才心细，没子弹这枪等于穷摆设。"

有才说："队长，你这可是第一次表扬我啊。"

大家进入一条巷道，向西北方向摸去。这条巷道很长，一直通至西城门与北城门中间部位的城墙根下。这里屋宇稀少，空旷孤寂，城墙上像死去一般的沉静。耀宗把绳头拴在树杈钩的铁环上，把树杈钩使劲往上一甩，三股树杈组成的倒钩就挂在了城墙的垛口处。

有了绳索，六个练武之人很轻松地就爬上了城墙头。耀宗在城墙上站直身子，向西北两个城门楼上望去，只见上面灯火一明一灭的，显然是有持枪的警察在灯火前走动。牛松柏："你弯下腰。"耀宗说："没事的，先前在北城门口已领教了，他们都是只扫门前雪的。在这中间点，两边的人就是发现了点什么都会装作没看见的。"六个人又从上面拉着绳子爬出外城墙。连跑带走地跑出没多远，就听见远处几声"咴儿、咴儿……"的马叫，牛松柏兴奋地，是我的白鬃。耀宗说，是我乌索。

两相迎近，果然有几匹马出现在眼前。最后那匹优哉游哉落在老远的驮着个人影儿。上面端坐着的是秀秀。

秀秀说："我听了牛伯的嘱咐，连忙赶回北山向族长汇报。族长听后，歪着头想了想，反倒意味深长地笑了，一副开心样子。过后他要我傍晚前赶六匹马下山，在回北山的大路口连等三晚。没想到第一晚就等到了你们。"

有才有些自得地："我爷爷真是神了。"

牛松柏说："没两下，他怎么当得了我们北山的头啊。"

秀秀见六个肩上个个都是一杆长枪，她兴奋地："你们才真是神了，赤手空拳出去，个个都扛了真家伙回来。"

有才说："那是当然，谁叫我们是勇神无比的北山佬呢。"

　　"对，有了钢枪，我们就什么都不用怕了。我们北山人从来就没向谁低过头，也不可能低头。"牛松柏一夹马肚，白鬃马就一马当先地冲到前头去了。

　　有才及时跟上，他一挥手，欢呼道："我们回去喝庆功酒啰。"

　　朦胧的月色下，群马纷纷撒腿扬蹄，争先恐后地向通往北山的道上奔驰。一片得得声在寂静的夜里传出很远。

第四章 庆贺大宴

这几天的北山阳光显得格外的暖意融融。柳族长脸上整天洋溢着笑。真是刀不磨不锋利，玉不琢不成器，这次把有才放出去历练，真的是给我柳家长脸了。三个去城里走一趟，四个关在大狱里的不仅安然无恙地回来，还捞回了六杆钢枪。这真是一桩大快人心的爽事。北山人你是欺负不了的。你宋县长来阴的，我们还不照样逃脱你的魔掌咯？

在大家起哄下，族长与议事会的几个老耄一商量，决定由村里出钱弄它几十桌酒好好庆贺一番。牛松柏说："我家还有一只年里未出栏的猪，我贡献了。"

族长说："算了吧，说好一起由村里出的，真要杀，折价给你。"

牛松柏说："嘉仁，你就让我出了吧。出了我心里才痛快、舒畅呢。你得理解我呀。"

"好，你出你出。"柳嘉仁笑着添上一句，"不过，这样我也只有忍痛赔上一只了，我可不想让你事事抢我前头噢！"

于是各家分工，杀猪的，捞鱼的，准备时令菜蔬的，各行其事。几个小伙子刚把校场旁的一溜锅灶平房打扫好，一些烧菜好把式便么哨着登场。那洗好的菜、剁好的鱼肉，便分箩分筐在拼就的八仙桌上摆好。眨眼便见几个分灶锅里油溅火燎的。而外面校场上，搬桌子的，扛板凳的，人流来往不断。当太阳快上到头顶时，校场上已是人头攒动，一片欢声笑语。校场上，满眼都是八仙桌和凳子，横竖有序，女人们穿梭地端着盘子往桌上上菜。

有才背杆钢枪，进校场边的一间屋，把手里的麂子往地下一惯，跟几个烧菜的妇女说道，加道菜。巡视过来的族长见了，拉长脸说孙子，你要加个菜也不必扛这钢枪去吧，家里没土铳啦？孙子有才不高兴地回道，族长，你也管得太宽了吧。这是我拼了性命缴来的，我用用不行啊。柳嘉仁为了不破坏喜庆气氛，只好妥协地，好好好，行了，下次不准。

陪在族长身旁的牛松柏帮着有才说道："当时大家都只管走了，还亏他记着找箱子弹，他多玩几颗应该的。"

有才于是说："还是牛叔通情达理。"

牛松柏说："你小子这次下山救了我们四个，你叔说话不帮着你一点，你叔还是人吗。"

有才嬉皮笑脸地："这话我爱听。"

"你快点吧，到现在才……还不去快点去帮忙，给你婶们烧火推毛去。"族长吩咐孙子有才道。

这时耀宗刚好过来，有才对耀宗道："我刚打了只麂子，你帮忙婶们杀了褪褪毛总可以吧？"

耀宗爽快地："行啊。"话罢，过去把麂子放进木桶里，往里面倒热水，拎起麂子的一条腿在热水里一晃一晃的浸润，一会后，就拿起剃刀刮麂毛。

族长对站在一旁的有才道："你也一起动手呀。"

有才道："我得先把枪拿回去。"

族长吩咐道："你记着挑两坛家里的米酒到校场上来。"

校场上的千人宴终于在一片熙攘声中开始了。人们的那个兴奋和热情远远超过初春午日的头顶高阳。看看人坐满，菜上全，一切准备工作就绪，几个议事会成员便说是不是可以了。柳族长于是清了清喉咙，亮开嗓子，用力喊道："现在，庆功宴开始——"

嘣——叭——，嘣——叭——嘣叭……一支支二踢脚顿时直蹿上蓝天，在空中连续炸开。那千响小鞭炮也夹杂在中间连续不断地爆个不停。几个年轻人乐不可支地在远离人群的悬崖边奏响了这庆功的宴炮。

牛松柏大着嗓门说："柳族长啊，你也太偷懒了一点吧。就说五个字。"族长回道："还会有人不知道今天喝的是什么酒吗？让大家随意就好。我是没这个嗓门了，也没这个精气神了。"牛松柏说："没嗓门，你可以叫人替你一下嘛。"族长说："我偏不叫你替，让你干着急去。"牛松柏哈哈一笑，道："你不让我替，我也要说两句，你总不能让我把嘴缝上吧。"

待到炮竹声平息，牛松柏站起身，扯大嗓门说道："父老乡亲们、兄弟姐妹们，作为护卫大队长，我牛松柏是愧对这个称呼啊！三天前，我牛松柏都不敢想象我今天还能站在这校场上说话。可我今天却站在这儿了，这人啊只有想不到的没有做不到的。我们四个之所以能够回到北山，这与我们族长的高超能力是分不开的。在这里，我跟大家，跟族长，跟有才，跟所有为我们牵肠挂肚的乡亲们道个谢，我代表被关进大狱的我们四个，这第一碗酒敬大家了。"

牛松柏仰起脖子一碗酒一口气喝完。这时只见他儿子牛耀宗过来，在他的耳边轻声道："你忘了说感谢秀秀了。"牛松柏说："我没忘。"

之所以没说，是因为他看见有才凑在秀秀身边，两人正谈的热乎。

不过，两个的谈话却不是牛松柏想象的那样。秀秀是在问柳有才："大前天进城后你到底去了哪里？在哪弄的枪？他们四个到底是不是你给弄出来的？"有才含糊其辞地回道："是又怎么样，不是又怎样，反正不是我们进城去，他们根本出不来。"秀秀又问："哪这六杆枪到底是谁弄到的？"有才说："当然是谁手上的就是谁弄到的喽。"秀秀又问："那天进城后，你们两个去了哪里？"有才说："你告诉了我，我才告诉你。你是如何进的牢房？如何把匕首递进去的？"秀秀说："是罗长生带我进去的。"有才说："鬼才相信，他警察局的会带你进去递刀子？"秀秀说："你不信拉倒。"

见此，有才乐了。他心里道，看来她说的是真的了。有才说："除非他罗长生真的想娶你秀秀，你秀秀也答应嫁给他了，那倒是有可能的事情。"

想套我的底，没门。秀秀说："他想娶我怎样，不想娶我又怎样。我答应怎样，不答应又怎样，这与你有关系吗？"

柳有才一看秀秀的这个架式，便气恼地说："怎么这么多怎么样？什么怎么样，以后怎么样，与我屁关系。"

秀秀被他弄得噗嗤一笑："你今天说的这话，我怎么一句听不懂。"

柳有才自我嘲解地："你不懂就对了。"

他清楚秀秀与罗长生的进一步接触，会冲淡她跟耀宗的感情，使她变得举棋不定，这样自己岂不也有机会了。有才说："这次你该佩服我了吧。那天我胆大起来连自己都不信。我的这杆枪是我一记重拳把一个警察击倒地后拿到手的。不信你可以问金宝去。"

秀秀说："我不信。"

"我就知道你秀秀一直瞧我不起。"有才扭头喊，"金宝，你过来。我问你话。"

有才把这话重复一遍，要金宝证实。

"你就吹吧。"金宝说完再对秀秀说，"事实是事实，不过我俩也因为他的蛮撞，被便衣警察围堵在一栋楼上好几小时，要不是牛队长和耀宗四个碰巧赶来替我们解了围，结果还不知怎么样呢。"

有才愤懑对金宝："我要被你气死。"

秀秀便说金宝："你这样不给有才面子，这就是你的不对了。"

金宝说秀秀："我是真弄不懂你了。"

金宝回到自己桌，他对坐同一长板凳的耀宗说："有才正在跟秀秀表现自己呢。"耀宗说："我早看出来了。他长本事了，应该的。"传家说："秀秀是你耀宗的，你不妒忌？"耀宗说："她现在谁的也不是了。你忘了，她那天进牢房是谁帮的她？她自己说是罗长生。这其中的意思还用明说吗。"加德说："谁的也不是，最好啦！"金宝说："你这什么话？"加德说："我这是北山话呀。"

同桌几小伙子一起哈哈笑了起来。

一个接着说："你们真想知道秀秀心里有谁？这还不容易，测试一下不就行了。"一个问："怎么测呀？"另一个说："用皮鞭同时抽你们仨，她最先夺下抽在哪个身上的鞭子，她爱的就是哪一个喽。"

大家说："这个办法好，就不知耀宗敢不敢试。"

耀宗知道这办法是实现不了的，就说："怎么不敢，只要你们能把他们两个同时都喊来。"

后来这些年轻人轮流去上桌给长辈敬酒。耀宗第一个端酒过去，把碗举到齐眉高，说：

"族长和长辈们在上，不才耀宗先干为敬。"旁边桌的有才见了，抢着过去第二个敬长辈桌。这时耀宗还没离去，有才笑对耀宗道："你是什么都喜欢赶在前面！连下大狱都是。"耀宗愣着，一时不知用什么话回他。族长瞪孙子一眼："你这个兔崽子——"

待到这些小伙子敬过，族长问同桌的五个："我们这些议事会的老耄是不是也要去回敬一下这些后生们啊？"

松柏说："我首先声明，我才三十有九岁，还不是老耄，别把我叫老了。"

朱守箴手指点着松柏道："大家都知道这里你小，但不是最小，可老者为尊呀，族长想着办法把你救出，你不知感恩，还心生怨怼？"

牛松柏说："我的意思是，我还达不到为尊级别，别把我扯进去。"

朱守箴抓住前话题不放："你知道你小，你就多跑点腿，多喝些酒。你就代表族长和议事会的老耄去回敬一下后生们，嘉仁，你看是不是这个礼数呀？"

族长嘉仁笑着附和道："朱老夫子说的也不错。"

牛松柏于是欣然领命，一桌桌去敬。来到秀秀这桌，敬了大家一碗后，看看坐同一条长凳的秀秀和有才，说："没有你们两个的鼎力相助，我松柏现在还在大牢里待着呢。来，我再敬你们两个一碗。我先干为敬！"

秀秀和有才端碗站起，秀秀的眼睛平视着牛松柏，里面似有内容又无内容。有才恭敬而又谦虚地回道："松柏叔说什么呢，全力营救你们四个是我爷爷意思，我们只是奉命行事，用不着谢的。"

松柏说："通过这件事，看出你有才还真有才啊。"

有才说："谢谢松柏叔夸奖。"

这顿从中午开始的庆功宴直吃到太阳西斜，各桌的男女才慢慢散去。没了人的桌子，碗筷撤去后也开始被各家搬回，校场上只剩下少数几个喜欢嬉闹的年轻人，上头的长辈桌也只是族长和松柏还在。他们两个是在商量，如何追查杀害县府通信员的这件事。松柏就是因此事被关进县大牢的，他不能不关注这件事。

这时在旁屋负责撤席的张婶向族长走过来。她说："怪了，我只过来上桌吃了半个时辰的饭，锅灶上余下的一竹筒猪油就不见了。"

一会儿，右边屋弄吃的李婶也过来说，她那屋里余下的一猪后腿也不见了。她说："我知道那头猪是族长自己贡献出来的，便悄悄给族长留了只后腿。猪腿是拿表芯纸包了藏在风斗后的，刚才想拿了给你送家去，却发现猪腿没了。"

一连两起失窃事就发生在庆功宴的当口，这让两个是又气又火。族长嘉仁沉思了半晌，他对松柏说："这样下去还了得。这几年村里的偷鸡摸狗之风是越来越盛，再不整治不得了。篆刻在宝纶阁青石板上的村规民约早就被一些人忘到后脑壳了。"

松柏一拳擂在自己大腿上，他斩钉截铁地说道："我们不妨就从这件事抓起，查出后·

给这些歪瓜裂枣们一个惩治，兴许顺便还能牵出杀害县府通信员的线索。这事交给我负责。我要趁热打铁，痕迹在短时间内是不会消失的。"

族长点头赞许："那你就去查查看，我全力支持你。"

松柏马上询问张婶和李婶，两个从炒菜做饭开始，有哪些人进出过临时厨房？哪些人有什么异常举动？两个想了一下，断断续续地说了。张婶说："后岗的胡伯平常难得见到，就是见到跟我也是很少搭腔的，今天却钻进屋里跟我没话找话，眼睛还到处溜，在屋里进出了两趟。"李婶说："我想起了，我那个娘家外甥二赖子，这家伙平日懒得要命，今天倒显得很是勤快，夹在姑娘媳妇中间端进端出的。空闲时还在屋里到处转了转。"

松柏想了想，问张婶："胡伯穿的是那件破羊皮袄吧。第二次出门前是不是说肚子疼了？"

张婶说："你怎么知道？"

"这就对了。"松柏又问李婶，"二赖子在屋里转时，转到风斗那里站了好一会？"

李婶说："是在风斗那站了一会，因为我听到风斗响过，应该是他在摇着玩吧。"

松柏又问："你包猪腿的表芯纸是在哪个店里买的？"

李婶说："是包鞭炮的那几张纸，顺手在校场前的八仙桌上拿的。"

牛松柏马上带了几个护卫队员，叫每人在左臂上扎上红绸，这是表示正在实行公务。大家迅速赶往二赖子家。他父母虽然年老，但他有兄姐四个，都已长大成人，干活的人多，家庭比较殷实。二赖子是老小。他一看到臂扎红绸的护卫队员冲进门，便向柴房方向望了望。

松柏跟他父亲说："有人怀疑赖子偷拿了庆功宴余下的一只猪腿。我们特上门来核实。如果是他拿了，这第一次又主动交出。这数额不大，按村规民约，我们就不给他张扬了。"

父亲把儿子叫到跟前问。二赖子说："我没偷。"

松柏说："我再给你一次机会，你是没偷，你只是把摆在风斗后的猪腿放到了窗台上，再从外面拿走的。"

二赖子梗着脖子："放你娘的屁，我什么时候拿的，你哪一只眼睛看到的？"

松柏说："对不起，那我们只有搜了。"

松柏不去柴房，叫一个队员在大门口守着，自己带人进屋先从二赖子房间搜起。二赖子跟在屁股后进来。松柏几个东瞄瞄西瞧瞧，他首先拉开了床前矮柜的抽屉，里面竟然有一个绿白相间的圆形玉，中间有一圆孔，可以套在手指上。再仔细看玉扳指上的色彩，绿多白少，绿的包围白的，白的形状看去像一只玉兔。确定无疑了，这就是议事会胡老耄的那个玉扳指。村里人都知道胡老耄有一个玉兔扳指。胡老耄是前任族长，今年已经83岁了。前两个月，胡老说自己靠在躺椅上晒太阳，眯了一会儿，醒来，大拇指上的扳指就不见了。

松柏问站在身后的二赖子："你还有什么话说？"

二赖子说："这玉扳指是前族长胡老耄送给我的呀。你不知道他是我太公？"

松柏说："你真是没救了，到现在还在瞎说。走吧，我们一起去胡老那当面对质！"

几个手下便架了二赖子出来。大家到了大门口，松柏亲自去到柴房里，一会儿就从里面拎出一只近二十斤的猪腿来，上面的表芯纸还是包着的，一闻还有火药味。

见猪腿这么快被发现，好像早就知道在里面似的，二赖子便耷拉着脑袋作悻悻然状，心里恨李婶出卖了他。

松柏笑着说："赖子啊，你总不会说这猪腿是它自个跑你这来的，这表芯纸也是你自己包的吧？你如果这么说，我还知道这表芯纸上有火药味，你不会说你包的纸也有火药味吧。"

在牛松柏的冷嘲热讽下，二赖子无可抵赖地承认了这只猪腿是他拿的。

松柏大喝一声："把窃贼二赖子带到囚禁室去！"

松柏当即独自一人又去往胡伯的家。胡伯的家在后岗上，单门独户的，离村有一里多路。进家，见屋里凌乱得很，厨下也是冰锅冷灶的，桌子上一层厚厚的灰。那个装了大半筒猪油的竹筒就搁在桌子上。松柏进房看时，胡伯已躺床上睡大觉了，眼睛是睁着的。松柏问："干吗晚饭都不烧，就上床睡啦？"

胡伯说："有中饭这一餐大鱼大肉垫底，我两天可以不用起火了。"

松柏说："你这是何苦。"话罢去翻米坛，里面是空的，就一个底，突然觉得心里酸酸的。"你这哪像个家呀……我看你是没心过日子喽！你没考虑过继一个儿子，或者凑合着再找个婆娘？只要能帮你操持这个家就行。"

胡伯的眼眶里涌出泪来："谢谢你这个护卫队长今天能来看我。自从我老婆死后，五年了，村议事会的都未登过我的门。"胡伯在心里道，我如果不是拿了这筒猪油，你松柏恐怕也不会来。

松柏心有愧意地："这几年动乱不停，我们忙着练武护山，议事会的确把你忽略了，还请你胡伯谅解。你有什么想法跟我说，我一定帮你。"

胡伯说："不了，有你这句话，我心满意足了。"

松柏没提一句猪油的话就离开了胡伯家。

他直接去了族长家，跟柳嘉仁不偏不倚地诉说查实这两起失窃案的经过。嘉仁听了半晌没吭声，只见他猛吸一阵烟，白铜水烟壶里发嗦嗦的水泡声。他吸完了这泡烟，把水烟壶搁八仙桌上，起身吩咐家人去通知另外几个议事会的，让他们晚上到宝纶阁开会。嘉仁说："松柏啊，你就在我这简单吃点算了，我们吃好一起过去开会。"

吃饭时，嘉仁也不作声，像闷葫芦。饭后偶尔冒出一句："你看我是不是真的老了，该让贤了？"

"你这是什么话呢？"松柏喝着茶，声音低八度地，"我刚才是不是不该跟你说这些？"

嘉仁把眼一瞪："你把我嘉仁想象成什么啦？一切到会上再说。"

月上东山时分，五个议事会成员先后进了宝纶阁，来到后厅的高台上。高台离地近两米高，从两旁的木阶梯上，每逢节庆，这里是唱戏的戏台。平日当中置两张大八仙桌，旁边一条案，太师椅几把，村里的重要会议都在此召开。先到的麻婆已把水烧开，茶泡好。作笔录的朱守箴也早早来到，笔墨侍候好。他问："多日没这么正式开会了，我心里正痒痒着呢，今日什么议题啊？"

嘉仁说："你问我，我也不知道。你不如问松柏，他最有发言权。我只是把大家召集来，让松柏把今天的情况跟大家说了，大家认为是什么就是什么。你只管记，没你什么事。"

朱守箴边磨墨边把脸对着胡老耄："你看到了吧，嘉仁族长的谱子比你当年大啊。你这么的高龄了，他还让你往这里挪步，要是我当族长，我就会把这会放到你老家里去开。"

胡老耄刚才多走了几步路，喘气不均，讲话气有些接不上。他嘴一张一合的，抖颤着嗓门底的细沙声音说："……放，放，我家，可不成，公……公事放祠堂，有话当当面讲，规矩，墙上的青石板上刻着呢。"

嘉仁搀扶着胡老耄在太师椅上坐下，说："承蒙教诲，我以前就是由着性子，没有一条一条地按规矩来，所以积下的问题是越来越多，已经到了不解决不行的地步啰。我今天是来跟大家检讨的。"

大家在位上坐定后，嘉仁让松柏把侦查的两件偷窃案的过程和结果跟大家汇报了一下。胡老耄听到是他那个不争气的外甥趁他眯眼时偷了他的玉兔扳指，便摇着头一遍遍地："世风日下啊，世风日下……竟偷到太公头上来了。"

松柏走过去把玉扳指给胡老耄套上，说："你以后再打瞌睡时，先把它收起来再打瞌睡。"

嘉仁说："一切责任在我。"

"责责任的确在你。"胡老耄咳了一声，接道，"你当年的那股闯劲呢？"

嘉仁说："我今天就是来听取大家的意见的。我是不是该让贤啦？我老啦，东边锣西边鼓的，我是一时想不起，也顾不上这么多了。"

"你让贤，让谁啊？"朱守箴朝旁边瞟一眼，"不会是松柏吧？不是我埋汰他，我觉得松柏目前还欠着火候。"

喝了两口茶后，喘息平和了许多的胡老耄说道："我也是这个意思，你嘉仁想享福还不到时候。目前局势动荡，福祸难测，北山正处在多事之秋，临战不宜换将啊。眼下还是让松柏专心做好北山的护卫才是。"

另两个议员也表明了相似看法。

见此，嘉仁说："也罢，让贤的事就暂且不提。当下我一定抓村规民约条款的落实，一条一条做到位。这于目前形势也是契合的，万一出个什么事好对照执行。我们现在就商议一下，明天贴出惩罚二赖子的公告，让他头顶猪腿在村街游上一圈。对胡伯，我们就不追究了，那是因为我工作疏忽造成的。我在这里跟几位检讨。下面我们再商议一下对孤寡老人的救助。这一款以后要一以贯之地执行。陈管事呐，你看看账本上公益金积累还有多少？还有孤寡老人徐老桂身前身后都是村里出资的，他的房产和田产还被两家霸着，大家商量一下如何责罚两家，把它收缴为公益，增加村积累。"

大家于是一项项议，一项项通过。

第二天就公布了孤寡老人的补助名单和补助金额，钱下午就一家家给送了上门。这张补助名单与惩罚公告并排贴在宝纶阁门外的墙上。

这两项到位的村规民约的实施极大地振奋了村民们，使大家感受到了温情和暖意。北山人互相奔走相告。偷摸耍赖等不正之风受到了人们的唾弃和鄙视，正气得到弘扬光大。

公告的第一款就是，以后对孤寡老人一以贯之地执行救助和养老送终。几个年轻人见了便露出呵呵笑脸。大家的心情都好起来。传家说："若早知执行这条款，我上次蹲大狱，也就放心我妈，不那么急着想出来了。"

耀宗说："屁话，蹲大狱怎么不急着想出来？主要是我们以后在护卫队干没顾虑了。万一那个……也好放心踏实地去。"

传家冲耀宗一句："尽说晦气话，我可没这么想过。我们老婆都还没娶呢。护卫队长的儿子眼里就只有护卫队？"

耀宗笑道："眼里有护卫队有什么不好？北山人要过安定日子就离不了我们。"

第五章 讨价还价

悲伤在心中弥漫，心在暗暗滴血。简直不可思议啊，一天一夜，牢里的四个北山佬不仅全跑了，狱警还死了五个，便衣巡警死伤七八人，枪少了六杆。这真是天大的笑话和丑闻啊！才四十有余的宋县长一夜便白了头。原来漆乌的头发，早上起来洗脸照镜子时，突然发现两鬓斑白了不少。

城里居民也在议论此事，说这些北山匪是个顶个的厉害，还没见着个人影，就把警察干的稀里哗啦。如果真的来个一大帮，还不把警察局给端了？

罗长生的心里却跟明镜似的，他知道之所以发生了如此重大事件，一定与秀秀拿了那包吃的东西进去有关，不然凭着他们的一双肉手，是怎么也挖不开那副实心砖墙的。只恨自己一时心太软，信了她。牢头心里也跟明镜似的。这些天，这门里除了罗长生跟那个女的来过，没让谁进去过。没有硬器铁件，那样的实心墙光用肉手是起不了作用的。牢头想，自己算是栽在罗长生的手上了。此事还只能哑巴吃黄连，有苦说不出。如果声张出去，责任更大。

好在西大街和大狱值班室这两块都死了人，西街还发生了枪战。大家以为是西街的这股北山匪打死了值守的狱警，再去牢里救的人。这样内部渎职的行为，就被表面上的假象给遮掩过去了。

第三日，憔悴了不少的宋县长在警署中层干部会上发了火。他痛彻心扉地："你们让我县长的脸往哪搁？还说设陷阱让你们打他们伏击，人没见着一个，倒让对方打了一大闷棍。这嘲笑的巴掌是打在我县长的脸上呀，是着着实实的一巴掌啊。真是羞死人了。人说兵熊熊一个，将熊熊一窝。我看你这个警察局长是不想干了……"

他把方仲义骂得狗血喷头，眼睛一翻一翻的。末了，不服气的方局长稍稍反抗一句："我当初就跟你说过，这样做是在冒险，说不定……你不听我的非要听那个姓罗的，有什么办法？"

"你还没遇着可伏击的北山佬，就败成这样。他真要来个一批人，还不把你的警局给端了？"宋县长的眼睛从方氏脸上转到罗长生脸上，"这件事，你罗长生怎么看？"

罗长生的声音是低八度的："我没什么可说的。这的确是我们疏忽了。"

"这话不像是你罗长生说的。我是想听听你的心里话。"

"真想听？"

"你说。"

"我先告诉你,我的话可能会有些刺耳朵。从法理上讲,你原本就不该用欺骗手法,把人扣在这里不放。你应该重证据,用事实说话,而不是凭猜忌,非法抓人。"

"我也是这么想的,可找不到证据,上面又逼你定死限期,三天两头唾骂你。换是你,你怎么办?"

"要是,我……我……我也没办法。"罗长生眼神软下来,笑了笑。

"就是喽。"宋县长的气小了一些,浅浅地抿一口茶,再对着方局长说,"仲义啊,你说吧,下一步怎么办?挨骂受罚我担着,做事还得你出力才行。"

方仲义沉默着,他不知道该怎么说。对付这帮凶狠嚣张的防不胜防的北山佬,他真的想不出更好办法来。说的好还好,说的不好,下次做砸了还怪你头上。

"怎么?就是不开口。"

方仲义面有难色:"我这个小家雀雀,再说有用也有用不到哪里去的。这帮人改头换面地悄悄摸进城来,你如何防得了。你家家去搜,也是大海捞针,有个什么用?只有主动出击,打到山上去,才是唯一的解决之道。"

宋县长摇着头,心里说:没用的东西。看来这个方仲义是要把这个烫手山芋推给罗子俊了。不过,想想,他这话也不是没道理。也罢,就破财消灾吧,顶多叫街上的商贾店铺多出些钱粮便是。这祸害不除,龙源永无宁日。

主意想定,第二天宋县长就着人去找罗子俊。手下去到西城郊外独立团营地,营地的人说你先回吧,罗团长带着一帮人下田去了,待他回来我告诉他。

一个把多时辰过去,回到营房的团长听说县长有请,立马坐了吉普进城。一进县衙大门,见到县长大人,他就弹衣襟拍裤腿的。他打着哈哈道:"我刚从田里拔脚上来,一身的泥巴呢。今天县长怎么想起我来啦?"

宋县长莫名地:"你上田里作啥?"

"人家不知道,你宋县长也不知道?我这个独立团虽然是北伐下来的,转并到保安系统便变成后娘养的了。虽是鹤立鸡群,可鸡太多就不卖你个别鹤的账了。军饷减半,两稀一干还要算计着吃。要吃荤的,只有自己动手去田里掐黄鳝抓泥鳅喽。"

宋县长心里呲之,嘴里却夸道:"你这样勤政爱兵的团长真是少见呐,要抓叫喽啰兵去就是咯,何苦亲自动手呀。"

罗子俊说:"你亲自去了,没肉吃人家也就不会怪你了。"

宋县长笑道:"想不到你这军人脑袋也还是蛮那个的……你罗团也太责己了,真要是没腥荤可塞牙缝了,只要你罗团长开口,谁还不乖乖给你奉上?"

罗子俊说:"你以为我是什么大人物?"

宋县长说:"手里有杆枪,人家还是要给点面子的。"

"那也倒是。我真要向你开口，相信你宋县长也能给我这个薄面。可我一个堂堂五尺汉子，好意思跟人开这个口吗？我如果死皮赖脸地向上面讨，也不是讨不到。但我情愿勒紧点裤腰带。"

顺着这个话题，宋县长说："该开口的事还是得开口的。像我宋某人就不怕脸皮厚，今天请你来，就是想得到你的帮助。前两天发生的事想必你也知道了。我们警察局真的是应付不了，要剿灭这帮盗匪，还得靠你穿黄军装的。你要的粮饷，我会给你补上。"

罗子俊又弹了一会袖上泥巴。他磨蹭良久才开口："县长大人啦，你没在队伍上干过，你是不知道这里面的枝枝节节。要剿匪，这可不是一点粮饷这么简单的。这次你也见识了北山佬的厉害。要打就是要死人的。北山那个地势易守难攻，你想攻上去，还不知得死多少兵呢。人死了，棺材得买，老婆孩子总得养吧。留半条命住医院的，医疗费总得付吧。要知道医疗费和抚恤金才是大头啊。还有枪支弹药的开销呢。"

"你说得多少吧？"

"你要我说，我还真不好意思说。"

"我打宽点算，乱七八糟的加一起，总共一万大洋，行了吧？"

罗团长只是笑笑。

"你给句话嘛，行还是不行？"宋县长眼睛在等着。

良久，罗团长被他望得不好意思了，才开口："也就够个粮饷钱。得，下回聊，下回聊。我该回去抓泥鳅了，伙房还等着下锅呢。"罗团长迈开腿，上了门口的吉普一溜烟便没了影。

后来又谈了两次，宋县长找商会多次叠加款额，最后咬牙以四万大洋成交。先预付三分之二，余下的，视结果再付那最后的三分之一。结果是要达到这么两个标准：一是尽量不伤及无辜，特别是妇孺残弱。二是最大限度地消灭山上的有生力量，对持刀枪负隅顽抗的青壮杀不赦。

为免除后患，宋县长还执意要与罗团长形成书面合约。他这边盖县府的大圆章，罗团长那边盖团部章及他个人印章，一式三份，各留底一份，一份放在中人那里。宋县长又说："这四万大洋里，预计各项费用多少，你给我列个清单，我好跟商会有交代。"

列就列，我还怕你个卵！罗团长心里这么想着，就给他附上了需买枪支多少，弹药多少，口粮多少，伤亡医疗抚恤费预计多少，一共合计四万大洋的清单。

靠自己，这可是一辈子都挣不来的财富啊！罗团长着人用挑稻谷的小箕箩挑了几担才运完，两万摆团部，零头六千有余放自己家里。两万六千多大洋拿到手，罗子俊心里的那份喜悦自是无法用言语表达的。他心里道，能拿到这些钱，得感谢宋县长的那个通信员呐。听说，他那个老娘为这个儿子的突然暴毙，连眼睛都哭瞎了。我得着人悄悄丢二十块大洋给老人家。

手下的连排长们看到这么多白花花大洋都欢呼雀跃起来。其实罗团长的这个团的建制也不是十分健全，有吃空饷嫌疑。

罗子俊把自己的想法跟二连长吴辉说了。他说："这团里就你一个兼着营长的职务，我遇事就得先与你商量一下，你说我这次干的对是不对？"

吴辉说："对对对，你罗团长哪有错的道理。"

罗子俊就是喜欢吴连长的听话。他给的是实际连长的待遇人家也不计较。他对吴辉说："你去把那些爱臭屁的官兵们都招呼到这里来。我有好事要跟大家说。"

一会，团长的屋里屋外就围上了一堆兄弟们。

罗子俊对这些兄弟们说："当兵吃粮的，家里都是苦巴巴的。谁见了这么多钱不打心眼里高兴？这些钱是县里让我们去打北山盗匪的。那北山易守难攻，十个去了有七个回不来。这是丧葬费和抚恤金。家里有困难愿意去冒险的给我报上名来。"

一连长葛九斤说："我去，我娘正躺在床上等钱治病呢。"

副官黄金彪接上："我也去吧。我爹最近赌博，把房子输了，人家已几次追上门强要房地契了。"

罗子俊说："我不是要你们自己报名，是要你们回去通知到下面的兄弟，讲明利害关系，去不去都不强求。"

才一天功夫，报名的名单就汇总到团部，三个连九个排共有五六十人报名。罗团长见了这些兵的名字，一了解，家里都是苦大仇深的。这天团里召集这些报名的集中开会。罗子俊在会上就说："这次攻打北山，就由你们这五六十人组成敢死队，冲在最前面。战死者每人发 200 大洋，伤残者发五十大洋。"

被批准成为敢死队的个个都很振奋，摩拳擦掌地跃跃欲试，恨不得立马就行动。战死和伤残能得到这么多钱，大家都说团长仁义，就是死了也值。

这天罗团长让葛九斤去他屋里。罗对葛的印象不是很好，这人太爱较真，认死理，不过打仗是一把好手。他对葛说："你真的想去，我也正好缺一名敢死队队长。到时你的酬劳我会加倍。希望你不会让我失望。"

葛连长说："我想我们应该能打出独立团的威风来。"

罗子俊对葛连长的这句回答相当满意。

此后，敢死队就在葛九斤的带领下，每天刻苦训练。练习的主要项目是攀岩、打斗、射击。

独立团要攻打北山的消息很快在龙源城传开。

这个消息也传到了北山，是牛记酒店的牛二给捎上山的。山上的青壮男女，个个义愤填膺。大家自动聚到宝纶阁谈论此事。牛松柏说："他娘的，这个罗子俊也太猖狂了。他还着人在街上城门口张榜公告出征的日期呢。"

朱守箴说："听说宋县长给了他不少钱，他才肯出手剿我们北山的。他贴出出征的公告，是不是在暗示我们也得给他送钱？不送的话，到日子就真的打了。"

耀宗说："你老夫子也太把人看扁了吧。人家到底是个团长，至于这么卑鄙吗？"

传家说："人家还不至于愚蠢到这种地步。"

族长说："我想，这个可能性尽管很小，但我们不妨可以一试。送钱不是主要目的，我的意思是通过这个，试试他打北山的决心有多大。再给他一个威逼利诱。让他最好打消此念头。我们北山的祖源村经不起人家枪打炮轰的。"

牛松柏说："省省心吧，别做这个梦，他罗子俊是什么人，别人不知道，你柳嘉仁还不知道？他可以收别人的钱，但绝不会收我们的钱。再说，你有这个钱吗，凭你那几百大洋，人家眼角都不会瞟一下。人家公布出征日期就是在跟我们公开宣战。不要东想西想了，我们只有一条路，跟他打。"

族长说："松柏啊，你还是没有理解我的意思。我的意思就是不管用什么办法，最好把问题解决在山下。"

牛松柏说："我明白你的意思。你是不想在我们这一代把北山的精美建筑毁了。不过要想把问题完全解决在山下是不太可能的。人家也是箭在弦上不得不发了。我们跟人家独立团比，力量太悬殊，形不成对抗，我们只能凭着天险在防御上做文章。"

牛松柏的看法得到多数人的认可。意见统一后，大家就在防御上动起了心思。

牛松柏说："我们作最好努力，作最坏打算吧。"

族长说："这方面的事情由你护卫大队长全权作主。"

牛松柏说："还是大家多发表意见好，多张嘴多个想法嘛。"

族长说："有时多听意见未必是好事。"

牛松柏说："为了我们北山的安全，还是稳妥些比较好。我可担当不起这个重责。"

大家说，集思广益是对的。

于是你一言我一语发表意见。于是一场防御性的措施从模糊到清晰，从概念到具体，从嘴头到行动，一步步从容展开。

城门口公布的出征日期，眼见着一日近一日地到来。

队伍开拔这天，背着枪扛着炮的长长队伍还在城里的街上兜了一圈。从西城门口进，从北城门口出。罗团长骑在高头大马上频频向两旁招手，街两边站满了看热闹的市民。宋县长带着城里的一大帮商贾显贵在北城门口欢送出征队伍。罗团长走到这些人面前勒住马头，他说道："各位父老乡亲，我会给你们带回胜利的好消息的。"

"预祝独立团凯旋！"宋县长率众向罗团长拱手致意。

微笑回礼的罗团长一勒缰绳，坐骑昂首前蹄悬空，手里的缰绳一撒，马就偏头向前方撒腿扬蹄而去。队伍在他身后走成两行神龙见首不见尾的纵队。

通信员、司号员、黄副官骑马行走在罗团长的左右前后，队伍的最后还行驶着三四辆装辎重的大马车。

黄金彪问罗团长："你这次去围剿北山，声势造得这么大，万一输了，如何收场？"

罗团长笑了笑："你认为我罗子俊会输吗？我一个独立团的正规队伍要打不过这些乌合之众，我弄根绳子自个上吊去。"

"我想北山佬已早有准备，他们的厉害已让宋县长领教了。我们还是小心为上。"

"此事就不劳你费心了。你再派两个往前去给我打探消息去。"团长一发话，黄金彪两腿一夹马肚向前去。

太阳斜到西天空离山脊还有两三丈时，八九百人的队伍开到北山脚下。这里刚好是一片宽阔的田畈。早春季节里的大地是干燥的，还没来得及回潮犯烂。留着稻茬的土地板结硬朗。罗团长看着还高高在上的太阳，说大家一定饿了吧。然后吩咐手下安营扎寨，准备生火做饭。于是帐篷支起来，炊烟升起来。看着士兵门忙碌着嘻闹着，四处转悠的罗团长，一副很开心样子。这样的军旅生活已经久违了。

看到路上有一两个回山的山民，手下说："抓住他，省得回去报信。"

罗团长说："随他。让他们准备足足的，我们好久没打过瘾战了。"

黄金彪问："你真打呀？"

罗团长说："怎么不打，收人钱财，替人消灾嘛。"

不知不觉，夜的帷幕悄然拉上，天地间被一盆乌墨泼洒，除了几个流动暗哨和团部值班帐篷里还亮着灯，大地是一片沉寂，近千人的队伍就像被掩埋了一样，悄无声息。这部队的第一晚野外宿营就在时间的流淌中悄悄过去。待到东北角的启明星升起不久，个别的帐篷里才有了叽叽喳喳的鸟语。

这一夜，山脚下的队伍是睡踏实了，山上议事会的几个核心人物却是彻夜未眠。他们在作着防御工作的最后落实和复查。看看哪一个环节有漏洞，攻破了第一道防线怎么办，攻破了第二道防线又如何处置？

族长说："我们的祖先正是看中了北山的险要和易守难攻，才汇聚到这里，在这里落地生根，本想把这里建成一个平安无忧的世外桃源。可现实总是事与愿违。"

"莫发感慨了，祖宗看中的地方还是错不了的。"牛松柏笑着宽慰道，"放心，我看他们连第一道防线都上不了。绵延几里多的悬崖峭壁，就乌龙口这一条窄窄的通道。他们一来到岩下，我们就把堆在上面的石块和树段往下推，砸他个稀巴肉饼。"

朱老夫子说："这只是你自己一味的想当然。你不知道有'道高一尺，魔高一丈'这句话？要知道人家罗子俊是从我们北山出去的。他不会攀岩走壁？"

"我们上面的人都是吃干饭的？"牛松柏不想跟他争，妥协道，"好好好，就算他们可以攻上来。这第二条防线他们应该难通过。这么多的陷阱、弓弩、吊杆。除非他们都不要命了。"

柳有才说："对，罗子俊就是要上来跟你牛家拼命的。这要怪你们牛家当年跟人家结怨太深。我们北山这下是要完啰。人家机关枪一扫，炮一吊，我们这些青壮战死不要紧，可怜了老人妇女和小孩啊。"

柳族长瞪了孙子一眼，对松柏说："关键时刻，这个兔崽子尽在说泄气话。既然都是要死，你就安排他到第一道防线上去吧。"

牛松柏说："一线早已安排妥了。"

柳有才有气地："在护卫队，能风光的好事怎会落我有才头上。"

牛松柏想说你就是柳家的唯一了，出口却变成了："那你就去，你以为哪里能立功功有风光，你就去哪里。"

有才大言不惭地："那我就去耀宗守的乌龙口。"

牛松柏望望族长："那可是最危险的地段，有才可是你族长唯一的孙子了。"

族长沉吟一下，说："有才上次在乌龙口失过职，你就让他在那里有所表现吧。"

"那里可是下面攻上来的唯一可能的通道口啊。"松柏再次提醒道。

"你以为就你牛家人不怕死？"有才丢下一句气话，摔门而去。

牛松柏知道他是一定要去乌龙口了。这些天，第一防线的值守是昼夜不断人的。前两天，誓死保卫北山的大会已在校场开过，男女老少都情绪激昂，绝大多数人都说要誓死与北山共存亡。大家心里都明白武功再好大刀再快，也是玩不过现代化的钢枪钢炮的，人家硬要围剿，输是迟早的事。我们只有尽可能地多杀些敌人罢了。做人就是争一口气，这个世界没道理可讲了，气不过，就不要这口气了，大不了拼个你死我活、鱼死网破。

牛松柏想，有才硬要去乌龙口就让他去好了。

从县大狱逃回的耀宗加德和传家更是悔恨再三，早知县里要因这事，下如此狠心灭北山，自己就不跑出来了。

松柏对大家说："埋怨有什么用？这就是时也命也，是上苍的安排，老天要我们死，你再逃也无用。世上没有后悔药，我们死也要死出骨气，死出个英雄气概来。第一道防线，那肯定是一场最壮烈的厮杀。第二道是弓弩、吊杆和陷阱。最后的第三道由老人和妇女……我想凭着这三道严密防线，到最后，对手也会元气大伤损耗过半的。不过，我不相信罗子俊为了宋仁熊会拼掉自己的老本，北山不会就这么完的。"

山下的第二天早上，罗子俊派出的探子回来报告说，北山佬前几天就已在乌龙口一带布置了严密的防线。上头多处险要关口人影攒动，昼夜不断人，悬崖陡坡上堆满横木、块石。在横向一带的树丛隐蔽处，发现偶尔也有伸出的漆黑枪杆。罗团长听了说："好，我们就是要与他们硬碰硬地干，看到底谁打得过谁。"

吃过早饭后，连长让各排集中，说团长要作战前训话。望着站成数路纵队占了好一片田畈的队伍，罗团长动容地说道："我们好久都没有出来活络活络筋骨了，俗话说，养兵千日，用兵一时。这次奉县里的大力支持，我们出来练兵，机会难得啊。等会儿，我们冲上去，要给那些山匪一点颜色看看。不过，我们子弹不多，每人只能发十发子弹，就是准打十发。当然，敢死队的除外。我们开枪只能朝手里拿了家伙的青壮开枪，违抗命令的，别怪我罗某不客气。"

训完话，队伍拉开阵势开始上。敢死队是顺着上山的道路上，以上山的道路为中心，队伍分两半从两侧一线拉开，绵延两里，成扇形向上包抄。黄金彪说："这样上山岂不是太慢，这里离乌龙口等险要地段还有好一段路呢。"罗团长说："我还不知道北山的地势？慢就慢些，我不是说过，权当练兵嘛，纵队从路上行进，万一中了埋伏怎么办？"

走在罗团长前面的有十几个敢死队的，几个扛着小钢炮的炮兵跟在团长的身边。大家顺着山道上去，一路上竟是畅通无阻。黄金彪说："看来这些北山佬还是仗义的，如果他们在路上设几个埋伏和陷阱，也够我们呛的啊。"罗团长说："两方开战，哪有仗义可言。他们是没想到，或是认为没必要吧。"

推进的队伍翻过两道起伏向上的山岗，士兵们已是汗流浃背。大家累是累，上行的脚步却并未停下。行着走着，那如斧砍刀切一般的陡峭山梁终于呈现眼前，那是山势向上节节攀高的第二个突兀点。特别是乌龙口那两块门板似的岩壁直刺蓝天，中间的那条路就像是在当中划的一条黑线。

看了这样的地势，一连长兼敢死队队长葛九斤叹道："这攻上去得死我们多少人呐！"

罗团长说："要不然，宋县长怎么舍得下如此本钱。"

离得还有一段距离，可以看清一线悬崖上的人的轮廓了，罗团长拔出驳壳枪举过头顶正欲发令，突然发现从乌龙口快速冲下一匹马来。马上弓身伏着一个人。

黄副官举枪瞄准，罗子俊说："你把枪放下。"

骑在马背上的是牛松柏。冲出前，他未跟任何人商量，这是他一己一时的热血上涌。如果能救得下北山，我就是豁出自己又何妨！他身子随着马的起伏一耸一耸的腾空而来。马蹄嘚嘚，身后扬起一片尘土。不消一会儿，单身匹马的牛松柏就来到了罗子俊的面前。人还没下马就被罗子俊的手下围了个水泄不通。罗子俊看牛松柏身上什么没带就喝退了众手下。

罗子俊不冷不热地："走马前来的这人是谁啊？看去倒是有些面熟。临时抱佛脚是不是晚了点啊？"

牛松柏不亢不卑地说："虽然我们有多年未见，但对你罗子俊我还是记忆犹新的。看来这些年你是混好了。"

罗子俊说："那还不是拜你们牛家所赐啊。"

牛松柏说："我不管你说的是正话还是反话。现在的你比我们北山所有的人都神气都风光。而且你还可以马上置北山于死地。你看看你的权力有多大。"

"你这么说，以为我罗子俊就能放过你们？"罗子俊慢悠悠地把左手的白手套褪下，甩弹两下又套上，傲慢地，"我是奉上面的命令，也是县长的旨意，来执行公务的。我没有一点公报私仇的意思在里面。"

"我知道上面来围剿是要我牛松柏这个人。我把我自己给你送来了。请你放过北山千余无辜百姓。"

"好，你牛松柏果然有种。如果是行走在大街上，你这个越狱杀人犯来到跟前，我是拿定了。可现在没这必要了。"

"为什么？"

"因为你们的一系列过激行为，上面大为生气。"罗子俊作出一种很无奈表情，"上面要剿了你们这帮盗匪。你一人能抵得了一帮盗匪这个概念吗？"

"你是一门心思，真要打啰？"

"不打我会到这半山腰上来？我神经啊。"

"那我们就没什么好谈的了。不过，看在你曾经是北山人的份上，我告诉你，攻上乌龙口后，即使前面挖断了路，也千万别往林子里去，那里面可是有数不清的弓弩和陷阱在等着你们的。"

罗子俊望着牛松柏，想从他脸上看出什么古怪来，却一点都无法揣摩。

"还有，我那登封桥下可是埋了炸药的。你要当心。"

罗子俊冷冷一笑："谢谢你的好意。"

牛松柏平静地问道："现在，你是放我回去，还是把我扣下？"

罗子俊侧过脸去："不送。"

罗的手下于是闪到两旁，牛松柏从容上马，转身疾速而回。

这边悬崖上的众人眼睛一眨不眨地看着护卫队长的一举一动，直到他上马重新回到这边岩底，为他倒吸一口凉气的人们这才把一颗悬着的心放回到肚子里。

一上到岩顶，柳族长很是出火地责怪道："你这是干什么嘛。你这个险也冒得太大了吧。怎事先没一点商量？"

牛松柏笑笑道："我这是遵照你老的建议，威逼利诱去了，摸底去了。"

"底摸到了？"

牛松柏意味深长地："暂时还说不清。"

"你就能吧。"族长拉长了脸。

"我说的是实话。"牛松柏说完，往自己西面的 03 高地去。

于是其他人也各就各位。

第六章 峰回路转

战前的高涨气氛被牛松柏这么突如其来地一折腾，罗子俊的好心情半天都没恢复过来。他在心里琢磨道：这个牛松柏在此时此刻来这么一下子，到底什么意思？他想半天还是一头雾水。虽然没想出头绪，心里却有了顾忌。

二十年前，这个牛松柏还是毛头小伙时，那就是一个玩命的主。当时父亲都在一百担粮的欠条上签字了，牛松柏却还是不放过。他强行入屋用刀尖抵着娘的颈部，逼娘乖乖拿出现银。父亲气得一口血从喉咙底涌出，当即扑倒在地。领头柳嘉仁嘉奖地在毛头小子的头上摸一把，领着一支头戴箬笠肩扛大刀的铁骑去到龙源城的下一大户家。

想想，这么刁钻蛮横之人岂肯轻易跟你低头服输。何况是在人生阅历更加老到的二十年后。

想着这些，罗子俊心里是十五只吊桶打水——七上八下。

他用望远镜观察了一番敌我双方的状况，觉得前进到这个当口、这个位置，你不开枪是不行了。迟疑片刻之后，他举起手枪朝上发出第一枪。队伍里立即响起爆豆般的连续枪声。这枪声其实也就是壮个声势起个威慑作用而已。子弹是打不到人的。人家在两三百米远的高高的峭壁上，又有横木石块作掩护。

于是撒成网状横向张开的队伍一边开枪一边上行，像大片的蚂蟥上岸一般。

前行到一定地步，也就是离峭壁百米左右，罗子俊命令队伍停了下来。从左至右绵延千余米都是凹凸不一高低错落的峭壁，况且上面都堆满了乱石和横木。这些障碍物的后面肯定都隐藏了北山佬。你要想攀援而上，他们就会把东西砸下来。

而一条拥挤的通道正好是北山佬展开武功厮杀的最好场所。

罗子俊考虑良久，然后对身旁的炮手说："对准乌龙口两旁的岩顶给我狠狠轰上几炮。"

片刻之后，"呼——哐啷——""呼——哐啷——"的炮声在山谷间回响着。几发炮弹呼啸着呈抛物线落在乌龙口的岩顶，在上面相继炸开，在响声中可以看见树干断枝飞起的景象。这隆隆的炮声增添了独立团的气势和威武。

当最后的两发炮弹快要装膛时，罗团长对敢死队的葛九斤说："现在是你表现的时候到了。你们敢死队要想突破上去，只有乌龙口一条路可走。你行吗？"

葛九斤说："既立了军令状，我只有把脑袋系在裤腰带上赌一把了。"

罗团长说："你葛队长若是牺牲了，你的四百大洋我会给你捎回家的。拿出点精神来，我们不能让北山佬把我们独立团小瞧了。我们会掌握好时间的，最后两枚炮弹在你们冲上岩顶前炸响。"

葛队长一挥手，自己就率先冲了出去。敢死队员纷纷跟上，大家成纵队弓腰疾速向前推进。

看到葛九斤的那副勇猛样子，黄金彪对罗团长赞许地："这个家伙还真是不怕死啊。"

罗子俊说："当兵就要有这副精神。他像当年的我啊。"

此刻，上面终于响起稀落的枪声作为回应，子弹从不同的方向向敢死队员射来。队伍里有两个先后倒下，冲锋推进的速度却丝毫未减，在快接近悬崖时，又有三个被上面射下的子弹击中。大多数敢死队员很快冲入射击死角，就是峭壁底下。这里上面的子弹无法打到。葛九斤观察了一下山势，说，大家贴着岩壁上行。上面尽管不时有横木和块石砸下，因贴壁行进的缘故，多数砸不到人。

两枚炮弹适时准确在上面炸响。上面很快就不见有块石和横木滚下。借此机会，敢死队员一鼓作气通过一线天，冲到悬岩顶。先是上去几个，紧接着十几个。敢死队员与未炸死的从林里涌出的北山佬贴身搏斗，眼见乌龙口占领在即，下面却突然吹响了集结号。敢死队员们在很不理解的同时，只有悻悻返身下来。

在敢死队冲上去的时候，下面队伍里的枪声已是稀稀落落的了，因为大家配发的十发子弹也差不多打完了。那些在上冲中倒下的敢死队员很快就被下面的士兵抬了回来。三个伤在要害部位的已经毙命，两个击中胸部，一个伤在脑门。三个负伤的一个伤势较重，子弹洞穿腹部，一个伤了左肩膀，一个伤了右腿。

撤回的敢死队员们自己抬回一个死的很难看的队员，他的面部摔得一塌糊涂，几乎认不出原貌来。队员们说，他是冲在最前头的，一上到峭岩上，一个装死的北山佬突然跃起抱住他。他于是挣扎着往岩边滚，两个便一起从十几丈高的岩顶坠下。

队长葛九斤摸着自己擦破的脸颊，满脸怨恨地问罗团长："到底是怎么回事呀？我们刚刚攻上去，你就吹了撤退号？"

罗团长道："难道我能望着你们一个个命赴黄泉吗？你们都死了，我这个团长当的还有什么意思？我太了解北山人了。再迟几分钟吹，上去十个恐怕有八个回不来。因为我看见东西两侧潜伏的无数北山佬手握砍刀，正跃身而起地往乌龙口汇拢。"

有个敢死队员颇有怨气地："回不来就回不来，当两百大洋送到家时，那个脸面就争大了。"

黄副官瞭一眼团长，给这敢死队员一句骂："你这个傻蛋……"

队伍在半山犹豫徘徊了一阵后，终于撤回到山下的宿营地。

歇了一气，罗团长让手下把五十多个敢死队员召集一块，由司务长给每个发了十块大洋。罗团长说："我知道你们家里都很困难。这点钱是我一点意思，给你们聊补家用。如果谁家里是因缺劳力而至困的，现在就可以回家了。"

团长让司务长给负伤重的三个，每人再发五十块大洋，并当下派人把三个送回县城新式西医院治疗。

底下敢死队的队员在窃窃私语，然后便先后有十几个提出想回家，说家里的确是缺人手。罗团长都同意了，不过临走前交给他们一个任务：就是要他们把三个牺牲的战友和200大洋分别送回他的老家。罗团长让他们分成三组，每人再添 2 块大洋的脚力费。希望他们十几个把这个任务完成后才回家。

这些将要离队的战友答应了。罗团长指定其中的三人作为三个组的领队，并把牺牲战友的 200 大洋交给他。目睹这个场面，周围的人都动了感情，大家抬手抹了抹眼泪水。罗团长说："希望你们郑重承诺，做好此事便好回家了。好在路上不是太远，你们即刻动身吧。"

三组人员用简易的担架抬起三个牺牲的战友默默离去，敢死队的葛队长和几个队员不约而同地对天鸣枪送行。

罗团长目送着这些曾经的部下离去，心里也有那么一刹那的感触。

回到自己帐篷里休息一会后，罗团长让手下再把司务长叫来。他对司务长说："你给葛连长和黄副官各送 80 块大洋过去，不要让人看见，支出记我名下。"

收到钱的葛九斤先过来感谢。罗团长对葛说："对不起了，我没能让你拿到四百大洋啊。"

"看团长说的。"葛连长有些难为情地，"你够意思了。我会记住的。"

副官黄金彪后来是有事过来时，顺便表示了感谢。他乖巧地说："团长呐，我打牌刚输了钱，你就给我雪中送炭……我黄某又没有去敢死队，怎么好意思拿那个钱？"

罗团长沉着脸地："给你，你就拿着。"

黄金彪顺带问："我们什么时候打道回府啊？"

罗团长说："不急，既来之则安之。营都扎了，不妨多住上两天。你们看看这么宽敞的地方，这么好的天气，明天开始训练打靶吧。"

黄金彪一脸茫然地看着团长。

看着罗子俊的敢死队冲上乌龙口岩顶时，牛松柏心往下一沉。看来我们今天是要血染岩顶，命祭北山了。牛松柏手握大刀率领着这边的一部分护卫队员向乌龙口靠拢。他心里想，你们上来，我们就跟你人挨人地近身肉搏，让你的枪炮发挥不了作用。

人没走出多远，就听到对方吹起了号，牛松柏先是一愣，心里道，你还嫌不够利索，还要催人紧跑快上啊。哪知抬头一看，上到岩顶的官兵听到号声后便不再恋战，匆忙结束打斗往下撤去。

牛松柏睁大眼，心里道，我的眼睛没看花吧？

他继续疾速向前，一会来到通道口岩顶。只见岩顶上有好几个倒在地上的护卫队员，血肉模糊的。一试，两个已没了气息，两个还活着。一看就知道这是炸弹炸的。松柏没见到有才的人。

先前的两发炮弹在岩顶炸响时，柳有才和几个队员正好在陷缝的通道上加高被炸塌的垒石，所以他安然无事。第三颗炮弹不偏不倚地正好插进一线天的通道上，把刚垒高的石块又炸塌了。此时，他柳有才正好贴在拐角的壁下撒尿，又躲过一劫。两个正在垒石的被炸翻，柳有才的侧腮被飞来的一块石片划过眼角。他管不了两个倒地队员，用手捂住鲜血流淌的脸颊，自顾自地钻进一边林子里。

牛松柏着人给伤者包扎，把重伤的抬回家。这时有才从一旁的林里出来。松柏看到有才脸颊负了伤，血迹挂了半边脸，问："你没事吧？"

有才用脚狠狠踢飞一块小石头，嘴里不屑地回道："离死还有一大截呢。罗子俊这王八羔子，我柳有才与你没完。"石子正好踢在走过来的耀宗身上。

松柏说："人家还算手下留情的。"

有才看到牛家父子都完好无损，便说："我今天的伤是替耀宗负的。"

耀宗半开玩笑地回道："这可是你自己争取来的，与我无关。"

松柏严肃地说道："有才，我今天要说你几句。跟你说的好好的，叫你把那些子弹都拿出来，你到底是忘了，还是故意的？本来耀宗还可以多射杀几个敌人的。"

"我这边也要用嘛。"

"那怎么没见到你打枪？撂倒的几个都是我打的。"耀宗说，"你是躲到树林里去了是吧？"

有才说："反正我是受了伤，你们父子俩皮都没擦破一点。"

松柏说："行了行了，我们不要在这里说这些废话了。现在是救人要紧。"

松柏想，刚才真的是好险啊。看着罗子俊那不怕死的敢死队上到岩顶。心里想，完了完了。这下我们祖辈建了几百年的登封桥和几次加工扩建得美轮美奂的宝纶阁要毁于一旦了。北山街上的每一块路石都凝结着我们的心血，我们只有誓死与家乡共存亡了。

牛松柏对一旁的加德和传家说："你们过去帮有才，把他们队里的几个死伤者抬回去。"

耀宗说："我也去。"

松柏说："你还是守在这里吧，你的枪法准，防止罗子俊杀回马枪。"

这时，柳族长却在身后出现了。他身边跟着几后生。牛松柏说："你怎么跑出这远的路来？"族长说："我刚才在路上听到吹号声，就是不明白，对方正在兴头上，怎么就突然撤了呢？"

牛松柏说："我也是这么想。当时看到他们的快速突破，我在惊诧的同时，血也在往上涌。我想要完了，就让我们畅快淋漓地杀伐一场，然后痛快地死去。可他却偏偏要让你的愿望落空。"

族长笑道："不会是你事前施了什么法术。他罗子俊被你的一番鬼话吓破胆了吧？"

牛松柏笑笑："有这个可能。我先前跟他说，看在你罗子俊曾也是北山人的份上，你冲破第一道防线后，即使前面没了路也不要往林子里去哦，林子里可是有无数的陷阱和弓弩在等着你们的。"

耀宗说："爸，你也真是的，跟敌人也说老实话。"

牛松柏笑眯眯地不作声。

族长说："这就叫真真假假，虚虚实实。一切凭良心，凭造化。也许正是这句老实话打消了罗子俊上攻的念头。"

耀宗说："看来他们表面强悍，内心也是惧怕我们的。"

族长说："我想也不完全是惧怕。他们撤退的原因一定很多。"

松柏说："说撤退，现在下结论还为时太早。我们不能放松警惕，要防止他们耍什么诡计。"

这时只见秀秀身后跟着几个青年妇女从村子的方向过来。秀秀气喘吁吁地说："有才与有生的父母干架了。他们正在打得不可开交呢。你们赶紧过去。"

有生是炮弹炸死三个里面的一个。父母就他这一个儿子。平常有生与有才就合不来。有生的父母就以为有生的死与有才有关系。尸体一抬到有生家，有才一句话没有就匆匆走了。有生的父母就更生疑了。有生的父母赶上前去抓住有才不放。他说："为什么你还好好活着，有生却死了？你是不是干下什么龌龊勾当？你不说清楚不准走。"

有才把有生的父母一推，说："有生的死关我什么事。炮弹要落他身上，我有什么办法。"

有生父母说："怎么不关你事，有生是你小队队员，他死你就有责任。为什么叫他守岩顶，你自己却躲在岩沟里？"

有才被说到痛处，就口不择言了："我就躲岩沟里怎么啦。有生的命没有我的命大。我娘说我有九条命。"

有生的父亲抡起拳头打过去："我不信你就有九条命。"

当族长、牛松柏他们赶到时，有生的父亲已被有才打得躺在地上喘息。族长过去给孙子重重一巴掌，说："你就是这样当小队长的？这是你队员的爹耶。他儿子死了，正难过着呢，你还这么对他？你还是人吗？"

"是他先打的我。"

"你就不能让他出出气，消消火？"

这边牛松柏扶起有生父亲，给他赔不是，说："有生是勇敢的，有生是为北山而死的，是替大家死的。你们生了一个好儿子，大家是不会忘记他的。你放心，有生的后事由村里来办。你们两老以后的生活费和养老送终都由村里包下，决不食言。"

族长的眼神挖了牛松柏一眼，也过来跟有生的父母说："原来啊，我们以为我们大家都活不了了，只不过是一个死在前一个死在后的事，所以有才就带领着他的小队冲到了最前面，去了最危险的地方。我有才不会说话，你俩就原谅他这一次。以后大家都是你的亲人，年轻人都是你的儿子。刚才松柏说的都是大实话，你就放心。这里有这么多人给你作证呢。"

有生的父亲说："你跟我说清楚了，我也不是蛮不讲理的人。"

有才在族长说话时悄悄溜走。

族长嘉仁让秀秀去通知议事会的另两个成员，让他们去组织伤亡、伤残的事后处理。牛松柏仍然回到乌龙口一带的第一道防线上坚守，并密切关注山下动态。自己统领全局，有事互通有无。

在前面值守的耀宗对回来的父亲说道："我已派人悄悄去跟踪了罗子俊撤退的队伍了。看他们到底退到哪里为止。"

"好样的，会独立思考了。"松柏满意地点点头。

夜幕降临时，跟踪的人回头。说他们退到最底的山脚就不动了。部队就驻扎在三里滩的田畈上。

夜色深时，牛松柏从悬崖上向山下的远方望去，原来是一片死寂的地方，眼下却闪烁着点点鬼火。那是罗子俊宿营地的灯火。

牛松柏想，他们栖息在山脚，到底想干什么？

第二天听到间断的枪声，再次派出探查的回来说，他们在山下打靶、操练呢。

第三四天亦是如此。

牛松柏对前来巡查的族长说："看着他们这样浪费，我真想晚上去偷袭一下，弄些枪支来壮大自己。"

"算了吧，人家没有跟我们拼命，已经够意思了。"

柳族长听着不时传来的枪声，突然心有所悟地笑骂一句："娘的，这个罗子俊是个老滑头！"

牛松柏也心有灵犀地说："他给我们留余地，也是给他自己留余地。我们以后也得收敛一些才好。"

族长说："我也是这么想的。"

第五天，队伍开走了。

第七章 浮出水面

胜利班师的独立团受到了龙源市民的热烈欢迎。宋县长带领着一帮商贾名士站在城北门口的最前面。罗长生带着警察在城门里边列了一排作欢迎状。在市民的夹道欢迎下，宋县长与下马的罗团长并肩同行。

罗团长一边走一边说："北山的盗匪被我打的是七零八落了。我看至少三五年内，他们是翘不起来了。我们的人员损失也不少啊！死了几十个弟兄，伤的就更多了，几个重伤员我们自己无法弄，就放到南街的新式西医院救治了。这个医药费是个无底洞啊！"

宋县长忙说："我有数，我有数。剩下的一万多大洋我让人马上给你送过去。另外，医药费的事，我跟卢院长讲讲，也许能给你优惠一些。卢院长这个人很有社会责任感，人不错。"

罗团长说："好好好，那就麻烦宋县长了。"

"麻烦什么，你给我们龙源除了心腹大患，我这个做父母官的做点力所能及的事是应该的。晚上，我在天都酒家为你接风洗尘。"

"那罗某在此就先谢过大人了。"

傍晚时分，罗团长带了黄金彪、葛连长等一干心腹功臣如约来到城东大街最大最豪华的天都酒楼。宋县长在楼上摆了四桌酒。作陪的有警察局方局长、罗队长等一干政府官员，还有出钱多的几个商家大户。作为东道主的他们很早就等候在这里了。姗姗来迟的罗团长在经过楼下厅堂时，眼前突然一亮，他被一个女人的光彩耀花了眼。这个独自坐在一张桌子边的女人，脸庞白皙瓜子型，樱桃嘴，挺拔鼻梁，眼睛大而黑。剪齐耳短发的她，鬓角的一络自然鬈曲很有韵味，样子是那么的清纯和雅致。一个容貌绝佳的现代知识女性。罗团长想，哪来的这么一个漂亮都市女性？我怎从没见过？她一人在那里干坐，是等人还是等饭菜？

罗子俊虽是一介武夫，对知识女性却是十分的向往和倾慕，这也许就是互补的原因吧。加上现在年纪已不小，又有了些钱，想娶妻生子的欲望更加迫切。副官黄金彪看出上司心思，他说："我还从未见过你这样子的，要不我给你打听一下，想法把她弄到手？"

"弄到手，你这是什么话？我要的是明媒正娶。"罗团长笑骂一句，黄金彪这下心领神会了。

上到楼上，罗团长选了一靠窗位置坐下，这里刚好可以瞄到楼下那女子的一个侧影。

宋县长说："你罗团长今天是客，应该坐到首席位子上去。来来来，这边坐。"宋县长这么一说，众位纷纷附和："罗团长理应坐首席。"罗团长说："算了算了，大家随便坐，这次能打败北山盗匪，全是众位支持，商会出钱，我罗某只是出点苦力而已。"

商会的吴会长说："为了社会安定，我们出钱也是应该的。"

罗长生插了一句："那可是掉脑袋的买卖啊。"

几个老板频频点头，说："那是，那是。"

罗团长满意地笑了笑，对侄子的这句插话很满意。

方局长恭维一句："罗团长是我们龙源安定繁荣的保证呐。"

宋县长说："这次打北山，有钱的出钱，没钱的出力，大家都是有功的。你们知道出钱最多的是谁吗？你们一个都猜不到。本来今天叫他也来出席这个宴会的，可他说走不开，出钱的事还叫我替他保密呢。这样的人真是高风亮节啊！"

大家你一言我一句的："这人是谁啊？他到底出了多少？"

见大家的这个急迫心情，宋县长也不打哑谜绕弯子了。他说："人家出了4000大洋，4000呐……他就是我们龙源的外来户，龙源新西医学的领军人物，南街新式西医院的卢金平院长。"

"乖乖隆冬，四千大洋呐！"大家都惊叹卢院长的出手阔绰。

绸缎庄的胡老板不以为然地："我们跟他比得了吗，他本事大，收费也高，去年我娘得了肺痨，眼看着要走了，有人劝我送到新式西医院试试，没想到在那里打了一个月的针，我娘的病就好全了。我不知道怎么感谢人家。我问多少钱，他说你看着给吧。我就给了他一百大洋。你想想，他看一个病就得人家做大半年啊。"

有人说："那是人家的本事。救人一命，一百大洋，不贵的。"

宋县长说："好了，刚才我也是捡了大家话头随便这么一说，此话就此打住。人家本来是叫我保密的，现在弄得大家都知道了，我如何跟我这朋友交代啊。我之所以这么说，我是感叹人家一个外地人都能如此慷慨，作为本地人的我们更要为家乡的稳定繁荣作贡献不是？"

大家频频点着头："县长说的对，县长说的太对了。"

这时离座一会的黄金彪回到位上。他举杯对宋县长道："我代表罗团长敬县长一杯。刚才听县长说了，这个卢院长既是你宋县长的朋友，他又有这等的高姿态，罗团长有一事想请你宋县长帮忙。你如果同意呢，我们就干了这一杯。"

宋县长一时怔着，不知黄副官想说什么。

"到底什么事啊？"

"罗团长方才在下面的厅堂里看中了卢院长手下的一名女员工。我们罗团长已是四十好几的人，没见他对一个女的这么动过心的，望宋县长玉成此事。"

"噢……噢，是这事啊！呵呵……好，这酒我喝了。难怪罗团长非要坐这靠窗位置呢。"宋县长把提起的心放回，"我知道你说的是哪一个了。是新式西医院的那个漂亮护士长对吧。罗团长是也该成个家了，这事就交给我好了。"

罗团长不好意思地："我是一介山野武夫，恐怕难入人家大家闺秀的法眼呀。如果难度大，就不必太勉强的了。"

宋县长认真说道："我想，应该不会有太大问题的。我有空就给你找卢院长去。"

听了以上几个的对话，罗长生的脸上显得好不自在，因为他叔看中的这个女人也正是他所倾慕的，而且这个叫祁雪怡的女人好像对他已有些许意思。他想，这个祁雪怡平时不是很少出门的吗，今天怎么跑这楼下抛头露面来了呢？

第二天，罗长生带了名叫讨饭的随从去南街西医院。讨饭拎着一盒新式饼干跟在他屁股后头。他之所以要大事张扬地带个人去，就是想让人把这事给张扬出去，最好能传到他叔的耳朵里。他这还是第一次公开地上门找她。他来到祁雪怡房前敲门。他要把昨天的这件事说给她听，看她是个什么反应。

这时，一穿白大褂的年轻俊朗的医生过来问他找谁？他说了祁雪怡的名字。白大褂医生说她不在，有什么事你可以跟我说。

罗长生忙说："没事，没事。"便转身往外。

两个回头走的是小路，是从西医院旁边的巷弄穿插而行的。罗长生在龙源多少年，平常是极难得走到这条叫后壁的巷子里来的。他一边走一边张望。当他走过一门洞时，突然听到里面噗通一声响。一听这响声，就知道是人跌倒的声音。罗长生马上一步迈进门里。眼睛经过十余秒的适应，才看清昏暗的屋里确实有一人跌倒在地。看去还是一个岁数不小的老太婆。屋里没有其他人。罗长生连忙把老人搀扶起，问她是不是病了？屋里怎么没有其他人？我送你去医院怎样？这里离新式西医院很近的。

老人只是一个劲地摇头。

罗长生倒了一杯水给老人，嘴里说："你这屋里没人怎么行呢。"

老人只喝了一口水，眼睛却盯着罗长生随从手里的饼干盒不放，那是罗长生原来准备送给祁雪怡的见面礼。见此，长生就让讨饭把盒子打开，给老人拿了两块饼干。老人很快把两块饼干吃完。瞬间又作反胃状，吐了一些出来。罗长生拿水给老人家漱口。老人说："这个什么饼真是好吃，你把它卖给我行吗？"罗长生说："买什么，一盒饼干小意思，送你老人家好了。"老人说："我一看就知道你是好人。我想把我的后事托付给你，我不会让你吃亏的。家里棺材和老衣都是现成的，我已没两天好活了。"罗长生说："你总不可能一个亲人都没有吧。告诉我，我给你通知。"老人说："有也跟没有一样。我这个病就是被他气出来的。我偏不告诉他。"老人说完，用嘴努向靠壁条案上的那只插着雉尾羽毛的花瓶上。

罗长生打量了一下花瓶，就用手进去陶。一会，摸出一块用布包裹的沉甸甸的长条状的物件。打开一看，罗长生惊呆了眼睛，是一根黄灿灿的金条。仔细一看，上面还有这样的一行阴文字——魁记金店沈文轩定制五十两。

罗长生连忙问："你这金条是哪里来的？"

半晌，老人才说："是我儿子抢来的。"

"是你儿子杀了沈议员？"

老人点点头："听到你们出布告到处搜查，我才知道我儿杀的是一个大官。"

"你儿子现在人呢？"

"我儿成年整月不在家的。有他没他一个样。今年难得回来过了一个年，便闹出这样一条大命案。"

"你儿子成年不在家的，怎么龙源来了这么一个有钱的主，你儿就知道了？人家脸上又没刻着有钱两个字？"

"是头一天，有人从门缝塞了一封信进来。"老人从手边的抽屉底拿出一个信封递给罗长生。罗抽出信笺，上面是没有台头的这样一行字：送你一个发财机会。明天近午左右，有一四十多微胖男子，穿紫金棉袍，戴玳瑁眼镜的过路鳖从城北岭头过。此人身上有金条数根。

"我儿起先也是不信，后来忍不住，就去看了，差不多时候果然来了一个跟信上说的一模一样的人。我儿用刀逼着人家，叫把金条拿出来。人家磨蹭半天，拿出一根。我儿为保险起见，还是把人家杀了。一搜身上，还有三根。我儿当天就走了。给我留下一根，说没钱用时就凿下一块拿到当铺换钱。"

真是踏破铁鞋无觅处，得来全不费工夫。罗长生对老妇人说："你能把这金条借我一用吗？"

老太婆说："这金条就是你的了。你只要把我的后事办好就行了。"

"老人家，你放心，我会把你照应好的。"罗长生吩咐讨饭在此照应老人，自己拿了金条直奔县府。宋县长说："长生，看你这么一副急猴猴的架式，干吗呢？"

罗长生说："你着人把方局长喊来，我再一起跟你两个汇报。"

宋县长看长生这么郑重其事，马上让手下去对面喊人。罗长生把金条放在县长面前，情绪激动地："我早就说过，你们怀疑北山佬杀了沈议员是缺乏证据的。有些事是有定数的，只是时间未到而已，老天的一只眼睛是睁着的。这不，你不去查它，它自己浮上水面来了。"

宋县长翻来覆去地看着金条，看着上面那一行戳打阴文字样：魁记金店沈文轩定制五十两。

方局长来后，罗长生把事情的经过详详细细地说了一遍。方局长听罢，沉吟一会，对宋县长说："那封信会不会是北山佬写的呢？"

宋县长想了一下，说："应该不会吧，这帮草寇哪有这能耐，会提前一天知道沈议员什么时候到龙源？不可能。再说，他要真知道干吗写信叫人家去得好处啊，自己直接抢了不是更好？"

罗长生说："这字看去笨拙、稚嫩，也不会是北山佬所写。北山的祖源村历来学风昌盛，他们要么不出手，能出手的，个个不是王羲之体就是董其昌型。"

方局长说："字倒是可以装嫩装拙的。主要是，这事只有我们少数几个知道，哪轮得上这些草民得斤知两。而晓得他身上带有金条的就更少了。"

宋县长感慨地："是啊，他带几根金条来，完全是他自己的一片心意。他私下跟我说，是准备下，准备送给我们几个的，还指明给罗子俊一根呢，他说部队的上千号人就是开山筑路的好手。人家是实业救国，捐出三十万大洋，打开连接两省的马路，好通汽车。他争取这个工程好久了。两个省好不容易协调谈妥，我们这边的工程量是最大的。他希望我们尽职尽责，早日开工，早日完工。"

罗长生说："可公路还没开工，他自己却害在这件事情上了。难怪他的家人会这么伤心，不放过。我们是不是可以把这件事报给上面了？"

宋县长鼻子哼一声："报上去，不是自己打自己耳光吗？再说，你只知道线索，现在人也没抓到。还不知道是一个什么结果呢。我现在算是明白一道理了，什么事该急，什么事得拖，不是可以随便由着自己的性子来的。这件事就到此为止，我们心里有数就行。"

宋县长的这个说法，罗长生心里虽不赞成，但也不好当面驳斥。

此后几天，罗长生经常往老人家里跑。宋县长和方局长也去过一趟，问老人，老人家说的与罗长生说的一个样。

五六天后老人就过世了。

这日，宋县长突然把罗长生找去，还特别热情地亲手给他沏茶。罗长生说："你这样子我不习惯啊，有什么事你尽管说。"宋县长笑了笑："你能不能悄悄去趟北山，帮我看看，那里到底破坏得怎样？百姓伤亡数字大不大？"

罗长生心里道，知道沈议员不是北山佬杀的了，他心里有些过意不去了，这个宋仁熊。

罗长生说："现在水都下了垅，有什么好看的。"

宋县长只管用好言相劝："你就帮我走一趟嘛。想来想去，你是最合适人选了。我听老方说，你还在山上上演过一场比武招亲的好戏？"

罗长生点点头。

其实他心里也是很想上去看一看的。

他乘机问："对了，我叔托你的事，你帮他办的怎样了？"

宋县长见他另起话头，知道他已答应，便做出贴心贴肺的样子："我这是跟你说，别看你叔是个粗人，眼界倒是蛮高啊。那个外地来的女人的确是长的好，可你有情，人家没意呀。也不知是不是托词，卢院长说，人家家里早就定过亲了。这事暂时拖着，别跟你叔说。"

罗长生听到这话，心里愉悦起来。他说："好吧，看在你县长考察我叔，为百姓不辞辛劳的份上，我答应了。"

宋县长把两手一推："别别，你别这么说，我可担当不起。我岂敢考察你叔，他直接归省保安司令部管。如果他是胡弄我的，我现在反倒高兴啊。我是想让你帮我弄清实际情况。真人面前不说假话。我以前做事是浮躁了些。这事我虽然不想让上头知道，但我心里头……"

"我有数……北山到底是你治下，你是龙源县的父母官嘛。我准备好就动身去北山。"

"冤家宜解不宜结，有机会，你把我请求他们谅解的意思转告他们。为安全起见，你得多带几个人去，以防不测。如果他们在上次的围剿中受的伤害大，你的危险就大。但愿你叔是夸大其词。"

两日后，罗长生一行七八个人穿警服携长短枪，坐在一辆有布帘的遮篷大马车上，出北城门优哉游哉往北而去。一直来到北山山脚才徒步上山。

上行到乌龙口就被北山护卫队拦住了。今天守在这里的正好是耀宗。耀宗想起比武定亲的事，心里说，我非得好好治你一下不可。他说："对不起，罗队长，你们这样带着枪找上门来，到底什么意思啊？"

罗长生说："什么意思，你带我去见族长和你父亲，不就知道了？我是奉县长的意思来与你们北山和解的。"

耀宗冷笑道："怎么，县长一下变菩萨心肠啦？你以为我会相信你吗？"

"信不信由你。"罗长生把自己身上的短枪摘下来交给其他人，对上嚷道，"要不我空着手上来与你谈一会？"

"算了，你们要直接上山就把枪都留下，要么，你就等着，待我派人上去通报之后才答复你。"

罗长生想了想，说："为了表示我们的诚意，我们是很想把枪留下，可万一你们不讲信用，我们岂不是作茧自缚？"

耀宗说："所以说，为了你们的安全考虑，你们就在下面慢慢等吧。"

等了几个小时，等来的结果还是，你们要上山就得把枪全留在乌龙口，要么就请打道回府。

罗长生一下没了主意，不知是上好还是回头好。就这么回头，岂不很没面子，不管是在北山人面前还是在县长大人面前。他们杀我应该是不会的，不看亲戚情份，单说上次是因为我的缘故，你们几个才得以从大狱逃出。这份情意你们不会忘记这么快吧。

罗长生心里说，好，我就带讨饭空手上去，其他五个持枪留在这里等我。

耀宗收了罗长生的带套短枪和讨饭的一杆长枪，然后写了一封短信交一作陪上山的手下。耀宗友善地笑对罗长生："你就不想问一句，曾经跟你比武定亲的秀秀的近况怎样了？"

罗长生说："她没事吧。"耀宗说："有事没事，你也要给人家一个准信。你不能把人家拖在这里吧。"罗长生笑道："这是我俩的事，用不着你操心。你如果真的爱她，就赶紧追。"

看着罗长生没一句真话，耀宗便不再跟他搭，催他赶紧上去。罗长生走后，耀宗就躲到一旁欣赏和摆弄起这支短枪来。

山上在接到第一次的报信后，便七嘴八舌地议论开了。有的说："这个县长还想干什么？他是派罗长生来侦察情况还是另有所图？"有的说："管他什么意思，我们也把他扣在这做人质。"族长说："你们这都是怎么啦，扣作人质，说不过去吧。且不说他是我亲戚，扣人你总要讲个理由吧。人家可没得罪我们哦。"

牛松柏说："我们几个能从牢里逃出，人家可是帮了忙的，虽然是上了秀秀的当，是不知觉的。"

族长说："不管怎么说，人家不会无缘无故来，来了饭总是要吃的。"话罢就吩咐下面准备饭菜去了。

正说着话，远远看见两着警服的跟在一护卫队员后往这边来。牛松柏带头从村这边的登封桥头向前迎上去，有人带了家伙自动跟上。

来的路上，通过聊天，罗长生已把上次围剿伤亡的情况了解了个差不多。其实际情况是，两边的伤亡都不大。看来叔叔是耍了滑头，夸大了他的功绩。只是不知叔当时出于何种考虑，是出于对伤害无辜有所不忍呢，还是为保实力的一种考虑。总之，原来的伤亡不大就好。这样宋县长也可少些内疚和不安。这样他们对我的到来也就不会太敌视。

两边走来，在桥中间碰面。还隔着三丈距离，牛松柏就朗声问开了："罗队长今天亲自登山，有何见教啊？"

罗长生不掖不藏地答道："我此番是代表宋县长请求大家谅解来的。"

牛松柏说："这话我就听不明白了。都是我们北山盗匪的不是，就是死也是罪有应得。他有什么好求我们谅解的？"

罗长生含糊地："这……这，反正，他是这么让我跟你们说的。"

牛松柏说："算了吧，是不是找着杀害沈议员的凶手了？"

罗长生语气不是很坚定地："具体原因我也不清楚。"

牛松柏一看罗长生的表情就知道让自己说中了。他接着说："知道自己弄错了，一句谅解就完事啦？哪有这样当父母官的。弄错了，就要赔偿我们北山损失。"

一旁的村民应声附和道："赔偿损失，赔偿损失！"

罗长生只得说："有话好好说，有话好好说。"

牛松柏陪着罗长生一同往村子这边来。他一边走一边说："其实我跟你罗长生并没有多大仇恨，当年吃你们罗家的大户也是不得已。你想那年的干旱，我们山上都在吃树叶蕨根了。你家老爷子却不念我们曾同是北山人的情份，跟我抵赖耍滑。我逼他一下也在情理之中不是？可他自己却泼了命地那个……我也没想到呀。"

罗长生说："行了，你别跟我提这个。"

牛松柏一拍自己脑袋："是呀，你当时还在娘肚子里呢。"

罗长生看看左右几个小伙的头，说："你们现在不是都把头发剪了吗。"

牛松柏说："还不是因为你。"

一个小伙笑笑："还是这光头省事。"

这边人还没有下桥，陪同罗长生上来的那个护卫队员已去到宝纶阁把耀宗的信交给了族长。族长看了信在心里道，这个小滑头，看来以后比他父亲还行咧。

村管事陈瘌痢从宝纶阁出来，对迎面而来的罗长生和牛松柏说道："柳族长在前大厅等你们。"

两个进祠堂，众人也一同跟了进去。

牛松柏紧走几步向前，在族长耳边嘀咕几句。族长说："我已有数。"然后便板着一副威严面孔坐那里。

罗长生上前举手致警察礼："县警察局二队队长罗长生向柳族长问好！"

族长一示手："罗队长请上坐。上茶。"

径自在一旁坐下的牛松柏对族长说道："人家这次是奉宋县长的旨意，对上次打北山的鲁莽之举来请求你的谅解的。"

柳族长问长生："是这样吗？"

罗长生点了点头。

族长问："查出了杀害沈议员另有其人咯？"

罗长生勉强点了点头。

柳族长铿锵有力地说道："好，能有胆量承认，宋县长还不失为是我们的父母官。我还可以告诉你，他宋县长的通信员也不是我们杀的。我们北山人做事历来光明磊落，从不背后下刀子。"

罗长生说："这点我也信。我在父母面前不止一次说，从血性和实在这方面讲，我们这些迁徙下山的已无法跟山上的相比了。"

牛松柏笑道："这话我爱听。"

罗长生又接上一句："如果我们这些下山的今后还能有点出息，这也是身上的北山血还没完全褪去的缘故。"

牛松柏说："耶……长生，你这拐着弯的好听话，怎么这么入人耳啊？你是越来越可以咯。"

族长说："松柏啊，你别让人家两句好话一说，就蒙了头了。我这人做事历来不耍滑不藏奸，越是沾亲带故的越严格。二十年前，我不以为罗家是我亲戚就放过，今天也是同样。

既然他宋县长承认他剿错了，那他就要承担后果。你罗长生既是他的信使，你来是要解决问题的。"

罗长生不悦地："那你说怎么解决？"

族长说："北山被炸死的三个，被炸伤的五个，怎么算？"

"你还想跟政府讲条件？"罗长生轻蔑地一瞥眼，"你们也就别鸡蛋里找骨头，没事找事了。说你们被炸死炸伤的，你们就不说你们几个从大牢里逃出来，一连杀了县府的五名狱警，这账又怎么算？"

族长说："这是政府有错在先，你们不乱扣人的话，这事会发生吗？"

罗长生说："就是政府有错在先，那又怎么啦。他是父母你是儿。哪有父母做错在儿女面前认错的道理？可宋县长还是委婉地认了，你还要怎么样？"

牛松柏偏头看了看罗长生："哟……我的侄，你这张留过学的嘴皮子就是行啊，在哪学的？在东洋？"

感觉谈不下去的族长，抬头看看天井垂下的日光，说："好吧，先吃饭吧，饿着肚子谈话也不是个事。"话罢吩咐下面端菜上桌。

于是村人逐渐散去。

在喝第二杯酒时，族长才放下身架对罗长生道："外侄孙呐……宋县长怎么偏偏让你来，他是拿住了我的软肋啰……刚才在众人面前，我也是不得已，还望你理解啊。"

罗长生说"表姑丈果然是有威严有气度啊。"

"作为北山的领头人，我也只能从大局出发了。过后有得罪的地方，还望你罗队长见谅。"两杯酒完，柳族长称不适先下去休息了。

休息后，族长就没有再露面，管事陈瘌痢过来传族长的话，让罗长生如果没事可以回去了，并呈上族长给宋县长的亲笔信。信没有封口，罗长生当即就打开看了，字是功夫了得的董其昌体，只有寥寥三行字。言简意赅。禀呈县长宋大人阅：天下无不是之父母，世上无不良之儿女。君礼臣谦父慈子孝，过往债怨一笔勾销。祖源 柳嘉仁。

看了这样开明的致信，罗长生心中大悦，称表姑丈果然有端得起放得下的大胸襟，心里在佩服尊敬之余脸上挂着完成任务的惬意，掉头往山下而去。至乌龙口，罗长生向耀宗取回那两支被扣的枪，一路作陪的传家连忙声明道："这两支枪我们收下了，这是族长意思。他叫我包括前六支枪一并给你写张收条，就当是县里给我们护卫队的支持吧。"

罗长生一肚子火往上冒，想想那封信又忍住了。事已至此，你还能怎么地，他只能强作笑脸道："好好好，你给我一张收条吧，我回去能交差就行。"

耀宗用一副既得意又无助的神情望着罗长生，那意思像是在说，你别怪我，我也没办法，不是不还你。

第八章 筑省际公路

罗子俊心里一直惦记着宋县长给提亲的事，好多天未等来答复，这天便亲自去县府问。宋县长只好把卢院长说的原话告诉了他。话罢，只见罗子俊的脸拉老长，宋县长便安慰道："不就是个洋货点的外地女人吗，有什么了不起的，像你这个身份地位，什么样的女人找不到？"罗子俊说："我还偏不信了。"

第二天，他以看望伤病员为名去了南街西医院。

这个新式西医院坐落在一座老式的大宅院内。院里有两溜新盖的带走廊的小平房，隔成好几间，作手术室和病房。门诊设在大厅里。罗团长在大厅的门诊处见到了正在忙着的卢院长。

一个儒雅俊朗的清瘦中年人，年纪在三十岁左右。他有着岩石般的峻角刚毅的脸庞，有着这般脸庞人的人生路应该是坎坷不平而历经风雨的。

卢院长对罗团长的到来表示了极大的热忱。他说："你放心，进了我医院的伤病员，我都会给予最好的治疗的。"

罗子俊说："我早就听说了你这个京城来的大医生，医术高超，又是个急公好义之士。一直想来认识认识。"

"罗团长过奖了。治病救人是我的本职工作。"卢院长适时调转话题，"你今天来，我正好有个事要征求你意见。你那个肠子被子弹打穿的伤员，刀口的炎症老是发作，我给他用盘尼西林，你不反对吧？"

罗团长问："这药很贵是吧？"

卢院长点点头。

罗团长说："那就用吧，该用的药还是要用。"

"我就知道你是个体恤士兵的好长官。"卢院长笑了笑，道，"我已经给他打过几针盘尼西林了。"

两个说着并排往病房里去。几个伤病员对团长来医院探望很是感动。罗团长给每人送了一包糕点，说："你们有什么困难和想法告诉我，能解决的，我尽量给你们解决。"那个肠子被打穿的伤病员说："这个卢院长好本事噢，我原以为要死这里了，没想到卢院长把我的肚子打开后，把破的肠子剪掉一段又接了起来。他说要不了几天我就可以出院了。"

正说着话，护士长祁雪怡进来给这个士兵打针。罗团长在旁边一边看一边说："这针一定不疼。"卢院长说："这针很疼的。"罗团长说："我看不疼。不信你叫这个护士给我打一针。"祁雪怡一笑，顺口接道："你这个长官说话有意思。"

罗子俊说："有意思吗？有意思就好。做人说话就要有意思，人才活得有滋味，才不枉来这世上走一遭。卢院长，现在已近中午了，为了感谢你们对我伤病员的精心治疗和照料，我请你和这位漂亮的护士到对面餐馆吃顿便饭。不知你们能不能赏我这个面子？"不等回答，罗团长就吩咐黄副官去订餐。

黄金彪领命出门。

见罗团长这么诚恳有心，卢院长客气了两句便叫上祁雪怡一同前往。罗团长非要两个坐上座，两个再三推辞，罗团长说："你们再推辞就是看不起我这粗人了。"卢院长说："你这么说，那我们只有恭敬不如从命了。"罗子俊一笑，说："这就对了嘛。你们两个在我心里，我只有抬头仰望的份啊！一个有水平，一个漂亮。男才女貌，你们做一对是最般配的了。"卢院长说："我们是兄妹，怎么可能做一对。"

罗团长说："不会吧，一个姓卢，一个姓祁，怎么可能是兄妹。"

卢院长说："我们家庭是讲究男女平等的。我跟了父亲姓，母亲生了妹妹后，父亲就让她随母亲姓了。"

"噢，是这样呐。想不到你们大地方的人就是比小地方的开明。"罗团长说，"你妹这么漂亮，在家一定定过亲了？"卢院长说："亲是定过了的，不过我们父母也是很开通的，最后还得由雪怡妹自己说了算。"听这么一说，罗子俊的眼睛乐得眯成一条缝："这样啦，那龙源的男人有福气了，也包括我这个今天才认识的粗人在内。"

"哥，你瞎说什么呢！"祁雪怡既嗔怪又害羞地。

"好……我不说，我不说了，我说的也不算。"

罗团长说："怎么不算，不是有长兄为父这一说嘛。"

卢院长话里有话地："这种事也不是拿来说的，是要用身心体验的，用实际来感觉的。譬如，一双鞋合不合脚，只有穿上些日子才知道。"

罗团长说："卢院长的话我不敢苟同，娶老婆还要先试一试，再决定要不要的？"

卢院长笑道："我只是打个比方，请勿见笑，勿见笑。"

这餐饭吃罢，罗子俊自我感觉良好。他心里道，宋县长原来还说不行，可我跟人家接触后，人家不仅放活口，还说可以试，这不是暗示我可以偷腥吗？真不知他这个做哥的是怎么想的。

这天罗子俊收到上头要求独立团协助地方开公路的电文，罗子俊心想，也好，正好可以借此增加一些军饷什么的。队伍离不了地方，地方也离不开部队呀。

与此同时，县府在这些日子相继召开几个会，先是全城商绅名士参加的情况通报会，然后是各乡公所村长参加的工程划段分摊会。在情况通报会上，宋县长刚一张口，下面的商贾老板就有人埋怨开了，说："就是豆饼也要间隔段时间榨，才能榨出油啊。出那保安费才几天呐。"宋县长笑着说："我原先就讲明了是情况通报会。你们都是我们县的贤圣精英，县里有个什么大事总要先给你们说道说道嘛。开这个公路已有人出资了，就是冤死在我们龙源的那个沈议员生前出的。我的意思是，这次与上次不同，这开公路各乡的农户都要出劳力，你们这些人不要你们出苦力了。但总要表示一下，意思意思，出点茶水费什么的，心意尽到就行，以聊补资金的匮乏嘛。"

"这还差不多。"

"县长言之有理。"

宋县长笑笑："跟你们精英贤达，我宋仁熊敢不讲道理么？我在龙源若有点成绩，还不都是你们支持的结果？所以我们龙源的大事小事我都要向你们请教的。"

宋仁熊的一番话使这些有头有脸的如坐春风里。做人不就是图个畅快图个脸面吗，有人现场就掷出几十银元，有人说我报个数，过后送来。有人说，钱我眼下真有些紧手，不过人不缺，我让手下给工地送三天茶水。

此后的标段摊派会是在现场开的，各路人马及乡镇村长随宋县长一同沿着勘察定下的路标，把全程走了个遍。土方多平路多的好路段被一些滑头的或跟县长走的近的乡镇长抢先占下，公路基本是在谷底半腰绕道穿行，但最后总要翻过作省界的摩天岭的。最高最险峻的快至摩天岭顶的两个标段，没有一个村镇愿意接手。

分标段这天北山村的人未到场，而本应有任务的独立团，宋县长也没有通知他罗子俊去拿标。宋县长早就有意识地把这两段最艰险的留给了他们。罗长生从北山回来，把柳族长的致信和枪的收条一并交上。他宋仁熊看着这些字眼，听着长生的叙述，琢磨半天，心底便笑了开来。他心里道，好你个北山佬，我还是斗不过你。然后骂罗子俊不是东西，也好在你不是个东西。

他对罗长生说："他北山不是借成立护卫队的名义要枪吗，好，我素性好人做到底，再支持他一些弹药。我写封信，你给我捎去，叫他他自己来取。"

柳族长收到信后心里的那个兴奋，无法用言语表示。他对议事会的几个说："我们心里想什么，他宋县长心里都能想的到，有点像父母官的样子了。还又送一千发子弹，他就不担心我们有了枪弹收拾他们？"

牛松柏说："这话就是你的不是了，你都说了天下没有不是的父母。过往债怨一笔勾销了。你既然认了这个父子关系，人家还用担心吗？"

族长说："不是我哄他高兴，他能主动给我们送子弹吗。"

松柏说："这话倒也是。但愿能互相坦诚才好。"

宋仁熊趁着牛松柏等几个来取子弹的时候，把他们接到自家府上吃了顿饭。菜虽然不是十分丰盛，但这个家宴的规格不是什么人都能享受到的。牛松柏受宠若惊地说："我北山人是人敬我一尺，我敬人一丈。你宋县长今天把我北山人待为座上宾，你宋县长今后有什么需要我松柏帮忙的，你只要吭一声，我一定给你办到。"宋县长说："我私下的事岂敢劳动你牛护卫大队长，不过大众的公益事体，眼下倒是有些棘手，不知你们北山村能否助上一臂之力？"

宋县长说了近摩天岭顶的两个标段，你北山得包其中的一段。其他包段是每人每天补助 2 斤米，你这里给 4 斤。你看怎么样？

牛松柏说："好啊，这样的好事为什么不干？"

宋县长说："人家都不干，你怎么认为是好事？"

牛松柏一笑，说："一是距离短，二是补助也多呀，离我们北山也近。它本来就应该是我们北山人做的。再说，这一标段尽是石头山，打炮炸石的机会多，我们北山人最喜欢干这个了。"

宋县长摇摇头，笑着说："你们北山人果然与众不同。那你要不要回去问了族长再答应我？"

牛松柏说："族长说的就是我说的，我说的也能代表他。"

宋县长说："好，你牛松柏就是爽快，我们一言为定。"

饭后，宋县长把拿了弹药的牛松柏等人一直送到大门口。他说："你们哪一天开工告诉一声。我让指挥部给你们配送工具和材料。"

第二天，宋县长又把罗子俊找来，开门见山地跟他说："摩天岭上的另一个标段归你们独立团承包了，你罗子俊有没有什么困难？"

罗子俊说："再怎么说，我们部队总比老百姓强，要我们说有困难，我说不出口呀！"

宋县长笑了笑："你罗子俊说了句实在话。不过补助也比其他路段多一倍。一个人头一天 4 斤米。"

罗子俊说："就这么点大米啊？"

宋县长说："基本就是这样子了。"

罗子俊说："4 斤就 4 斤吧，这帮人在家里也是吃饭拉屎干耗粮食，不如让他们上工地干活去。"

宋县长笑笑说："我就知道你罗团长是最通情达理的。"

罗子俊说："部队与地方要互相支持，相互体谅嘛。"

宋县长说："对对对，军民亲，土变金。"

罗子俊说："不过，我先跟你声明一点，我的部队全开去开公路了，万一有土匪来骚乱什么的，我可就一点都帮不了你了。"

宋县长说："没事，我有警察局呢。"

罗子俊说："那就好。"

勘定的省际公路的走向，从龙源城至北山的中间的一长山坞进去。先是在谷底走，然后循山盘绕，最后爬上北山主脊山脉过境。两省的分界石碑就立在最高摩天岭山脊的路亭旁。一条过界的石板古道就是在这里经过的。

随后，各标段相继开工。龙源城每天都听到开山炸石的轰隆声。开工前，各标段都有公路指挥部派下的技术员作指导，然后在各标段之间巡回检查。公路宽度是一丈五，两辆汽车刚好能交会。各路段上还有县府派出统计出工人数的工作人员。

牛松柏带着北山村的一帮青壮来自己标段察看。他们是从小路过来的，落在云端的北山村与摩天岭同处在一个丁字形的绵延岭脊上。他让一部分人牵了马带了枪上工地，以防不测之需。

北山村承包的这标段从省际碑下开始，往自己这边四百米。朝对面望去，邻省的公路也正在如火如荼地进行着，远处乌黝黝的半山腰上，翻出黄色土壤的一条蜿蜒粗线上晃动着许多人影。掉头望向我们自己这边，脚下全是巨石横生。

牛松柏对公路指挥部的技术人员说："你看看，我们这段，要的就是炸药，你给我备足了钢钎和炸药就行。打眼炸石的我们会。"

技术员不信，非要亲眼看着北山人打完一眼洞，装上炸药，炸了一炮才走。收工时，牛松柏吩咐传家偷偷包藏一些炸药在身上。

根据现状，开始几天牛松柏只安排十几个后生专门打炮眼，又集中一起轰隆轰隆炸了几多炮后，再安排成百的男女老少畚挑上几天，撬滚上几天。然后又是专门打炮眼几天，炸半天再畚挑，就这样往回返复地干。每次填罢炮眼的炸药，牛松柏都要炮手藏些炸药下来。

当独立团也开始开工时，情况便变得有些麻烦起来，特别是要点炮炸石前，双方都要安排观察员不断地打旗语，再让全体员工注视自己头顶的一方天空，防止石块朝自己奔袭而来。

罗子俊第一天上工地，卢院长就说要跟他过来看看，自从那次罗子俊请他吃了饭，卢又回请了他之后，两人就走的很近了。罗说这有什么好看的？卢院长说："我这个人就是对什么都好奇对什么都新鲜。"罗说："那你就去罢。"

罗临走前，问卢："会骑马不？"卢说："马马虎虎吧。"罗说："你一个大城市来的洋医生也会骑马？"卢说："我小时候是在乡下的爷爷身边长大的。爷爷是骑马好手。"

罗子俊让黄副官给卢院长选了一匹老实些的马，黄副官便趁机跟卢院长打趣道："我们团长之所以这么顺着你，你应该明白他的意思吧？"卢院长笑笑："我心里有数，我会做雪怡的思想工作的。"

罗子俊让黄副官带队与技术员先走，他自己陪着卢院长骑马优哉游哉地走在后面。他们出城北往北走出十里光景，在一个坞口前，罗子俊一抖缰绳，马便甩开大路朝横向的两山谷中的一条尺余小路上去。

　　前面断断续续地看到有的路段上已有人在干活了。他俩一会儿走在尺余宽的小路上，一会儿上到挖墩填平的毛坯路基上。在一段需要挖掘的山坡前，卢院长见下面挖出的泥土是白色的，便上前捡了一块在手中把捏着玩。人群中有认识罗团长的，也有因看病认识卢院长的，便纷纷跟两个打着招呼。有人说："这当医生的就是跟常人不一样，连块泥巴都觉得好玩。"卢院长只是笑笑，并不接话。有人问："罗团长，你们部队也有一个标段吧？"罗子俊说："是的，我们的在最前面。"

　　卢院长把玩了一会，把泥巴块放入马背的一只布口袋里，两人继续向前。

　　卢院长对罗子俊说："刚才那个对你笑的那个姑娘蛮漂亮的。"

　　罗子俊说："你想要，我把她介绍给你。"

　　卢院长便不再说下去。

　　越向前，需要开山凿地的地方越多。遇到炸石比较多的地方，卢院长总喜欢走近了看，看看炸出来的石头模样和结构。有人看到城里的这个洋医生这么喜欢石头，就说："上边一棵树下炸出的石头，里面还夹着许多金光闪闪的东西呢。"闻此讯，在经过一棵树的位置时，卢院长就下马左右看瞧的，然后在地上捡了一块炸开的石头，一看横切面，果然如人所说，有星星点点的黄色粉状颗粒镶嵌其中，他于是把这块石头也放入口袋中。

　　罗子俊问："那石头里的颗粒是不是金子？"

　　卢院长说："看去是像，不过肯定不是，若是的话，这石头地上还能有吗？"

　　近中午，到了独立团标段，技术员已经在教士兵们如何打炮眼了。卢院长看到前面还有一段已炸塌了不少的石山，有的部位已开凿成半毛坯的路状，他就对罗子俊说："我到前面看看。"罗团长知道前面是北山村的标段，心想，我何不凑着有名人绅士在，前去与北山人打个招呼，也好化解先前攻打的尴尬。想罢便对卢院长说："我陪你一道过去。"

　　前面有段是没有路的，都是崎岖不平的大石头，两人走了一会，绕过一巨石，来到开凿成半毛坯的一截，见好多人围坐一堆，捧着竹饭筒吃饭。他们看到两个过来就像没看到一样，照样低头吃自己的饭。

　　罗子俊问他们："你们的牛松柏今天没来？"

　　半晌，才有人答了一句："来了，在前面。"

　　过了前面的一个弯道，终于见到牛松柏，他四周围了好些个后生。一干荷叶包搁在当中一块大石头上，上面是熟的干菜烧猪肉，一个竹筒酒罐在大家的手中传递着，灌一口酒，夹一筷菜，那样子好不惬意。

　　牛松柏见了两个，沉默一会后，指指身边，说："想吃就坐下。"两个就坐下了。一会酒筒传到这里，罗子俊就毫不客气地抓起仰天灌上几大口，朗声笑道："他娘的，我有二十年没这样喝过酒了。"话罢从边上一个后生手里拿过筷子，夹一块五花肉塞进嘴里鼓腮使劲嚼咬。罗子俊把酒筒递给卢院长，卢下意识地用手把喝口位擦擦，然后小心地咪了一口，黑乎乎的菜和肉，动也没动它一下。

牛松柏面朝卢院长，粗声嘎气地："你就是城里那个洋医院的洋医生吧？你到这工地上，是给人看病来的？"

卢院长胡乱点着头。

卢院长只喝了两口酒就说不能喝了，然后一个人起身去转悠。

往前没多远，他发现前面的一大片石头都是黑乎乎的。两石相敲，石头的质地也不硬，一座山都是这种石头。看去不像煤矿石，也不像金矿石。他很是兴奋样子，看看四下无人，便捡了一块放入口袋中。

他一直走到没有路的顶端，对着那块省际古石碑发了一会呆，再瞭望对面远方还未成型的路，然后慢慢度回来。

回到城里后，卢院长就把转悠时捡的软硬色泽不同的几块石头，很妥当地收藏保管起来了。

在宋县长的督促下，在全县军民的共同努力下，这条由沈议员捐资兴建的省际公路的修筑进展顺利。

炎炎夏日在不知不觉中到来。

这天，宋县长头戴草帽脚套草鞋，亲自带了一帮人马沿工地慰问，两辆装着大桶绿豆汤的马车跟在后面，见人一碗。民工对县长的看望表现出一副乐呵呵的神态。宋县长亲自给一个六旬的老人盛了一碗。宋问老人："你这么大年纪还来？"老人说："我女儿早年嫁到岭那边去的，以前要去看她得走路。汽车路通后，女儿回家就方便了。"宋县长笑道："你要过去看女儿，也就想去就能去成了。"

一行人一直往前，路越走越远，人越走越疲塌，几个穿府绸的名士贾商摇着扇子抹着汗，连喊吃不消，不愿再向前。一个说："我情愿再出两个钱，何苦来晒这个毒日头。"宋县长说："你们不走，我走。"他执意向前。一帮人中只有卢院长最支持他，鼓励大家向前去。他说："你们真是没用，我第一次来，就一直到界碑下才回的头。现在的这个路已经比原先的好走多了。"宋县长就拿卢院长来刺激大家："你们真是丢人现眼啊，你看看人家大都市来的洋医生都没你们这般娇气。"

卢院长笑着回道："我从小是吃苦长大的，他们从小都是锦衣玉食惯了的，我跟他们没法比。"

宋县长说："我不信，从小吃苦的家里还有钱让你去西方学医？"

卢院长说："吃苦跟家里有没有钱是两个概念。"

宋县长就对大家说："看看卢院长家从小的家庭教育。你们都是自己娇惯自己耶。"

一个说："我们不自己娇惯自己，有谁疼啊？只有自己疼自己啰！"

大家就这么有说有笑地向前，一时也不怎么觉得累了。

终于来到独立团标段位置，这里是满坡的石头，没有一畚箕泥土。满眼都是黄军装，有的脱了黄外褂露着白衬衣，整个脊背都是湿透的。宋县长在心里感叹，这真是一块难啃的骨头啊，幸亏有这帮军人！

看到毛坯路边有一简易茅草棚，走进一看，几块石头架起一只大锅，下面有未燃尽的炭火，锅里有绿豆汤煮在那里。拿眼睛搜索了一遍，罗团长不在，是黄副官在这里督工。工地上大概有百把士兵在干活。主要是填方，就是把右边山脚根炸开的碎石挑到左边，以增加路的宽度。

宋县长笑着对黄副官说："你们自己既然煮了绿豆汤，我就舀一碗车上的给你们意思一下，我把这车上不多的留给祖源村的北山佬了。"

黄副官于是笑呵呵地来到慰问团的马车前，接过工作人员递上的半碗绿豆汤，说："你们县政府的心意，我代表罗团长心领了。"

宋县长说："我代表县政府感谢你们独立团啊！"

北山村这截顶头路段，这几天也是在搬运填方，人多着，男女老少都有。年轻后生用撬棍撬着大石头，翻着大石头，从左往右。拿锄头耙子畚的畚。更多的人是挑着堆满碎石的畚箕，从左边往右边路沿挑，往有凹凼的地方挑。

见一帮慰问的人员过来，牛松柏迎上前去，嗓门老高地："前面来的何方人士啊？"

宋县长笑道："牛大护卫队长，这么个大热天，你也不让大伙歇歇。"

牛松柏说："没事，我们这摩天岭上风大阳光无力。"

跟在宋县长身边的卢院长说："县长给你们送了些防暑降温的绿豆汤，来来来，大家都歇了，一人喝上一碗。"

牛松柏指指前面，说："绿豆汤，我们自己煮了。"

宋县长这才发现前面地上几块石头架着一只大锅，石头四周都熏黑了。宋县长说："难怪你们这两个包段干劲大，效率高，原来你们都有原动力啊。"

于是有个慰问团的商贾便去随车的桶里舀了绿豆汤，呼呼喝起来。他一带头，其他感到口干身燥的也都去喝了。宋县长也去舀了一碗，端到牛松柏面前，说："你总不能让我们白跑一趟吧。"

牛松柏接过，呼噜呼噜一口气喝完，去到一边的清水桶洗了，然后在自己煮的锅里舀了一碗递给宋县长。

宋县长也豪情满怀地一口气喝完，然后说一句："好吃。"

第九章 报复

即便是夏日，晚上八点多钟，天也已经黑的相当了。罗长生从家里出来，准备往讨饭家去。走出没几步，他就觉得背后似乎有人跟踪，回头望时，什么又没有。出了巷弄口，罗长生坦然了一些，因为大街上有街灯和行人。他白天跟讨饭约好的，今晚一起去老妇人家附近监守。因为邻居报告老妇人的儿子回来了，他人一但出现就抓他个现行。讨饭的家就在去老妇人家的路上，苏家巷口第一家。可是，当他一走到讨饭家的门口就感到气氛异常。因为门是洞开，里面没有点灯。

罗长生进门喊了一句，没人答应，于是摸出火柴，点亮煤油灯。在摇曳的昏黄光亮里，看见讨饭脸朝下身子趴在地上，背上插着一把匕首。整把刀全进去了，只留刀柄在外头，一试鼻息，已断气。

见此状况，罗长生联想到自己刚出家门时就感觉背后有人跟踪，身上顿时毛骨悚然起来。他心里懊悔的不行，怪自己行动迟缓了，竟让对方先出手了。他一口吹灭灯火，矮下身去，做出防范姿势，在屏声静气中感受可能出现的袭击。

前些日子，在摩天岭那边占山为王的独眼龙做了个噩梦。他便趁着有笔生意顺道回龙源转一趟。昨天到家一看，不想，母亲果然死了。家里的那根金条也不见了。问了几个街坊邻居，人家都说你娘死的前后几天，警察局的那个罗队长和他的一个叫讨饭的手下在你家出入频繁。你娘也是他们帮着下葬的。

独眼龙想，一定是警察局查出沈议员是我杀的，他们逼我母亲交出我来，母亲是被他们生生逼死的。

正在考虑要不要避下风头，却发现自己已被警察监视。独眼龙心里想，你们逼死我母亲，我还没找你们算账，你们反倒欺上门来了。好，好，我索性一不做二不休，先报了母亲之仇，再跟你们拼个鱼死网破。

独眼龙翻墙到邻居家院内，从别人家溜了出去，傍晚摸到讨饭家。当时吃完饭的讨饭，正屁股对着门坐矮凳上享受吞云吐雾的感觉，独眼龙进门二话没说，上前对着讨饭的背脊就是狠狠一刀。那一刀力透纸背，讨饭挣扎半天都没能站起来，还没来得及转头望一眼是谁扎的，就一头扑倒在地上。

他杀了罗长生的手下，又匆匆赶到罗家门口守着。罗长生出门时，因为天已黑，他没看清是谁，就没及时下手。出了巷子，人是看清了，因街上人多灯亮无法离太近，只能远远跟着。转一圈，又回到杀罗长生手下的地方。独眼龙心中一喜，真是天助我也！在这里，罗长生见到手下尸首，利用他惊魂失魄的片刻彷徨，正好杀他一个措手不及。

尾随而至的独眼龙等着罗长生被尸体绊倒，然后来个手起刀落。他知道那个已死的警察就横在进去几步的八仙桌旁。然而，他失算了，罗长生不紧没被绊到，还绕过尸首点亮了灯。练武之人遇黑时，脚头是磨着地面向前探行的，重心在后，一遇到障碍物就轻巧挪开了。灯亮又灯灭。一切都在刹那之间，独眼龙举棋不定了，不知是迎上去好还是退回的好。就在他犹豫的一瞬间，他脚前突然"嘭——"的一声玻璃的炸响。他下意识地一脚闪开。

那落地的煤油灯是罗长生砸出的，他发现尸体吹灭灯后，矮身静观之际，马上砸灯问路。灯一落地，他立感门口处有异动。他一个滚地龙来到门外，屋外果然蛰伏着一黑影。罗长生想要抓活的，心里就摒弃了用枪的念想。他从绑腿抽出一把匕首，又是一个滚地龙，举刀朝黑影划了一个一百八十度的弧线。他感到刀锋接触到人了，就是不知哪个部位。他想在这穿单衣的夏季，对方应该出血了。

罗长生说："你这个抢劫杀人犯，束手就擒吧。"

独眼龙劈手回过来一刀，嘴里道："就看你有没有这个本事了。"

罗长生横跨一步，朝对方的裆部飞起一脚。对方一个躲闪，同时举刀向罗长生当胸捅来。罗长生侧身避过刀锋，抓住了他那握刀的手腕，弓起膝盖往上一磕，刀掉地上。

罗长生说："你服是不服？"

对方一声冷笑，一双粗壮的长胳膊连带罗长生的手臂一起拦腰抱了进去。罗长生拼全力终于把对方蹭倒，两人在地上滚作一团，独眼龙凭着蛮力逐渐占了上风。他骑在罗长生身上，拿刀的手也被他死死地揿在地上。罗长生心里想，这个家伙用的是蛮劲，力气大着，看来不可小觑，得及早了结为上。罗长生的屁股突然一颠，上面的独眼龙往前一冲，被压的手腕松动了。罗长生握刀的右手挣开便刺，独眼龙的肩下又中一刀。对方的一记重拳同时也落在了罗长生的面颊上。

两虎相斗，多半是两败俱伤，谁的算盘都不能完全按着自己的心意拨。最后在人们警察来了警察来了的呼声中，以罗长生再挨一记重拳，独眼龙肩胛再添一刀后撒腿跑掉。

进入夜色里的独眼龙如同一条游入茫茫大海的小鱼，一下便了无踪影。独眼龙在逃离龙源前决定要改改原则了。他原来一直是兔子不吃窝边草的。他在心里说，家乡的父老乡亲们，从今往后对不起了。为了母亲的枉死，我不把你龙源搅的天翻地覆，我就不是我娘养的。

没有抓到杀害沈议员的罪犯，方局长很是恼火。此时，正值省际公路开通的最后阶段，为协调各方关系和督促工程进展，宋县长大部分时间都是泡在公路指挥部里，方局长就没有及时跟县长汇报此事。

这日宋县长难得回了一趟县府，在钟鼓楼前碰到罗长生。他看见罗的半边脸都是肿的，问怎么回事？长生把经过说了。宋县长问："老妇人的儿子到底是一个什么来历，你们查清楚了吗？"长生说："查清楚了，这人是一个真正的山大王，有几十号精壮人马，长年在那边干绑票拦路打劫的勾当。"

宋县长问："有多大年纪？"

长生说："看样子，四十来岁吧。"

宋县长说："那以后你要当心了，他以为是你逼死了他母亲，这里你又让他受了伤。我想他不会轻易就这么善罢甘休的。"

罗长生说："我会小心的。"

半个月后，龙源西南角的三个乡镇连续遭到盗匪洗劫。乡镇长来报，盗匪都是骑马的，有二三十人，人人手握短枪，为首的戴个独眼眼罩。他们洗劫的都是集镇上的店铺，以强取银元为主。他们一队人马快速奔驶至集镇上，见到阔绰些的店面就下马两个，抢完一个集镇也就十几分钟时间。地方上虽有民团却无法防范，因为人家动作迅速，来去一阵风，眨眼就不见了人马。

宋县长对罗长生道："我原以为他会来报复你的，想不到他采用的却是此等卑劣手段，他是要让我们脸上无光啊！他们总不至于对龙源城也来这么一下子吧？"

罗长生说："如果独眼龙是聪明人，来龙源的可能性不大。他真要来，我们正好关起城门打狗。"

宋县长说："我们目前关键的是要让那些没有被劫的乡镇提高警惕，注意防范。"

这个盗匪流窜消息，很快在各标段工地上传开。谈论最起劲的是祖源村的北山人。大家都说，我们上次被围剿就是被这家伙害的，今天他竟然明目张胆地抢劫起家乡人的财产来了，我们绝不能放过这个独眼龙，我们要想办法抓住他，吃他肉，喝他血。

牛松柏说："明天上工地时，有枪的都带上，特别是护卫队员。独眼龙万一闯到这，我们也好应对。耀宗和传家，你俩最好把马也牵了来。"

之所以是牵，因为他们北山村来这的路虽近却崎岖难行，马只有牵着走的份。既然不能骑，牛松柏为什么要带马呢？牛松柏是这样考虑的。眼见这条公路的毛坯路差不多全线打通了，如果独眼龙知晓，说不定会从这条捷径往返。如是这样，有个三两匹马，到时追赶起来也快些。

牛松柏的考虑的确是有道理的，独眼龙暗里果然派人来这条新路上打探过。见这条毛坯路上筑路的人太多，担心出危险，他才放弃了白天从这条捷径出境。

过后的几天里，独眼龙在龙源县城东北角又连抢了两个集镇的店铺，然后把人马隐蔽在龙源城北的一片树林里，准备夜里从毛坯公路出境。不巧却被一个捡柴的老头发现。老头子远远看见树林深处诡秘地藏着好多马和人，便悄悄回头。此时正是午后三点，老头子回城把这个消息报给了城门口的值班警察。

这日牛松柏正好来城里领上月的出工人头数的代购券，他是骑马沿毛坯路过来的，在快到城北时，见罗长生带着大队警察跑步出城。

牛松柏问他："你这是上哪儿？"

罗长生说："刚才有人报告，七里桥侧树林里有好多马匹和人，估计是独眼龙那帮劫匪隐藏在那里。"

牛松柏听了此话，事也不办了，调转马头向来路飞奔回去。

望着牛松柏的奇异举动，罗长生不解地摇摇头，然后走自己的路。队伍插小路进入路左的山丘间，过两道小山岗就是七里桥了。七里桥的桥头也有一小片树林，可以这头看到那头通。不过，再往前，从漫长的缓坡开始，一直延伸上去，都是连坡的茂密树林，足有几平方公里。

在快接近大树林的时候，罗长生让大家停下。他还没有考虑好具体的攻打办法。他决定先派几个进去打探一下。没想到，相当小心的独眼龙在外面放了一个流动暗哨。几个警察离扎堆的人马还有一百多米时就被发现了。"呼"的一声枪响，流动哨一枪撂倒一个警察。枪声马上引来了几个手脚快捷的匪徒，独眼龙冲最前面，"呼呼"两声枪响，又一个警察倒下。余下的三个马上寻找掩体，躲在树干后还击。

枪声逼着罗长生的大队人马迅速往前赶去。独眼龙冲上就近的一块高地，看见多于自己几倍人马的警察已进入树林，向这边扑来。独眼龙指定四个手下与自己留下阻击，其余人马全部撤到对面的林子里隐蔽起来，天黑时分，大家在桥头小树林会合。

于是前进的大批警察在进至高坡前的一侧遭到阻击，接连的数声枪响，冲在前面的就有四个先后倒下。罗长生让大家卧倒，警察一止步一隐蔽，上面的枪声马上就不响了。一前进，隐蔽上头的独眼龙等几个就开火。警察要找还击的对象也找不到，只好胡乱开枪壮胆。

对峙了一小时，当罗长生领几个从后面悄悄绕道上到高坡上时，上面连鬼影都没一个了。在西天夕阳的映照下，只见东面长坡底的田畈上有几个刺眼的白点在晃动。眯细眼睛远眺，往远方奔驰着的几匹马背上是伏着人的。

此后，进入树林深处的警察把角落翻遍，除了自己的几个受伤警察，再没发现什么。罗长生问一个伤势较轻的："他们到底有多少人马？"伤者说："好几十，人人一坐骑一短枪，为首的是一戴眼罩的独眼人。"

罗长生问："他们是往哪个方向跑的？"

"不清楚，我们都躺倒了，哪顾得了这些。"

留下阻击的几个人是往东面去的，这是刚才亲眼所见。于是罗长生决定晚间加强城东门和北门的警力，以防万一。

夕阳在刹那间滚落西山，暮色四起之际，独眼龙的两批人马在七里桥头的小树林里会合了。

独眼龙说："这帮愚蠢的黑皮，他们想不到我们还会回到这里来。"

副首领大秋说："警察哪是我们大哥的对手啊。"

独眼龙问大家："每人手上至少都有几百大洋了吧？"

个别人在下面应答："大概有吧。"

独眼龙随手指一手下："你有多少？"

这手下说："不清楚。"

独眼龙走到他的马匹前，提一下搭在马鞍上的布袋，说："这里应该有两百块。"

另一个搭档马上说："大哥猜的准，大概是两百零几块左右。"

独眼龙在几多匹马前转了转，拣一又鼓又沉的袋子掂了掂，说："这是谁的？大概有四五百块吧？"

一大个子憨憨地笑道："大哥，我的。我也没点，估摸是这个数吧。"

独眼龙说："你小子眼毒有前途。你是跟谁搭的档？"

副首领主动应道："我。"

独眼龙眼前一暗，他揉了下看得见的那只独眼。他对副首领也是对大家说："我们这次已挣下了不少干货，可以打道回府了。为了干货的安全，回去的人马得分成两路走，现在就动身。一路照原路返回，一路走新开的马路。搭伴做活的一边一个。大秋，另一队由你带领，你走哪条路，由你先挑。"

副首领大秋说："这条新路需要摸索，你的视力又差，还是我来走新开的路吧。"

独眼龙说："那就辛苦你了。能摸索出条新路来，以后我们过来就容易多了。"然后让众手下按搭档的一边一个站成两队，又是让副首领大秋先挑了一队。

"那我就不客气了，告辞，回单山见。"副首领对其中的一队人马一挥手，他上马率先冲了出去。

副首领领着一队人马刮风一般往北面去，独眼龙领着另一支人马往南边姗姗而行。

独眼龙带领的人马是在离西城门口不足两百米处，悄悄通过龙源城郊的，然后越走就越放心了。一跟独眼龙关系比较铁的手下问道："大哥，你以为是我们能安全到家还是二哥他们？"

独眼龙说："难说，只要警察不在前面设伏，我就不怕。我们是静若处子，动如脱兔。那些民团根本不是我们对手。"

手下重复道："我是说我们与二哥他们。"

独眼龙说："这就无法揣摩了，听天由命吧。"

已踏上毛坯公路的副首领这队，因路面凹凸不平，人马走得是磕磕绊绊的。人一会儿骑在马上，一会儿下来牵着走。这种情况久了，就有人骂骂咧咧地找出气筒了。已跌过一跤的大个子要求点火把，副首领说："点火把？你想把警察招来啊？"

"警察他傻啊，等到现在还不动手？"

大秋说，"我们再走个十里八里再点吧，小心无大错。"

这队出境的人马又摸索着走出十余里地，公路已盘旋上到北山支脉的半山腰，这里离龙源城已有好几十里地的距离了。大个子没有再作声，已经两次把脚指头踢在石头上的副首领自个儿开口道："你们不是要点火吗？点吧点吧，怎么不点啦？翻过前面的这道最高山脊，应该就快到我们自己地界了。"

于是一个个把火把点起，这样行走的速度果然快了许多。

此刻，最上的摩天岭北山标段，牛松柏等一伙北山的后生早已等得不耐烦了。夜已渐深，大伙儿都说："独眼龙这帮盗匪要走这条路，也应该到了呀，我们不会白等一晚上吧。"牛松柏说："如果白等，明天大家睡觉，每人4斤米的工钱我出。"护卫队长说这样的话，大家就是不想挨下去，也得挨下去了。

这时有眼尖的突然发现下面漆黑的夜空中有了星点的火光，开始是极个别的一两点，然后是三四点，五六点……琥珀色的火点渐渐串成一条线，至少有十几个火点在之字形的道路上空浮行着。

牛松柏的心狂跳起来，在这样漆黑的夜色里，为了稳妥起见，他想了想，决定让耀宗带着几个枪法好些的留在此处，自己带着其他多个护卫队员沿路往下设伏，自己呆在最前头位置。待过了大部分人马，自己应该判断出是些什么人了，然后再打出指令性的第一枪。

他说："这样一是可看清楚是些什么人，二也便于分开来打。待我一开枪，你们就先打离自己最近的火把点，然后再打远些的。这样，大家同时都有目标，这些盗匪就一个都跑不掉了。"

大家都说这主意好。

耀宗说："这样看来，走在最前面的匪首应该留给我了。"

牛松柏说："别光记着打匪首，马也不能让它跑了，盗匪们抢来的钱财都在马背上呢。"

大家说："知道了。"

牛松柏带人沿途往下去，走十几步就留下两个攀上里壁的磅顶，到最后只剩下他一个人时，离最前面的耀宗已拉开了近两百米的距离。

在等待的煎熬中，游动的火把离牛松柏他们终于越来越近。那火光映照下的装束，那举止那言行，虽然不甚看清楚，牛松柏还是感觉出上来的这个马队就是一帮盗匪，确定无疑。

匪徒是人手一束火把，都骑在马上，走的不疾不徐，马与马之间的距离拉得很大。从牛松柏眼前过去一匹又一匹，很快就到了最后一两个。看看这火把后面再没人马了。牛松柏在心里想，怎么回事，比传说中的人数少不少呀？牛松柏也顾不得想了，待到整队人马走进伏击线的当中位置时，就朝最后一个开了火。

第一枪发出，沿线的枪声便噼噼啪啪响成一片，火把的光亮在枪声中灭了一把又一把，火光瞬间相继灭完。马儿咴咴地叫着，且满路乱窜。枪声不响之后，大家从磅上冲到公路上搜查、捉马。有人把熄灭的火把重又点燃。这时便不时地有零星的枪声响起。这是受伤的匪徒对近身搜查的北山人进行还击的枪声。不过匪徒的枪声一响，他便必死无疑了，紧接着数颗子弹同时向他射来。这里面有土铳有快枪。

牛松柏把一个死了匪徒的短枪插上自己的腰际，又下了他肩胛上的子弹袋。一匹伏地的骏马突然从他身边立起并向前奔去，他连忙追了上去，飞身上到一匹无主的马背。他在驾驭此马时，见路上还有好几匹乱窜的马，便招呼着身边队员去骑上为上策。待他再想起去追赶时，那人马已跑的不见踪迹。

过后稍稍清点一下，有六个匪徒被打死，三个轻伤，逮住的活马是十匹，银元十袋，短枪十一把，子弹十一挂袋。据伤者交代，独眼龙并不在这股人马当中，有几个受了伤的匪徒还是被他们连人带马跑掉了。这股匪徒还真是顽强。不过二匪首大秋没跑脱，他伤在腿上。

天色微亮后，牛松柏对包括二匪首在内的三个受伤者说："你们回吧。我放你们回去，不过不是回山寨，而是回你们的妻儿父母家。下次遇到你们还是干这行当，那就别怪我们不客气了。"

二匪首大秋对牛松柏磕头如捣蒜。

牛松柏发还他们每人一匹马和五枚银元。三个行了礼后落荒而去。

牛松柏对大家说："十一支短枪，谁缴获的归谁使用。不过原来的枪要交出来给其他人用，另外手上没有短枪的，每人发五块银元作为昨晚的辛苦费。有短枪的就没有辛苦费了。"

传家不同意。他说他当时只记着击毙对手，忘记下对方的枪了。

"缴了枪的，未必这个匪徒就是他打死的。只能说明这个队员喜欢枪，我就尽量成全他，我是这样想的，因为我就是这样做的。"牛松柏抚摸着手中的短枪，对着枪身哈一口气，然后往前襟上擦了擦，"你可以拿银元跟人家交换嘛。我想，缴了短枪的队员当中肯定也有愿意要银元的。五块可不是小数目啊。"

有一个下了短枪的队员说："我的短枪给你好了。"

传家于是用五块银元跟他换了一支德国造的驳壳枪。

有人又提出："这七匹马怎么分配？"

"马嘛，村议事会上再定，现在在谁手上由谁暂时先养着。"牛松柏让耀宗把所有装银元的布袋集中一块，他又把里面银元数字差不多的刚好凑成三个整袋1000的搁一堆。他说："根据刚才的清点，除去发放的115块，剩余的银元还有3121块。大家签字作个证。若县府问起，就说是2121块银元，在整数里减去1000。这扣下的1000，留作我们北山饥荒年月购粮用。若不问，我们就什么都不说，就当没这回事。大家听清楚了吗？"

大家齐声回答："听清楚了。"

耀宗问道："这六个死盗匪怎么办？"

牛松柏说："就暂时一块埋在路边吧。县府要问起，就领他来验看，不问就当没有这回事。"

耀宗问："为什么不报官？"

牛松柏把脸一板："这个不用你告诉我应该怎么做。我这样做自有这样做的道理。"

传家说："我们的护卫队长一惯是粗中有细的人。"

把打死的六个匪徒埋葬，清理完现场，天已经麻麻亮了。一夜未睡，大家已是疲惫之极。牛松柏说："反正我们的工程也快结束了，大家就回去歇个几天再说。"话罢，大家牵着各自的马，拖着疲乏的身子绕到背面的一条小径上，往上去。

回到北山村，牛松柏先去柳嘉仁家，把事情的整个经过跟族长说了。在听的过程中，族长的脸上一直挂着笑意，不时显出惊愕之色，看来他对牛松柏是相当满意。他末了说："你一见到罗长生出城去打流寇，你就打下主意了？你是搂草带打兔。又添钱来又添枪的，这下我们北山终于有了跟人抗衡的底气了。我得在功劳簿上给你记上一大笔啊。"

牛松柏笑着说："我们这次去开公路，的确赚了。"

族长说："你牛松柏真是个有心人呐。"

牛松柏回道："我还不是跟你族长学的嘛。"

族长很是惬意地："你啊……是越来越会说话了。"

在家里，儿子耀宗却第一次对父亲的行为提出异议："你这次钱啊枪啊的，一股脑儿收进来，你不觉得……太黑心了一点？"

"你小小年纪懂什么？"牛松柏不想跟他啰嗦，"你有这个闲心，不如睡一觉后，去看看秀秀。有两个月了，你一直在工地，偶尔回家，也没见她来过，也没见你出去过。你再不抓紧点，会被人抢走的。"

耀宗说："想起朱守篾讨好长生的那副样子，我就不想去。"

"这有什么，你又不是跟老夫子过一辈子。"

"可那个招婿的比试是人人都知道的，我怎么跟罗长生争？"

父亲摇头叹道："你真是一点眼力没有。罗长生上次来北山都没去见秀秀，他真要有意思的话，还不早让父母来提亲了？"

耀宗想想，父亲说的也不是没道理，便说："好吧，反正明天也是歇息。我明天去就是。"

"这就对了。"

第十章 曲线建桥

耀宗一觉醒来，已是傍晚时分。他吃过晚饭，准备往村街上去。这时金宝从马厩里牵出两匹马要往右边的草甸上去，耀宗一看不是自家的白鬃和乌索而是昨晚刚缴获的那两匹，就知道一定是父亲打了招呼的。他于是对金宝说："把这两匹交给我，你回去再去把白鬃和乌索牵出来，我们一起遛马去。"

四匹马在草甸上悠闲地啃着青草，耀宗和金宝仰脸并排躺在草地上，无语地望着星空。耀宗突然坐起，也要金宝起来。他眼睛逼视着金宝："我不是交代过你任务吗？你这些日子在家，关于他俩的，听到了些什么，你跟我说老实话。"

金宝说："你不是说，他俩根本不可能吗。你还要听什么消息？"

耀宗说："我是要给你一个表现机会。你不说，我上街上转一圈回来，马上就能知道个八九不离十的。"

"那你去转好了，我不要这个机会。马我给你看着，等你回头我们一起回家。"

"听你这口气，你对我还真有气？我怎么得罪你了？你说。"

"真说？"

"真说。"

"我是气你们。"金宝认真地，"去开公路凿洞炸石的，多好玩呀。可你们父子偏不让我去。你们还让我失去了得到一支短枪的机会。"

耀宗心里恍然大悟，表面上却装作无所谓的轻松状，并婉转地跟他作解释："谁叫你这么能干。打些小的铁件，你一个人就能做到。我们总是要吃饭的，不能一家人都去开公路吧。"

金宝说："你在家，我去公路上不行吗？"

耀宗说："我只会甩大锤，打把镰刀都不行。"

"那你爸在家待两天不行啊？"

"不行，他既是护卫大队长又是村里负责开公路的头儿。"

金宝脸上显出一副心悦诚服的样子："那我无话可说了。"

耀宗突然给金宝当胸一拳，金宝一脸的莫名其妙。耀宗说："这一拳抵我缴获的那把驳壳枪。我那把驳壳枪归你了，回家我拿给你。"

明白过来的金宝，激动地与耀宗抱一起。金宝就这么抱着忘了松手。耀宗于是不耐烦地挣开："可以了，两个男的有什么好抱的？"

耀宗扳开金宝手臂时，发现他的眼眶竟是湿润的。他说："你不用这么激动吧，为了一把驳壳枪？"

金宝摇摇头，他心里道，不完全是枪的事，我也是在为你难过。关于秀秀，你还用问我吗，你自己难道就一点都没感觉出？

金宝应该早就跟耀宗说的，一个月前，他曾两次亲眼看见有才和秀秀在月光下散步。他金宝看得舌头半晌收不回，孤男寡女的，又是在这荒山野岭的夜里，这可不是什么好兆头。可要说了只会给耀宗添堵，于事无补。耀宗不止一次说过，是你的跑不掉，不是你的煮熟鸭子都会飞。于是金宝就一直隐忍着，没有说也没有过问，任其自然发展。

不过也就那两次，后来没见着。一次，听住秀秀家对面的大婶说，有天晚上，有才在秀秀家门外叫秀秀，喊半天被秀秀出来一顿骂。再后来，连朱守箴也在外面发牢骚，说自己的女儿最近变了，以前早上还起来练练武的，现在每天只知道闷头睡大觉，什么事也不干。叫她上工地做两天，她说，我们家又不缺那几斤米。不肯去。

这就是金宝知道的关于秀秀的一些大概情况。他现在想说，又觉得没实质内容可说。于是表情里便呈现出这种纠结状态。

耀宗却从金宝的泪水和摇头里证实了自己的猜测。从秀秀很久没主动与自己见面的情况来看，他早就有这预感了。

耀宗没有再问金宝，他默默起身，去村街上走了一遭。从那些对自己示好的老伯，唠叨的大婶嘴里，他很快就知道了这些日子秀秀的大致踪迹。这大致的踪迹可以用三句话来概括。1.有见过与有才月下散步的情景。2.两个像小孩搭嬉窝，不像真的。3.近来好像又不来往了。

耀宗便在心里怨恨秀秀：你没等来罗长生家的来提亲，有才来勾你一下，你马上就贴上去了。你秀秀是不是有点饥不择食了。好，那我就等着，看你最后是一什么结果。

心里不愉快的耀宗想出去散散心，第二天早上就对父亲说："爸，我今天帮你去城里领代购券吧。"

"你不去秀秀那里了？"

耀宗搪塞道："去她那，以后有的是时间。"

父亲说："那你去吧。"

耀宗补上一句："我想让金宝跟我一起出去散散心，他在家里窝了好多日子，正有怨气呢。"

父亲说："也行，你们两个就骑缴获来的两匹马去，顺便调教一下。"

耀宗应诺回房，拿出那两把驳壳枪来比了比，拣其中的一把放入马袋里，另一把递给金宝，金宝拿在手上把玩一会，也学耀宗放入马袋里。两人然后去马厩牵出缴获来的两匹马，去到东边草甸试骑。经过两天的接触和遛马，两匹马也不当他们是外人了，不多一会，马与人便融洽了。

两人骑在马背上溜了几圈，然后放马往东而去。两骑在不宽的泥土路上撒腿欢奔，转眼就到了北山村的西街头。此时，街上的住户大多蹲在门口的台阶上吃早饭，两边对着，边吃饭边有一句没一句地聊着。陈伯问两个："干啥去？"

耀宗说："进城帮我爸领做工的人头券。"

陈伯说："耀宗啊，我家四子的那几张，麻烦你给我直接带米回来行不行啊？我四子上他姐姐家去了，我去不了城里。家里的米缸都见底了。"

"大概是二十几斤吧，问题不大。我查下底子，帮你捎回来。"耀宗爽快答应道。见此，旁边一个叫强子的后生马上接上："耀宗啊，我的那一份，也麻烦你给我直接领了吧。"

"说说你的理由。"

强子一脸的犟相："没理由，我就想让你帮我一次。"

耀宗笑了笑，说："不行啊，你干的日子多米也多，再驮上你家的，我们就要走着回来了。"

后边的金宝对后生道："强子啊，你不要和尚戴伞，无法无天咯！"

强子说："谁叫我家里没呢，这四十里地，叫我去挑，我懒得。"

"你要用时，我马借给你。"耀宗双腿一夹马肚，马便放开蹄子快速在村街上奔走起来，不时地超过一两个扛锄背篓的前行人，金宝迅速跟上。一会功夫，两人就来到东头的登封桥下。这时，宝纶阁的大门刚刚打开，王伯拿着一柄大扫帚在门口扫着。桥上有几个挑着秧担的男女，山上的季节要比山下晚一个多月，一年也就栽一季稻，水田又少。这是图凉快的人家赶早下田插秧去了。

两个骑在马上，前后驰骋在时而宽敞伸展时而狭窄弯曲的下山路上，疾走慢行，在近中午时分来到县城北大街的一栋大宅前。大宅右侧的青石门枋上挂着一块"龙源县公路开发指挥部"的牌子，木制的。办公地点就设在大门一进去的大厅里。耀宗把搭袋搁肩头，缰绳交给金宝，自己一个人进去。他冲坐着人的第一张办公桌走去。

他说："领米券。"

对方头也不抬地："名字单。"

耀宗把肩上的搭袋往桌上搁，里面除了用宣纸装订用毛笔写的名单本子，还有那把沉重的快慢机，所以搁上桌就特别沉重。对方翻了耀宗一眼，嘴里冷冷的讥讽道："真是乡巴佬，一点都不知轻重。"

耀宗也不理他，从搭袋里掏出本子往桌上一丢。对方拿上手，翻了一会说："找不到，你指给我。"

耀宗说："这是你们统一发的本子，你要我找？"

"不指拉倒，你以为这米是这么好拿的？"对方把本子合上往边上一丢，人靠在椅背上。

"看来，我们老百姓流血流汗，到头来领点补助的大米，还要看你的脸色喽。那我等着。"耀宗拿过一条凳子坐下，然后从搭袋里掏出快慢机来擦拭，在擦拭的摆弄中，不时地把枪口对着对方。

对方见此情景吓坏了，忙外强中干地说道："你是干什么的？你……你枪口不要对着我，万一走火怎么办？"

耀宗微微一笑，悠悠回道："万一走火，那是天意。阎王爷有心要你这种看不起黎民的官吏提前去他那报到，我也没办法。"

旁边办公桌的两工作人员过来安抚，一个对发票的呵斥道："你还不赶快给人家核对，发券给人家！"一个朝耀宗走来，有些讨好地说道："乖乖，这枪少见呐，瓦蓝瓦蓝的，是德国造吧。哪里弄来的？"

耀宗随意一搭："捡的。"

对方很快把数字人名核对好，把一沓代购券双手了耀宗："你点好，一共1350张。"

耀宗说："真是木榆脑袋，这么多，你们不会印些大数额的券呐，我不点了，少了回头找你算账。"

对方眼睛献媚地望着耀宗，不敢再说什么。

耀宗出来跟金宝说起刚才的事，金宝笑了，说："下回，我也在袋里搁块擦枪的布，遇到个什么事，也装模作样地擦上一回。"

两人去饭店吃了中饭，然后又去指定的米店领大米。金宝说："索性多领一些，让马驮着，我们走着回去。"

耀宗说："也行，反正早也是到家，晚也是到家，我们把强子的那份带上算了。"

金宝说："你都回人家了，干吗帮他带？"

"算了，人家已经开了这个口，不好让他太难看的。"

"你既然是这么想的，当初就不要回人家。"

耀宗说："当初我是见不得他那个相道。"

天色都相当暗了，两个才差不多到北山村头。刚下登封桥，便见柳有才从宝纶阁的大门里出来。他对着耀宗大声嚷嚷："你过来，你过来，我有话跟你说。"

耀宗和金宝牵马下桥。有才上前一边抚摸着耀宗的这匹马一边傲慢地说道："你们也太不仗义了吧。不就是猫在那里打了几枪黑枪吗，就又是得枪又是得马的，这不公平，这太不公平了。你回去告诉护卫大队长，我这个小队长总得有支驳壳枪吧。不能因为我受了伤，没去，就剥夺我的这个权利吧？"

回到家的耀宗把有才的这些牢骚话说给父亲听。父亲说："我们就从两个家里穷些的手上调剂试试，人家拿出枪来，照样给五块大洋，不，再加一块。"

第二天，耀宗问了几个，人家都不干，问到最拮据的松枝时，松枝说："昨天下午已被有才拿走了。"耀宗问："他给你几块钱的？"松枝说："不就是跟没缴获到短枪的一个样嘛，五块银元。不是我非要银元，是他非要短枪。他是族长的孙子，我敢说不给吗？"耀宗说："行了，我没责备你的意思。你短枪交出去了，原来的那杆长枪归还你。"

第二天，耀宗经过强子门前，强子说："你进来。"

耀宗便进了他那街沿的木板屋。强子拿出了他的那支驳壳枪，说："我还是喜欢长枪，这个短的我上缴。"

"真的假的？你真不喜欢，我可是要付钱了，加你一块，六块银元。"耀宗说着就从口袋里掏出六块大洋。

强子笑了："还多一块啊，我赚了，成交。"他把银元抓过来，把驳壳枪递上。

强子也许是出于感激给他带了米吧。于是耀宗又有了两把短枪。

当天，他带了一把短枪去了秀秀家。秀秀家就在耀宗家铁匠铺往东不到五十米的一条巷子里。这条巷叫举人巷。村子里的几栋有冬瓜梁的气魄砖瓦房都耸立在这条巷子里。秀秀家是其中的一栋。进门时，朱守箴正在厅上习字，耀宗叫了一声朱伯。朱守箴不冷不热地："哟，耀宗啊，有事吗？"

"秀秀在家吗？"

"秀秀去她大姨家了。你找她有什么事？"

"是这样。我手头多一支短枪，如果她喜欢，回头叫她来找我。"

"行，回来我告诉她便是。"朱守箴也不招呼他坐，继续写他的字。

耀宗从秀秀家出来正好遇上强子。强子问他："是不是找秀秀？"耀宗不吭声。强子说："耀宗，你想不想听我一句实话？"

"你说。"

"算了，有柱子还怕没地方贴对联吗？我听李婶说，前些日子，有一晚看见秀秀跟有才钻过树林。"

耀宗的脸顿时显得很难看。

回到家，父亲见到他的脸色，便猜了个八九不离十。父亲也不问他，让他自己面对。第二天早上，父亲对儿子说："今天我们本来是要回工地上的，可昨天县里捎来口信，说县里的警官今天要来我们这视察北山护卫大队。"

耀宗说："这些官府的人真是滑头，给我们送了1000发子弹，我们就得归他管了。"

牛松柏说："他就是不送你子弹，父母官要管你，你还跑的了？我们先把人员组织起来操练操练，露下脸给他们看看。"

两个于是骑马往村街上来，直接去到大操场的樟树下，牛松柏亲手用铁锤敲响了树桠上的铁钟。当、当、当……护卫队员听到集合的钟声，陆续来到了操场上。有枪的持枪，没枪的扛刀。柳有才在不多一会儿后也出现了。他肩头斜挎着盒子炮，梳着个三七分的小分头。牛松柏主动对有才说："对不起啊，我当时没想到你，就让谁缴的就归谁使用了。你那五块银元由村里出账。"

有才说："算了，我自己出，自己出的用着自在。"

"这是你自己说的，以后可别有怨气噢！"

柳有才说："我怎敢对大队长有怨气啊。"

牛松柏让耀宗和有才各自带着自己的小队操练。先练排列走队形，然后练持枪瞄准。牛松柏独自一个人站在悬崖边，用那支驳壳枪对远处的目标这里瞄瞄那里比比。比了半天之后，他突然扣动扳机，"乓——"震耳欲聋的一声枪响。

听到牛松柏打枪，大家都不练了，纷纷围过来。松柏说："没使用过的，每人可以打一枪。记住，只一枪，不管你是用来打野兽还是放空枪。你们手上有多少子弹，我有数的。"

有人问："牛大队长，这短枪你也是第一次用啊？"

松柏回道："是呀。"

这时，没用过的就向耀宗请教如何使用，如何瞄准。因为前些天的那个夜晚，耀宗就是用扣下罗长生的那支短枪打流寇的。耀宗说："这短枪也就是近距离使用，主要是凭感觉。当然，瞄也是要瞄的。"

有人说："这么说，这短枪也就跟那个花拳绣腿差不多，挂着图个好看。"

耀宗说："也不是这么说，这短枪自有它短枪的长处，它带在身边方便呀。"

"你的枪是不是比人家的好点？"柳有才伸手拿过耀宗手上的短枪装模作样地看了一下，正欲递还时，作想起状地问，"你是不是有两支短枪？"

耀宗点点头。

"你前天去过秀秀家，说如果她喜欢，就给她一支短枪？当时她不在家。"

耀宗说："是有这么回事。"

有才说："秀秀让我替她拿你给她的短枪。你是给这支还是换一支差点的，随你便。"

当大庭广众的面，有些难堪有些上当感的耀宗只好说："既然是秀秀叫你替她拿的，你就把这支拿给她好了。"

有才于是把这支瓦蓝瓦蓝的簇新拨壳插入腰间，满意地说道："那我就替秀秀谢谢你啦。"

正说着话，族长迎着宋县长等一行三四个人从登封桥下来，直接进了对面的宝纶阁，转眼又从大门出来一个人，往大操场这边过来。近了些，才看清楚是罗长生。他一身警服，腰上配着枪。他问牛松柏："刚才是谁向下面放枪？"

牛松柏说："是我。"

罗长生说："你可以嘛。你打的是一只松鼠吧？"

牛松柏点点头。

"我们几个看着它从树顶跌下来，然后一拐一拐地溜走了。你就是用这支驳壳枪打的？"罗长生一看是一支德国造。

牛松柏再次点头。

旁边有人插一句："我们队长，他这还是第一次用这枪呢。"

耳里听着，眼里看着，罗长生的心里已再明白不过。公路指挥部提供的信息是准确的，他们能有这好几把先进的德国造，也就证明北山这帮家伙打死了至少不少于七八个流寇。这批流寇身上都带了不少抢来的银元。这些银元肯定也落入了北山佬的手里。数量多少是个未知数。今天宋县长与他上山的真正目的就是了解这件事。

罗长生装着不在意地问一句："你们这些短枪是哪里弄来的？"

牛松柏半开玩笑地回道："捡柴火捡的。"

罗长生说："那天我出北城门，你遇上我，掉过屁股就往回去，我当时想不通，过后才明白过来。你的这些短枪应该就是那天夜里伏击流寇得来的吧？"

牛松柏一笑，既没承认也没否认。

情况得到证实，罗长生的心里却是酸溜溜的，自己正规警察，一个中队的人马去围剿，一根流寇的毛都没捞到，还伤了三个。人家土鳖民团，却有着不菲的收获。

吃中饭前，罗长生就把这情况跟县长汇报了。宋县长当罗长生的面就直截了当地问柳族长："你们到底有没有截获那股流寇抢劫来的银元？"

柳族长迟愣着，张了张嘴，半天才说："这事你得问牛松柏，具体的，我也不清楚。"

宋县长说："你不必跟我打马虎眼了。我看松柏目前还是很尊重你柳族长的。有事他不会对你掖着藏着的。"

"就是因为这，我才要尊重他的意见，他是大功臣啊！"

"那你说说，你们护卫队到底打死了几个流寇总可以吧。"

"听他说，好像是打死六个，放走三个。"

"那缴获的短枪应该是九支喽。"宋县长笑了起来，"你们北山护卫队的确了不起，缴获的枪支弹药，就奖赏你们，留给你们使用。缴获的银元是一定要上缴的，不然，名声会很不好听。我也是为你们考虑啊。"

族长说："等会吃饭时，你县长大人亲自问他，我相信他会告诉你的。"

"若是这样，那是最好。"

酒过三巡，宋县长对牛松柏道："我知道你牛护卫队长是直爽之人，你能不能给我们的罗队长传授点打流寇的经验？你是如何伏击成功的？"

牛松柏说："县长大人，这说不上什么经验，瞎猫碰到死老鼠——撞的。"

"咋人家就撞不到？这说明你们北山的男人是个顶个的强啊。"

牛松柏心想，你就别戴高帽了，你要问就问吧。我早料到有这一天。

"你这次一共缴获了多少银元？"

"2121块。"

"记得这么清楚？"

"当时清点过。还作了登记的，自然印象深刻。"

宋县长脸上露出笑容，罗长生报告后，他就让人私下去了解，几个护卫队员说的基本是这个数。看来这个北山佬倒是够坦诚。"你们自然清楚这银元是流寇劫来的，既然你当时就作了清点，我相信你们没有私自留下的意思。不过，这银元我也不想收回了，我收回来也得还给那些商铺。眼下公路几乎全线通了，可建桥的资金还没着落。你们北山人的石上功夫不错，我听说村前那座登封桥就是你们自己建的。这2000多块银元权当劳务费，省际公路的北山垅桥就归你们建了。你们看怎么样？"

族长和牛松柏面面相觑，这宋县长的脑袋转得也太快了吧。

柳族长问松柏："你看呢？"

牛松柏说："我看行。不过，桥头得给我们留名。"

宋县长说："这'北山垅'不就是给你们北山人留的名？"

柳族长问："有没有工程限期？"

宋县长说："眼下马上就是汛期了，建桥得推到八九月份才能开工。我想，今冬明春建成应该问题不大吧。"

牛松柏附和道："应该不大。"

宋县长说："那我们就草签一个契约，怎样？一边桥栏上刻'北山垅桥'四个字，一边桥栏上刻'祖源村建造'这五个字，这下你们总该满意了吧。"

柳族长与牛松柏相视一笑，这笔交易还是挺划算。

饭后撤了碗筷，柳族长摆上笔墨纸砚，宋县长让罗长生起草契约。罗长生的毛笔字不错，他根据县长刚才所言，寥寥数语就把契约的一二三款写得清清楚楚。双方签了字，柳族长还让管事陈痫痫把村议事会的公章盖上，见此，宋县长也随从把县政府的大印拿出盖上。

双方各持一份。宋县长手里拿着印油还湿淋淋的契约，一边用嘴吹着，一边对族长和牛松柏说道："这契约上虽然写明了原由，如果你们的桥建造的的确好，又牢固又能如期完工，到时我就把这契约撕了。我不会让外人知道这里面的曲里拐弯的。"

"那敢情好。"柳族长高兴地，"你要撕时通知我一声，我把我手里的这份也一并撕了。"

宋县长离开时，族长和牛松柏硬是把县长一行送到乌龙口才止步。

在回城的路上，罗长生以知己的口吻对县长提出忠告："你如此娇惯北山佬，惯得他们爬到你头上拉屎就晚了。"

县长不悦地："你这什么话？难道他们是不知进退的毛小孩？"

长生执着地："就是知进退，也得有个度才是。"

县长这才直言："我是觉得有些愧对他们呐……"

罗长生说："起码那九支缴获的短枪要收回吧。你就不怕他们势力坐大，给你造害？"

宋县长说："你说话还是现实一点。我把这个任务交给你，你去收收看。我看枪在他们手上比在你们手上的作用大。"

罗长生知道县长所指，呛得说不出话来。

沉默半晌，罗长生说："你说到时桥建造得好，就把那个契约撕去，我总觉得太那个一点。"

"哪个一点？"宋县长一笑，"算了，不跟你说了，你还年轻，说了你也不会明白。不过，我在这里倒是要跟你说清楚，今天你所知道的一切，你就当作没听见。如果你还当我是县长，就照我说的做。"

宋仁熊心情愉悦，吃晚饭时把自己今天所做之事向老父亲说了一遍。父亲说："这一招巧劫金，借力打力做得甚好。你做事比以前稳妥多了，建桥的处置也比较圆满。防民不如信民靠民，北山佬应该信得过的。"

父亲这么一说，宋县长心里更有底了。自从受了上次的教训，宋仁熊变得谨慎起来，诸事都向老爹请教。

六月的龙源北山，天气多变得像孙猴子的脸。这日，宋县长一行来到北山垇探访，刚好遇到这六月桃花雨。这里没有人家可以躲雨，正在发愁，突然发现前面的平坦处有两座茅草盖顶四面通透的草棚。大家赶过去，老远就看见棚里有人。大家一头钻进棚里，棚里的好几个石匠就放下手中的凿子和铁锤望着来人。宋县长问："你们在干吗呢？"

石匠说："凿块石呀，在凿建桥的石头。你难道看不出？"

宋县长一行这才四下张望，棚里棚外满地都是凿得平平整整的条石和块石，大部分是尺寸统一的一头稍宽一头稍窄的梯形石。宋县长见这些梯形石都是花岗岩，就问："为什么，这些梯形石用的都是花岗岩？而其他形状的就不一定。"

石匠说："族长交代的，箍拱洞的那一层一定要用花岗石。这花岗岩实在太难凿了，凿一块石头要打秃几根凿子，一天凿一块石头，你多吸一袋烟就完不成。"

宋县长试探地："你们不会骗族长，花岗石用完了。"

"骗不了的，哪里有花岗岩石，牛松柏最清楚了。隔个几天，牛松柏就会带着一帮人给我们抬来一大堆。再说，我们也不白干，凿一块箍拱洞的花岗岩石是三个铜板，其他石头只有一个铜板。"

三个两丈五宽两丈八高的大拱洞，得多少块梯形花岗岩！他们这样干，那点银元未必多的下。

　　眼下虽然是汛期，却一点也没耽误建桥的进度。北山人利用这段日子备下石材，等到了秋下就可以搭架垒石了。

　　看到这样的情形，宋县长放心了。"北山村建造"这五个字不是随便那么好刻的，他们为了这五个字顶上真了。北山垴桥是境内这三十公里省际公路的唯一一座桥。现在各个标段都在铺路面了。等到北山垴桥一落成，全线就可通车了。

　　转眼到了冬天，宋县长一行第三次来视察时，四个桥墩已经立起来了，五个拱洞的木板支架上，最底层的梯形石差不多圈好。牛松柏掌控着保证质量的最重要一关。他亲自领着一帮人在十几个大石臼前用大头木杵在里面捣和，就是把糯米粥和石灰粉掺和拌均匀了，捣糊了，拿来嵌缝。他不时对出臼嵌缝的糯米灰进行查看。关键的活儿搞定，余下就是把桥墩部位的石头垒至与半圆的顶部一样高，再在上面铺上石板，两边立起桥栏就完工了。而桥栏的石板和方柱都是凿好了的，只要榫头铆眼嵌接斗上，再用刀片填上糯米灰就行。这工程做到后来，看北山人的那股认真劲，已完全把它当作是自己分内的事了。

　　通车典礼那天，宋县长亲自检查了桥的上下及榫头的连接部位，然后把政府的一块奖匾授与北山祖源村。宋县长还拿过沾饱红色油漆的毛笔亲自给"北山垴桥"和"祖源村建造"这九个大字飘红。然后悄悄私下告诉柳族长："那个合同我们可以把它撕了。"

　　柳族长满意地："甚好，甚好。"

　　一天傍晚，去西城郊传达县长旨意的罗长生从叔叔那里回来，正沿着城门西大街走着，夜色苍茫中看见一人力车在牛家酒店门口停住，从车上下来的竟是卢院长。卢院长左右瞥一眼进了酒店大门。

　　罗长生心想，这卢院长要上馆子也应该是去既近又繁华的东大街呀，怎么会舍近求远地跑到这里来呢？看那样子还有些鬼鬼祟祟的味道。

　　好奇心促使罗长生悄悄跟着进了牛家酒店。牛家酒店是家大众化的平民酒店，城外西郊都是住着一些脚力、菜农、卖浆者流等劳苦大众，所以这酒店的生意特别好。桌椅板凳也是本色的，粗制的，厅大人多，里面甚是噪杂。罗长生的眼睛按桌子一路扫去，却不见了卢院长的身影。这便怪了。他往通往后屋的廊道上走了两步，从一门隙间瞄见卢院长正与店主牛二坐一小间里谈的正欢。

　　罗长生悄悄塞给一乞丐三铜板两馒头，叫他过去听壁，回头告诉自己。乞丐便去到小间门口地上坐下，一边听一边啃馒头。坐久了，牛二就出来黑着脸赶乞丐："你坐在这里干什么？走走走。"乞丐涎着脸说："我等你们吃饱喝足，讨点剩汤蘸馒头不行啊。"

　　一个时辰左右，乞丐过来告诉罗长生："他们也没说什么重要东西，只是瞎聊天，东拉西扯的没个正经。"罗长生说："扯些什么，你学几句我听听。"

　　乞丐说："那个卢医生只是张着耳朵听，都是牛二在说。他先是说，祝贺你啊，据可靠信息，你那妹子可是个抢手货，那个警察队长想她，那队长的叔叔国军独立团的团长也想她。你到底是想把她给哪一个呀？后来又说什么北山佬好像打死了不少外路土匪，得了一些好枪，还得了不少银元。他还说，你说怪事不怪事，现在连宋县长都在巴结北山佬呢。他牛二啰啰嗦嗦说了不少。两个一起只吃了一碟花生米，一碟炒猪肝，一钵汤，一壶酒，卢医生却给了牛二两个大洋。你说怪不怪？"

罗长生想，这些分量的菜肴十个铜板也要不了呀，卢院长怎会如此大方？罗长生不由得对这个院长的身份产生了怀疑。

而牛二，只要你稍稍一琢磨，便知晓他不过是个见钱眼开的包打听。他不问来路，笑迎八方客，全凭嘴一张，有利就做。北山佬找他，宋县长找他，警察国军也找他。罗长生记得，牛松柏和宋县长都曾找他捎过信。

这天，罗长生把自己对卢院长的怀疑说给宋县长听，宋县长听了笑呵呵地说："留过洋的对留过洋的就是有警惕性啊！不错，不错。那你说他到底是啥身份？你说他买这些信息有啥用？"

罗长生说："这个我也说不上。反正就是觉得他不地道。"

宋县长说："人家是大城市来的，对我们小地方的一些东西好奇，爱听些掌故轶事，这有什么好奇怪的。"

罗长生说："凭我直觉，他绝非是对掌故轶事感兴趣。"

宋县长摇头道："长生啊长生，不地道的人能一捐就是几千大洋吗？我们龙源要多几个像卢院长这样慷慨大方、忧国忧民的绅士，龙源何愁不发展啊。"

卢院长给宋县长留下的印象太好，一下也扳不过来，罗长生也就没有继续说下去。

罗长生对卢院长有了看法，心中便连带着对祁雪怡也起了芥蒂。这个祁雪怡，实在琢磨不透。她总是跟你不冷不热地保持一定距离。你要跟她热乎些，她马上就躲开你，你要一两个月不理她，她又来逗你一下。听说她跟叔叔罗子俊玩的也是同样的把戏。

这日，罗长生下班回家，刚进巷子就看到他叔叔一身戎装地站在他自家门口。他看到罗长生过来就满脸堆出笑，一双手早早伸出。罗长生有些愣住了，叔叔这样屈尊对侄子，这还是第一次啊。

罗长生惊诧地："叔，你干吗？"

叔叔说："你不必进去了，我已经跟你爸妈说过了，今晚我请你吃饭，就我们叔侄两个。"

罗子俊的手臂搭在侄子肩上，傍着他一同进入自家门里。

两家虽然门相对，罗长生却是有年数没踏过叔叔的家门了。今天被叔叔拖进去，罗长生多少感到有些不自在。罗长生抬眼四下张望，叔叔的家多年没什么变化，只是人更少，更冷清，更寂寥了。坐在高大空旷的厅上，罗长生不由得说："叔啊，不是我说你，你也该成个家了。你看看你家，哪还有一点生气。"

"你亲眼见到叔叔家的清冷了是吧。"罗子俊笑着说，"我今天请你来，就是想跟侄子你商讨这件事的。"

罗长生笑起来："我有数了……"

见侄子并不显得十分为难，罗子俊给侄子没有浅下的茶杯又续了一次热水，招呼下人赶紧上酒上菜。

罗长生嘴里呷着茶："我可是有年头没踏进过你这门了。"

罗子俊说："想来是有些年头了，以前，我一直在外闯荡，待我回家了，你也成才了，叔没照应到你，叔羞愧啊。所以，在你结婚时，叔我是一定要给你补偿的。"

罗长生有些幽怨地："我的这个婚怕是一时难结了，因为我们侄叔俩看中的是同一女人。"

罗子俊显得有些难为情："我也听说了。这就叫不是一家人不进一家门，谁叫我们都姓罗呢。既是叔侄，叔侄的眼光自然是一致的喽。"

罗长生有些戏谑问道："叔你今天这么巴结地请侄子吃饭，是不是想叫侄子把这个女人让给你呀？"

侄的开门见山让罗子俊有些下不来台，脸上讪讪地："……叔还不敢这么自私。叔我的意思是……既是这么回事，叔侄俩至少可以沟通一下。这么长期僵扯着也不是个事，叔侄间还有什么不好商量的。我今天就明里跟你说了，要么叔把小祁让给你算了，叔也好另起锅灶……"

罗长生笑了笑："小侄岂敢啊，说出去岂不让人笑话。叔都四十出头了，好不容易相中一个女人，还要让给二十出头的侄子，你叫侄子的脸往哪搁？"

罗子俊瞪大眼睛："侄说的是真心话？"

侄子作出委屈样子："不真心行吗？"

"这么说来，侄子是愿意把这个女人让给叔叔我喽？"罗子俊追问道，"你说话算数？"

"当然算数。"

"好，有你这句话，你叔我就放心了。来来来，我们喝酒，叔先敬长生侄一杯。"罗子俊一杯酒一口闷下肚，然后把空酒杯重重墩在桌上，豪气冲天地，"我就不信，我堂堂一个团长娶不了一小护士。"

罗长生慢悠悠接一句："强扭的瓜不甜，莫强求。"

"什么甜不甜的，能生娃就行。结了婚的女人，她还能作什么怪？我哪天找个机会把她生米做成熟饭，看她还从不从。"

"我看她不像是个好惹的女人。"罗长生郑重说道。

"我还就不信了。"

半个月后，上天赐予罗子俊一个极好机会。

这天，卢院长在电话里跟罗团长说："我准备哪一天去你们团，对那几个曾经住院做过手术的伤员进行回访。到时我与祁护士长一道去。"罗团长哈哈大笑道："好，好，我欢迎呐，我早盼着这一天了，到时我恭候你的大驾。"

这天，卢院长和祁护士长来到国军驻地。在团部办公室，卢院长与罗团长简单寒暄几句，就急着让罗的手下领着自己去几个曾住院的伤病员的连队。恰巧三个连队都有，因为当时的敢死队是全团放开报名的。在一天时间里，卢院长与祁雪怡马不停蹄地跑了三个地方。

检查完，两个饥肠辘辘回到团部驻地。罗子俊说："看你们两个一脸风尘的，索性去洗一把，再上桌吃不迟。"客随主便，两个便去洗了。洗漱完的两个来到酒席房间。祁雪怡脸上透着红润，敞开的领口里露出雪白粉颈和艳色内衣，在这个都是男人的军营里，她恰似一朵娇艳欲滴光彩夺目的美人蕉。

罗团长看着祁雪怡的这份放开姿态，在酒桌上更来劲了。他频频向两个敬酒劝酒，一副十足的殷勤讨好相道。卢院长说："好了好了，行了行了，我明白你的心意了。我不能再喝了，等会我还要回去的。雪怡她但喝无妨。"

卢院长的意思已再明白不过，罗团长的手下马上就把目标转向祁雪怡。黄金彪适时站起来到卢院长面前说："我用车送你回去吧。"

卢院长跟罗团长了声再见，在黄副官的陪同下向门外去。

卢院长走后，祁雪怡就更是放松自如了。罗子俊说："祁护士长，也不知是我有幸还是你有幸，世上姑娘千千万，我中意的偏偏却是你。"

祁雪怡说："是我有幸。"

罗子俊说："刚才话就算是我向你求婚了。你答应我的求婚吗？"

祁雪怡说："我答应了不算，要父母同意才行。"

罗团长说："都什么年代了，还讲究这些繁文缛节。我今晚就要了你，看你父母怎么办？"

祁雪怡说："你今晚要了我，那就是另外一种结果了。"

"什么结果？"

"现在不告诉你。"

罗团长咧嘴大笑，马上就把祁雪怡横着抱起向门外走去。他一边走一边说："我等不及了，我现在就想知道结果。"

罗团长把祁雪怡抱进自己房间，关上门后就再也没有打开。直到第二天，太阳竖直从头顶照下，罗子俊才喊勤务兵把洗脸水打进去。

祁雪怡梳洗完毕就急着要离去。上车前罗团长再一次问她："我们结婚的事真的没得商量？"

祁雪怡说："我昨晚已经跟你说过了，没经我父母同意我们就在一起，我们就不能结婚了，我们今后只能做情人。你什么时候想我了就给我打电话。"

"你这是什么狗屁道理。"罗团长后悔不迭地，"早知如此，我昨晚留你过夜干吗？"

上车后，祁雪怡从车窗里对罗团长怡然一笑："谁叫你这么猴急呢。我早告诉过你，你怪不得我哟。记着给我打电话，再见。"

一个礼拜后，罗团长试着给祁雪怡打电话："小祁呀，我现在又想你了，你说怎么办？"祁雪怡略顿了一下，说："可以呀，不过，营房我今天是不想去了，你说我们在哪见面吧。"罗团长说："那就东大街的何记旅馆，晚上我在那等你。"

到时，两人果然就在何记旅馆见了面。虽然是在旅馆的床上行事，却一点没影响两个激情的宣泄。不过，事后祁雪怡还是说："这里太打眼，你还是租个房吧。"

罗子俊说："何不直接去我家得了。"

祁雪怡说："去你家不行，去你家就不是情人了。"

罗子俊摇摇头说："真是脑袋叫门夹扁了，哪有情愿做情人而不愿做太太的。"

罗子俊只得在西门桥租了一套房。此后，隔三差五的，两人就在那里会上一面。

这天夜里，南街西医院来了一危急病人，却找不到护士长。第二天卢院长就在医院里跟祁雪怡发了火。他说："美子，你也太放纵了，请你记住我们的使命。"祁雪怡不服气地回道："难道我不是按照你的旨意去做的？"卢院长说："可你也要注意适度，太频，你就没有诱惑力了，懂吗？再说，我当初是要你在他们叔侄两个之间制造矛盾，现在弄成一边倒，你让我很失望。"

祁雪怡听着上司的训斥，嘴上不反抗，心里却不舒服。她想，我这样做，他罗长生不嫉妒，不吃醋，我有什么办法。

几天后，一有名的外地剧团来龙源演出，剧目是《火烧红莲寺》。这是一出武戏，热闹、红火。诱惑人的海报街头贴了好多张。祁雪怡让罗团长陪她一起去剧院看大戏。戏院里是人满为患，气氛空前热烈，可以下脚的地方都挤满了人。罗长生带了警察在里面边看边维持程序。在巡视中，他自然也看到了坐在前排位的叔叔和祁雪怡。演出结束时，当罗团长与祁雪怡走在拥挤的过道上向外挤时，祁雪怡的屁股突然被人捅了一刀。随着尖叫声，只听一声枪响，戏院里顿时乱成一窝粥。人们四下逃窜，有多个老人小孩被挤倒、踩倒。

第二天，街市上便流传起这样一个传言：说罗长生这家伙太不是东西，竟然跟自己叔叔争女人。你看看，多漂亮的一个女人，他竟下得了手。为了出自己的一口怨气，致使多个无辜群众遭殃。

方局长问罗长生："这传言不会是无中生有吧？"罗长生虽然极力否认自己没有干这种事，他说可以对天发誓，但还是被撤了职。方局长征求宋县长的意见时，宋县长说："不管怎么说，他是秩序的维护者，他脱不了干系的。"

身边的人都知道他想西医院的这个女人。再说，驻地国军的团长是得罪不起的，何况现场还踩伤人。这个职撤的罗长生无话可说。

罗长生有冤说不出，心里倒有些有数了，看来是有人存心要陷害自己啊。我要看看这人到底是谁？

罗长生去西医院看祁雪怡，病床上的祁雪怡把脸扭向一边。罗长生说："你以为这事会是我干的吗？我正要向你打听走在你身后的是一些什么人，你看见了没有？"

祁雪怡不理他。罗长生把她的脸一扳："你倒是说话呀！"

沉吟半晌，她嘴里才不情愿地吐出三字："没看见。"

卢院长抱歉地对罗长生说："真是对不起啊，还要你跑来看雪怡。听说这件事的发生还连累了你？"

罗长生说："撤职倒没什么，只要别让人误会是我干的。卢院长，你以为会是我干的吗？"

卢院长笑道："哪能呢，你疼还疼不过来，你怎么会伤雪怡，说是刺你叔我还倒有三分信。现在雪怡一心偏向你叔，我也一点办法没有。"

罗长生心里咯噔一下，卢院长这话是玩笑呢还是想挑拨我们叔侄的关系？罗长生故意说："你这话倒提醒了我，哪天我把我叔砍成残疾，看雪怡还偏不偏向他。"

卢院长忙说："这种话可不敢乱说。"

第二天下午下班，罗长生回到家就看到叔正坐在厅堂里跟父亲说话。罗子俊看到侄子进来就当侄子的面对自己的哥哥说："长生他现在是不得了啦，学会了两面三刀，跟叔叔我当面说好听的，背后下毒手。"

罗长生说："你说什么嘞，我怎么听不懂。"

叔叔说："我是考虑了又考虑，才来跟我哥说的，你跟我说老实话，雪怡被刺，到底是怎么回事？"

"连叔你也怀疑是我干的？那我们没什么好说的了。"罗长生睁大了眼睛，里面喷出一股怒火。

叔望着侄子骤变的气愤脸色，退一步道："那……那……"

"那什么呀，有话快说。"

"卢院长交代了，叫千万不要问你的，但我还是忍不住……"

罗长生鄙夷地一笑："你是不是想问我，说没说过，'哪天我把我叔砍成残疾，看雪怡还偏不偏向他'这句话？我说过了。"

"侄子倒是好汉做事好汉当呐！"

"叔，你要看我是在什么情况下说的。"罗长生把一杯冷茶咕噜咕噜一口喝干，"我现在终于明白卢院长是一个什么货色了。"

罗长生于是把卢院长先说的那句"你怎么会刺雪怡，说是刺你叔我倒还有三分相信"

的话说给叔听。"我心里就想，他卢院长怎么会说出这种挑拨离间的话呢？他是无意的还是有意为之？我为了试他一试，就故意说了以上的话，看他传不传给你。他果然很快就把这话传给了你。"

罗子俊想了想，说："你的意思是说，卢院长有故意破坏我们叔侄关系的嫌疑？"

"不是嫌疑，是事实。"

"他破坏我们的关系，他能得到什么好处？"

罗长生也吃不准就把那天在牛二酒店的事告诉了罗子俊。

"这么说起来，我还真有些不对劲。昨天我去西医院看雪怡，你说，妹妹被人刺了，他说些什么不好，他卢院长却偏跟我说一些小道消息。他问我，说你知道不，听说北山佬又添了一些枪和子弹，这恐怕会对你独立团不利啊！你说，他一个医生瞎操这些心干啥？"

"真有这样的事？"罗长生说，"他的消息倒来得比谁都快，话里话外惟恐天下不乱。"

叔点点头："他这人不仅对各种信息感兴趣，对泥巴对石头也感兴趣。开公路时，那次他跟我一起上工地，他捡了一堆白色泥巴和带黄点的石头，他一个西医捡这些有啥用？"

"还有这样的事？我们真得好好查一查他的底细了。"

叔叔一笑："长生啊，前些日子，你突然愿意把祁雪怡让给我，是不是当时就发现了他们兄妹的一些不正常？"

长生一笑："是有那么一点点。不过，我把我的怀疑跟宋县长讲了，他一点都听不进去。"

"目前也没证据，不说也罢。"罗子俊突然反客为主地，"来来来，哥坐，侄子坐，我今天好得来你们这边一趟啊。是自家人就是要多沟通沟通，不然，我们被人离间了，还不知道。我今天来的好啊！"

"那你不逼着雪怡跟你结婚喽？"

叔笑道："连这个你也知道？"

第十一章 擒获真匪

被撤了职的罗长生浑身轻松自在，在家赋闲几天之后，这天跟父母说："我去北平有点要紧事，你们对外别说起我出门了。"

罗长生想，西医院的卢金平一直跟人说自己是北平人，是燕京大学毕业再出国深造的。我就去查查他说的是不是真的。

罗长生坐汽车到省城，又从省城坐火车去了北平。

他先去了燕京大学，好不容易说动了人家，给查了，一共翻了五六年的档案，都没见到有卢金平这个名字，在出国求学的名单里也不曾见到有这个人。

然后又去到警察局，问在京城的官宦富户中有没有姓卢或姓祁而子女又出过国的？鉴于同行，人家很支持，还安排罗长生住旅店，说，三天后等消息。第四天上午，罗长生再去，人家说实在没查到。

罗长生回到龙源也不吭声，把外出调查的事埋在心底。卢金平为什么要说谎呢？

这日，罗长生去城北门外的横江钓鱼。这条名叫横江的河流，其实也就是一条才几十米宽的山溪，这水就是从那条新建了北山垇桥的山谷经过九曲十八弯流出，伴着北山出山的路一路下来的。

一阵得得的马蹄声由远至近。

"哦嚯，堂堂警察局的中队长，今天这么悠闲？"下山进城的牛松柏路经这里，见罗长生在此钓鱼，便让马儿下了大道，望水边靠了过来。

下了马走到罗身后，拍拍罗长生肩膀，说道："长生啊，我一看你今天这个样子，就知道你有心事。哪有这个天出来钓鱼的，现在的鱼早躲到石头洞里去了。"

罗长生扭了扭头，眼睛望上一瞟，算是回应了他的一番搭讪。

牛松柏见罗长生爱理不理的，没生气，接着说："你今天若能钓上一只鱼，我夹生把它吃了。"

罗长生还是没搭理他。

牛松柏沿着溪旁走几步，眼睛瞥到沙土旁上一个洞，上面印痕新鲜。"鱼你虽然是钓不到，倘若你想钓只老鳖回去孝敬你父母大人，我倒能助你一臂之力。"

"你就吹好了。"罗长生冷冷说道。

牛松柏也不言语，翻了地上的几块碎砖头，抓到一只褐色小麻蛙，把它钩在鱼钩上。

他调好鱼竿垂下的位置让罗长生拿着，自己便下到溪里的一侧，弯起中指"破，破，破"地弹击水面。

过了五六分钟的光景，果见一只老鳖伸长颈脖探出头来，对着麻蛙望半天，然后突然一口咬住活蹦乱跳的麻蛙不放。牛松柏一声"起竿"，老鳖就被罗长生甩起的鱼竿抛到了岸上。

"他娘的，你这个北山佬还真行，我算是服了你了。"罗长生丢开鱼竿，一边抓老鳖一边呵呵笑道。

"你这忘恩负义的小子，我帮你钓到了老鳖，你还骂人！"

"你这个护卫大队长，今天这么巴结我这个撤了职的警官，是不是有什么事要求我？你说。"罗长生的心情变得十分好。

牛松柏想了想后，说："好，你既然这么明事理，那我就说了，有句话，我一直想问你。当然，我这也是多管闲事。你跟秀秀到底是怎么回事？你到底要是不要的？你得给人家一个交代呀。"

罗长生没想到他问的是这个，这话如果放在以前，他也许会回答得爽快些，要也罢，不要也罢，都不会在心里掂量很久，因为那时他心中有个祁雪怡。而现在，他突然觉出山乡姑娘的好来。

罗长生问："是不是秀秀叫你问我的？"

牛松柏说："就算是吧。"

"你就告诉她，现在不是时候，过年我会去看她的。"罗长生知道牛松柏是为他的儿子所问，自己就给他个有趋向的回答吧。"牛大护卫队长，反正今天我也是无处去，中午，我做东，请你喝一盅。以后，我若是做了北山的女婿，还得靠老哥你照应呢。"

"好，冲你这句话，我去。不过，你不好与我攀兄弟的，我比你大一个大小伙子呢。去年跟我比武时，你可是称我牛叔的，怎么一年不到，你就升级啦。"牛松柏心里想，这个混小子，原以为你不想要秀秀了，如今又说出这番话来，真不知你葫芦里装的是什么药。

罗长生拍脑袋作恍然状："护卫队长真是好记性啊，我这人就是这点不好，跟人一混熟，辈分就混淆不清了。该打！"

两人越说越投缘，却没想到危险正在逼近他们。四个手里拿着短枪的家伙正在悄悄向他们两个包抄过来，其中一个的一只眼睛上还戴着黑眼罩。独眼龙自上次吃了罗长生的亏，心有不甘，带了三个心腹潜回来报仇，已经盯了他好几天了。

独眼龙看到罗长生身边的那个像是北山那个有名的牛铁匠，便问二当家的："大秋啊，你拿准了，那夜在摩天岭阻击你们的就是北山护卫队的人马？"

大秋说："没错。我通过背影就能认出，他就是那个领头的。"

独眼龙说："那就对不住了，虽然上次劫杀沈议员让你背了黑锅，那是县长大人无能，与我无关。谁伤我兄弟，我就让他死无葬身之地。你们两个刚好凑一起，这就是天意了。今天就让我送你们两个一起归天吧。"

嗅到危险的气息，在一旁觅食的白鬃马突然"咴儿咴儿"地叫起来，并拖着缰绳跑开了。牛松柏转头一望，见四个手里操枪的家伙已在二十开步外了，他把罗长生一拽，率先滚下溪磅。罗长生旋即也下了磅。已不管下面的水有多冰凉，两人的半截身子就浸在水里。牛松柏从怀里掏出两把驳壳枪，递给罗长生一把。

罗长生打量了一下，说："是独眼龙，他们是冲着我来的。"

牛松柏说："我也逃不了干系，我杀了他的人，缴了他手下的枪。"

两个这么在磅下一卧倒，独眼龙就弄不清他两个是有枪还是没枪，就不敢上前了，开枪吧，只时不时露出半个脑袋，根本打不着。独眼龙于是朝这边喊话："罗队长，投降了吧，只要你归顺了我，我不跟你记前仇。我知道你被撤了职，心里不痛快，跟我一道干吧。"

罗长生回他："吕子峰，还是你投降吧，只要你肯改过自新，重新做人，龙源还是欢迎你回来的。"

突然"嘭——"的一声枪响，倏地，一粒子弹钻进两个眼前的土里。

"你这个爱多管闲事的北山佬，看老子一枪毙了你！"二首领大秋瞅准时机，朝露出头来的牛松柏开了一枪。

"罗兄弟，你听到了吧，对方把我的身份摸得清清楚楚了呢，那晚是我阻击的他们。开枪的，嘴里骂着的这个，兴许就是那晚逃脱的。"

"真是天下没有不透风的墙啊。"罗长生把一只腿往上提了提，说，"水里好冷，怎么办？两相对峙着，谁也不上前，这么一直拖下去可不是办法。"

牛松柏说："那就试试你的枪法，他们虽然是贴地趴着的，多打几颗子弹还是能打中的。不过，两把枪里总共只有七发子弹了，你那把是三发。"

罗长生说："那子弹要省着用了，不到万不得已不开枪。"话虽这么说，他还是对着正前面的那个扁平影子瞄了起来。他希望一枪就能击中对方的门面要害。

罗长生犹豫着，不知是等他们冲上来时开枪好，还是现在就开枪好。

不远的大道上，这时有车马从城北方向朝这边过来。

"嘭——嘭——"又是两声枪响，独眼龙他们显然有些着急了，在这大路旁搞袭击，是要冒很大风险的。

牛松柏说："再等等，那边快憋不住了，等他们跃起前冲时，我们再开枪。"

在毫无征兆的情况下，独眼龙突然跃起，直向一棵柳树扑去，待两个反应过来时，他已经把身子贴在柳树后了。原来两个手下开的那两枪是为独眼龙打掩护的。

居高临下的独眼龙死死地盯着溪磅。溪磅离柳树才三四十米地，两个只要稍一露头，那枪子就打过来。

这下牛松柏和罗长生完全处在劣势了。

危险将近，这时大道上的那辆带篷马车突然冲下坡，向河滩上驶来。独眼龙手下三个离溪磅远些的匪徒弄不清这辆马车的来意，又见不到车上有人，就张皇地持枪迎上。马车越来越近，突然车厢里接连射出两枪。离车最近的两个家伙应声倒下。

这意外的一幕让独眼龙发了急，一时不知是应该先对付身后还是对付身前。独眼龙转身想张望一下后面，没想到噗通地一下跪倒了，腿上挨了一枪。这是牛松柏和罗长生，在听到突发的枪声后及时射出的两枪。

见独眼龙倒地，两个迅速上岸，箭步向前，冲在前的罗长生飞起一脚，踢在艰难转身的独眼龙的右手腕上，独眼龙举起的枪飞了出去。罗长生弯腰捡起，吹了一口气，道："这枪不错。"然后随手把自己手里的枪还给牛松柏。

此下，车厢里的不明来客还在与趴在地上的二首领大秋对峙着，枪声时而响起。这个蛮撞闯进来的救援者到底是谁？两人躬身曲线向前进行援助打击。大秋虽然也是双枪，陷在这前后夹击之中，很快便处在下风。不多一会，伏在地上的大秋的身子震了一震，扭动起来，一会便不动了。

牛松柏上前把他的身子翻过来，一看，道："这个家伙果然是上次放回去的三个里面的一个，死了活该！"

枪声消停之后，一个持枪的女子从车厢里钻出来，想不到竟然是秀秀，这令牛松柏很是意外。秀秀见罗长生也在此，刚才还笑着的面容马上变得冷若冰霜起来。

牛松柏问秀秀："你怎么会来救我们？"

秀秀说："我看见你的白鬃马在大道上溜达，它见到我就向我打喷儿。我就知道你出事了。"

牛松柏看着秀秀，心情百感交集，一时也不知说什么好。她心里是不是还爱着耀宗？她心里到底是怎么想的？半晌，只有一句场面上的话："秀秀，你这么灵光，让我真是意想不到啊。"

秀秀说："这有什么意想不到的。光见马，不见人，这不明摆着是出事了嘛。"

牛松柏笑着问："你没见着我的人，你怎么料定这几个人就是冲着我来的？"

罗长生抢着说："人家秀秀会算计会分析嘛，一开口一抬手就显出个女中豪杰的本质来。"

秀秀冷淡着罗长生，对牛松柏道："你看，我们光记着说话，那个负伤的家伙要开溜了。"

这时两个才记起独眼龙，迅速向河滩追去，很快就追上了跌跌撞撞向前的独眼龙。

独眼龙说："要杀就爽快点，别磨磨蹭蹭的。"

牛松柏说："好，我依了你，你想怎么死？不过在你死前，你能不能告诉我一句实话，你们包抄我们两个，到底是冲着我还是冲着他来的，我想弄个明白。"

独眼龙说："我与罗队长有杀母之仇，你阻击过我们卧龙帮，你们两个都是我们的劫杀对象。"

牛松柏笑了笑，说："你还算坦白。你自己说，你们这帮流寇劫匪到处抢掠殃民，该不该阻击？"

"废话少说，要杀要剐随你便。"

牛松柏说："算了，有警察局的罗队长在此，我可不敢随便作主，还是把你送县府。"

两个架起负伤的独眼龙往大道上去。

走至秀秀的马车旁，秀秀说："一起上车吧，我送你们一程。"

"等等。"罗长生突然想起啥往河边跑去。一会，拎着鱼竿和老鳖回来，对秀秀说："为了感谢你的救命大恩，这只老鳖送你了。"话罢，把网兜连鳖一起丢在车厢一角。

罗长生说的话，秀秀好像没听见，一点反应都没有。

三个上了车，牛松柏问秀秀这马车是哪里来的，你这又是要到哪里去？怎么赶起马车来了？

秀秀说："你这个护卫队长就是官僚，我下山已经几个月了。我现在是我大姨家的帮工。你知道我大姨家是开染坊的。大姨说我的功夫好，让我专门给她送布。我今天正好送完布回来。今天之所以有胆冲下磅去，是因为有耀宗送我的这支枪，你替我谢谢他。"

牛松柏说："谢你才对。"

罗长生插了一句："秀秀，你大姨家在哪？"

秀秀说："有必要告诉你吗？"

这时，在路边溜达的牛松柏的白鬃马向这边靠过来了。

在北城门口，牛松柏想了想，对罗长生说："你骑我的马，押着独眼龙直接去警察局。我与秀秀在北大街的一品香等你回来请客。"

罗长生愣着："为什么是我一个人押着去？为什么是我请客？"

"请客是你先前自己说的。"牛松柏摇着头，"你这个脑瓜子……你不想恢复你的队长职务了？我们可是贱民一个哦。"

下车时，牛松柏见独眼龙的肩头和腿还在流血，于是扯了自己的一块外袍把他的伤口包了包。独眼龙倔强地扭动，拒绝牛松柏的好意。

罗长生冷冷地："随他，死了拉倒。"

罗长生帮着被绑了的独眼龙坐上马背，自个牵着马往城门里走去。城门口的警察见状向罗长生走来，并陪着一起向里面去。

马车缓缓地跟在后面进城。里面的牛松柏问秀秀："你刚才怎么不理罗长生呀？"

秀秀说："没有啊。"

牛松柏说："你可能有些误会了，其实罗长生还是蛮喜欢你的。在独眼龙没来之前，我曾经问他心里到底怎么想的？他说，过年时去看你，还说中午要请我喝酒，说是以后若做了北山的女婿，还要我多照应呢。"

秀秀说："你有问过我喜欢谁吗？"

这一句话把牛松柏给问倒了。是啊，难道你不知道自家耀宗与秀秀一直是相互默许，两相倾慕的？只可恨朱守簾那出令人可笑的比武招亲，蹦出一个罗长生来，才有了这节外生枝……

不消一会，马车驶进北城门在北大街一品香前停住，两人进店里等，却一直都没有等来罗长生。两个只好随便叫了一些吃的。吃完，牛松柏说："我们去县府和警察局走一趟，看他罗长生玩的什么把戏。说话不算数。"

秀秀说："要去你去，我回了，要不我姨还不知我干什么去了呢。"

"也好。"牛松柏走出一大截，又转过头来说，"有空，我让耀宗来看看你好吗？"

秀秀边走边说："他是个大人了，来不来由他自己做主。你别叫。"

牛松柏不甘心地："你跟有才是咋回事呀？"

"你说咋回事就咋回事。"秀秀来气地一抛马鞭，马车吱溜就走出好远。

牛松柏摇摇头，一笑，心想，这就叫少女的心，天上的云。

牛松柏刚走进县府支街，远远看见罗长生骑在马上过来。看去，他是一脸的喜庆。罗长生的失约，原来是宋县长和方局长看到他抓到了独眼龙，执意留他一道吃了饭，并当场宣布恢复他队长职务。

罗长生对牛松柏说："你真是料事如神啊！我不是为了来还你的马，还来不了呢。秀秀呢？"

"走了。我已经把你先前跟我说的话跟她说了。"

"谢谢你，她是什么反应？"

"这丫头古灵精怪，我没看出来。"

罗长生对天长叹一声，说："是我辜负了她。"

牛松柏说："我看倒是朱老先生比秀秀更喜欢你。"

"你什么意思？"

"没意思。我走啦。"牛松柏一笑，牵过马，翻身上马而去。

第十二章 真相大白

匪首独眼龙被关进大狱的第二天，警察局把西医院的卢院长请来给独眼龙疗伤。在监狱办公室里的卢院长看了独眼龙肩部的伤口，对陪在一边的罗长生说："这颗子弹刚好卡在肩胛骨的中间，我忘了带麻药，你说要不要给它取出来？"

罗长生说："这样吧，你写个便条，我马上派人去帮你取来。"

独眼龙说："我都是要死的人了，你们瞎忙乎个啥？"

罗长生说："死归死，救归救，两码事。"

说话间，卢院长把写好的便条交给罗长生。罗长生顺便瞄上一眼：祁护士长因取子弹手术之需，速拿一盒针剂麻药巴比妥和一支注射针管交与来人。 卢金平

字写得很平常，跟卢院长这样身份的人不般配。罗长生觉得这字好像在哪里见过，走到门外对派去拿药的马弁小声吩咐道："你拿到药，最好能把这张便条带回来。"

马弁骑马去南街西医院拿麻药，不消一会就回来了。他把药连同便条一起了交给罗长生，说："我没把便条给她，只让她看了一眼。"

取完子弹，罗长生亲自送卢院长出了大门，然后急急回到对面警察局。突然想起了什么，他让档案室翻出独眼龙母亲的那封信，与卢院长书写的便条进行对比。他发现信和便条上的字惊人的相似。信上与便条上的两个"一"字都是前低后高，都是起点一别，然后慢慢向上爬坡，在坡顶突然收笔煞住。行家一看，就知道这是蹩脚的学生想学书法的技巧，却学在了皮毛里的缘故。

罗长生心里嘀咕，如果这两张纸的确是出自一人的手笔，那就证明是卢院长在借刀杀人。他又没有得到一点好处，为什么要这么做？难道就是为了制造混乱，就是为了制造宋县长与黎民间的互相猜忌？从私人感情上来讲，他与宋县长是好朋友，这说不通呀。

除非……除非他不是中国人。对了，如果他是日本人的话，这线头就理顺了。最近报纸不时报道，全国各主要城市都有以商人面貌出现的日本人，他们一边经商一边收集情报制造摩擦。如果是日本人的话，那他捡的白泥、黑石就说的通了，他的一切行动也就可以解释得通了。

罗长生马上把自己的发现报告局长。

方仲义局长说："这事得慎重，要知道，卢院长是宋县长的朋友，也是龙源最仗义最有文化的新时代知识分子，万万不可唐突、蛮撞。我们得找宋县长商量一下再说。"

两个一起找到县长，罗长生刚提起这个话题，宋县长就把他的话打断了："你还嫌你停职停得不够？你也太会联想了，他是日本人，可能吗？就凭字迹相像？凡事要讲证据。退一万步，就算他是日本人，他合法经营，为我们龙源人民治病，为我们龙源建设出力，我有啥理由办他。"

罗长生说："如果他在这里是伺机搞捣乱破坏呢？如果他在这里是另有所图……"

"你只要拿出证据，我一定驱赶他。"

看来是无法说服宋县长了，罗长生掉头回家。在巷弄口，他碰到叔叔罗子俊，眉头一皱，一条计策涌上心头，对罗子俊说："叔，你想不想知道，上次在剧院是谁向雪怡下的手？"

叔说："我当然想知道啊。是谁？"

"据我推断，就是卢院长唆使人干的。"

"我不信，他会让人用刀捅自己的妹妹？"

"原因暂时不方便告诉你。你若想知道，把他抓起来审一审，不就什么都清楚了？"

"这好像不中吧，他毕竟是雪怡的哥哥。"

"我已经去了解过，他应该不是祁雪怡的哥哥。"

"他娘的，如果真是他干的，我让他吃不了兜着走。我等会就派人把他请到团里问话。"

"光问话有个屁用，人家会承认吗，关键是要去他的西医院里搜查，找出证据来，他就无话可说了。"

"都过去这么多天了，还有个屁证据。"

"那可不一定。"

"好吧，这事容易，我叫金彪去办就行。"

第二天，黄金彪就带了一班全副武装的人马来到南街西医院。黄金彪进到院内不一会儿，罗长生也带着一班警察赶到了。罗长生质问黄金彪："你这是干吗？不通过警察局就在这里抓人，还有没有王法？"

黄金彪说："有人举报，上次在剧院里捅伤人事件，是卢院长指使人干的。罗团长很生气，他要请卢院长过去问清楚。"

卢院长摊手无奈地："真是可笑，这可能吗，雪怡是雪怡。"

黄金彪不由分说："把人带走！"

罗长生佯装上前拦阻，被一群蛮横的黄军装推了个趔趄，差点摔倒在地。

两个黄军装把卢院长塞进吉普车，车子一溜烟就开走了。

罗长生问黄金彪："你把人都带走了，你为什么不走？"

黄金彪说："团长要我搜查。"

罗长生说："我是本城治安警察，我得在这里监督你，也算是给你做个证明吧。免得事后人家说少了东西你有嘴说不清。"

黄金彪说："那就谢谢了。"

黄金彪在卢院长的房间里东翻西找的，罗长生也没闲着。他东瞅西瞧在众多的医书里翻出一本《孙子兵法》，若是翻到有字迹的本子和纸张，就垒到一起。他在抽屉里见到一硬壳笔记本，迅速翻了几页，竟是一本日记。眼睛溜到一段赞美龙源大好河山的文字：北山恰似一把天地椅，省以此山为界，水系东西两分；比富士山雄伟，比阿尔卑斯山险峻，比泰山壮观……在此段文字后的空白处还写了四句似诗不像诗的句子：

初涉中腹地，撞进桃园里；北山藏卧虎，龙源书文明。

再翻，有一天的记录却是用日文写的。罗长生到日本留过学，自然认得这些只有几个规矩字，多半是尚未发育完全的废残儿的日文。里面写道：今天捡了一块白泥和夹金石，估计白泥是瓷稀土，夹黄粉颗粒状的石块的成分有待检验。

罗长生脸上露出笑容，证据终于找到了。

卢院长被两个黄军装夹持上车后，吉普车一路从南街底开回十字街口向西街转去。眼见就快要出西城门口了，卢院长给司机和身边的两人一人递了一根烟。三个见了卷烟欢喜得了不得，立马点上。车子刚出城门口一会，三个便昏睡过去。卢院长把驾驶员推到一边，自己驾车拐到向北的叉路。车子很快上了城北公路。卢院长想，他们肯定发现我是日本人了，去省城的这条道一定会有堵截，只走新开的省际公路摩天岭比较安全，过了主岭脊就出省界了。

主意一定，他就把车子拐到向北山这个方向的道上驶去。在一僻静处停车把三人绑了嘴里塞上烂布，然后继续前行。

北山佬在北山垇桥设了一个岗，对途经此桥的车辆收过桥费。宋县长听闻此事，也是睁一只眼闭一只眼。一来这桥的确是北山人化了很大心血建的，虽给了2000银元，还是别人自己从土匪手里夺的。二来北山佬手里有枪，能不招惹就不招惹，收过桥费又没收到自己头上。

这天，牛松柏父子以及一大帮北山后生都在这北山垇桥的桥头。大家在西边桥头的一块宽敞地方锯的锯，给杉木打榫眼的打榫眼，凿石块的凿石块。原来北山佬要在这桥头盖房子。

北山人自打在这里设岗收费后，没有人出来阻拦，牛松柏的胆子就越发大了起来。他想，公路通了，今后东进西往的人多起来，我索性在这里开个饭店。

耀宗跟父亲说："没见过这么横的，前天一辆大卡车闯关，硬是把横杆冲断了，开跑了。昨天费了好大的劲才把断的横杠换掉。"

牛松柏眯着眼睛说："有这样的事？"

"我还骗你不成。"

牛松柏把手背在身后来回踱步，看到正拿斧子劈枋的传家，立刻有了主意。马上叫耀宗搬来一箱方形长铁钉，找来两块杉木板，架空，每隔一寸钉上一根铁钉，错开钉了两路。这面敲平，反面就如长出的两行长长的黑色獠牙。

耀宗看了，笑着说："姜到底还是老的辣。这下，车子就是想飞也飞不过去了。"

钉好，两个把两块杉木板拿过去横在桥中间。

传家开玩笑说："这么弄，你们还可以开个补胎店。"

耀宗说："我们最好把板漆成红色，红黑分明，让人家老远就能看到，这样人家就不会闯了。"

钉子板放上桥面还不到两时辰，卢院长开着的军用吉普车就在山下的弯道上出现了。这新开通的省际通道，通行的车子不多，一天难得见到几辆，听到车的轰鸣声由远至近，大家停下手里活，抓起长枪短炮去往东面桥头的横杠前看热闹。

传家走到桥的一侧拉开裆裤撒尿，眼睛斜地里向坡下的公路上望去，见处在死角里的小车好像在那里停了一下。

吉普车一会就在前面公路上出现了，靠近桥头横杠缓缓停下。

牛松柏认出这是独立团的那辆吉普车。他想这车里坐着的应该是独立团的人吧，不想，向外探出头来的却是西医院的卢院长。这个规规矩矩的知识分子竟也会开汽车？

卢院长按了一下喇叭，傲慢地："怎么，要收过桥费？"

守在横杆边的加德说："此桥是我造，此路是我开，留下买路钱，回家好过年。"

"你要多少？"

"你看着给吧。"

卢院长在口袋里摸索了一下，掏出两枚袁大头递过米。

加德正要接，牛松柏上前把卢院长的手给推了回去："你是我们这儿人人尊敬的医生，我们不收你的过桥费。你只要说清楚，我们就放你过去。你开的这辆车子是独立团的吧？怎不见独立团的人开？你一个人去那边干什么？"

卢院长说："你管这么多闲事干吗，你只管收钱就是了。两块嫌少，我多给几块。你开个价？"

牛松柏说："我说过了，不要钱，只要你说清楚。"

"我有必要告诉你吗？难道你不知道我与罗团长的关系？"

"我听说了，他是你未来的妹夫。"牛松柏心里道，那又怎样，关系再好，你跟他借车，他也得弄个司机陪你。眼前的状况不合常理呀。

"难道非要我把罗团长请来，才放我过去？"

牛松柏笑微微地："随你怎么想。"

正说着，传家骑着马从公路的东边急行而来。到桥头，翻身下马跟牛松柏耳语一番。牛松柏一挥手，大家马上把枪对准卢院长。

牛松柏说："卢院长，请你下车，我们要检查一下车子。"

卢院长迟疑着，他原是作了反抗的准备的，一把短枪就在座椅上，想了想，还是听话地下了车。

耀宗上车检查，很快发现驾驶室里有一把短枪，保险都已打开。后座靠背后有两杆长枪。

牛松柏问卢院长："你还有什么说的？车子是你劫来的吧？"

卢院长昂着头站在那里不回答。

一会，被绑的三个兵跟跟跄跄赶到。先到的那个一见到卢院长，上前就是一巴掌。后到的两个见此，也一同对卢院长挥拳出掌。冒火的卢院长顺手一撩，不知怎么弄的，一个兵仰面跌倒，一个倒退出三尺开外。跌倒的这个，爬起气急败坏从一后生手里拿枪，就要对卢院长搂火。耀宗上前拦住了他。

牛松柏顿时对这个有功夫又不惧人多势众的卢院长佩服起来，上前问三个兵是怎么回事？

三个兵把前后经过说了。

牛松柏对卢院长说："你很不简单嘛。会开车，会功夫，还能用一根纸烟就把人迷倒。你这么个逃法，是心虚了吧？"

"不是心虚，我跟你们这帮山里佬说不清。有人到罗团长那里说，两月有人前拿刀捅雪怡，是我指使人干的，他竟然信了，派人抓我去审问。我想，到了他那里免不了要吃苦头，于是迷倒三个跑啰。"

"你这个理由站不住脚。罗团长很快成为你的妹夫了，他会在没弄清事实真相的情况下让你吃苦头？"

"你们这些榆木脑袋的山里佬是不会明白的。"

牛松柏一笑："我看出你卢院长的脑袋是相当灵活啊。"

"你什么时候放我走？"

"我这个榆木脑袋如果能想起什么时候放你走就好啰！"牛松柏摸摸后脑勺，想了想，面露苦恼地问耀宗，"你说什么时候放卢院长走啊？"

待在吉普车边上的耀宗说："我也想学学卢院长的灵光，你卢院长教会我开车就可以走了。"

牛松柏哈哈笑道："这个主意好。我们山里佬也要学学新技术。"

罗团长的驾驶员开口了："你们要把车子扣下？这可不行。"

牛松柏说："你这小子，本来是喂老虎的命，一把你救出来就忘恩啦？"

驾驶员说："你们救了我，就好人做到底，丢了车，我回去命还是保不住。"

另两个附和道："我们两个的命也保不住。"

"好了好了，你们就会苦肉计。"牛松柏转头问自己的手下，"大家看，我们要不要放他们回去？"

这时加德站出来说："这样好了，刚才看卢院长是个有功夫的人。让他与我们比试比试，若是连赢三个，我们就放他们回去。"

大家都说这个主意好。牛松柏也觉得这个主意有意思，他问卢院长同意不？

卢院长嘴一撇："比就比。"

正说着，远处传来汽笛声，之字形的弯道上上来一辆黑色小轿车。一会，黑色小轿车迎面驶来停在吉普车后头。大家看到宋县长、警察局的方局长以及黄副官从车上下来。

黄副官直径走到卢院长跟前道："你真是好本事啊，三个握枪的都搞不赢你这个手无缚鸡之力的卢先生。你说说，你使了什么手腕？"

牛松柏说："黄副官你错了，人家一手好功夫呢，真弄，你未必赢得了他。"

黄副官说："他真这么有本事？也难怪啊，日本人嘛，没两下子敢来闯中国？"

牛松柏瞪大了眼睛："这家伙是倭寇？"话罢，对卢院长当胸就是一掌。

卢院长连着退了三步，站稳脚跟，马上作出还招架势。

宋县长拦在中间训斥道："黄副官，你乱说什么。我跟你说了那还只是个猜测。万一是有人公报私仇呢？"

宋县长说完黄副官说牛松柏："你啊……你这个北山佬，你让我说你什么好？"

牛松柏坦坦荡荡地："随便你说。是倭寇，吃我一掌还是轻的。要随我性子，我一枪毙了他。"

宋县长的脸色严厉起来："你这是什么话？退一万步，即使人家是日本人，人家在我们这里干的是正当行当，救了那么多人，你没有这一枪要了人命的权利。把窟窿扯大了我这个县长都担当不起，更别说你一介草民了。"

牛松柏笑了起来："噢，我明白了，保住官帽是第一位的，我理解，理解啊。你宋仁熊为官一方还不算太糟糕，除了差点没叫我北山祖源村灭亡外，其他的还算过得去。"

宋县长脸上显出尴尬，走近牛松柏，近似耳语地："你以为你是好人？私自设卡收费，我还没找你算账呢。"

牛松柏也低声回道："你准备如何算账？"

"那就看你自己了。"

这时正在那里检查车子的黄副官问牛松柏："我手下的三杆枪呢？"

牛松柏说："对不起，枪我们没收了，把车还你已经够意思了。不是我们的这个卡，你不仅车没，连三个小兵的命都要赔进去了。"

黄副官马上恍悟过来，笑嘻嘻地："你牛松柏说的有道理，我回去就把你的这个道理跟团长讲。"

牛松柏说："随便你。我相信罗团长是个明事理的人。"

一直冷眼旁观的方局长开口了："牛大护卫队长啊，做人要懂得中庸之道才行，凡事风头占尽，到后可都是要吃苦头的。"

牛松柏瞪起牛眼："你什么意思？"

宋县长做起和事佬："好了好了，你们都少说一句。牛护卫队长，你现在也是我们县北山民团的一个头了，你说一句话也是有分量的，你让，我们把人带走我们就带走，你不让，我们就空手回去，我宋仁熊绝无二话。"

宋县长这么一说，牛松柏反倒不知如何处置了，难道我还要把他带回北山养着？这可犯不着啊。略作思忖后说道："你父母官既然这么高看我，我一介草民还有什么说的。我服从县长旨意喽。"

"这就对了嘛！"方局长舒缓了脸色，然后对宋县长，"我们是不是可以回去了？"

黄副官问宋县长："要不要我们派两兵帮你把卢院长押送回去？"

"不必。"

宋县长挽着卢院长的肩头一同走向黑色小轿车。方局长连忙走到前面帮助开了门，然后自己坐到副驾驶位置上。车子倒了几步，掉过头就向回的路上飞去。

宋县长一行走后，黄副官也上了吉普车。黄副官坐在车上对牛松柏道："我回去跟团长说，让独立团给你的关卡拉根电话线，到时有个什么事也就方便多了。"

牛松柏说："黄副官既然这么仗义，我再要你三杆枪就不地道了。加德，把那三支枪还他们。"

黄副官把手一拦："你们既然喜欢，就不必了。你牛大队长要是有这个，给他们兄弟几个。"

牛松柏一看他摩动的手指，忙叫过管钱的加德，拿了二十块大洋的一短筒包装问道："够不够？"看黄副官不吭声又加了一小筒。

黄副官把一筒丢给三个小兵分，自己拿一筒。

牛松柏说："你拿了钱，在罗团长面前就不要说是我们截了。"

黄副官说："那是自然。"

第十三章 暗算

搜查了西医院，罗长生认定卢金平就是日本人。日本人的强悍和野心，他在日本留学时就已领教。

卢院长被宋县长从摩天岭接回的一个礼拜里，他就与祁雪怡一起失踪了。

罗子俊跑去问宋县长："这下你还有什么说的？你这么护着他，到底得了姓卢的多少好处？还是我侄长生说的不错啊，他就是地地道道的日本人。"

此时，宋县长只能虚与委蛇地跟他扯闲："他们跑了又怎么啦，你又没吃亏。他妹妹都让你白睡了，你还划不来？"罗子俊说："我要早知道姓祁的是日本女人，贴我钱我也不干，这下我的名声全让她败坏了。"宋县长说："算了吧，你就别嘴硬骨头酥了。这么漂亮的外国女人让你睡了，你这辈子值了。"

"原来你早就知道他们是日本人？"

"我又不是呆子。"

"那我侄罗长生几次跟你说，你为什么不承认？"

宋县长举起手指对罗子俊晃了晃："你啊……你，你让我说你啥好……不是什么事情都可以打破砂锅问到底的。"

"好，你行，你能。"罗团长冷笑一声出门，心里道，你宋仁熊还跟我装神秘，还不是为了保住自己的官位？日本人势力大，几个走马灯一样上来的总统、总理都不敢得罪，现今的蒋校长又能如何？还不是看着人家在你的国土上耀武扬威，一点办法也没有。

罗子俊继续想，你日本人在大地方在你的租界里横行霸道我管不着，你把触角伸到我们这僻远的小县城上来，那就对不住了。

罗子俊来到对面的哥家里发感慨，对长生说："我要早知道他们两个是日本佬，那几个伤病员就不会放到他医院去救治了。"长生笑笑道："你不放他那里治，你还把伤员转到两百里外的州府医院？就是州府医院的外科医生也未必动得了那个刀子。不得不承认人家有本事。"

罗子俊摇着头道："瞧瞧，在人家那里留了两年学，就把屁股坐到人家那边去了。"

罗长生一笑："开始是谁要查他的？是我，你们一个个都不相信。为此，我还一个人去了一趟北平。"

"当真？"

"你不信，我火车票还在呢。"罗长生在条案的帽筒里摸出票给叔看。

叔看了笑道："那人家养了只白眼狼了。从头至尾，都是你在捣腾，卢院长一定会记住你的。"

长生笑道："他们记住你比记住我的可能大。是你派人去搜查他才呆不下去的。"

罗子俊略有所悟地想了想："是呀……他娘的，这么说来我是上了侄子你的当咯。"

长生嘿嘿一下："有点。"

罗子俊对他的哥说："看看你儿子，越来越有出息了。知道是日本女人就让给叔，还让叔出面搜查帮他找证据。将来把叔我卖了我还要帮他数钱呢。"

罗子范说："你子俊是得了便宜卖乖啊。长生开始哪里知道人家是日本女人啦，他是看你四十好几还没老婆，又对她如此着迷，才忍痛让给你的。"

罗子俊说："这么说来，我鸡飞蛋打还欠着长生的一个大人情咯？我不亏大了？"

廖氏这时过来说："他叔，你在这一起吃了晚饭再回去吧。"

子俊说："嫂子啊，那我就不客气啰，反正回家也是冰锅冷灶的。"

罗子俊继续说："侄儿你是不知道，日本佬真不是个东西。那年，我们路过北辰，营长让我化装溜进天津日租界送一封信，结果被日本巡逻兵看到，怀疑我是进去犯罪滋事的，硬逼着我给他们磕头求饶，证实是一个孬种，才肯放过我。"

长生笑道："叔当真跪了？"

"那能怎样，为了那封信，我只有忍了再忍咯。"

罗子范说："想不到你这个强人也有走麦城的时候。"

西医院的医生护士暴露身份走人，对龙源北山这块僻远土地总归是一件好事。宋县长虽然在心里念着卢院长一掷4000大洋的豪爽，但既然证明了人家是另族，那人家的这种豪爽就没安好心。你吞了这带钩的鱼饵，还不知有多少麻烦会接踵而至。好在现在人已走掉，以后不必再担这个心了。

因为这件事，宋县长、方局长对罗长生也是另眼相待。

在过后的这段平安无事的日子里，罗长生几次也曾记起在大街上留意过往的马车，特别是那种带篷的，但却一次都没见到秀秀。他现在想与秀秀修好，一日在大街上碰到表兄柳有才，他请有才到街边的饭店喝酒，正想问下秀秀的近况，话没出口，有才倒先开口问他："长生呐，你整天在街上逛的，见过秀秀吗？"

长生说："我到哪里去见她？"

有才说："那就奇了怪了，山上没她这个人，山下她大姨家也不见了她这个人。她开始还跟我说的好好的，说是去她大姨家的染坊里帮忙。几个月前，给她送枪，我还去过她大姨家的。"

长生心想，连有才都不知她去了哪里，你只有省了这个心了。不管她去了哪里，过年是肯定要回家的。他想起那次在横江边跟松柏叔的承诺，期盼着这个年能尽快到来。

日子流水般过去。充满年味的腊月在向人们喜庆地走近。腊月里，经常会碰到进城买年货的北山人。小年二十四，罗长生在城北市场上见到卖肉的牛松柏，见摊上清冷，问："这是什么肉？"牛松柏说："你没见脚杆上留了皮毛的，是豹子。"

"那给我来条后腿。"

付罢钱，罗长生忍不住道："牛叔，秀秀去了哪里，你知道吗？"

牛松柏笑笑说："还算你有心，你问对人咯。这事连有才和耀宗都不知道。她临走只告诉了我一个人，她叫我谁也别说的。她与她的表妹一起去省城的女子师范学校读书去了。是她的大姨说她的功夫好，非要她陪表妹一起去。"

罗长生临走说："正月里，我上你家拜年去。"

牛松柏说："好啊，欢迎啊，元宵节，我们再过个十招二十招的。"

过了年初三，罗长生就开始准备起元宵上山的礼品。父亲问他："今年咋这早就……参加一个元宵武会要这么多礼品干吗？"长生说："这两年我与我表姑丈还有山上的一些哥们走得近了，逢年过节的，总不能空着手上山吧。"

父亲说："你不会没想法的。你跟爹说清楚了，爹支持你。"

长生说："不用。"

他还瞒着父母买了三斤炒了蜜的烟丝，准备送给表姑丈、牛叔和朱老先生。他原来也想给秀秀备一份礼物，左思右想都不妥，最后放弃了。

罗长生在元宵节的前一天动身上山，骑着马，穿了一身新警服。个把时辰平坦路的策马疾驰，从山脚的矮坡到登上陡峭的乌龙口又化了几时辰，再过一个马鞍岗，前面就是一马平川的高原，可一脚平路直达登封桥了。走在高高的桥上，位置稍低的村子一览无余。若站在校场的方位看高处的桥，就像是东边天上的一道彩虹。

村东的校场上人头扎堆，男女老少皆有，老远看去乱哄哄的却听不见一点声音，像是在演一场无声的哑剧。下了桥的罗长生没有往校场上去。

他步上村街，走进举人巷，先去了表姑丈柳族长家。他奉上一包一斤重的特等烟丝和一包寸金糖，表姑婆眉开眼笑地跟老公说："你看你的外甥孙现在跟你是越来越对眉眼了。"长生对表姑丈说："今晚我住你家了。"柳族长说："好啊，我就喜欢你这样，不拿你姑丈当外人。我这个山野村夫跟政府的关系还要靠外甥孙沟通呢。"

长生说："姑丈啊，你这话太给我长生长脸了。我警察署的一个小小中队长，能在县长大人那里说上什么话。再说，北山人是天地间的一棵千年不老松，向来天不怕，地不怕的，宋仁熊会在你们眼里？"

柳族长说："此话差也。我们北山人是历来不畏强暴不怕官府，但也是做事做人凭天地良心，从来不胡搅蛮缠的。"

"那你们在北山垇桥设卡收过桥费，经谁同意的？宋县长好像很不高兴啊。"

柳族长说："这天经地义啊，桥是我们造的，政府没出一分钱。我们要收回投资成本啊！"

长生笑道："你们什么成本呀，还不是截的流寇抢劫的钱。"

柳族长道："你这话就不在理了。如果不是我们北山护卫队阻击了他们，会有那些钱？何况那点钱也根本不够质量绝对的北山垇桥的造价。你们政府不要算账太精，真要算，凭臆断误剿我们北山，死伤多人的这笔账我还没跟你们政府算呢。"

说到这，罗长生顿时哑口无言了。

族长笑问："我说的有没道理？"

长生也同样微笑回道："要叫姑丈没道理，除非太阳从西边出。"

"你这句话我爱听。"

长生问："表哥呢？"

"不知去谁家推牌九去了。"

"后天元宵的比武大会有什么变化吗？"

族长说："不仅有刀枪剑棍，还增加了长短枪射击。"

长生问："这是谁的主意？"

"还能有谁，你松柏叔呗。"

长生说："我等会也给他拜个年去。"

族长说："他这会儿正往这边来呢。我们说好的，今天下午开议事会，对明天的元宵比武活动再作具体落实。"

长生说："那我出去一下。"

长生出门来到同一条巷子后面的朱守箴家。朱守箴对罗长生的到来感到诧异。他愣怔片刻之后，回过神来忙把长生引到堂前八仙桌旁。朱守箴不知长生来意，一时不知道说些什么好："坐，看茶——"罗长生把手里的礼包往旁边的桌上一搁："听说朱老先生好口烟，我给你带了些上等烟丝。"

朱老夫子忙点头说："难为你罗队长记挂。你爸妈身体还好吧？"

罗长生说："还过得去。我爸妈让我问你好呢。"

朱守箴对罗长生从盼望到失望，经历了长达两年的心理波折。他心里几乎已没了这份念想时，人家又登门造访了。对这迟到两年的造访，他不知是热情好，还是寡淡些好。是向长生透露点秀秀的信息呢，还是充愣装傻？正在尴尬之际，长生适时站了起来："听族长说，你们马上就要开会。我不耽误你了……"

"也好，你有空来玩啊。"朱老先生把长生送至大门口。

长生是吃了早晚饭去的牛松柏家。从村子到草甸西的坞口有四五里路，罗长生是走着去的。左边是万丈深渊，右边是宽阔得几成平坦的草甸。他一边走一边欣赏着这鬼斧神工的天地造化之势。心想，这好的地方，我的祖父怎就起了下山的念头呢？

长生进门时，牛松柏一家正围桌吃饭。耀宗见长生手里拎的东西不少便用疑惑眼睛望了望父亲，对长生道："哟……稀客啊。"

耀宗的母亲忙放下碗给长生沏茶上茶点。牛松柏草草扒完最后两口饭到这边桌子陪客人。牛松柏见送他的一包闻着香甜的上等烟丝，笑道："你不会有什么事求我吧？"

罗长生说："哪能呢。你是我长辈，功夫又比我好。我早就应该来给你拜年的，以前是我不懂事。"

牛松柏当着妻儿的面问长生："你还没去朱老先生家吧？你这趟可是要跑空了，秀秀今年连过年都没回。"

耀宗的母亲问老公："秀秀她到底去了哪里？"

"我又不是他爹，我怎么知道。"

耀宗的母亲道："这也得怪朱老先生不好，哪有一女许几家的！"

牛松柏说："我看这样蛮好，哪个真心想对人家好的，就去找就去追呀。"

耀宗说："爸，你平常可不是这样教导我的。"

牛松柏笑笑，说："你没见我这是跟人家说话吗。"

罗长生说："你牛大护卫队长说话做事对外一套标准，对内又是一套框框。难怪北山的这些后生个个只知道舞刀弄枪，不知花好月圆啰。"

牛松柏说："这也是受你影响啊，你一个出国留学回来的都是在刀枪上讨生活，何况我们这些山野粗人了。"

"你松柏叔太抬举我了。我长生之所以学成归来选择当警察，一是龙源这小地方没有什么事好让我做的，二来也算是小小实现一下我小时的愿望。做警察玩枪总算离'北山侠客'的这个理想更近一些。"

"你这是在给我们灌迷汤吧？"

"我说的是真心话。"

牛松柏高兴地说："是真心话就好。是真话，我明天就与你过几招。看到底是你厉害还是我厉害。"

长生说："我来时，在桥上就看到校场上的一派火热场面了。"

牛松柏说："每年元宵节的前几日，大家都要先热身。不过，今年我们作了些改变，以男女老幼的全民参与为主，比赛为辅。我牛松柏今年不接受后生们的挑战了。"

"为什么？"

"这还用问吗，你腰上别的是什么呀？"

罗长生笑了起来："你现在也承认这个比功夫厉害咯？"

牛松柏笑眯眯地没作回答，却另起话题："明天下午，在我家东边的草甸上举行射击比赛，希望罗队长能给我们一些指导。"

长生说："欣赏下可以，指导可不敢。"

第二天的元宵节依然是一个晴朗的好日子。校场四边绑插着数杆五彩缤纷的锦旗，使校场上充满喜庆气氛。罗长生来到村东校场上时，这里已有些热闹气氛出来了。几拨人扎堆站着，有开练的，有说闲话的。柳族长比长生早一步出门。他此时还未上高墩，在扎堆的人群中转悠。朱守箴见了罗长生热情地上前打招呼，说："你昨天上我家没见到秀秀，觉到奇怪吧？"罗长生说："她是陪她的表妹上省城读书去了是吧。"朱守箴问："你怎么知道的？"罗长生说："是松柏叔告诉我的，他儿子耀宗都还不知道。"朱老夫子一下觉得很是没劲，嘴里讪讪地："知道就好，知道就好。"罗长生说："你忙，你忙你的。"

罗长生走开后，朱老夫子用眼睛寻找好一会，也没见着牛松柏。

鉴于前年的教训，自去年以来，牛松柏就加强了对外来陌生面孔和可疑人员的注意和监控。当然，这些都是悄悄进行的。此刻牛松柏正悠闲地坐在一栋楼里的窗口前。这栋楼正对着校场，可以把满场的情景收入眼中。牛松柏安排强子暗中监视罗长生。牛松柏瞭望了一下就交给了他人。

一会，牛松柏出现在校场上。他拍拍在圈外观望的罗长生，问他："要不要比一下？"长生说："你不是说今年不跟后生比了吗？"牛松柏说："你例外，你上山是干什么来的？你不就好这一口吗？"长生笑了："那好啊，你给我这个机会，我为什么不。"

圈内的操练刚歇，众人便怂恿两个进去。

长生狡黠地说："我们摔跤怎样？"

牛松柏爽快地："摔跤就摔跤。"

走进圈中的两个脱了外衣，两个你进我退地试探一会，长生倏然出手。长生几次欲要把对方抱起，都被牛松柏坚如磐石的马桩化解。后来牛松柏蹲个马步，索性什么也不做地让长生抱。长生摇头表示没有办法，手突然向牛松柏的膈肌窝抓去，因痒失去定力的松柏被长生钩脚带出掌掀翻，不过在他倒地前抓住了对方手腕，同时飞脚踢对方膝盖，这一拉一踢，于是在牛松柏倒地的同时，对方从自己的身上飞过，腾空一头趴在前方地上。一个是背着地，一个是腹部着地。

背着地的牛松柏，一个蹬腿起身。罗长生却揉着膝盖半天起不来。

牛松柏这回是轻松说道："我是后背着地，我输了。"

罗长生苦笑道："是我输。看来耍小聪明是赢不了艺高人胆大的。"

这时，一个护卫队员挤进在牛松柏的耳畔嘀咕一下。牛松柏就对长生说："我有点事，等会我们再比。"话罢，就跟着队员匆匆走了。

牛松柏走后，有人提出跟长生比。长生说："算了，你前年不是输给我的吗？你忘了？"

那后生说："我就是没忘，所以要跟你比。"长生说："有倔劲的我喜欢。"

两个还是摔跤。长生几下就把对方惯倒在地。

长生说："这不算，摔跤是我强项。"

对方说："强项你还输给牛队长？"

长生说："他是武林盟主，我算老几。"

长生穿上外套从圈里出来，看到有一双眼睛正盯着他，一副明显的贼眼模样。两双眼睛对上之后，那人忙把眼睛闪开，别过身子就走。长生想，这人我一点也不熟呀，他为什么这番注意我又害怕我？罗长生想想就跟了上去。那人发现长生跟着，显得惊慌失措地拐向村街。这样，罗长生的疑心就更重了，决定跟踪下去，看他到底想干什么？

那人在前面走，长生就在后面跟，过了一段街，走完一条巷，很快进到村后矮坡的旷野地。长生想，你是一个人，我也是一个人，你来到这荒野处，我手里有枪，还怕了你不成？

那人突然站住不走了，脸也不朝后望，长生只好停在那里没有上前，两人就这么隔着五六十米的距离站着。长生心想，这人这是什么意思？他应该已察觉到我在跟踪他了呀？

其实这人是故意把罗长生引诱到这里的，罗长生站定之后，一侧的高坡上便有一人用驳壳枪对他进行瞄准了。枪与长生的距离并不远，轻松就能击中。

三秒、五秒、十秒过去，长生心里突然暗叫一声不好，这时枪声响了。长生没有中弹的感觉，抬头望了望右侧陡坡，拔枪马上追赶前头那个人。长生朝那家伙的头顶放一枪，他马上就抱头蹲下了。跟踪而至的强子快步上前把他绑了。长生往回走时，见耀宗和一个护卫队员正把一个右肩胛中了枪的家伙从陡坡带下。原来刚才是牛耀宗救了他。

耀宗问长生："你到底得罪了哪一个？不是我早三秒开了枪，你恐怕得见阎王去了。"

长生便过来对着那家伙狠狠踢了一脚："是谁让你来暗算我的？"

对方一声不吭。

长生又踢一脚，对方还是像锯了嘴的葫芦。

四人把两家伙押到校场，大家马上围了过来。有人很快就认出那个把长生引到村后的家伙是龙源街上的一痞子，而那个满脸横肉的欲要对长生下手的家伙，谁也说不出他是哪里人了。

柳族长与牛松柏商量一下，马上把两个分开审讯。痞子很快交代，说他什么也不知道。这个横肉给了他一块大洋，叫他不论用什么办法，只要把这个穿警服的家伙引到村后的陡坡下就行。做到后再给一块大洋。看在钱的份上，他就做了。牛松柏突然问："两年前的元宵节，你也上山做了见不得人的事了吧？"

"什么事你不说清楚，我是记不清了。"痞子笑嘻嘻地，无所谓地，"人长着一张嘴总是要吃饭的，有生意找上门，你不做是傻瓜。"

牛松柏问："是南街西医院的那个卢医生找你的吧？"

痞子说："我不知道是不是，我没见着人的。"

而柳族长问那个横肉，再怎么撬，他就是不开口。叫队员打他两拳，他也不说。加上受了伤，眼见着胳膊上流血不断，柳族长只好停止审问，叫人取来枪药给他敷上。

牛松柏见了不乐意了。他说："你这是干吗。你外侄孙差点死他手上，你还给他包扎？"

族长回道："他要杀我外侄孙，自然有他要杀的道理。他俩又不认识，想必是受命而为。他不仁，我不能不义。"

中午，族长还让人给横肉舀了一碗饭。饭后，柳族长再问他，他还是不说。柳族长便对大家道："人家就是不说，我也没办法？我们总不能养着他吧？养着还要给他饭吃还要找人看管，不如两个都放了算了。"

族长回头对横肉说："这次放了你，你下次再这样就死定了。"

放走了两个，牛松柏很不理解。

柳族长说："我已经跟长生说好，那个痞子无所谓。主要此人下山后，回龙源或是去什么地方，要他派人暗中跟踪调查。"

牛松柏恍然大悟地："原来你来阴的，我松柏玩不过你啊。"

柳族长说："不是玩的事，你忘了前年有人在你家门上留的纸条？那枝射到你头顶的响箭？还有县府通信员在我们北山被杀？今天我外侄孙又差点……这一出又一出的蹊跷事，一出都没头绪，这次终于逮到了一点线索，岂能轻易放过？"

牛松柏嘻笑的面容渐次收敛。他不得不在心里佩服，若说运筹帷幄，我牛松柏在族长面前还欠着火候呢。牛松柏说："那几件蹊跷事，有件把是搞清楚了……"

第十四章 下马威

元宵节的兴头就这样被一陌生杀手给搅了。当太阳西斜有外路人开始下山时，柳族长让看守把两个家伙放了。两个一出门，痞子眼睛瞟一眼横肉就鼠窜一般向登封桥狂奔而去，那个横肉却是不疾不徐地沿着下山的路前行，暗中跟踪的传家和四子只好放弃痞子盯住这个重点。罗长生和耀宗两个骑着马跑在前面。

横肉若无其事、不慌不忙地走了两个时辰，这时天色渐次暗下。一直走在路当中的横肉突然往左边树林里一闪，被麻痹久了的传家和四子当下没及时发现，当发现时，哪里还有踪影。找了半天，两个只好悻悻返回。

罗长生和耀宗先期到达龙源县城。这时的天空刚刚放下夜的帷幕。城门洞口的栅栏支架上挂着一盏汽油灯，罗长生跟岗亭里的值守警察嘀咕了几句，两个警察就站到灯下的栅栏口上去了。他与耀宗进岗亭摸黑坐里面，眼睛不时地朝前望上一眼。

约摸一个时辰后，两个值守警察的盘问引起了长生和耀宗的注意。探头一看，正是横肉，却差点认不出来了。原先横肉的农民衣着，现在变成了生意人长袍马褂的打扮。

两人隔了一段距离跟上他。一直看着横肉走进北大街右边的一家小客栈，两个才在门外止步。

耀宗说："想不到还是一外路客啊！这就怪了。"

罗长生说："这更好了。说明这事与龙源人不搭界。"

耀宗说："那你就先回吧，我今晚住进这客栈，顺带摸下底。"

长生走后，耀宗进客栈。他在柜台前登记时，先说了几句闲话，然后便有意无意地问老板娘："刚才进来的那个老板是做什么生意的？我想跟他做点生意，不知他住在哪房间？"

"你本地人也住店？"老板娘眼含疑惑，但还是如实相告，"他住楼上右边第一间，在这住好几天了。要么整天不出门，要么整天不在家。谁知道他做什么生意。"

耀宗说："麻烦你把我安排到他隔壁住行吗？"

老板娘说："对不起，楼上住满了。"

耀宗只好住楼下，当他安顿好一切，两个时辰后让茶房以送茶名义去探访一下。茶房敲了半天门没人来开，于是推门进去。一看，人什么时候走掉的都不知道，因为房间里已没了客人的随身物品。

耀宗去问老板娘，老板娘说："我不知道呀。这人预付了足够的房钱，他说过要走就走的。总归钱是有多的。"

听罢此言，耀宗心里沮丧极了。早知这人这般精明，把他直接押到县大狱就不会让他逃脱了。耀宗懊悔的这一夜几乎没合眼。耀宗想，这个洋相真是出大了，我要是不答应来帮这个忙，还一点责任没有，这下如何是好？

第二天，耀宗跟长生说了他走后所发生的事。罗长生说："这人不是庸常之辈，像是经过特殊训练的。"

心灰意冷的耀宗正准备着要回山上去，急性子的牛松柏赶到了。他想早点知道谁是幕后指使者，听到这个结果哭笑不得。他说："我以为这次能把疑案查个八九不离十了，没想到强子和四子半路都能跟丢。你们盯住人家进客栈，以为铁定保险了，结果还是一个样。"罗长生说："这不能怪我们没盯紧，对手实在太猾了。"

牛松柏说："不会是独眼龙的手下在寻报复吧？"

罗长生说："不是没有这个可能。针对我和你们北山的还会有谁？"

牛松柏说："你领我去见见宋县长，我要跟他说道说道。"

三个来到钟鼓楼的县政府。牛松柏当宋县长面让罗长生把昨天的经过说一遍。罗长生就说了自己差点遇害的经过和跟踪的事。牛松柏接着对宋县长说："这下你知道了有人在跟我们北山过不去了吧。罗长生是整年整月待在县城里的，人家为什么不在县城下手，非要选在北山下手？这跟那个通信员在北山遇害是不是一个道理？"

宋县长说："你说的也不无道理。哪到底是谁在与你们过不去呢？"

罗长生说："我建议你提审一下独眼龙。"

宋县长说："通信员遇害时，他还没来抢劫，跟你们的仇还没结呢。"

罗长生说："我也没说北山发生的两件怪事都是他一人所为。不过昨天这件，我认为有必要对独眼龙过下堂。"

牛松柏说："过堂没这个必要。我们去牢里探视一下，这事是不是受他指使的多半能看出来。"

宋县长点头应允，几个就往后面的大狱里去。走了两步，牛松柏叫耀宗去门口买只红烧猪蹄膀，速去速回。

当几个来到连套的另一院落，穿行在一溜隔离室的中间走道上，通过胳膊粗的栅栏见到独眼龙时，他正仰在一角的稻草地铺上睡大觉。牢头对着里面大声道："吕子峰——，还不快起来，宋县长查狱来了！"

独眼龙慢悠悠转过身来，见到县长身边站着他的两个冤家，马上又仰倒。牢头威胁道："你要不听话，就要给你加铁枷子了。"听了这话，独眼龙才不情不愿地走到栅栏边对着牛松柏和罗长生道："我已经这样了，你们还要来看我笑话？你们缺不缺德啊？"

罗长生问："你有没有一个个子不高满脸横肉的手下？"

独眼龙幸灾乐祸地："怎么，你们遭报应啦？哈哈，我早就说过，做劫匪也是一行当，是人都要生存不是，只是活法不同而已，凡事不可做太绝，老天是有眼的。"

宋县长说："罗队长问你有没这么一手下？你说这么多废话干吗？"

独眼龙乐滋滋地："让我想想，我手下太多，一时半会想不起来。我想起一定告诉你们。"

牛松柏看着面色憔悴胡子拉碴的独眼龙，递上耀宗买来的红烧猪蹄膀。独眼龙用疑惑眼神看着他，迟疑半天，接过便大口咀嚼起来。宋县长问牛松柏："你不问他几句？"牛松柏说："我们走吧。"

路上，罗长生问牛松柏："你怎么看？"

牛松柏说："独眼龙没有这么个手下。你没看出他在虚张声势？"

罗长生说："我看也不像。"

宋县长说："我早说怎么可能与他有拉挂。"

此事后来再也没找到线索，时间一长就不了了之了。

此后的一些年尽管外头烽火连天，日寇的铁蹄接连践踏和占领了我国多个铁路沿线城市，但地处大山深处的龙源北山的民生还是和谐安定的。边陲僻远之地暂时还未纳入日寇目标。短时间它还没有这个张力。

龙源的官员和老百姓都窃喜自己能生活在这山旮旯里。在外头这种乌云压顶民不聊生的危机意识下，龙源的县府与民间反而显得更加和谐融洽了。

一天，北山的朱老夫子突然找到宋县长说，我女儿朱秀秀无缘无故失踪，切望县长大人能拨冗帮查。

宋县长说："解黎民之困扰，是政府之职责。何况圣贤抬爱，应当竭尽查办。"他作了一番了解后，即捎信让牛耀宗下山。

宋县长安排牛耀宗与罗长生一起去省城找人。两个不解地："怎么，县长大人也关心起这些鸡毛蒜皮的小事来啦？"宋县长说："放在县上它是小事，放在朱老夫子家就是大事。作为县长，解百姓的燃眉所急，这就是民生，就是县长的工作。你一个是警察队长，一个是民团小队长，两个联合去找一个妇孺，这就是天下为公的具体体现，懂吗？"

牛耀宗说："你让找人就找人，说这些大道理干啥？"

宋县长笑道："宣传大道理也是县长的职责。"

于是两个乘汽车去省城，在繁华大街找了一家小旅馆住下。罗长生是穿便装去的。

两个在省城的街道上漫无目的地逛着。逛了一天又一天。这日走在繁华街头，突然看见前面围了一堆看热闹的市民。两个上前一看，是一个日本商行的老板在欺负一个挑酒酿担的老人。说他是日本商行老板是因为看他穿着和服和踏着一双木屐。他的身后是一家日货行。日本商行老板说老头卖的酒酿里有苍蝇。他一手拿着小巧的酒酿碗，一手的两指间

114

掐着只苍蝇要往老头嘴里塞。围观的市民噤若寒蝉，耍横的日本人耀武扬威。两个仔细一看，这个日本商行老板看去相当的眼熟，却想不起在哪见过。老头在跟日本人赔罪，日本老板叫他跪下，他就跪下了。

事后两人想了半天才想起那个日本商行老板，就是在北山要谋杀长生的那个横肉。看来日本人虽然未占领龙源，但对那地方窥视已久。

驻扎着日本兵的省城，走在街上，不时地看见巡逻的日本摩托车队开过。空白墙壁上书着"大东亚共荣圈""中日亲善""共存共荣"等标语口号。

奉县长之命来省城帮朱守箴找秀秀。两人多半也是知道一些信息的。前年夏天，秀秀曾回过一趟北山，在家呆了一个月。之后就失踪了。去年过年，朱守箴去秀秀她大姨家，其外甥女还怪姨夫说："你不让秀秀陪我在省城读书，事先也不跟我打声招呼呀。"朱守箴说："我还正想问你呢，秀秀一直跟你在一起的，你回家了她怎么没回？"

秀秀的大姨这才着了急地说："难道她真的没在家？"

朱老夫子说："在家我还诳你们不成？"

大姨夫这才悔不当初地说："这都是我们的错，我们不该让她跟我家珍珍去省城读书，秀秀把心给读野了。去年秋里学校开学，珍珍在家左等右等，不见秀秀来，就一人去了省城。我是这么想，让秀秀一直陪着珍珍也不是个事，她年纪大了总要嫁人的。没想她一直就没在家。"

这时珍珍说："表姐刚到学校时，学习比我还用功，喜欢交朋友，不管男女，不到一年就跟社会上的一些人有了来往。渐渐地，她的心就不在学习上了，后来还与多名学生参加游行活动，被校长集中训斥过。校长说，这是大人们的事，你们学生捣个什么乱？出了事，谁也保护不了你们。前年夏天，离放假还有一个月，表姐就不见了。为此我还在心里生她气，你当初是怎么答应我爸妈的？"

朱老夫子听到这里才明白，原来宝贝女儿的心早就不在家里了。

思女心切的朱守箴在又等了一年后，想央求耀宗和罗长生给找找看，又开不了这个口，他只好拜托宋县长出面了。

两个在省城住了半个月，找过秀秀原来读书的女子师范学校，找过在省城的龙源北山籍人士，人家多是不甚了解。已在这里嫁人做了富家太太的珍珍说："凭秀秀个性，她多半是加入那个什么组织了，表姐从小就不是个安分守己的人。"

这天晚上，两个在旅馆房间聊天。罗长生说："秀秀刚上省城来陪读的那年，我去你家拜年，你父亲不避你说，不知秀秀去了哪里，这样好啊，有心的人可以去追去找呀。我们却是过了三年，还是她父亲求到我们，我们才来找的她，你说好笑不好笑？"

耀宗说："朱老夫子真会找人帮他找女儿啊。他一想就想到我们两个头上。秀秀的出走，要怪就怪他自己。"

罗长生说："怪我不该上台插那一脚。"

耀宗说："朱老夫子为啥不叫有才也来？"

罗长生说："谁知道呢。"

两个从省城回来的第二天中午，朱老夫子就匆匆赶到七里甸牛松柏家。因互相间没什么拉挂，加上住的偏，朱守箴有近十年都未登牛松柏的门了。他手上拎着两包东西，进门跟牛松柏寒暄半天才问耀宗："事情办得怎么样啦？"

牛松柏问："你叫他办啥事嘞？"

朱老夫子不好意思地："不，不……不是我找她，是县长大人找他办事。"

"噢……是这样啊。"人家既然不捅破，松柏便笑着做自己的事。

耀宗说："人是没找到。不过，大概情况还是打听到了，秀秀她人没事，活的好好的，你放心。"

朱守箴说："她活的好我就放心了，可我们这一对老了靠谁去呀？再不行，我亲自去省城。"

耀宗说："你去也是白去，没有人会告诉你的。她是在做秘密的地下工作呢。"

回来的罗长生在第一时间跟宋县长说："你知道我这次去省城看见谁了吗？你做梦都不会想到。看见了在北山把我引到偏僻处要杀我的那个家伙。那个横肉是日本人，在日本商行做事。"宋县长说："这就怪了，原来开医院的卢院长是日本人。这个想捣乱想谋杀你的还是……他们到底要干什么？"

大家听到这个消息，都纷纷议论开来。日本人有什么理由对罗长生下手？日本人怎么会盯上这天远地远的北山？他与那个卢金平是不是一伙的？一个接一个的疑问从心里冒出。

罗长生说："我估摸这个日本人跟卢院长应该有牵扯。"

宋县长说："这话怎么说来着？"

罗长生说："怎么说来我还没想好，我上次不是跟你说过，检查卢院长房间时，我看到书架上有一本《孙子兵法》。这人心机深着。"

宋县长说："我哪天找几个人来说道说道，我就不信揭不开这个谜底。俗话说，三个臭皮匠抵个诸葛亮嘛。"

宋县长第二天就在东来阁酒店请上了，参加人员有罗子俊、方仲义、黄副官、罗长生，以及商会的吴会长。

一开席，宋县长就开宗明义。他说："一来，我与各位有好多日子没有相聚了，借个机会与大家见个面，增加友情；二来，借这个见面机会，我有个问题想请教大家，望各位能畅所欲言。"

罗子俊乐呵呵接上："这个机会怎么就让你抢了先呢？我这几天正在作思想斗争，要不要找个机会请大家坐一下，帮我解解惑，释释疑的。我没好意思开口，这不，你就请上了。"

宋县长说："你有什么惑好解的，你扛枪吃粮，老子天下第一，吃得下睡得着。你怕过谁？"

罗子俊说："你错啦，这往后的日子恐怕就要数我最难过了。"

几个说："你说话不要吞吞吐吐，怎么难过，你快点说。"

罗子俊揸了一下大腿，毅然开口："前两天接到了省城保安司令部的一个朋友电话，说上面很快将有文下来，我们将改名为绥靖军。朋友说这'绥靖'跟'保安'是一个意思。这改名是日本人为了体现这里是它说了算。说的意思贴切些又称作皇协军。"

罗长生说："这么说来，日本鬼子马上就要向我们这里进发了。"

罗子俊说："那倒不至于吧，来我们这里干啥？"

罗长生说："把你独立团改成皇协军？就是要你协助皇军，为他们服务。我们龙源北山虽然地处边陲，但省际公路一通，此处便成咽喉要塞了。日本人占领中国的野心由来已久，他要从华北进入华中腹地，摩天岭是最便捷的一条路。这么一联系，卢院长先期来龙源潜伏，那个横肉又想在北山搞谋害就可以理解了。"

宋县长问："怎么理解？"

"挑起事端，制造矛盾，让我们中国人自己斗得你死我活的，他日本鬼子不就好从中渔利了？"罗长生庆幸地说，"幸好，北山佬接受以往教训，警惕性高，没让他们的阴谋得逞。"

宋县长说："若是日本鬼子真来，我们县府也要变成傀儡政府了。"

方仲义说："那是当然，不过到时，我还是听你的。"

黄副官开着玩笑说："到时军政都听日本人的了，这样一来跟谁斗去呀？"

罗子俊说："跟民间组织斗，跟刁民斗呀，就像几年前宋县长让我去围剿北山一样。"

宋县长说："算算算，你还好意思提这个，叫你出力那是碰见鬼了，你那个偷工减料，叫做腰里挂算盘——为自己打算。"

罗子俊笑嘻嘻地："这件事办的就好比是弯刀切葫芦，凑巧了。我想你事后还在心里感激我不是？"

"罢罢罢，不跟你说了。"宋县长亲自起身给大家添酒："我宋仁熊以往有不到之处还望大家谅解。今天大家放开肚皮尽情吃喝，这样安平悠闲的日子，我想今后恐怕是越来越少啰。"

方仲义说："要是我们做个听话的好孩子，日子应该还是有得过的吧。"

话罢，大家是一阵沉闷。

罗长生打破沉寂道："若大家都这么想，那中国就真的要亡国啰。"

黄副官说："若日本鬼子真要来，上面让我们协助日本人，谁有这个胆量敢说我不协助，我要跟日本人对着干？"

罗子俊说："那只有到时候再说啰。他若真欺你，在你头上拉屎拉尿，你忍得下这口气？"

此次酒宴过后一个月，上头果然有指示到龙源县城：日本人的一个加强中队即将从省城来龙源驻防，希望县里友善对待人家。

宋县长板着脸说："人家都来侵犯你了，你怎么个友善？"

罗子俊也在差不多时候接到省保安司令部来文：你独立保安团从即日起正式改名为绥靖军独立团，协助皇军做好地方治安工作。俗称皇协军。见文，罗子俊只有在心里暗暗骂道："这些狗娘养的，做外国人的狗腿子不用教就会。"

他问黄副官："我们到底要不要改呀？"

黄副官说："你这不是废话吗，文都下来了。这是我们自己做得了主的事？谁叫我们吃人家饭。还是上次酒席上的那句话，不改一点军饷没有，你怎么生存？改了这口气如何顺得过来？你问我我问谁？"

罗子俊说："那我们只能走一步看一步了。"

几天后，日本兵从省城一路畅通无阻地开过来了。先是七八辆摩托车开道，然后就是长长的十几辆军卡喷着滚滚尘烟碾过来，车上装满物质和日本兵，车后拖着大炮。车子到州府稍作歇息后，继续往龙源进发。

日本人的队伍开到蜈蚣岭的下坡路段，突然听到"轰——隆——"一声巨响，一辆在前面开道的摩托被炸的一头扎下路旁。不一会，又是一声巨响，第二辆摩托车的车轮飞起来，开摩托的那个日本兵当场毙命。

队伍终于停下，从军车上跳下好多日本兵，对着公路四周的草丛和灌木就是一阵狂射。打了一阵枪，一小头目向后张望一下，另一辆车上来五六个家伙，个个手里拿着探雷器。探雷的在前面慢慢搜索，探出一截路，车队开一段路又歇下。这样走了几百米见没事，探雷的爬上车，车队又开始加速前进。

已经看到城墙马上就要进龙源城了，鬼子车队又遭遇了两声爆炸，这次还炸到了最前面的一辆卡车。车队自动停下。这时，从中间两辆车的副驾驶座上下来三个人，一个是第一小队长龟茨一郎。他走到最高指挥官面前报告。这个最高指挥者不是别人，正是西医院的卢院长卢金平，他身着黄军装，肩领佩缀着中佐军衔。他跟身边的大岛副官嘀咕几句，大岛去到车边一说。日本兵马上就近抓了几个老百姓，命令他们走在车队前面，要是逃走就一枪打死。几个老百姓只好乖乖走在前面，车队跟在后面慢慢爬着前行。

车队到达龙源城东城门旁时却没有进城，而是拐向右边的一条岔路，车队直接开进了有着大操场的龙源公学堂。宋县长闻讯正要派人去交涉，教育署署长打来电话跟宋县长说："前些日子，是有一个人逼着他写下了一纸租用契约。学生只能去几个祠堂上课了。"

当天夜里，卢金平给宋县长打电话说："宋大县长，你知道我是谁吗？你宋县长也太不仗义了吧，我们两年多没见了，你不到城门口欢迎也就罢了，你怎么能给我埋地雷呢？还没人敢这样跟我较量过。山旮旯里的人就是不知天高地厚。你一个礼拜内不给我查清楚是谁干的，我帝国的军队一时三刻便荡平你龙源镇，你信是不信？"

宋仁熊接了这个电话，人傻在那里半天不知说什么好。那强势的威逼声在耳旁久久回荡着。

第十五章 顺势而为

考虑再三，宋仁熊决定第二天上午去公学堂拜访一下卢金平。准备带上罗长生，跟罗长生说了这事，罗长生忙说："你带上我是不是有讨好卢金平的意思呀？"宋县长说："你以前这么怀疑他，查他，你反正是难逃一劫的。我的意思，被动不如主动，看他如何待你，也好早日把这颗悬着的心放下。我也好从侧面看此人是否可交。"罗长生觉得县长说的有道理，于是同县长一起前往。

来到公学堂大门口，被岗哨拦住。传话进去。一会大岛副官出来把两个领了进去。穿过停着数十辆军车的操场，从三溜长平房教室的中间拐过去，一栋躲在槐树后的老宅呈现面前。这时，一身戎装的卢金平适时迎了出来，热情满怀地张开双手："啊哈……我的老朋友宋县长。你好，你好，来来来，屋里请……"

宋县长不亢不卑地："卢院长啊，你现在是大日本帝国的军官了，我该怎么称呼你才好啊？"

卢金平一边把两个往里面让一边说道："我本来就是日本人，卢金平不过是我在中国的一别称，真名叫辛田一郎。我说我是北平人也是瞎掰。还是罗队长的眼睛毒啊，早就把我看出来了。当初走得急，没来得及跟您打招呼，还请你谅解。"

宋县长说："你这话我消受不起了。你们大日本帝国在我们中国是想怎样就怎样，哪里轮得着我谅解不谅解的。"

卢金平说："政治我不懂，我只是一名军人，军人以服从命令为天职。"

宋县长说："那以后是叫你卢院长还是辛田一郎？"

卢金平说："随便你高兴了，咱俩的交情怎么叫都行。"

宋县长认真地："不敢随便，还是统一一下口径的好。"

卢金平考虑一下说："那就各取两字，称金平辛田可以吧？"

宋县长说："你这次来了不少人马吧？金平辛田。"

金平辛田说："两三百号人，一个中队而已。我的军衔是中佐，比你们龙源治安团的罗团长小多了。他可是有千号人马啊。"

宋县长说："他罗子俊有什么？就一辆破吉普。你辛田中佐是军卡、摩托几十辆，还有各种炮。你们日本人真是牛逼啊！"

"看来你对我们帝国的装备还是了解得不少。"辛田中佐笑了起来，"这些东西，你们中国人是造不出来的。所以你们需要我们的帮助啊。"

宋县长点着头，说："那是，那是。"

随后辛田中佐对罗长生说道："我很欣赏你的工作能力，过去的一些不愉快都过去了吧。我不会记仇的，相信今后我们能合作愉快。"

罗长生说："你们都拿着枪打进来了，你让我们还怎么合作？"

辛田中佐说："不，不……我们是来帮助你们的。你们中国太贫穷太落后了，天皇陛下想让东亚都共同繁荣富裕起来。"

罗长生不想跟他正面冲突，一时无话。

辛田中佐继续道："我来龙源是想与你们友好相处、共谋发展，可你们有些人不识好歹，拿地雷欢迎我们。你们说，我们大日本帝国该不该惩罚这种暗中搞破坏的人？"

宋县长说："该，该，我们回去就查，查出是谁，绝不轻饶。"

辛田中佐的脸上有了些许笑意，他拍着宋县长的肩膀说："我就知道你这朋友值得我金平辛田深交。另外，麻烦你给罗子俊团长带句话，就说我向他问好。你查案若是需要人手，让罗子俊配合你。就说是我说的。"

在回去的路上，宋县长对罗长生说："他不扰民，一切按规矩办，对你过去的行为也既往不咎。看来这个卢院长还是比较讲道理的。"

罗长生附和道："目前还不错。"

宋县长说："但愿这不是他的表象。"

罗长生问宋县长："回去后，我们真的查吗？"宋县长说："得查，不然如何交代？我也很想知道是谁干的。"罗长生说："要真是我们这里的人干的，我看背景也很深，一般的人哪弄得清日本人的车队什么时候来？"宋县长说："这话倒也是。"

第二天，宋县长开了一个方方面面都参加的会，还特意打电话叫罗子俊也到场。罗子俊派黄副官代自己参加。会上，大家闹腾腾的，都说这几枚地雷埋得好，日本鬼子一到就给他来了一个下马威。都说我们咋就没这胆量呢。宋县长见大家没完没了地闲扯，就说："你们还对这种行为赞赏啊，照这样下去，日本人给我们来狠的是迟早的事。"

于是方仲义局长说："大家还是扯扯与爆炸有关的信息吧。"

黄副官说："你们还真的要把抗日英雄往日本人那里送啊？"

方局长说："黄副官，你说话要注意分寸，要知道你现在是代表罗子俊代表皇协军说话，如果有人把你这话传到日本人那里，你吃不了兜着走。"

黄副官有些气馁地往椅上一靠，不说话。

下面的声音小了下去，好一会，也没人能说出个所以然来。

见此状况，宋县长开口道："今天叫大家来，就是给大家布置这个任务，一有这方面的消息就通知我，跟方局长说也行。"

121

会议结束，宋县长对方局长说："你要安排人员下去明察暗访，罗长生你就不要安排他了，他归我调用。"

方局长说："好的，我听你的。"

第二天，宋县长与罗长生来到西郊罗子俊营地。营房里到处都在玩牌、聊天。见到罗子俊时，他正在睡大觉。

宋问他："你一天就是这么过的？"

他说："不这么过怎么过？那你就给我派个什么活吧。"

宋县长说："你也不主动去看望下你的那个日本小舅子？"

罗子俊说："你说话不要这么难听，我可不想没事找事。"

宋县长盯着罗子俊："你说句实话，是不是你在大路上埋的地雷？"

罗子俊哈哈一笑："我倒是想啊，可就是没这胆量。"

宋县长说："你胆还是有的，关键是犯不着。日本人不会因为你埋了几个地雷就不来咯。"

罗子俊说："你这倒是句大实话，咬不到卵咬一嘴臊，划不来。"

两人谈了半天，宋县长也没看出个所以然来。这县城里除了罗子俊有能力做这事外，宋县长实在想不出还有谁。

一个礼拜过去，一点线索没有。宋县长亲自到公学堂接受辛田中佐的惩罚。辛田凉了他一小时才见他。辛田中佐说："你是查不出，还是不想跟我们合作？"宋县长说："不是不合作，实在查不出有什么办法？"

辛田说："我们的人总不能白死吧？三死五伤，炸坏摩托车三辆，军卡一辆。这样吧，你查不出，我也不为难你，你赔我十万大洋，这事我们就算了。不赔我就血洗龙源城，你看着办吧。"

宋县长的脑袋"嗡"的一下大起来，面现难色："卢院长，这么多钱县里实在凑不出，你就是把整个城里的商贾的底都掏了，也凑不出这个数的。"

辛田说："你别跟我哭穷，两样你选一样。"

宋县长说："那我试试，你再宽限我几日。"

辛田说："看老朋友的面上我就再宽限你几日，不过我的忍耐是有限度的。"

宋县长回来跟大伙商量，大家说："那只有各店铺尽力摊派，总不能等着人家血洗吧。"罗长生生气地说："也不知是哪个混蛋埋的地雷，这不是给日本人留下话茬嘛。"

宋县长说："查到是谁干的，这钱叫他拿。"

这十万大洋就是磨破嘴跑断腿也凑不起来。背厚腰粗的商家说："这钱又不是画出来的。就是拿个百余大洋，我们也要掀不开锅的。"小门小户的商家说："我们只能出个三块五块的。"宋县长说："那你们只有等着火烧房子嘴舔血了。"

脑子转得快的商家说："卢院长人还是不错的，我们去公学堂说说好话试试。"

罗长生说："没用，你还想日本人大发慈悲呐，人家以前那是假模假式。他打电话跟罗团长说，他的七八门大炮已经调好了，就对着罗团长的营地。瞬间就能叫独立团灰飞烟灭。还跟我叔说，几年前那次与祁雪怡一起去营地，就是去侦察独立团的营地和弹药库的。罗团长听他这么一说，人得吓软了。"

众人问："昨天傍晚的那声炮响是怎么回事呀？"

一个西街头的老板说："那颗炮弹就落在西坡的简易公路上，后面就是独立团的营房。"

罗长生说："都威胁上了。"

这些店铺老板聚在钟鼓楼前谈论时，领头的吴会长已在县府后厅与宋县长商量了。吴会长拿出一张清单说："筹集了四五天，一共才13300大洋。就是少我们也应该给辛田送去，一来表示我们的诚意，二来表明我们已经尽力了。我们再一起求他，兴许能放过我们。"

宋县长说："也只有这样了。"

于是宋县长给辛田打电话说："我现在把钱给你送过来。"只说这一句就挂了。

众人簇拥着宋县长和吴会长一起往东城门来。辛田穿着中国式的长袍马褂与大家拱手见面。他向大家作揖作邀请状。众贤达恭敬而小心地进大厅，因人多椅子少，多数人就站着。他与大家寒暄客套几句后，笑问宋县长："你看我这身中国衣服怎么样？我还是很乐意融进大家的。"一旁的罗长生说："你在龙源做医生几年都没见你这样穿衣服，今天穿成这样，什么意思？"

宋县长瞪罗长生一眼，用眼神制止道："你说什么咧。"

辛田中佐一点不生气地："你这话不错，以前我西装革履是个人谋生，现在我是肩负大日本帝国的使命。从我个人角度，我不喜欢这种服饰，但为了表示我的诚意我还是穿了。这有什么不对吗？"

"我一向认为金平辛田是个大大的好人。"宋县长讨好地，"这里先给你凑了大洋13300块。大家实在是掏空了，这些商家就是上门来求你开恩的。"说完，示意吴会长把银票奉上。

辛田看了一眼就让身边的大岛副官收了。

辛田说："才这么一点，离十万相去甚远啊。"

这时下面有人说："卢院长是救死扶伤的好医生，你不能血洗龙源城的。"

辛田见人群后一张熟面孔，便叫道："牛二，老朋友回来了，你怎么也不出来见我。你到前面来。"

牛二于是来到前面跟辛田中佐哈着腰："我老早就看出你卢院长是人中龙凤。"

辛田说："我们来帮助你们，你们龙源却用地雷来伤我们的人毁我们的车。叫你们查，你们又查不出，叫你们赔款，你们只能拿出这十分之一。我先前说过，这两条你们一条都做不到，我就血洗龙源城。既然这么多精英贤达来求我，我想你们也是尽力了。我金平辛田也不是不讲道理的人。这样好了，为了我们今后的和平共事，协调发展，在座的所有精英贤达都是龙源大东亚共同发展繁荣联盟委员会的当然成员，你们再选出一个会长，赔款的事，我暂且不论。大家看怎么样？"

底下顿时营营嗡嗡一片。

不多一会，牛二带头喊出："我没意见。"

片刻之后，同意的声音纷纷发出。

有人说："我们还是选吴玉轩当会长。"

马上有人附和上："吴玉轩、吴玉轩……"

"好，好，好……"金平辛田脸上露出满意的笑。他问宋县长对这样的选举有什么意见？

宋县长说："我没意见啊，省城的维新政府也是这样嘱咐我们的，要积极配合大日本帝国在地方上的维新工作。"

这时吴玉轩说："我恐怕胜任不了这个工作。"

辛田中佐说："胜任不了没关系，横田先生会帮助你的。你们认识一下。"说完，他对里面招招手。里屋立刻走出一位同样穿长袍马褂的粗犷汉子。罗长生认出他就是在北山要谋害自己的那个横肉。横肉也认出了罗长生，但他一点也不惧怕，还对长生点点头，老熟人似的。

辛田对大家说："横田是我们大日本帝国科学省的一名官员。他的到来将会加快我们龙源的工业发展。下面请横田给大家讲话。"

横田上前一步，面无表情地对大家说道："横田祝贺龙源的精英贤达能有幸成为同盟会的成员，让我们今后有机会合作，共谋发展。作为龙源的精英，龙源的山川里藏着稀有贵金属矿你们都不知道。不过知道也没用，你们中国的工业还没达到这个水平。所以你们需要我们帝国的扶持。我们将帮助你们把这些贵重矿石开采出来。"

罗长生打断横田的话："提炼出的贵重金属归谁？"

横田愣了一下，走近罗长生，依然没有表情地："归你们，你们能用吗？我们收购。"

辛田适时接上："收购是这样的。你们必须把欠我们的 86700 块大洋抵清，我们才另外付钱。这事必须先跟你们讲清楚。"

辛田的话刚落，下面便议论纷纷起来。

罗长生忍不住进出："这该不是你们早就设计好的圈套吧？"

辛田中佐的脸色顿显难看，不客气地："罗长生，你太放肆了！请你注意分寸。"

"你一边去，不说话没人当你是哑巴。"宋县长对罗长生呵斥，对辛田满脸堆笑地，"辛田中佐说的在理，我们也不是胡搅蛮缠的人。以后的事情我们商量着办，商量着办好吧？那我们就先回去啰。"

辛田问横田："横田还有什么要说的？"

横田打量了吴玉轩一下，说道："吴会长，你回去着人在你商会门口的墙上嵌一枚铁钩，大东亚共同发展繁荣联盟委员会的牌子我很快就会做好。另外，你回去把今天到场的精英贤达们列个名单。"

横田看吴会长不作声，说："这点事你应该会做吧？"

片刻之后，吴玉轩颔首点了点头。

辛田两手一撒，大声地："大家可以回去了。罗长生留下！"

宋县长愣住："为什么留下他？"

辛田板着脸说："他藐视皇军，我们要对他进行一番开导。"话落，两名全副武装的日本兵成夹持住了罗长生。辛田中佐掉头甩手往里面去。

宋县长望着罗长生想说什么，长生却先开口："你们回吧，都回吧，我不会有事的。"

众人迟疑许久，却无可奈何，都担心日本鬼子会给他什么苦头吃。

第十六章 乐极生悲

罗长生被带进老宅的二进厅里，太师椅上坐着一个千娇百媚女人，这人正是祁雪怡。一身戎装的她，更显英姿潇洒。八仙桌上已摆满上了美味佳肴。一旁的辛田中佐站起来，笑着对罗长生说："雪怡一回到龙源就执意要请你吃饭。她已跟我说过两次，我今天只好用这种方式留你了，还望你谅解！"

罗长生入座，悻悻然地："我现在是人在屋檐下，还能怎么着？敢问祁小姐的日本芳名？"

祁雪怡甜甜一笑："石纯美子，不过我还是希望你叫我雪怡。我喜欢这个中国名字。"

"我早就看出你们不是兄妹。"

"对，不是亲兄妹，但跟亲的差不多，我俩五六岁就跟着父母来到中国的哈尔滨生活。"石纯美子说，"上次你跟我说在东京留学时，去过北海道，我家就在那里，看来咱俩很有缘。"

"来，我们喝点。"辛田中佐给罗长生倒上酒，"你们这个国家不行，但你还是很优秀的，我很欣赏你，雪怡也很喜欢你。当初为了大日本帝国，拆散了你们，今天我在这里向你赔个不是。来，我敬你们俩。"

罗长生没有举杯："你什么意思？"

"就看你们自己的意思了。雪怡现在是中队的机要报务员，她的事由她自己做主。"

罗长生说："我现在恐怕只有羡慕我叔的份了。"

辛田中佐说："可雪怡更喜欢年轻、儒雅、有文化的你。你又在日本留过学，我相信你俩会相处得很融洽。"

石纯美子说："至今我还清楚地记得我俩第一次见面的情形，记得每一个细节。"

罗长生说："今非昔比了。"

辛田独自喝了一口酒，说："长生君，我佩服你个性鲜明，但同时你不认为你过于武断、故执吗？"

这时，第一小队长龟茨一郎从外面进来跟辛田耳语几句。辛田的脸上马上显现一副难以察觉的得意微笑。

他问罗长生："吃好了吗？我有事不能陪你了。"

大岛副官马上从里面出来，向罗长生做一个请的手势。

罗长生走出百余米，看见两辆摩托和一辆军卡疾驶而去。不会是发现了什么线索吧？

　　鬼子车队遭遇地雷的第二天，消息就传到了北山。众人聚在桥下宝纶阁门前的古樟下谈笑风生。都说，敢炸鬼子车队的人了不起，不知是谁如此英雄？这人恐怕也是手眼通天，日本鬼子什么时候来都掌握得清清楚楚。

　　那这人到底是谁呢？

　　见乡亲们七嘴八舌，在一旁得意的柳有才忍不住开口道："你们猜猜看，会是谁干的？"

　　加德不屑地："难道你知道？"

　　传家说："看他这个样子，兴许知道。"

　　金宝开玩笑地说："兴许就是有才干的呢。"

　　耀宗不相信地："可能吗？有才就是有这个胆，他是神仙呐，他能算出鬼子什么时候来？地雷去哪里弄？"

　　柳有才爆出一句："那爆炸就是我干的。"

　　大家哄堂大笑："有才，这个功劳你不好乱冒的。有才，做人要诚实啊。"

　　柳有才急切辩白："真是我。不信可以去问蜈蚣岭下的那户农家大伯，在爆炸前的个把时辰是不是有人在他家借过锄头？"

　　有才心理上得到极大满足继续说："有一句话是怎么说来的。龙生龙，凤生凤，老鼠生儿会打洞。你们别忘了我有才是柳族长的孙子。"

　　这时，议事会的几个从宝纶阁出来。耀宗马上上前跟他父亲牛松柏说了有才刚才说的事。族长和牛松柏听了都不信。

　　族长把有才叫到跟前，严厉地："这么严重的事可不能乱说。"

　　一阵盘根究底。

　　上次恰好轮到有才在北山垅桥值班收过桥费，接到一个电话说是秀秀。秀秀说日本鬼子马上就要进驻龙源城了，要给进犯的日本鬼子一个下马威，炸了他们的车队。她要接电话的人把这个意思转告牛松柏或牛耀宗的。一听这话，有才不高兴了，分明是看不起他。于是……

　　于是在对方说定的日子和时间，他在土地庙的菩萨后拿到了地雷。不过他只炸了蜈蚣岭那一处，城郊的爆炸不是他干的。想必是秀秀他们为保险起见安排了两个爆炸点。爱炫耀的有才自然不会提这茬，也没说秀秀要他转告牛松柏或耀宗的事。两个重量级人物对他的叙述还是半信半疑。为了慎重起见，族长让牛松柏派两个人去蜈蚣岭的那户农家核实一下。

　　耀宗和加德两个领命即刻快马加鞭而去。很快来到蜈蚣岭，按照有才的描述，两人找到离马路一箭之地的那户农家。那农家大伯果然说："是有个后生在爆炸前两袋烟功夫在我家借过一把锄头。到现在还没还呢。"

　　加德连忙解释道："他是为炸日本鬼子，请你多谅解。"

耀宗连忙向加德眨眼睛，但已经晚了，只得接着说："那人把锄头丢在爆炸点对面的一条小水沟里了，我们去找找？"

大伯说："既是这样，那就不怪了。"

耀宗临走交代大伯别跟人家说炸鬼子车队这件事的。

大伯问："怎么呢？"

耀宗说："担心惹祸上身呀！"

此后不论大人小孩都对柳有才另眼相待起来。

可这人间的事情向来是福祸相依。在有才享受荣耀的同时，一双魔爪正悄悄向他伸来。

日本人让宋县长查，自己也没有闲着。金平辛田部下化装成老百姓徜徉在街头巷尾，很快收集到一些情报。原来在酒桌上，大家谈论这个英雄时，口快的农家大伯到底还是说漏了嘴。化了装的辛田手下对蜈蚣岭下的农家大伯说："我们是重庆国民政府的，你指认出这些人，我们给你大洋，你要几块给几块。我们还要给这英雄嘉奖呢。"农家大伯整日领着他们在街上转悠。

半个月过去，这事在北山佬的谈资里越来越淡了。风光日薄的柳有才找到牛松柏："听说日本人的大炮安在公学堂的后山坳里，那大炮好大好威风，好多人都看到过。我想去侦察下地势和环境，想办法偷它一两门来。

牛松柏说："你想法是大胆，但不实际，那笨重东西岂是三两个人搬得动的。听说鬼子有一种叫歪把子的机枪厉害，打人就跟割稻似的成片往后倒，能弄两把那玩意儿还行。"

有才说："那就偷歪把子。听说现在城里站岗巡逻都是独立团跟鬼子轮换进行的。我们正好浑水摸鱼。"

牛松柏说："你真要去，让耀宗和加德陪你一起去。你们去了解一下，日本鬼子到我们这山旮旯里来，到底想干什么？"

三人骑着马顺山而下，耀宗说："为了进城安全，到了山下，我们得把马匹和枪支藏在郊外。"

有才说："我们不进城，直奔公学堂的后山坳。"

加德说："你有才不要以为炸了一次鬼子车队，就以为鬼子都是豆腐做的，胆子大得没边了。"

耀宗说："护卫队长是让我们摸清鬼子来这里想干啥。"

有才说："我管他干啥。等我偷到大炮，我们待在北山，一炮就吊到公学堂老宅叫他完蛋。"

耀宗说："你别异想天开，我们得按照护卫队长说的做。"

有才愤愤然地，"这回日本人到我们龙源北山，不是我弄出这个大动静，日本人还以为我们龙源北山没人了。"

耀宗说："话说回来，你去炸车队是不是有点蝗虫吃过界了。人家又没找你麻烦，你去惹它一下干吗？"

有才大言不惭地："你这是什么话，你是眼红怕我的光芒罩住你了是吧？"

耀宗不想听他自吹自擂，两腿一夹马肚子，乌索马"唆"地一下蹿到前面去了。

他也一夹马肚跟了上去。

于是三匹马一会儿你上前一会儿我上前地比着前行，很快到了山脚。很快又到城里至北山中间的省际公路的裤裆口。从这里开始路更宽更直，两边也陆续有竖起的房屋。越靠近城区行人越多。再往前，三个只有放马缓行了。正行着，身后一屋里冲出一个人。一个苍老的声音冲三个喊道："喂，三位好汉慢走，重庆政府要嘉奖你们呢。"

耀宗回头一看，喊话的正是那个农家大伯。随后走出屋的五六个便衣虎视眈眈地盯过来。

三个扼住马首停下，行在后面的有才调转马首前行几步说："你刚才说什么？"

"是你们三个英雄埋地雷炸的鬼子吧？"说话的家伙离有才最近，掏出一份嘉奖令，说，"英雄跟我们走吧，到驻地有百块大洋奖赏。"

有才下马上前拿过嘉奖令，边看边问："这是真的吗？"

在前面稍远处的耀宗朝他喊："什么嘉奖令？别信他，我们什么也没做。还给人家。"

有才不服气地瞟了瞟耀宗，傲气地："你没做，我做了。"

递嘉奖令的家伙说："你们三个都去。"

有才问："你们真是重庆国民政府的？"

对方说："还骗你不成？"

有才对前面的耀宗和加德说道："有钱不要？我们一起去，钱到手我分你俩一半。"

耀宗看到几个便衣在悄悄地向有才靠拢，对有才喊道："快跟上，当心有诈。"

耀宗这么一喊，几个便亮出了枪，发言人用强硬的口气说道："你们都必须去。"

耀宗高声道："凭什么听你们的？"

发言人气壮如牛地："凭我们是重庆国民政府的。"

这时一队穿黄军装的皇协军从身后的马路上跑步赶来。他们是按照辛田中佐的旨意，从西郊营地上省际马路绕裤裆口一路巡逻过来的。大家把枪口一齐指向这五六个拿短枪的便衣。葛九斤上前厉声喝问："你们是干什么的？"

对方全然不把皇协军放眼里。

发言人笑嘻嘻回一句："我们是重庆国民政府的。"

葛九斤严肃地："你们说你们是重庆国民政府的，拿出证件！"

这个答话的回道："你个皇协军算老几？"

葛连长正色道："我不跟你们这些不三不四不清不楚的人扯皮。我的地盘我做主。拿出证件，相安无事。不然，别怪我不客气。"

证件他们自然是拿不出的。

便衣发言人不得不亮出身份："我们是大日本帝国皇军！"说完中国话又用日本话复述一遍。葛连长一愣，望了望三个北山佬，对跟前的几个便衣大喝一声："你一会说是重庆的，一会说是皇军。都是他妈的胡乱放屁！"

葛连长吩咐左右："都给我拿下！"

那个自称是日本人的抬枪欲射葛连长，只听一声枪响，倒下的却是他自己。这一枪是耀宗开的。枪声响起，一便衣即刻弯过胳膊勒住有才脖子，枪顶腰际，擒住的有才又成了他的护身符。另几个便衣处在被两边夹击的尴尬境界，耀宗又射倒一个，余下的几个全被葛连长的手下射杀。加德的马被一颗子弹击中，马便不管不顾顺着大路前奔而去。

城北的日军听到枪声迅速往这边赶来。马背上的加德见到对面蜂拥而来的日军也顾不得了，举枪就射，两三个鬼子应声倒下。于是一阵更加激烈的枪声响起。被数束子弹击中的人和马匹像被一股强劲台风顶起的风车，在地上连着倒退几步，然后轰然倒地。大队鬼子看都没看倒下的人和马一眼，继续向前冲去。

见此状况，葛连长冲耀宗喊："你还不快走！"

耀宗于是调转马头冲下马路，向田埂的路径上策马疾驰。他在离马路两三百米的一处高磅后伏下身子，向马路上察看。见两支人马很快交会在一起。

一会，一辆载着日军的军卡从裤裆口开过来。耀宗感到奇怪，庆幸自己没有沿马路返回。这个熟知北山地形，也熟知北山人个性的辛田，对北山人作了重点防范。也许他老早就推算出，敢炸他们车队的八成是北山佬。

副驾驶座上的果然是卢院长。车一停下，后车厢上的鬼子纷纷跳下。

葛连长指着地上几个已死的便衣对辛田中佐说："他们自称是重庆政府的，要奖赏炸皇军的北山佬，被我们打死了。"

这时那个擒住有才的便衣用日语跟辛田中佐说："这个绥靖军连长是故意的，我已跟他说了我们是皇军，他还开枪。"

辛田却用中国话说道："岩茨郎曹长，你辛苦了，你功劳大大的，回去给你嘉奖。"

辛田让那个依然活着的岩茨郎曹长把有才押上车厢。车子驶至前面被无数枪子射杀打成蜂窝的一人一马地方，辛田让车子停下，叫人把死人抬上了车。

第十七章 抓人质

眼瞅着这一拨拨穿黄皮的散尽，耀宗想着今天出来三个现在只剩下了自己一个，心里便难受得如同刀绞。自己就这样回北山恐怕无颜见族长和加德父母的，再怎么着，自己也得把情况摸清楚。

夜晚来临，耀宗悄悄摸到城北附近躲在暗里窥视。守城门的日军换成了皇协军，他正思忖着能不能进去，穿警察服的罗长生带着几个警察巡逻过来。他向罗长生的脚边扔过去一粒石子。过了一会，罗长生一人向城外走来，很快看到躲在黑影里的耀宗。罗长生问他："你想干吗？"

耀宗问："我能进城吗？"

罗长生说："恐怕不行。日本人交代了，北山佬进一个逮一个。他不放心皇协军，特叫我过来查一下。"

耀宗说："你就这么老实？你不知道你的表弟柳有才被他们抓了？"

罗长生说："我怎么不知道。下午还是在县府刑讯室过的堂呢。鬼子把他打得皮开肉绽。他一口一个：就是老子炸的，你把老子毙了好了！日本人原来是准备把他关在县府大狱的，后来不知怎么又改了主意，把他关到公学堂去了。大概知道了我跟他是亲戚，怕出问题吧。"

耀宗说："你不会糊弄我吧？"

长生说："你不信我也没办法。"

耀宗又问："你知道加德的尸体在哪吗？"

罗长生说："不知道。应该是直接拉回公学堂了。听辛田中佐说，他们要把加德的尸体挂在城北门楼上呢。鬼子是想以此警告你们这些恣意妄为的北山佬。"

耀宗说："你就不能帮个忙，放我进城？"

"恐怕不能。鬼子在暗里盯着我们呢。"

"那你知道鬼子来龙源干什么吗？"耀宗想起了牛松柏交给他的任务。

"应该是来挖矿……"罗长生把这些天听到的大致给耀宗说了。

罗长生回头四顾，接着说："你就是进城又有什么用？你还能把有才救出来怎的？鬼子已经知道是你们北山佬炸的车队，正想你来救人好包你们的饺子呢。你没见他卢院长今天在城北加了人吗？"

耀宗打消了进城念头，旋即，绕到城东，爬到一棵大树的树冠上，躲在枝叶丛中察看。

街头路角异常的宁静。观察半天，才见从东边过来两个人。两个走至通往公学堂与城里的三岔路口停顿犹豫一下，墙角屋后立刻冒出几个持枪的。耀宗看得心惊肉跳，原来鬼子布了暗哨。看来有才不是自己一个人救得了的。他只有悄悄退回，钻在城外一稻草堆里对付半宿，天亮就回山了。

耀宗面色戚戚地对族长说："对不起，对不起啊，有才他……他，他被鬼子抓了。"然后又在加德的父母面前跪倒，嘴里颤颤地吐出一句，"我没有照顾好加德，你们责罚我吧。"

一看耀宗的这个举动，大家就意识到加德是遭遇不幸了。马上有人上前搀扶宽慰加德的双亲。加德他娘突发一声嚎啕，咔嚓一下又噎在气管里，隔半晌，那憋屈的伤痛才如滔滔江水奔泻而出。

柳族长对加德的父亲道："是我孙子不好，是我嘉仁该死。是我家有才对不住你老啊。"

牛松柏谴责耀宗："你是怎么搞的？不管是死是活，你也得把他们两个带回来呀！你怎么就一个人回来了呢？"

耀宗说："我们这次下山刚好钻了鬼子的口袋。日本人把口袋都布到裤裆口上来了。我们还没到城北就遭遇了几拨黄皮，先是被鬼子的便衣盯上，接着是独立团的皇协军，然后又是城北的皇军扑过来，最后裤裆口又冒出的一车的鬼子。我们是一点办法也没有。"

族长说："怎么会这样呢？好像早有准备。"

耀宗说："我们去核实过有才炸鬼子车队的事，鬼子的便衣就嗅着这味找过来了的。好在我们今天下山只有三个人，去的再多恐怕损失的更惨。"

族长听了这话，一脸懊悔地："这事怪我。是我以为有才吹牛，非要让松柏派人去查，嗨……这个有才真不知天高地厚啊，埋了两个地雷就以为自己多有本事了，眼睛长头顶谁的话也听不进了。他以为这日本鬼子就这么好对付，不把人家放眼里。如果不是他吵着要下山，也不会出这种事情的。"

牛松柏宽慰地："这事谁也不能怪，硬要摊到我们头上，我们是逃也逃不掉。今天不发生以后还会发生。"

有人说："吃了这个大亏，难道我们就算了？"

牛松柏让其他几个送把加德父母送到家，然后对族长说："我们几个是不是到祠堂里聚一聚？有些事不商量下不行啊。"族长点头同意。牛松柏让耀宗去通知几个未到场的议事会成员。耀宗把马拴在桥下的拴马环上准备去叫人，族长回头对耀宗说："叫完人，你也一起参加吧。"

在议事会上，耀宗说："加德的尸首过两天就要被挂城北门楼上示众了。是长生告诉我的。我昨晚也想去把有才救回，把加德的尸首抢回，可我没做到。鬼子把活人死人都送进了公学堂。公学堂里机关重重，就是在外面的路上都布了暗哨的，我去看了。鬼子也许正想着我们去救人，把我们包饺子呢。"

牛松柏说："那也不能看着鬼子耀武扬威，我们什么都不做。把加德的尸首挂城门楼上，两老知道了会多伤心。有才在里面也盼着我们去救，上次我也在里面呆过，多亏了他有才，我们几个才有幸逃脱。"

"如果明知是去送死，那又救个什么救？这日本鬼子可不比那啷啷歪歪的保安团。"族长望了望朱守筬，"你老夫子应该知道日本鬼子到我们龙源北山，到底是干什么来的？"

朱老夫子说："族长拿我开什么玩笑，我怎么会知道？"

族长有些怨气地："你的秀秀没告诉你？她能知道鬼子哪天到龙源，就不知道他们要来干什么？"

朱老夫子说："秀秀又不是鬼子他娘。"

耀宗说："听长生说，鬼子是要开采一种叫 R4 的什么矿石。他们还让商会组织了一个专门负责开矿的班子。据长生推断，他们一是开矿，二是先占据咽喉位置，为下一步向内陆扩张作准备。"

牛松柏说："罗长生既然对鬼子的情况如此了解，那他在鬼子那里应该玩得转。解救有才的事，能不能叫他帮下忙？"

"这个想法还是免了。我柳嘉仁不会为了我这孙子让姓罗的去开口求日本人。"族长心想，他罗长生又不是不知道有才被抓，他真要能帮得上，恐怕早就帮了，还用我开口？他要使不上劲，说也白说。

牛松柏心想，我作为北山的护卫队长总不能一点事都不做吧。在目前的这个状况下，我要明着说去救有才，族长肯定不同意。

牛松柏让人带了几把弓弩和刀具，一行人轻装简从，也不骑马，先在裤裆口两侧潜伏，确认没有鬼子出没，绕开北城门洞直接往公学堂的后山方向去。大家遥望城门楼，看见城门上悬挂着一个人样的物件。

耀宗说："那悬挂着的十有八九就是加德。"

公学堂后的坳地里就是鬼子的山炮阵地。这里距公学堂只有三五里路，一有情况，鬼子的摩托几分钟内就能赶到。牛松柏一行匍匐在远处坡脊下观察许久，然后悄悄向前推进。

等了一下午，直到临近傍晚才见几辆三轮摩托从山下开上来。车的船形位前架一挺歪把子机枪。一共五辆摩托车，每辆三个人。人多，不好下手。半小时后，摩托又回头了。一辆过去，又一辆过去。第四辆过去一会了，最后的第五辆还没出现。牛松柏当机立断，决定射杀擒获第五辆摩托上的鬼子。他命令其中的两个弓弩手把弓箭一齐对准开摩托的那个。然后又命耀宗和传家下到不宽的路上放石头。此刻天色已有些暗淡，放罢石头，两个就匍匐在路下的草丛里。

第五辆摩托过来了。摩托在大石头前刹车停下，驾驶员刚要下车搬石头，两枝利箭齐刷刷射到，开摩托的哼一声，身软如面地趴在车把上。耀宗和传家一跃而起，一人对付一个。

传家对着船形位的鬼子举刀就砍，鬼子来不及招架脑袋就搬了家。耀宗一看后座位上的鬼子像个官，用刀背砍过去。鬼子顿时痛晕过去。

坡脊上的队员冲下把这个鬼子绑了个结结实实，嘴里塞上烂布。耀宗抓起那挺歪把子机枪左看右瞧，乐不可支。在牛松柏的授意下，其他几个把仰着两鬼子尸首的摩托推下了路旁。

大家押着这个看去有点像军官的日本鬼子，趁着昏暗的夜色向后撤离。连夜回北山。

回到北山祖源村，天色已经大亮。牛松柏把这个战绩和拿人换有才的想法跟族长汇报了。柳族长不但不领情还把牛松柏训斥半天。他说："这几天你神神秘秘的，原来是在干这个。你以为这样就能换回有才了？别痴人说梦了。你信是不信，你若是把这个日军少尉送去不仅换不回有才，有才还必死无疑。眼前连独立团和警署都对日军恭恭敬敬的，政府的人都要看他们眼色行事。我们炸了他车队，还闯他大炮阵地杀他两个活捉一个，他卢院长能不气疯？他以前就想借独眼龙的手除掉我们这颗眼中钉。这回他不用栽赃，直接揪住这事把我们灭了。"

牛松柏被族长说得口呆目瞪。族长是不是太过虑了？牛松柏说："瞧你说的这么严重。我们不换，有才万一被鬼子杀了怎么办？"

族长说："就算杀了，他是为抵御入侵的倭寇死的，死得其所，比他父亲强多了。我们要以大局为重。朱老夫子说，秀秀最近捎信回来，问你牛队长炸车队的效果怎样？想必上次那个电话是打给你的，叫有才给瞒下了。这个兔崽子也是命里犯的。"

牛松柏摇摇头，心里道，这个有才惯来喜欢出风头。如果护卫队知道这事，修马路存下的炸药正好派上用场。牛松柏思考片刻后对族长说："如果我们不吭声，鬼子不会知道这是我们干的。我们没用枪，也没骑马。这一点也不像北山佬的风格啊。"

"那就让他们费尽脑子猜去，最好是要让鬼子以为不止我们北山跟他们过不去。要让鬼子觉得反对他们的人多着。这样对有才兴许有好处。"族长想了想，说，"去把那个日本鬼子带来我瞧瞧。"

鬼子军官很快被带过来。这家伙梗着脖子一副倔强相，问他什么都不说，也不知是听不懂还是装不懂。牛松柏说："自逮住就一直是这样，粪坑里的石头，又臭又硬。"

族长说："本来我还说把他关我家顶楼上，也算走一个来一个。既然如此，也就是个活死人了。把他丢到后山的那个葫芦洞里，每天吊两碗饭下去就是。"

牛松柏当即吩咐耀宗和传家把这个倔强的鬼子带去葫芦洞。并让两个告知所有参与这次活动的都不得向外透露任何细节。

此后的几天，牛松柏就与一帮年轻人在家把玩那挺歪把子。

金平辛田把有才带回城，一打听，这后生竟是北山柳族长的孙子。辛田中佐顿时欣喜不已。心想我抓住了你的牛鼻子，你北山佬还不乖乖听我的？

后壁上悬挂着一面日本太阳旗，刀架上的一柄军刀显示着皇军的武士道精神。端坐在乌木书桌前的辛田在思考着。

眼下的关键是安抚人心，使这里的人们听命于自己，尽量少出乱子。R4 的贵重金属需要迅速开采、提炼，国内急需。占据这个咽喉位置是为皇军日后进入中华腹地作准备，这是上面的旨意。日军来这里不到一月就损失近十人，这样下去可不行。他对皇协军的那个葛连长射杀便衣恨得直咬牙，却暂时还找不到惩罚他的借口。目前既要让这里的中国人感受大日本帝国的威严，又尽量不要让他们产生反抗之心。这是盘桓在他心头的一个结。

这个被打成蜂窝的尸体悬挂在城北门楼的作用是巨大的，日本人的公告四处一张贴，龙源城顿时笼罩在一片腥风血雨的阴霾之中。公告上说，城门口挂着一个，牢里还关着一个。两个都是冒犯我大日本帝国的刁民。而且牢里关着的这个北山族长的孙子不日也要公开枪决。跟大日本帝国作对的人就是这个下场。

在极其阴霾张皇的气氛中，同盟会正式挂牌成立。同盟会下面还组成了一个专门的矿业班子，负责矿山的前期筹备工作。

金平辛田心里正庆幸严惩之后的社会安定，不料却又有人在他眼皮下杀死他的两个炮兵，关键是失踪的勤雄一郎少尉是皇亲国戚，自己无法对上面交代。

辛田中佐亲赴现场察看处理，一个死者被刀所劈，一个被浸过毒汁的两枝箭簇射中要害。勤雄一郎多半也是被这伙人抓走了。北山佬干的，想换人？还是另有势力？

那就再等两天。如果是北山佬，他们自然会派人来联系的。

两天过去，又两天。依然一点动静没有。

难道不是北山佬所为？

那又会是谁？

辛田中佐陷入深深的迷惘之中。难道对手掩藏在皇协军和警察里面？罗子俊？罗长生？还是另有其人？查出来我非把他碎尸万段不可。我要让你们知道大日本帝国的威严。

第十八章 协防

吃过午饭，一觉睡醒的罗子俊叫了三个手下打麻将。葛连长和黄副官是少不了的。自上次葛连长将错就错地击毙几个化装的日本鬼子，罗子俊对他是越发欣赏了。

罗子俊打出一只九筒说："你们知道吗，前两天在去日军的火炮阵地的路上，又有两个日军被杀，还失踪一个。这个卢院长让我们拿出防范意见。我的意见还没说出来，他就说，他很快会向我们这里派出督导组。"

黄副官说："这就是说以后会有日军成天跟着我们，监视我们？我们什么行动都要经过他们的同意才行？"

罗团长说："他娘的，这日本鬼子是既要用我们，又不放心我们。"

黄副官说："葛连长你上次那么一捣鼓，他岂能放心。你一时痛快了，日军却要我们长时间难受。"

葛九斤说："我不会是他们重点监视的对象的。我上次跟他们是明火执仗地干。卢院长要查的是对他们背后下黑手的人。说不定你黄副官就是他们怀疑的对象呢。"

黄副官说："鬼子若是怀疑我，那就是怀疑罗团长了。人家都知道我是团长的影子。我要背后下黑手的话，就是头的主意咯。"

罗子俊说："若真怀疑我们，让他们这么冤枉我们，倒不如让他们进驻，这样也省得他们疑神疑鬼的。我们反倒撇清了。"

打了一会，罗子俊把牌一推，说："都散了吧。今晚有事要办。"

罗子俊说的有事，是祁雪怡早上给他打了电话，约他晚上出去见面。祁雪怡在电话里埋怨他，"自己来龙源这么多日子了，我不开口你就装作不知道？我们是有过夫妻之实的。"祁雪怡说的不依不饶。

这可难坏了罗子俊。她再续秦晋之好已无可能，但她头上有皇军这块牌子压着，你想反抗还反抗不了，这如何是好？

祁雪怡是约罗子俊下午五点在"牛记酒家"见面。车上罗子俊叮嘱黄副官说："你记住了，等会，我怎么骂你，你都跑，你懂我意思了吧？我就是不想跟她再有什么瓜葛。跟她睡了，知道是日本娘们后都后悔死了，今天再……我就要被人戳脊梁骨戳死了。"

黄副官笑道："你以为她还会跟你睡啊？你别想得太美了。她以前是想利用你，那时她处在弱势，现在摆明了她强你弱，她还会……除非她真的爱你，对你有感情。"

罗子俊说:"就不能是生理需求?不要把日本娘们想得那么高尚。就是她再有这个诉求,我也不会成全她的。"

说话间,车子到了西城门口。黄副官把车子停在城门外的宽敞场子上,站岗的二连兄弟讨好地跟团长副官两个打招呼。两个穿过城门洞往前,没几步,就到了"牛记酒家"门前。

走进大堂,牛二凑过来对着罗子俊耳际轻轻一句:"人家在楼上雅座等你。"两个来到楼梯口,黄副官却被守在楼梯口的两个持枪鬼子拦住。罗子俊说:"这是我副官。"鬼子蛮横得很:"副官也不行,就你一人上去。"罗子俊只好一人上去。

上到楼面一看,放着五六张桌子的厅上只有祁雪怡一个人。她穿了一身学生装,原来清水挂面式的头发已变成卷卷的,显得更有女人味了。她笑对罗子俊:"你罗团长的谱就是大啊,我来龙源一个多月了,我不约你你也不露头。"

罗子俊直截了当地问:"你什么意思?为什么把我副官拦在下面?"

祁雪怡笑吟吟地:"我没其他意思,我只是希望我们还能像过去一样两人单独相聚。"

罗子俊说:"你以为我们还能像过去一样吗?"

祁雪怡温顺地:"当然可以。来,罗团长坐。"

罗子俊说:"昨天电话里说好我请你,你怎么提前这么多时间,还把酒菜和位置都定好了?"

"以前都是你请我,难道今天就不能让我作一次东?"祁雪怡斟酒继续道,"来,一为我们友谊的长存,二为我们的合作愉快,干杯!"

罗子俊傻傻地笑了笑:"什么合作愉快,咱俩人什么时候合作过。"

祁雪怡也不计较:"先不说了,我们喝酒,谁喝不了谁就得答应对方一个请求,你说好不好?"她说完风情万种地瞄对方一眼,端杯一口气喝完,然后样子嗲嗲地、挑衅地看着罗子俊。

罗子俊嘴角一咧,端杯一饮而尽,心想她一介女流也敢跟我拼酒。

祁雪怡边给罗子俊斟酒边说:"看来我想让你答应我一个请求都不行啊?"

"什么请求?你现在还用请求?你只要下命令就行。"

"你我之间如果用命令就没意思了。我希望我们之间的关系还能像过去一样。来,我再敬你,我先干为敬。"

罗子俊于是再喝。

后来不等祁雪怡敬,罗子俊主动起来,一杯又一杯。

直到罗子俊醉醺醺的,他说要解手,祁雪怡就过来搀扶他,说是牛二房里就有马桶。罗子俊在她的引导搀扶下走向左边廊道,打开一扇房门。只见里面一张铺着锦裘锻被的五斗床,床右边一只马桶方柜。罗团长站立不稳,祁雪怡忙帮他,解完手,祁雪怡嗲嗲地说:"你比我多喝了几杯,你可以提一个请求。"边说边往床边扶去。罗团长倒上床便迷糊过去。

祁雪怡帮罗子俊脱去衣服盖上被子，自己也钻进被窝。

罗团长这一睡就睡到了第二天大清早，还是被牛二叫醒的。牛二说："你们鹊巢鸠占，害得我昨夜睡地板。快起来，起来了。雪怡的哥哥在楼下等着你们呢。"

被叫醒的罗子俊发现自己赤身裸体，身边睡着同样赤裸的祁雪怡，心里懊悔不已。两个衣服刚穿好，辛田中佐就上到楼上来了。

金平辛田说："以后就是自家人了。罗团长啊，督导组的四个人已在楼下等着了。大家一起在牛老板这里吃过早饭，你就带他们回营地。"

饭间，金平辛田对自己的四个属下说："罗团长是我的妹夫，你们尊重罗团长就是尊重我辛田一郎。到了他那里，你们要积极配合罗团长做好日中亲善工作。"然后又对罗子俊说："我希望你对我们大日本帝国是真诚的，但愿我们合作愉快。"

罗团长说："是，合作愉快。"

督导组的四个鬼子跟着罗团长进了营地大门，罗团长让手下他们收拾整理房间，拉电话线。四个鬼子放下东西，便在营房大院内转悠。

前边一伙人围成一圈，圈内两个兵在摔跤，四个鬼子上来看热闹。一个块头大的很快就赢了，他已经连赢三个了。一个鬼子也要上来跟他比，大块头不愿意。其他兵怂恿道："比就比呗，你怕他干什么，你还怕打不赢小日本？"

于是大块头同意比。哪想到这鬼子一上来就来个偷袭。倒地的大块头恼怒了，爬起来说："再来，再来。"大块头这回有了警觉，话罢他故意弯下腰欲系鞋带，鬼子趁势又从背后拦腰起抱，大块头右脚一个后蹬，刚好蹬在鬼子的脚杆骨上，鬼子顿时呲牙咧嘴地叫起来，疼得差点闭过气去。恼羞成怒的鬼子掏出手枪就要对大块头搂火，被督导组组长一声骂，推推搡搡地把他拉走了。

这个被踢脚杆的鬼子一瘸一拐地边走边用日本话说："这地方被我们控制了，我们还怕他们不成？"

组长说："你懂什么，你不见他们人多？日后要学着收敛点，知道吗？"

被踢的鬼子嚷嚷道："我受不了，难道我们大日本帝国的堂堂武士还要被东亚病夫欺负？"

组长沉着脸给属下一巴掌："这是辛田中佐的命令。"

一个军官样的人从对面过来，是葛连长。葛连长与督导组组长眼睛对视着，双方都认出了对方。这不是岩茨郎嘛。

葛连长笑道："岩茨郎曹长，你不是重庆政府的嘛？怎么一下又变成皇军督导组的组长，来我们营地指导起我们的工作来啦？"

岩茨郎曹长一本正经道："军人以服从命令为天职，我那是在执行命令。今后能与皇协军里杰出的葛连长携手工作是我的荣幸，我相信我们的合作会很成功的。你们的罗团长就要成为我们中佐的妹夫了，昨晚罗团长还与美子小姐共度良宵。"

葛连长原来还想对岩茨郎热嘲冷讽一番的，听了对方这番话，旋即打消了念头，说："对不起，我还有事，我先走了。"

葛连长越想越不是滋味儿，找到黄副官，问他："罗团长昨晚是不是跟祁雪怡……"黄金彪说："应该差不离吧，我们守到夜半才回来睡觉，他上了楼就没下楼。"葛连长说："罗团长原来还信誓旦旦，说要早知道她是日本人，贴钱也不会睡。见了面就忍不住？"黄金彪说："也许团长觉得反正是斗不过他们的，不睡白不睡。"葛连长说："这么说，团长是要与鬼子好好合作了？"黄金彪说："不合作，你还想翻天啦？要翻你也翻不了呀！"

罗团长在连排营长的干部会上，当着督导组的面郑重其事地要求大家，要尊重皇军派来督导工作的四位，对人家提出的建议，说得对的就要接受和改正。

葛连长接上一句："就是说，说的不对的还是可以不听的，是吧？"

罗团长不悦地冲他一句："你这不是废话吗？"

岩茨郎用中国话对葛连长说道："下级怎能如此与长官说话。"

葛连长对岩茨郎笑道："中饭，罗团长会给你们加一碗猪头肉了。"

罗子俊终于对葛吼起来："你给我出去！"

葛连长于是大步流星地出去。

几天后，离裤裆口五公里的R4矿开始建冶炼高炉和住宿工棚。辛田让罗团长每天派一个连的兵去工地保卫和监工。第一天的保卫和监工，罗团长就让葛连长担任。罗团长还交代的相当仔细，是卢院长说的，放一个排的兵力在马路东面离矿山工地十里地的地方，也就是裤裆路口；放一个排在马路西边离矿山十里处，也就是在快到北垅桥下面的那个大弯道上；一个排守在工地上，三处，哪出了问题就向天放三枪，靠近枪响的这个排就向出事地靠拢。

葛连长不满地："在这天高皇帝远的地方有谁可防啊，去干吗？"

罗团长说："少啰嗦，你是皇协军，人家让你干你就得干。中饭艰苦点，每人带一个饭团。伙房里已给你们准备好了。"

天蒙蒙亮，葛连长就带着一连人马出发了。他们就从营地往北去，翻过一小山坡就是东西横陈的省际马路。斜插过去上到马路上，在往西七八里路北的一山坳就是R4矿山。不过这道斜插的坡岭委实有点长，走了一个多时辰才上到马路上。葛连长说："二排沿马路往东，守住东边裤裆口；三排沿马路往西，守在西边大弯道。我和一排留在矿山工地值守。"

葛连长他们进坳到工地上时，几辆鬼子的卡车也同时到达，民工从两辆带篷的车上跳下，去到另两辆车上下水泥、砖和其他建筑材料。驾驶室内的第二小队长水谷隼，一个长相奔放让人看着就想到肥猪头的家伙。他看见旁边的皇协军一点事都没有，于是便对葛连长嚷嚷道："你们事的没有，上去扛包递砖的干活。"

葛连长学着水谷隼的口气："我们保卫的干活，杂事的不做。"

水谷隼腾地一下跳下车，走到葛连长面前想要逞威风，一排长张振唰地把枪口指向水谷隼，手下也纷纷学他样。他就是那个跟鬼子摔跤的大块头。因为现场没几个鬼子，水谷隼骂一句："八格牙路。"恨恨地回到驾驶室。

大块头张振得意地笑了，对葛连长说："看来鬼子也是欺软怕硬。这二小队的水谷隼是专门负责矿山的，他们自己不值守叫我们来替他值守，还想叫我们替他干活，门也没有。"

这时两个手里拿着皮尺的家伙走过比划了一下，大块头没看懂。葛连长说："他是想让你帮他拉一下皮尺头。这个你倒可以帮他一下。"那个好像是技术员的家伙让大块头拿着尺头往前走，对方手势往下一压，大块头就把尺头往地下一按。另一个就顺着皮尺把一个石灰滚筒滚过来。

只三五天的时间，那高炉的炉坯就砌得有模有样了。工房的基石也简单地垒好。一些由矿山筹委会找来的木匠和泥水匠在砌墙，刨制木架。几排简易工房只半个来月就差不多竣工了。冶炼高炉和工房就建在这个坞口的宽敞处，开采矿石的工地在前面的那个坞口内。

房子建好后，二小队的水谷隼才派了一部分皇军过来住。他仗着与顶头上司是同学关系，辛田看在他父亲面子上，也就睁一眼闭一眼的。辛田中佐还在宋县长和横田的陪同下，特地过来巡视了一番。

技术员跟辛田说："这个R4矿藏的走向是顺着岩石层往斜下钻下去的，露在表层的不多，最后还是要凿巷道往斜下里开采。"

辛田中佐说："那我们就直接开巷道进去，露天的这些就不开采了，省得影响植被，宋县长，你说我这话说的对是不对？"

宋县长说："辛田中佐能如此为地方上着想，我宋仁熊是感激不尽。"

辛田中佐说："你还是叫我卢院长吧，叫卢院长听着亲切些。"

宋县长说："凿巷道，这可是技术活，各乡镇的轮派工肯定不行，干不了。"

横田说："我们贴布告招专门的石匠干，两班倒。"

辛田说："那就贴布告招工吧，你们商量下工钱，先期的款子得由你们县里出，你还欠着我86700块大洋呢。后期的我们自己想办法。宋县长你说呢？"

宋县长说："我们尽量吧。"

跟在身边的葛连长听着这些，恨得牙痒痒的。

临上车前，辛田主动走到葛连长面前："你的属下很负责，我的车子从裤裆口过来，他们拦我的车，还是宋县长的一番解释才同意放行。你们的保卫工作做得很不错，你回去给我向罗团长问好，叫他有空去看看雪怡。"

傍晚，回营地的葛连长对罗子俊说："你在辛田那里很是吃得开啊！"

罗子俊说："我们现在帮他做多少事情，又是城门值守，又是矿山保卫，他心里会没个数？"

"他叫你有空去看他妹子。"

"有空我会去的。"罗子俊想想也只能这么说了。想起在牛记酒家被算计，心里相当懊恼。但后来想想，你不这么着，你还能怎么着？人在屋檐下不得不低头。

第十九章 救人

辛田问身边的大岛副官："北山那个混小子关里面多少天了？"大岛说："半个多月有了。"中佐说："那好，熬的也差不多了，我们可以去看看了。"

辛田走到关柳有才的牢房对倒头大睡的柳有才乐呵道："我是称呼你柳家少爷呢，还是叫你护卫小队长？你在这里面还习惯吧？觉得孤独难熬的话，只要你说出是谁指使你埋的地雷，地雷是从哪里来的，我马上放你回家。"

柳有才闭眼大声道："要杀要剐给我来个痛快的。"

从柳有才这个找不到突破口，辛田便写信给柳族长，让他以北山族长的名义写张北山山民永远臣服于大日本帝国的公告并张贴于城内的四条大街上，他就放了柳有才。

信很快到了柳嘉仁手上。柳族长看见信封落款，日军驻龙源中队长辛田中佐，便明白了刚才捎信村民的诧异眼神。北山谁人不知有才被鬼子抓了？上次自己虽严厉批评了牛松柏的擅自行动，阻止了他用鬼子换有才的冒险行为。事过多日，静下心来时，他也在心里不止一次地责怪自己，这样做是否太残忍了？兴许换了不会给北山带来灾难呢。

你不找他，他却找你来了。柳族长拆开一看，心里道，有才还是好样的，给我北山争了面子。不然，这个卢院长就不会给我写信了。说是容易，贴了保证布告就放我孙子，北山族长是你日本人随便使唤的吗？你想利用我疼爱小辈，让我一中国人的脸面尽失。

有才啊，有才，难道你就不能想个办法自个儿从里面逃出来？

有才，爷爷对不起你了。柳嘉仁当即展开笔墨写回信。辛田中佐：来信收悉。人上十八，亲则难控，其有思想且生手脚，尔不能缚之，行无法拦之。光明磊落，言行一致是吾准则，欺诈宵小之行向来不为，尔所言之保证，吾实难做到。

当辛田中佐手里拿着回复，拆开一看，冷笑，把信丢一边。

"我不信还治不了一支那人。"

辛田中佐向省城要了一个军妓，随省城运物质的卡车来到龙源城。

两天后，穿一身素服的樱子被关进了柳有才的牢房里。晚上牢里有老鼠，女人一边说怕一边往有才怀里钻。几次之后，女人不仅钻，手还试探性地在有才的身上摸。没过三天两夜，深谙勾引手段的樱子就把有才彻底征服。男女之欢过后樱子要套几句话自然是很容易的事了。

临走前樱子把一切都告诉了有才，烦躁的有才直拿拳头揍自己。

142

下午，辛田中佐来看有才，看到有才面颊红肿，于是说："你这样自责是没用的，这不怪你，这是你们中国人的人性弱点，也算是生理反应吧。"后又说，"我本来是要放了你的，只是我对北山人还很顾忌，留着你可以牵制他们。我叫你做族长的爷爷写张保证贴墙上，就可以放你出去的，可他就是不干，那只有对不住你了。"

有才随后的眼神就不是那么坚硬和纯粹了，里面渐渐有了乞求眼光的流露。辛田就对他说："你老这样白吃我们的饭不行，你也得干点活。每天要有一定的时间去厨房帮忙，人不得出大院门。你万一忘了走出，一枪打死别怪我手下噢。"

柳有才马上感激地："谢谢辛田中佐，再关下去我就要崩溃了。我一定好好干活。"

其实，辛田中佐这样做是有他目的的。原来是准备北山这帮强盗来救族长孙子，好把这帮不安定分子一举歼灭。那些天各个角落的歪把子机枪都对准了库房，可他们就是不来。这个柳族长也够高风亮节。那次后山的伏击如果不是北山佬弄的，就一定是朱秀秀在乡的同党。省城查到龙源北山籍的朱秀秀后，很快得知她在龙源老家也发展了几个共党分子。中佐想，我放松对柳有才的看管，就是要引朱的同党营救帮过他们的柳有才。只要他们有行动，我就可一网打尽。

柳有才有了在大院内自由行走的权利，他在洗衣班里见到樱子了。樱子满心欢喜地问有才："你也出来做事啦？叫你干吗？"有才说："给伙房里挑水，洗菜。"

他跟她说了一会话后，担着水桶往井边去。

这天罗长生恰巧来公学堂给宋县长跑腿，在大院内碰到柳有才。他吃惊问道："他们什么时候放你出来的？"有才说："不是放我出来，是让我帮他们干活。"长生说："这样就好，他们只要放你出库房，我就能想办法救你出去。"

有才说："表哥，你就别为我操这个心了，万一救不出，我俩都玩完。"说完这话，他匆匆走了。

罗长生来公学堂是代县府跟中队结算购粮费用的。罗长生跟经办人办完手续后说："那过三天，我们就把粮食运过来了。第一批一共有十辆马车的粮食。"

一边的辛田中佐笑着说："辛苦罗桑了。"

罗长生没功夫理会他，出中队办公室急着去找柳有才。罗长生好不容易在洗衣班的门前找到有才，说三天后我带人运粮进来，我想办法让你藏在空车下面出去。

哪想两个窃窃私语的谈话，被悄悄跟过来的樱子听了个正着。

第三天上午，一辆接一辆的马车进了公学堂大院。教室两侧的屋顶上匍匐着持枪的鬼子，公学堂大门口一侧的高架哨岗上张着黑洞洞的枪口。马车进大门口时，鬼子往麻袋上刺上几刀。

马车一进入院内，罗长生的眼睛到处搜寻有才，直到第十辆车的粮食快卸完，有才才小跑着过来。他说："我一直脱不开身，火头军班长非要我把菜全洗完。"罗长生说："快，快，钻到车架下，下面拴了两道绳索，你把两条腿伸进，两手抓住横档就可以了。"

有才刚隐蔽好，就有一鬼子过来了。他对着一览无余的马车左看右看。罗长生为了把对方注意力引开，上前推一把道："这有什么好看的，有什么好看的？你影响我下货了。"

这鬼子根本没理长生的茬，还蹲下身子往车下看。长生没办法，一铁拳砸在鬼子脑门上。鬼子顿时像一空麻袋样瘫软在地上。长生把昏过去的鬼子拖到一旯旮。这一切被辛田看得清清楚楚。他正站在一位置最佳的楼上窗口，用望远镜观察着。

罗长生在拖鬼子时就让马车夫把车赶走。这时从里面又来了十几个持枪的鬼子，并急吼吼地向这边奔过来。罗长生说："快走，我在此抵挡一会，快赶车走啊——"

马车拐过教室进到宽广的操场，向大门口方向快马加鞭而去。罗长生亮一个大鹏展翅的招势，待在原地欲要与鬼子生死一搏。冲在最前面的鬼子见罗长生如此这般，乐呵呵地大笑两声后，把枪交给伙伴徒手上前。他也不管你什么招式，凭着熊腰虎背的蛮劲上前抓住罗的腰间皮带举起来，鬼子们马上"喔嚯喔嚯"地欢呼起来。呆在空中的罗长生脸带笑意，几年前的牛松柏就曾这样举过他。他根本不怕这一招。他露个破绽被对方举起后，在鬼子还未脱手前，空中的他竟然用脚尖向鬼子的脑门踢去，飞快的连环腿。一声尖叫，鬼子手一松，罗长生一个鲤鱼打挺，稳稳立在地上。这从未见识过的漂亮轻功，把十几个鬼子看呆了。

正在僵持之中，又一队鬼子兵从操场大门那边过来，走在前面的是洋洋得意的辛田和垂头丧气的有才。原来马车刚到大门口，两扇大门就被两鬼子哨兵徐徐关上了，然后横着过来一队鬼子。悬在车下的有才听到关门声和唰唰的脚步声，只好乖乖地自己爬出来。辛田拍着有才肩膀笑着道："你的不错。我还没弄清你藏哪儿，你就自己出来咯。"

辛田看着十几个士兵面对瘦弱的罗长生，就像面对一硕大无比的大象，就是不敢上前，不由得火爆地骂了几句日本话。

他解下腰间长军刀，笑眯眯对罗长生招招手："来，来，我们的比试比试。"

长生笑着献殷勤，道："小的不敢，我听说中佐的厉害，大大的。"

辛田脸色一变，厉声道："你少给我耍花招。接招——"

于是罗长生被动地接招，两人你来我去，腾挪仰俯，一连过了二十多招，没分出胜负。辛田突然退开一步收手，对部下道："一并押入大牢。"说完此话，辛田中佐掉头而去。

当两个被推进牢房，有才便埋怨起长生来："叫你不要救，你就是不听，这下连你自己也赔进来了吧。"

长生有些想不明白地："这鬼子也是精的出奇了，好像算准了我要带你出去似的。"

有才说："鬼子当然厉害啰，它不厉害，它一个小小的岛国敢来侵犯我们？"

长生说："你是怎么啦，怎么说起话尽长鬼子的志气？"

有才说："我说的是事实嘛。我在里面闷坏了，刚刚好过一点出去透口气。这又不知要关到猴年马月才能放我出去。"

"这么说，你还怪我救你啰？"

"我没有怪你意思。"

第二天，警署的方仲义来找辛田中佐。"不知罗队长怎么得罪中佐？宋县长让我来跑一趟，让你看在多年朋友的面子上，放了罗队长？长生就是宋县长的两条腿，你把他关了，宋县长的好多工作都进行不下去了。"

辛田铁着面孔说："他为了救他表弟，把我的两手下打成重伤，我不找你们要赔偿就已经很客气了。"

罗子俊在大哥的央求下给辛田打电话。跌软的口气求辛田说："辛田中佐，近段时间我可是给你出了不少力，中佐就看在我面子上饶过长生这一回，我保证他不会再有下次了。"

"我考虑考虑。"辛田挂了电话。

大哥见弟弟这个独立团长也起不了多大作用，第二天就自己带了两百大洋去见辛田中佐。辛田看着一商人模样的老人，笑眯眯地说："老人家好身体！你儿子一身好功夫，想必你老也差不到哪里去啊。"

进屋的罗子范也不多说话，把两筒长长的锡纸包裹的银元放八仙桌上，说："这是我孝敬您的。我儿子在里面还望你多照应。"

辛田瞟了大洋筒子的长度，笑着抬抬手："坐，你老不必这么客气。"

罗子范说："不坐，店里忙着，我得走了。"

辛田中佐说道："老人家，你放心，我会好好待你儿子的，我不会让他受苦。你生养了一个能干的儿子啊。"

第二天，辛田让伙房给弄了一壶酒一碗红烧肉，叫大岛拎着，一起去了牢房。对罗长生道："你爸给我送了两百大洋，要我关照你。你爸比有才的老爷子强，知道心疼儿子。"

长生隐而不发："谢过中佐的酒肉。"

辛田中佐接着说："雪怡也很关心你啊，我是不忍心长期把你关在这里的。"

有才连忙说："那我呢？"

辛田中佐一笑："你啊，樱子让我也给你带了一句话。她说，她很怀念你们两个相处的日子。她说，她有空会来看你的。"

两个从库房出来，大岛副官说："我觉得你对这些支那人太客气了。"

辛田笑了笑："我们是孤军深入，要想在这里站稳脚跟，就要实行怀柔政策，你懂吗？收服民心才是上策，只有收服了民心，我们才能在这里待下去，在这里发展。一味杀戮是不能实现东亚共荣这个宏伟目标的。"

此时，待在里面的罗长生很是生气，闷头喝着酒不理有才。难怪鬼子像是摸了我们底似的，一切都明白了。自己叔叔被日本女人的软绳捆住，想不到表弟也经受不住这个诱惑。

像柳有才这样一个山野莽夫，值得辛田花这个心思对付吗？辛田他是不是另有什么目的？

长生盘问有才："你跟那日本女人都说什么了？"

有才不好意思地："当初我不知道她是日本人。谁知道鬼子这么狡诈，故意把个日本女人跟我关一起。我要是知道，打死也不会说的。"

"你别解释了。你直说你都说了什么？"

"我什么都说了。她问我怎么关进来的？我说鬼子来龙源的那天，我炸了鬼子车队。她就问，你怎么会知道鬼子哪天来？你怎么有这么大威力的地雷？我说，朱秀秀从省城打电话说……"

长生说："好了，你别说了。想来秀秀很快也要遭殃了。"

有才："不会吧，我就那么一说，省城几十上百万的人，茫茫一片，鬼子上哪儿找去？"

"你哪知道鬼子有多精？。"

省城的鬼子很快就查到了朱秀秀。几次抓捕都扑了空，前两天，得知消息的省城鬼子故意放出风来，说她龙源的几个同党已被捕，结果朱秀秀刚登上返乡的长途汽车就被抓了个正着。为了震慑她龙源的同党，为了僻远之地的辛田中佐中队的安全，鬼子决定把朱秀秀押回龙源关押。

第二十章 夜袭

世上没有不透风的墙。朱秀秀被押回龙源关押才个把多礼拜，这风声就传了出来，传到了山上。柳族长、牛松柏很是惊讶，两个正考虑着要不要把这个消息告诉朱老先生，朱守箴自个就来到七里甸的牛家。这些年，这是他第二次登牛家门。他对牛松柏说："你只要把我家秀秀救出来，我一定让她嫁进你牛家。我知道也只有你们牛家父子能救她。"

"你先坐。耀宗，给朱先生沏茶。"

耀宗把一杯刚沏的茶恭敬地放到朱老夫子面前。

朱老夫子说："这消息我还是听孩子她舅说的。孩子她舅前天早上开门，见地上一封信，上面写了这么几个字：你外甥女朱秀秀被关在公学堂内，想办法救她。这信也不知什么人写的。你说，她本来不愁吃不愁穿的，安心呆在家里有多好，一个女孩家非要跑到外面去瞎胡闹，说什么救天下穷苦百姓，这下连自家性命都保不了了。"

"听说那确是一为穷苦百姓出头的组织。你家秀秀有眼光啊。"

"什么眼光，都是吃饱了撑的。也怪我当初非要搞什么比武招婿。松柏兄，你大人不计小人过。要说胸襟的宽广，我守箴是真的比不了你。"

牛松柏淡淡笑笑，心里道，你守箴就是不跟我说这些话，我也会出手相救。几年前在城北溪滩，秀秀只瞧见自己那匹在路边溜达的白鬃马朝她咴咴叫两声，就驾着她的那辆带篷马车义无反顾地冲下路旁，连毙两匪徒，使我与罗长生能够脱险。秀秀的大胆仗义明事理，就是在小伙子中也是不多见的。

牛松柏说："秀秀我是一定要救的，现在公学堂里关着三个人，要救就要一起救。"

朱守箴出门时，牛松柏再次表示自己会去救秀秀的。不过里面关着三个，需要大家商量了再决定。

牛松柏跟族长提出开个议事会的扩大会议，主要讨论救人之大事，想多听听意见，看大家怎么说？想参加的都可以参加。

因为参加人多，原来一直放戏台上开的议事会，这次放在了前大厅上开。多张八仙桌拼成一个大长方台面，大家围台面而坐。议事会的几个坐上首。麻婆在侧间厨房里烧水给大家泡茶，陈瘌痢就一碗又一碗地从侧间往大厅里端。

临到给胡老耄端时，他咳了两声说："我喝白开水。"

在侧间厨下，陈瘌痢拿出一纸包，给胡老耄碗里放了一小撮白沙子样的东西，再舀半勺开水冲下。胡老耄喝着白开水，问："这水怎么是甜的？"陈瘌痢说："我见你咳嗽，给你碗里放了点糖呀。"胡老耄说："放糖这水应该红了呀，怎么还是白的？"

陈瘌痢说："我放的是白糖，族长说这糖稀罕见，就让拿了些放这里大家泡水喝。"

柳族长开口道："这糖是我的外侄孙罗长生去年过年送的，说是地道的日本货。"

牛松柏笑着接道："当你外侄孙懂事知道孝敬你了，他却被日本鬼子关了。他关也是为了你孙子才被关进去的。这个人情看你怎么还？"

胡老耄看着碗喝水，嘴里却没闲着，说："这些个倭寇就是鬼啊，造个糖也跟我们的不一样，看着无色无物，喝在嘴里就是甜。"

朱守箴说："人家是岛国，四面都是海水，整日担心被水淹掉，整天都在想办法。他们造的药水，打一针，到阎王爷那里报了到的人还能活转回来。"

柳族长说："这日本人我还真是佩服啊。这个卢院长拿起手术刀能给人破肚开刀，拿起枪来能打仗，还是一中队长。地方小却个个是人精呐！我们中国人若能有百分之一二像他这样，广阔的国土岂会让人这么任意践踏。"

朱守箴看看族长，说："看你好像一点不着急，这次营救，你家可是摊了两个呀。"

"正因为如此，我更不好说什么。"族长这么回答了老夫子后，看看人到的差不多，就对松柏说，"这个会是你提议开的，今天你唱主角。"

牛松柏说："我唱，我唱。"

牛松柏喝两口茶，大声清了清嗓子，下面的嘈杂声立刻没了。他说："现在公学堂里不仅关着有才，还关着罗长生和朱秀秀。朱秀秀是朱老夫子唯一的命根子，而且她还是那个为百姓出头的，那个什么组织的龙源北山的小组长。我们要不要把他们救出来？要救又怎么救？想听听大家意见，大家不要藏着掖着，想怎么说就怎么说，有什么说什么。"

传家马上放炮道："要是好救，早救了，还用等到今天吗？刚才大家都说了，日本人精，它正是设计好了陷阱等着你去救。"

牛松柏说："那我们就什么事也不干？这好像不是我们北山人的性格吧！"

朱守箴说："族长考虑鬼子的炮弹可能会打到我们北山来。鬼子的大炮是很先进，据说炮弹是钢铁做的，尖头筒状，不像我们的黑圆球。即便如此，据我估计，他们的炮弹还是打不了这么远的距离的。你不要听人家瞎吹。卢院长说，你们皇协军若是不听话，我十分钟就叫你全部完蛋。从城东山坳打到城西郊独立团营地，这完全做得到，打我们北山就是吹牛了。"

族长担忧地："万一能打这么远呢。"

牛松柏说："没事的。就是打得这么远，也构不成威胁。有句话怎么说来着，失之毫厘，差之千里。路越远，偏差越大。"

二赖子说："最保险的还是拿人换好，葫芦洞里不是关着一鬼子吗？"

族长与牛松柏一齐问："你是怎么知道的？"

二赖子回道："若要人不知，除非己莫为。北山的祖源村就这么大，有什么事能瞒得天长地久的？"

朱老夫子惊诧地："真有这样的事，老夫怎么都不知道？你们也太不把老夫放眼里了吧。我还是议事会的书记员呢。"

柳族长说："这事除了那次出去伏击的和我，谁也不知道。希望今天在座的全体人员不要向外传。要是传到鬼子那里，鬼子知道了那次伏击是我们搞的，炸车队也是我们人，不知他们会怎么对付我们呢？这不是怕，是没必要啊。"

二赖子说："不过这换也难换，一个鬼子换我们两个。哦，不对，三个，还有那个罗长生。人家说什么也不会同意的。"

四子笑道："那就加上你一个，两换三，人家兴许同意。"

牛松柏说："族长不是说了不能换。你说有鬼子跟他们换，他们一听就知道那次的伏击是我们干的。退一万步，真换的话怎么换？刚才二赖子都知道这不可能。你一个换一个，换哪一个？"

朱守箴说："那就哪个重要换哪个吧？"

陈痫痫说："按你老先生的意思就是换秀秀啰？秀秀是那个什么为老百姓出头的什么组织的小头目？"

朱守箴咧咧嘴："大家说呗。"

牛松柏埋怨地："你老夫子怎么这么糊涂呢。我说的是退一万步。能退一万步吗？"

柳族长笑笑："他老夫子的心情我理解。不怪，不怪。"

一直没有言语的强子这时出声道："朱老师，你尽管放心，就是没有一个肯出头，我舍了这条命都要帮你救出秀秀。"

"那老夫在此先谢过了。"朱守箴双手拱起，作揖不断。

大家都知道十几年前，强子一家误吃了毒蘑菇，命在旦夕，是老夫子及时采来解药，才使一家四口转危为安的。

会场一时沉寂。

这时老成持重的胡老耄开口："我们至少也要试一试，不试怎么知道鬼子防范是真严密还是假严密啊。"

牛松柏说："这话有道理，说到点子上了。"

柳族长说："我是这么想的，既然大家都承认日本人不笨，你能想到的为啥人家就想不到？"

看来今天的会议不会有结果。牛松柏说，"时间也不早了，我看今天就散吧。下次再议，族长你说呢？"

族长说："那就散了吧。"

两天后，牛松柏、耀宗、强子三个携枪悄悄下山。他们先通过关系对公学堂里面的情况进行摸底。一问，不禁灰心失望，原来里面烧饭挑水洗衣打杂，没有请一个中国人，全是他们自己人在干。这样对里面的情况就两眼一摸黑，谁也不清楚。问也白搭。

没办法，第二夜里，他们只有硬闯了。牛松柏要兑现对朱老先生的承诺，更是对秀秀曾两次救自己于危难的报答。

三个大白天钻在稻草堆里睡了一天，挨到傍晚，趁着太阳的余晖，远远对公学堂外面围墙的地理位置作了一番观察。到子夜时分动手。

他们首先来到公学堂的西侧面，这边围墙外紧靠一片玉米地，玉米秆子已有人高，万一有情况人可以躲进玉米地里。围墙里侧刚好有一棵大树，回撤时有援可攀。再者，这围墙里的几栋房屋呈几个方向，可回避躲让。在巨大树冠黑影的笼罩下，三个在墙头上趴着，对围墙里面的各个角落进行观察。鬼子的防范严密是否，稍等便会见分晓。过了很久也没发现守卫，耀宗说："再没有异状，我就投石问路了。"牛松柏说："好吧，先小后大。大的由我来。"

小的石子下去就是试探五六米范围内。耀宗丢了指头大小的一个石子下去，竖起耳朵屏气静心倾听，没一点反应。于是他一个纵身就下去了。他脚趾先接触地面，再前后脚掌依次落地，声音比小石子的还小，双脚落地后顺势一个翻滚，人便退出了落地点的七八尺开外。

强子见耀宗下去后没一点事，也就胆壮起来，张开双手往下扑去。他四肢同时着地，双脚结结实实砸在地上，这响动便有些大，像一块巴掌大泥巴摔在石板上。在强子双脚落地后的一两秒钟，他还没来得及腾挪位置，破破破……一长串机枪子弹泼洒过来，从那声音可以听出，子弹几乎全泼在他的肉身上了。

墙头的牛松柏不得不对对方子弹出膛的暗红小点扣了两三个点射。对方的机枪顿时哑口了。下面的耀宗正要过去救强子，上面的牛松柏说："你不可妄动。"松柏扳下头顶一枝桠往围墙里扔，一块砖头紧随其后。另一方位又向这里泼来了一通火舌。

父亲对儿子说："你快上来吧。强子早成一面筛子了。"

强子就是拿命来报恩的，只是没想到还没进入实质救人的那一步，就被催命鬼催着提前去天堂报到了。

耀宗也学父亲，对着对方子弹出膛的暗红小点一个连射，然后一个纵身，脚尖在树叉处轻轻一点，人便上了墙头。

父亲对儿子说："你去玉米地里把那个蓑衣人给我抱来。"

耀宗把假人递上，松柏把它往围墙内一扔，再加块石头，里面又是一阵急风暴雨的子弹破空而来。

父亲说："鬼子防守太严密了，可惜白搭了强子的性命。人没救回半个，还搭进去一个。"

耀宗说："没想到啊，我们看中的地方恰恰也是鬼子防范的重点区域。鬼子与我们想到一块了。"

父亲说："他们也不追也不围，职位明晰，各负其责。你一点都钻不了他的空子。"

父子两个躺在玉米地歇气，一股颓丧的情绪弥漫上心头。时间在悄悄流逝。朦胧的月色从东移到西。也不知过了多久，休息足的耀宗道："我不信鬼子的布防就没缺陷。它有特点就有弱点。"

父亲说："这话有道理。它各就各位各负其责，是长处也是短处。我们找它布防弱的地方再试试，就这么回去实在不甘心。"

两个于是沿着围墙往前走，边走边对里面观察。这时来到前面一段围墙内一侧都是光秃秃的地方，只见远处才有一些房子。父亲说："按先前经验，这里应该是鬼子布防弱的地方。"

耀宗附和道："我看也是，这里平坦无障碍，应该弱些。"

父亲说："我们从这里进去，寻找鬼子火力点，摸掉一个点抓个活口，就什么都知道了。"

耀宗于是一个猴子攀援上到墙头，也不投石问路，同时匕首上手，向围墙内扑了下去。两个悄无声息地落到墙内地上，呈半蹲姿态朝三方静观。他们是希望看到有响动或者有火点。然而，观察半天，不管近处远处都没有。牛松柏于是放心地左顾右瞻。耀宗说："爸，你找什么？"父亲说："看看是否有可垫脚的家什。"

"喏，那边好像有样东西。"眼尖的耀宗边说边走过去，原来是条破长椅。他把它搬到墙跟下，竖起斜靠在那里。不错，真不错。松柏靠近满意一番打量。准备好退路，两个安心地穿过开阔地，向两栋房子之间的那个屋角摸去。

转过屋角，竟然发现前方有一堆沙包，沙包上架着一挺机枪，机枪的枪口却是对着前面的，沙包后面无人。右边房子的一扇门是开着的，里面透出微弱烛光。悄悄摸近凑上一看，两鬼子在里面抽烟。

耀宗握枪守在两栋房子外，松柏冲进门内对两鬼子低声道："你们谁懂中国话？说了那三个中国人关哪里，我不杀你们。"

其中一个用生硬的中国话，满不在乎地说道："你敢开枪吗？你进来还出得去吗？我不说你还杀得了我？"这鬼子的话刚落，松柏的驳壳枪就啪地拍他脑门上，接着一脚踹出，鬼子重重地撞在身后二米的墙上，然后瘫软在地。见此，另一鬼子叽里呱啦说着听不懂的日本话。一只手朝机枪对着的前方比划着。松柏把他推到门口，他的手指就指向前面四五十米处的一栋与众不同的房子。看来此鬼子听懂一点中国话，却不会说。看手语，想来秀秀三个一定是关在那个屋子里了。那屋的门前还有一水门汀，水门汀上挂着一盏汽油灯，照得十步开外都是雪亮的。于是松柏对这个鬼子吩咐道："你马上过去对我们的人说，说我们救他们来了。快去，跑着去！你敢跑掉，我一枪打死你。"

于是这鬼子朝那栋自己指证的房子奔过去。

这里松柏叫耀宗去把那挺歪把子机枪拿上手，他自己去抓那开着盖的子弹箱里的子弹夹往怀里揣，作出准备随时撤离的样子。

那鬼子刚刚跑到水门汀下，还没来得及举手敲门，便见三四条火舌集中舔向这个鬼子，这个鬼子就像打摆子一样浑身抖动着，半天才倒下。

松柏手指一点，耀宗马上朝那个方向的暗红点来一个点射。再点，再射。不好，有新的火力点朝这个点泼来了一串子弹。夜色下，只见几粒红点钻进面前的沙包里，有一红点撞到墙上又弹射到松柏脚边。

一看状况有变，松柏说声撤，他转身向过来的那片开阔地奔回。开阔地带离围墙也就三四十米，借着奔跑的惯性，脚前掌在斜靠的椅档上轻点几下，人就直接上了墙头。耀宗见父亲一去没了踪影，不敢恋战，跑一截转身看一眼。刚才呆过的那房顶也泼了一梭子子弹过来，他一梭子回过去，转身已到围墙前，噌噌噌三下，人上到墙头。

候在外面的父亲说："我们赶快走，到天亮我们两条腿就赶不过人家的卡车摩托车了。"

出来的耀宗依然愤愤不已。他说："这操坏的鬼子就是用这关着的人来吊我们的胃口。不过，他们也没占到便宜。"

牛松柏心里只觉遗憾，真对不起秀秀。

趁着天色未明，两个赶到不远的栓马处，一包袱子弹和一挺外面包裹着稻草的歪把子驮在强子的马上。两个各自上了自己的爱马，在田间的小路上行走好一会，直到过了裤裆口才踏上大路，然后快速打马而回。

第二十一章 虚与委蛇

昨晚后半夜，自被库房门口那一阵激烈的枪声惊醒，长生与有才就再也没有睡着过。起先远处的那些枪声，两个还不当它是枪响，有了后面的枪声，才想起前面的应该也是。

上午八九点光景，牢门被打开。辛田中佐说："罗长生，你给我出来一下。"

看去辛田中佐的脸色相当不好，罗长生想这个中佐一定是为昨晚发生的事，于是默默跟后头。他身后跟着两持枪的鬼子。

辛田中佐领着罗长生来到昨晚第一次响枪的地方。大院前西侧的围墙下躺着一个血迹斑斑的死人，地上黑黑的渗了一片干枯的血迹。辛田指着死人问罗长生："这个人你认识吗？"

罗长生把他的脸端正了看了又看，最后说："如果我猜的不错的话，他应该是北山人，好像叫强子。"

辛田看去沉默不语，嘴角露出了一丝满意的笑。其实在这之前，辛田就把牛二叫过来辨认过了，牛二说他是北山的，叫强子。辛田中佐之所以叫罗长生再认是为了考察他。

辛田想，也不知昨晚北山到底来了多少人，他们死伤是多少？反正自己是死伤五个，还损失了一挺机枪外带一箱子弹。看来布防还需加强。这帮北山佬真是一群亡命之徒，丢了一个同伴在里面还不肯罢手。第二次竟然冲到库房附近，也不知道他们用了什么招数，竟然是我们自己人冲到库房门口被自己人打死。

考察完罗长生，辛田中佐对他说："你去理个发洗个澡换身衣服，中午过来与我和雪怡一起吃个饭。"

罗长生诧异地望着辛田中佐，想说什么又什么没说。快到中饭时间，他来了，穿的干干净净，精神面貌焕然一新。

大岛副官把罗长生带到中厅，已坐在饭桌边的石纯美子对他嘴角含笑，辛田中佐随后也从房间出来。他问长生："是喝我们日本酒还是喝你们龙源家酿的米酒？"

罗长生说："我酒就不喝了，你让我吃完饭早点回那里面去。"

辛田哈哈一笑："你急着回那干吗。你不知道美子给你求情，你叔给你求情，你爸让我照顾你。这么多人都开口了，我不能不给一点面子吧。你不用回那屋了，喝过酒吃过饭，要走要留随你便。"

罗长生不解地望着辛田中佐："你这话怎么讲？"

辛田中佐和蔼地笑道:"我的意思是,你如果愿意留下,那更好,你就来干我的翻译官,这个职位一直空着没有人选。我很欣赏你的才干,在大日本帝国留过学的人应该是我们的最佳人选。你如果不愿干,我也不拦你,你回去干你的警署队长也同样是为共同治理地方服务。"

罗长生笑道:"卢院长有意思,原来大家就一直当你是中国人,你的中国话说得这么好,你还需要用翻译官吗?"

辛田中佐说:"我虽然不需要翻译,但有个中国的翻译官跟在身边,对大东亚共荣圈的这个形象还是很有帮助的。让我们为这个宏伟目标共同努力如何?"

罗长生说:"你让我考虑一下,过两天答复你。"

辛田中佐说:"可以。"

两天后,罗长生来告诉辛田,说他愿意留下当翻译官。

辛田说:"我就算到你会留下来。房间已给你准备好。"各有各的算盘,彼此心照不宣。

他让大岛副官领长生去他房间。房间在隔壁天主教堂的大院内,大岛领他从一新开的小门进入。因为公学堂太拥挤,在日军进驻公学堂的半个月后,就把隔壁天主教堂的半个大院占了。罗长生整理了大半天的房间,脱掉身上旧衣,换上新做的久未上身的淡雅西服,第二天正式进入工作角色。

早上一到辛田集住宿办公于一体的老宅,中佐就对罗长生说:"我已给宋县长打了电话,我们一会过去会会他们,顺便开个小会。作为翻译官,你这是第一次正式露面,准备一下,我们一会动身。"

半小时后,几辆三轮摩托从公学堂大门相继开出,中间夹了一辆黑色乌龟车。辛田中佐、大岛副官、罗翻译官三人坐在这车上。车子穿过东大街,经十字街口往北大街驶来,然后拐进县府支街的钟鼓楼内。

宋县长、财税、教育、警署、商会等一干精英贤达,已迎候在县衙大堂前的开阔地上。宋县长对迎面走来的辛田态度,是不献媚不得罪,不亢不卑地倾了倾身子。当中佐来到身旁时,他才伸手作了个请的动作。辛田走在最前面,随后是大岛和长生。

大家在大堂会议桌的四方坐下。辛田虽然客气了一番,还是当仁不让地坐在上首。辛田中佐微笑道:"几个月以来,我们虽然小有摩擦,但工作的配合还算不错。我现在向大家宣布一件事,原来是警署队长的罗长生,从今天起也担任我中队的翻译官。另外,我向你们县府通报一件事,这事没有商量余地,是省城师部的命令。为了保证我们龙源城的安全和R4矿的正常开采,我们马上要下发一批良民证。良民证上的姓名、男女、年纪由你们地方上填写。哪个该有,哪个不该有,你们要慎重对待。如果握有良民证的哪个犯了罪,你们发证的有连带责任。不过我要在这里特别提醒的是,北山的青壮男女一个都不发。我们要限制他们的出行。大家知道不知道?前两天的一个晚上,北山佬还对我们公学堂发动了袭击。大家应该都听到那晚的激烈枪声了吧？这个柳嘉仁是敬酒不吃吃罚酒。在我们进驻龙源的第一天，以他孙子为首的几个就炸了我们车队伤了我们的人。把他孙子逮住后，我写信给柳族长，只要他写份保证，以后老老实实不再做破坏骚乱之事，我就放了他孙子。可就这样的一份保证书他都不肯写，情愿来袭击，他是把乡亲的性命当儿戏啊。对这样的破坏分子，我们只有限制和打击了。"

这些精英贤达们面对辛田的这通貌似有理的言论频频点着头。有的说："这北山的强人难治啊，已经存在几个朝代了。"有的说："为保证社会的和谐安定，这良民证是得发。"

辛田中佐问宋县长："你们商量一下，这事由谁来具体经办？"

宋县长环顾了一下左右，把眼睛停在方仲义脸上。

方局长于是说："这事我来办吧。哪些人犯过什么事，我那里有案底的。"说完此话，他又把眼光转向辛田，"中佐啊，这些事我有时还需要麻烦罗长生的。这事以前都是他具体经手的，他比我清楚。"

辛田说："行啊，借你用几天。我的翻译官，你有没什么要跟大家说的？"

罗长生说："我没什么说的。"

辛田中佐笑道："嗳——，你怎么会没什么说的。你应该感慨良多啊！面对原来的朋友、同事、上司，现在你又作为是为我大日本帝国皇军服务的一员，你心里就没一点想法？你要发挥好这纽带的作用噢！"

罗长生想，他辛田既然把话说到这地步，硬撑着不说也说不过去。你既然想救秀秀，你就得能屈能伸才行。想到此，他勉强笑笑，说："既然辛田中佐一定要我说，那我就说说两句。除了皇军，在座的都是贤明达士，龙源的精英啊，当然除了我。皇军来我们这里是为了一个宏伟目标，那就是实现大东亚共荣。他们在这里开采R4稀有金属矿，就是为这一宏伟目标实现的具体实施。所以我们都要积极配合和理解。"

辛田想起什么，马上插道："我前两天听横田说，县里为矿上招收的矿工为什么久未落实。招几个会凿石放炮的就这么难吗？"

宋县长说："我们这里就北山佬精于凿石放炮。可为安全起见，北山人我们又不敢用，怕他们滋事。今天听你辛田中佐说，那晚搞袭击的就是北山佬干的，我们就更不敢叫他们来矿上做事了。我们也是为矿上的安全着想啊。"

辛田说："我就不信这么大个龙源县，其他地方就找不出几个会凿石放炮的？"

宋县长支支吾吾半天没说出个所以然来。

辛田说："这事我希望你们重视。我给你们一个期限，你们得在良民证发放结束一并把招石匠的工作完成。不然，别怪我没好脸色。"

宋县长问："那石匠的工钱，你是如何给？"

辛田说："原来你们一直拖着，是怕要你们出工钱吧？别忘了你宋县长还欠着我们8.6

万多块大洋。只要你们工作积极配合，工人的工钱可先由横田来支付。那8万多暂由你们欠着。如果你们不配合，那就对不起了。"

罗长生说："看看，金平辛田对你们够仗义了吧，他这全看在过去在这呆过几年，看在为这里的父老乡亲们看过病的份上。看看其他地方的皇军有这么通情达理的吗？大家要知恩图报才是。"

宋县长错愕地望着长生，嘴里应道："是，是，罗翻译官说的对。"

辛田的心情很是不错，脸上笑眯眯的，心想，这个翻译官的安排还是很恰当的。

辛田说："今天所说两件事，希望你宋县长认真落实下去。过两天我来检查进度。我先走了，良民证随后让人先送一万张过来。"

"你们大家辛苦。"辛田首先站起，向外一阵风而去。大岛与长生马上跟了上去，县里的一帮人在后面簇拥相送。

晚饭时候罗长生问父亲："爸，你对儿子在皇军那里当翻译官有什么看法？"

父亲说："我儿一贯以来都是聪明人，你愿意在那里干自然有你在那里干的道理。你是大人了，你做什么我们都会支持你的。"

长生说："谢谢父亲。"他原来想跟父母说说自己的想法，留那里就是想把两个救出来。就是救不出，守在旁边及时知道点信息也好。可秀秀关在里面有一段时间了，自己呆在里面都不知道她关在哪里。前些天晚上北山佬袭击，进去了也找不到。

长生对父亲说："你如果碰上北山的什么人，你就告诉他们暂时不要进去救人。一是救不出，二也不知朱秀秀关哪里，连我都不知道。"

父亲说："好的，这事我会给你说的。不过，你别光想着帮别人把自己陷进去，只有保全了自己才能谈其他的。"

"这个我有数。"儿子长生说，"记住，这事你别找牛二传话，牛二跟鬼子走得很近的。"

父亲说："我知道了。"

这天下午，罗子俊意外地从营地回了罗家巷。他进了巷子见对面大门是敞开的，就探头向里面望了望，正好看到西装革履的长生侄，他一步跨进去。他已听说侄子当了辛田的翻译官。他对长生的一身淡雅西装上下打量着。他说："乖乖，一黑皮警察变身为一翩翩少年。"他对他大哥说："你还拜托我去求辛田的人情呢，哪知道我侄长生能着，在里面一关还关出了一个翻译官来。现在我见了侄都要点头哈腰了。大哥你说我是不是越混越没用了？"

罗子范笑道："古话是怎么说来的，宁可欺负老不可得罪小。小的见风长，说不定哪天就成气候了，还是别惹的好啊。"

罗子俊说："跟你说句玩笑，你还当真啦？长生，叔是不是真的要给你鞠躬啊？"

长生说："叔，你还不懂那句老话啊。稻子是人家的好，儿子是自己的好。你别跟我爸一般见识啊。"

罗子俊有些认真地："看来大哥是欺负小弟我，年纪一把还没个一男半女的，是不是这样呐？"

罗子范也认真地："你知道就好，赶紧找个良家女子把终身大事解决了。这对你又不是什么难事。"

长生说："爸，你是不知道，目前你弟要想结婚可不是那么容易哟。那个日本娘们对你弟还一直余情未了。那可是个惹不起的主。"

"这都怪你啊。"罗子俊满腹牢骚地，"我以前是不知道她干什么的。现在知道她是个日本女子了，你叫我再跟她那个，我心里有障碍。上次她约我，在牛二酒家把我灌大醉，把我弄到床上两个睡了一晚，稀里糊涂的，我也不知自己干了什么没有。可外面的影响大了，害得我在兄弟面前都抬不起头来。"

长生笑道："你兄弟背后一定这么说，我们的团长行啊，以前不知道她是日本女人，你睡了她不算什么；可现在人家是皇军中队的机要秘书，你还照样能睡她，这就是我们团长的牛逼了。"

罗子俊说："你就不要挖苦你叔了。叔是骑虎难下啊，现在的她可不比从前了，你又不能跟她硬来。她说她现在还跟你好着，你敢否认？你叔心里苦啊。"

叔伯侄间的谈话许久没有像今天这样畅快和一致了。

第二十二章 互助

　　一阵秋雨一阵凉，北山的凉意比山下来得更早。前些天，县里来了一班登记造册发良民证的，宋县长亲自带的队。他必须遵照辛田中佐的旨意，北山的良民证只能发给少数的老弱病残者。他希望柳族长能理解。

　　造册发证的相关人员到达乌龙口，被守在此处的护卫队员拦下。这日值班的是传家等三名队员。传家认得宋县长，说："你们几个也没带家伙，看在县长的面子上，我就不要你们在这等通报了，我直接带你们上去。"

　　于是大家一起上行。

　　传家问宋县长："他那肩上扛着的三脚架是干什么用的？"

　　"发证得照相。"宋县长回答他，"看你面孔好熟，我突然想起来了，那次你与护卫大队长一起在我家吃过饭，对吧？"

　　"宋县长好记性。"

　　"小伙子贵姓啊？"

　　"山上的强盗土匪，能有什么姓，人家都叫我传家。"

　　宋县长说："传家这个名字好啊。你父亲是希望你富贵传家还是耕读传家？"

　　传家说："我又不是父母肚里蛔虫，我怎么知道他们怎么想的。"

　　"这北山上真是好风景呐。看，看，前面陡如刀削，脚底却是一马平川。鬼斧神工啊。"

　　一县长的随从插了一句："这就叫什么环境出什么人。"

　　传家说："那我们在你们眼里算什么人？"

　　传家问的这句话也是到了宝纶阁后，柳族长问的。宋县长跟柳族长说明来意，族长说："登记发证？好啊。发良民证有什么好处呀？"宋县长说："我也不知道什么好处，是日本人叫发的。大概就是持有此证的可以通行的意思吧。有了良民证，你哪都能去，日本人不拦你。不过，你们北山的大多数都无法得到这个证，这是辛田特别交代的。"

　　"他的意思就是说，我们北山的大多数都不是良民？"

　　"可不是。人家证据确凿呀。你孙子有才炸车队，被抓了进去。前些天，你们三更半夜去偷袭人家公学堂，又留下了证据。"

　　边上的牛松柏看不下去了，质问宋县长："真不知道你宋县长是站在哪方立场说话。日本人来侵犯我们，霸占我们土地，来做我们的太上皇，我们只是作了点小小的反抗而已，你就把我们当坏人咯？"

族长笑着讽喻道："宋县长的这个看法是由来已久耶，不怪不怪。他早不是曾经把我们当强盗土匪剿过？如今，只要日本人张下口，你还不马上说，是是是，不错不错，这北山佬一向就不是良民。"

宋县长苦笑了笑，不好反驳。虽然上次的围剿不是他所愿，却也有他的过错，他不好解释什么也就懒得解释了。

柳族长说："怎么，我说的没错吧？"

"随你柳族长怎么歪解，只要我宋仁熊自觉对得起天地良心就行。"宋县长说完这话，吩咐手下把文具墨盒铺开准备工作，对柳族长说："麻烦你安排一下吧。"族长就叫陈痢痢按花名册上打勾的村民叫来照相。再顺带叫麻婆过来准备午饭。

宋县长对族长说："那我就代我同仁谢过柳族长了。"

柳族长说："有什么好谢的，就是仇家上门我也得给他饭吃。"

午饭是在宝纶阁侧间厨下做的。族长和牛松柏陪着宋县长一行在祠堂里喝了酒。喝的是家酿的米酒，喝酒多吃饭少。他说："宋县长，我上午的一番话，你别见怪啊。我也就是出口心中的恶气罢了。想起来，这日本鬼子能想起发良民证这一招来捆人手脚，这比国民政府厉害多了。今后我们可是连县城都去不了了。走到哪里，一查没良民证，逮起来。"

宋县长说："这样也好啊，捆了手脚，哪里也去不了了，你们自己也安全了。去惹事是要付出代价的，自从你们跟鬼子过不去后，你们北山的人就一连死了两个，你的孙子关在里面，还有那个关在里面的共党分子朱秀秀也是你们北山人吧。"

牛松柏说："宋县长啊，你容我放肆说两句，你说这日本人说的大东亚共荣，它真能给我们带来繁荣昌盛？你相信？我看它不过是嘴上说说好听话而已。他们在此开采叫什么R4的贵重金属，他们是不是要把这东西运回日本？这稀罕的好东西为什么要让他们采走？"

"这个我不知晓。"对牛松柏提的这个问题宋县长无法回答，他说，"不过，你不说我还忘了。从另一方面讲，这良民证没你们的份也有好处。原来说要在你们北山招好多个石匠去开凿矿山巷道。自发生了你们北山人偷袭公学堂的事件后，辛田说，你们北山的石匠一个不要，没有良民证的不用。这下给你们省了不少麻烦了。"

柳族长说："是好事，好事。松柏啦，这得给你记一功。你若不去惹他的话，他就要来惹你了。你去偷袭后，他怕了你，只有远远躲开你，把我们撇得一干二净了。"

宋县长心悦诚服地："从内心讲，我对你们北山的这种天王老子都不怕的精神是确实佩服，佩服得五体投地。我是真想学学你们，可我确实没你们的这个胆量。"

族长对宋县长举碗示意一下，闷下半碗酒后，说："我也理解你们为日本人做事的无奈和苦衷。"

宋县长说:"理解就好,能理解就行。"

吃过中饭,登记拍照的工作继续。

一些年轻人看着老妇老头照相,羡慕地:"倔老头,他大娘,这日本人对你们真是不错,老都老了还能让你们开一次洋荤。"

倔老头说:"还开洋荤,要不你替我。听说这相一照进去,人的魂儿就被那个机子抓走了。"

朱守箴原来是被通知了来照相的,他人来了后,宋县长悄悄对造册的办事员说:"你知道这人是谁吗?他就是那个关在公学堂里的女共党的爹,你要发证给他,日本人知道了会怎么剋你。"

办事员马上对朱守箴笑道:"弄错了,弄错了,你还年轻力壮,不在发证范围内。"

族长对朱老夫子说:"我这个虬髯长须在他们眼里都不算老,他们怎么会发证给你这个小我一轮的先生呢?"

朱守箴说:"族长啊族长,我不知道你咋还乐得起来。你唯一的孙子还关在里面呢。你也不想个法子去救他?"

族长说:"你是不是想搭顺风车,连带着把你闺女也一起救出?你把强子搭进去了还不够,还想更多人给你闺女陪葬?我们北山这么多人没证发,都是因为松柏父子强子去救你闺女缘故,你知道不?"

中饭过后不久,宋县长就说他要先下山了。族长让松柏把县长一直送至乌龙口。牛松柏还要送,宋县长拦住道:"你再送就是害我了。"松柏这才不送。

其他人是两天后走的,也是吃了中饭。饭桌上,那个照相馆的小倌说:"北山风景是绝对的美,不是底片带少了,我真想拍些回去。"

牛松柏说:"你就是带够也不能让你拍的。这地形地貌就是我们北山人的生命。"

办证人员走许久了,族长和松柏还待在宝纶阁没有离去。麻婆整理着桌子上的碗碟筷子,两个便移步侧厢壁下的椅子上坐着。两个都觉得还有些话要说,却一时又不知从何说起。午后的艳丽阳光从宽大天井射下,使一向阴沉灰暗的大厅充满温馨。松柏莫名问一句:"今天是什么日子啊?"

族长说:"八月初十,还有五天就中秋了。"

"今年咋中秋还未到就阵阵凉意了?"

"你忘了今年闰五月,还有十天就寒露了。"

"你说这日本人在这会呆到什么时候?"

"这谁也猜不出,问老天吧。"

牛松柏心有不甘地:"难道我们就这么心甘诚服地让日本鬼子在这里待下去?我心中是真不服啊。人家现在想尽一切法子把我们手脚捆起,划个圈叫你往里站。时间一长,就习惯成自然了，还真有可能被他们驯服啊。"

族长说："那还能怎样。我们这里虽地处省际边陲，但也是在他们的势力范围内，何况他们现在把兵都扎到眼皮底下来了。所以我们的心态要放平和些，不能急躁蛮干，等待机会。"

牛松柏说："族长，我不同意你这看法。按我意思，我就是要闹得他们在这里待不住，让他们早日滚蛋。你想，周遭三四百里之内他们又没兵可增。只要我们龙源北山上下齐心，把他们赶出去，这不是没有可能的。"

近些日子，北山祖源村太平无事，但建造北山垱桥所滋生的那点公益产业却是是非不断。

起先是由于绥靖军向西面巡查的人员发现，北山垱是个留得住人可以打发时间的好地方。因为前后十公里就这里有人工痕迹，有桥有房有店面，桥头还有收过桥费的岗哨。所以绥靖军就把北山垱桥头当作了西路巡查的值守点。他们几十人每天就混迹在这小小的地盘上。

北山人不好当他们面收过路车子的过桥费，他们在，有车子过来只好拦住叫人家在这饭店吃饭。而这些皇协军把饭店的位置长久占着也很是影响生意的，地方小人多就容易发生摩擦。

这一段时间轮到耀宗带一帮人在这里值守。饭店是胡伯和李婶张婶在帮着村里经营的，收入归村里。四子专管补胎店，就是给那些硬要闯关、扎破轮胎的车主补胎，收费奇高，变相收些费用。

这日是一连的大个子张排长领了两个班的人员在这里。张排长是早就知道北山佬在此收过桥费的，他听前几个在此值守的说，他们在此蹲点后北山人就没再收了。所以他到后就站在桥头岗位后几米的位置上看着。他想，如果北山人不收，他就收。

而今天在岗上的牛耀宗却打定了主意，就是当作皇协军的面他也要按老规矩办事，我怕你个卵，你爱怎么想怎么想。

这时从西面远远过来一辆卡车。耀宗让手下把钉板搁到桥中间，张排长笑道："牛队长，准备打劫啦？"耀宗说："不是打劫，这桥是我们造，回收点血汗成本不行啊？"张排长说："不管你收的是什么钱，见者有份，你总该分我一点吧？"耀宗说："好说。"

车上的司机见到桥中间的钉板，看见两边站着的好多个穿黄军装的，早早就把车子停下了。司机对副驾驶座上的货主说："你怕是又要出点血了。看这架势，少了还不行，黑白两道都联合上了。"

车停处，有两个北山队员靠上前去。货主问："你们要干什么？"

一队员掘着手指说："收过桥费。"

货主问："要多少？一个大洋？两个，三个？"

张排长上前说："二十个，放你过去。"

货主看他这气势，说："要这么多，我情愿回头了。"

耀宗走过来对货主伸出两个手指头，说："别听这穿军装的，两个大洋就行。现在不是吃饭时间，如果在这吃饭，一个就可以了。"

货主望望屁股后背盒子炮的大块头，又看看这个腰里插驳壳枪的便衣男子，手指上捻出两块大洋，说："那就按你说的了。"

耀宗收了两大洋，对队员作一撤板手势。板一拉开，司机一轰油门，卡车一声轰鸣就蹿了过去。

张排长摇头对耀宗道："你是成心不想跟我分是吧？"耀宗说："我跟你说了不是打劫嘛，是正常费用。收多了人家以后还会走这条路吗？"张排长说："你们在这里的这些勾当，我们可是一直没跟日本人说。"耀宗说："这就对啰，我们中国人跟中国人总是一条心的嘛，我相信你不会向着日本人的。"

张排长笑道："那很难说，如果我一点好处都得不到的话，我为什么要帮你瞒着？"

耀宗说："还没好处啊，我听店里的胡伯、李婶说，你们每天带来的饭菜都是店里帮着热的，还给你们免费提供一大盆热菜汤。"

张排长说："这也算好处？这不过是举手之劳。"

耀宗想了一下说："如果中饭前再过一辆车，我中午就请你和两个班长喝酒。"

张排长说："我们葛连长交代了，不准喝酒。"

"嚯，想不到张排长还如此听话，叫你站着就不敢坐。"

"敢不听话吗，最近葛连长正愁着呢。同盟会把十个石匠的名额分给团里，团里又把这个任务甩给葛连长。葛连长叫我了解一下排里有几个会石匠活的兵。我问了一下，会石匠的倒有几个，可一个都不愿去矿上干活。凿隧道凿矿石，那可是又脏又累又危险的活。有的说，就是不当这个兵也不去。"

耀宗想，这日本人不敢要我们北山人帮他做事，又招不够石匠，就想在皇协军里面找，亏他们想得到。

耀宗说："那我们就给你这样的好处，怎样？你回去告诉葛连长，如果他真找不齐上面需要的人数，我们北山可以给他凑上几个。不过这得悄悄的，不能让外人知道。"

张排长喜出望外地："如果你能帮上这个忙，葛连长一定会感激你的。我回去马上跟他说。"

正说着话，这时从西边又过来一辆屁股后装着大铁罐，往天空喷着黑烟的大铁皮车。车子在钉板前乖乖停下，耀宗又上前收了两块大洋。耀宗对张排长说："既又收了，我是要兑现承诺的。你们值守不能喝，回头我送两坛酒让你们带回营房晚上喝。"

张排长说："算了，你能帮那个忙，就是最好礼物了，葛连长听了一定会乐开怀的，酒就免了。"

耀宗当时没作声，临到太阳西斜他们动身时，他还是让一队员把准备好的一担挑的两个酒坛挑到张排长面前。既然诚恳到这地步，张排长只好让手下把酒挑走。

晚饭时候，耀宗问身边几个队员："若是叫你们去矿山凿隧道矿石，你们去是不去？"

几个说："若是有钱赚就去。"

"钱肯定是有的。"

第二天，张排长见到耀宗的神情是喜形于色的。他说："葛连长说，上次在城北，你帮他射倒鬼子的那一枪，他还没跟你表示感谢呢，你这次又如此支持他，他说都不知如何回报你。"

耀宗问："他到底需要几个？"张排长说："听他口气是多多益善啊。不过，他后来又说，就叫你给他添补个三个或四个吧，他不好意思都靠你。"耀宗说："我一向佩服葛连长的硬性子，打仗冲前头，有事自己扛。"张排长笑着说："罗团长看中他的也是这点。他是团长爱将，团里有什么难事都甩给他。你说打仗冲最前头，说的就是围剿你们的那次吧？"

耀宗笑着默认。

张排长说："葛连长说，他是越来越佩服你了。你最近是不是去公学堂偷袭过？"

耀宗点点头，说："不错，你想不想去日本人那里报功领赏？"

"果然被葛连长猜到，要去偷袭你肯定是一个。他说，放他，他可没这胆量。"

耀宗说："不是偷袭，是进去救人。结果人没救到还损失一个。"

张排长说："不管是偷袭还是救人，反正是跟鬼子公开干了，这就不简单。放我们这里，只有你们北山佬有这气魄。"

耀宗说："你就不要在这给我戴高帽子了。葛连长或你张排长若真有心，能否落实一点点在行动上？就那么一点就行。"

张排长问："你要点什么行动？说说看。"

耀宗说："不瞒你说，在上次的救人行动中，人虽然没救到，但我们缴了鬼子的一挺歪把子机枪。有枪没子弹那枪也是废品，你们能不能帮着搞两箱子弹？"

张排长说："我回去跟葛连长说说看。"

耀宗说："有的话，说个价，我们不会白要你们的。"

张排长一笑："行，我把你的原话跟连长说。反正你们有来钱路子。"

没想到第二天，张排长就把两箱子弹直接拿来了。

他对耀宗说："我们连长说，你们是拿来打日本鬼子的，他怎么好意思要钱。不过他是嘴上这么说，要么，你看着意思一下？"

耀宗想了想说："我给你们一箱十五块大洋，两箱三十块，怎样？"

张排长笑着说："行了，太行了。"

在店里，耀宗叫张排长写张收到三十块大洋的收条，然后把钱给他。

由于高兴，中饭耀宗非让张排长等两个每人喝了两碗米酒。碍于对方的热情，张排长也没有太推辞。张排长自说自话地："偶尔犯一次错，还是好兄弟。"

耀宗说："这算犯什么错？这不是酒，只是一碗米汤而已。"

张排长笑起来："对，你说的对，一碗米汤而已。"

当天下午，耀宗带了一队员把两箱子弹挑回祖源村。父亲见了两箱子弹高兴极了，他说："你办了一件大好事啊。两挺歪把子机枪，正愁着只一箱子弹不够用呢。父子俩是想到一块了。

耀宗说了帮皇协军顶缺石匠的事。他把事情的经过一说，并说已问了跟自己去北山坳桥的几个，他们都愿意去。

牛松柏望着儿子："你真的是长大了，会独自动脑筋思考了。你是不是冥冥之中觉得加入到矿山开凿隧道的当中，会有什么机会？"

耀宗说："起先我是不服气，你日本鬼子不让我去我偏要去。二就是你说的，兴许加入进去会有机会救秀秀。再就是佩服敬仰葛连长的仗义，想帮帮人家。"

牛松柏想，儿子现在是越来越像自己，也越来越能干了。一个人的才干就是在对比中显现出来的，为什么其他人在北山坳桥连过桥费都不敢收了，而儿子不仅收了，还与皇协军厮混得好。这就是水平。

耀宗问："这些事要不要跟族长说一下？"

父亲说："暂且不说也罢，多说一事就得让他多操一份心。族长年纪大了，不宜操心了。你已有独当一面的能力，根据目前状况，你就在北山坳桥多值守些日子吧。"

第二十三章 出卖

父子俩在屋里边喝酒边聊天，徒弟牛金宝在旁屋边干活边听着。父子俩的话全进入金宝的耳朵里。金宝跟在牛松柏身边做徒弟已六七年了，手艺早已出师，正在去留之间徘徊，同是一个村的，你就是学成也是开不成铁匠铺的。听耀宗说可以到日本人的矿山开凿隧道，他就说："我想去矿上做事。"

父子俩问："你会凿石头？"

金宝说："这有什么难的，能甩大锤就会了一大半。再说，那么多石匠，凿子秃了也是要出新的。他们肯定需要一个铁匠的。"

"这话倒也是。"牛松柏想想又问，"你是在我们家待厌了，想出去换换新鲜空气？"

金宝点点头。

"也好。"牛松柏对耀宗说，"就算他一个。从明天开始，你就带他到北山垇桥走走。金宝窝在家里的日子也太久了，换我也不耐烦了。过些天我再找个新徒弟。"

第二天大清早，金宝腰上插一把驳壳跟在耀宗屁股后，行走在崎岖小路上。

耀宗说："金宝，你离开我家，以后莫后悔哦。"

金宝说："你又没个妹妹，我后悔啥？"

到了北山垇桥，东边山脊的上方呈现一片鱼肚白。夜宿饭店的几个队员已在店前的坪地上舞胳膊抡腿的。隔壁补胎店的四子这会没事，就在门前的砧板上帮着剁包包子的肉馅。胡伯、李婶坐在门前的矮凳上择菜。

金宝来到四子面前说："你累了吧，歇一下，我来。"

四子就让金宝干。

金宝双手握刀飞快剁起来，还不时做两花哨动作。

胡伯看到笑着说："我刚上这里，也像你金宝一样兴奋。不过说好玩，还是在前面桥头收费最有意思。上次不记得是谁了，车一拦下，从车里钻出个戴墨镜留卷发的厉害女子。女人说，你想干吗？拦车的说，收过桥费。女的说，要多少？拦车的说，小车一块大洋。女的说，我是宜春院的花魁，睡一次至少十块，我让你睡一次，你找我九块。"

听到这，大家哈哈大笑。

说了一会话后，大家吃早饭。八九点光景，张排长领着十几个兵摇摇晃晃过来。他把四套黄军装交给耀宗，说："你们定下四个人，明天穿了这身衣服跟我们回营房。在营地训练几天再去矿上。葛连长很是感激你的帮忙。他说，他哪天过来看你。"

耀宗本想自己也去一个的，后来想想自己认识的人多，去了怕出事；再者，有金宝去了自己就没这个必要了。四子和金宝态度最坚决。四子说："我要去看看鬼子弄这东西是咋弄的，干啥用？学点技术放肚里不吃亏。"金宝说："古话说，树挪死人挪活。我只想换个活法。"耀宗对金宝说："你去那里，枪就得留下了。"金宝于是把驳壳枪交出。

金宝四子等几个穿着军装在营房很是新鲜地住了几天。这天学过操练之后，大家围一圈在那里比摔跤。黑皮连摔两个都赢了，他便挑衅地问金宝："你这个新来的敢不敢与我比一比？"金宝说："比就比，有什么了不起的。我与你比掰手腕。"

两个在一旁石桌上掰起手腕。金宝是抡大锤的，黑皮根本不是金宝对手。金宝把黑皮的身子都掰得歪到一边。

黑皮说："掰手腕算个屁本事，还是摔跤。"

双方对峙着，不轻易出手。兜圈、抓绕、扑腾。不知金宝怎么弄的，一会，黑皮就仰面八叉倒地上。督导组的几个日本人过来看热闹，罗团长和葛连长也立一旁。黑皮见人多有些下不来台，两次摔倒之后操起地上一条木枪横扫过去。金宝一个后仰避过木枪，顺势一脚尖照对方手腕踢去，木枪顿时从黑皮手上飞出。张排长怕黑皮再胡闹，上前及时止住了他。

督导组里的一日本鬼子蠢蠢欲动地要上前与金宝比试，被组长岩茨郎制止住了。

罗团长问葛连长："这个兵面生得很，没见过呀。"

葛连长说："你不是让我找十个会石匠活的去矿上做吗。大家都不是很愿意，我只好在社会上找了几个凑数。"

罗团长说："这个家伙你给我算了，你再去找一个吧。"

葛连长说："你也要问问人家肯不肯呀。"

罗团长于是问金宝"你手脚功夫不错，不知枪法怎样？"

金宝说："还行吧。"

罗团长抽出自己的短枪递给金宝。金宝看正是自己用顺手的驳壳枪，此时有一只云雀冲天飞起，金宝举枪就打，云雀一头直线栽下，啪地掉在前面地上。

这么准的枪法让日本人和独立团的上下都看傻了眼。此后没一个敢上前与金宝叫板的。罗子俊咧嘴笑道："我要定你了。"

当晚，罗团长把金宝叫了去。他开门见山地："你以后就跟在我身边。"金宝说："我想去矿上赚钱养家。再说，这服侍人的事我也干不来。"罗团长说："我不要你服侍，做杂事有黄副官，你只要在我出门时跟我左右就行。一月给你三块大洋。这肯定比矿上干活多。"

三块大洋确实不少了，再说这工作也比凿石头轻松，那就干吧。

回到住处，金宝跟四子说了此事。四子说："看来人该显示自己本事的时候就得显示，就不知给罗团长当卫兵是好事还是坏事。"

金宝说："管它好坏，有钱赚，还有枪玩就行。"

四子说："若是鬼子叫你干坏事，你干是不干？干，对不起自己良心；不干，人家不会放过你。"

金宝说："这个嘛，我想人家总不能按着我的手指搂火吧。要不，我回去问问族长和队长意思？"

信捎上山，耀宗第二天就赶来营地。他悄悄对金宝说："族长和你师傅都巴不得你留在罗团长身边。这有利于我们掌握绥靖军和鬼子的信息，有利于我们以后对抗鬼子打击鬼子。"

罗子俊见到金宝跟耀宗在一旁嘀咕，隔窗子对着里面大声嚷道："你们两个北山佬听好了，你们若是背着我干下什么偷鸡摸狗的事，当心把你们脑袋割下当夜壶。"

耀宗于是进到里屋对罗团长笑道："你罗子俊是真不讲道理。你前年攻打了我们北山，你还好意思叫北山人给你当警卫？金宝怕族里不同意，捎信回去征求意见。柳族长大人不记小人过，让我来告诉同意他留在你这里，你却把我们的好心当驴肝肺。"

"是这样。"罗子俊傻笑着朝外挥挥手，"你们聊，你们聊。"

耀宗跟金宝又说了一会话，然后与金宝一起去看望了四子等三个欲去矿山干活的。耀宗对四子说："你们几个的任务不仅是自己赚点钱，日本人提炼了那个宝贝后，什么时候装车，什么时候运走，你们要了解清楚，然后把消息捎出来。"

三天后，四子等四个北山佬与六个皇协军，背了背包与作保卫的一个排的皇协军一起去到矿山。

十个从绥靖军里抽来的石匠，一会就被领到对面山坳的工作面上去熟悉情况了。矿山巷道已深入进去几十米，需要再分叉凿出两三个巷道，以便有更多工作面。开采出来的矿石，大块的要用铁锤敲成小块，然后放入粉碎机粉碎，兑水磨成糊，再把糊状物放进高大的蒸锅里蒸，蒸到一定时候，蒸锅下面一根细管里流出黄油似的粘稠物，那便是 R4。

十个石匠第二天就下到作业面采矿去了，他们被分成两小组。那矿石坚硬、密实，凿子打在上面金星直冒，一天活干下来，整个的腰酸背疼。几天工做下来，大家都说这活吃不消。后来有人去别的巷道看了回来说："我是说我们干活怎么这么累，原来人家干活都是磨洋工的，哪像我们这般实在。"

于是大家把干活节奏放慢，没鬼子过来巡查时，大家也坐下休息休息，说说笑话。十几天的适应期下来，身子骨果然不怎么酸疼了。

这天大家正在下面的工作面干着活，外面传来一阵咿哩哇啦声音。一会，大家被人喊过去，说是日本人要训话。这一条巷道的几十个工人被要求排队站那里，横田笑嘻嘻地说：

"我们是来慰劳你们的。你们每人在那桶里舀瓢水洗个手，洗把脸，然后去桌前领糖果。"

除了坐在桌后发糖果的，靠隧道壁还站了五六个拿枪的日本兵。其中一个没拿枪的却是戴着一副大口罩，看不见他面孔。

鬼子这发糖果的效果相当不错，矿工们领了自己舍不得吃，都把它捎回家，村里人见在矿上做还有这个稀罕发。消息一传十十传百，没招齐的矿工没多久就招全了。

人一多，生产效率就快，半年后，那稠状物已装满十二只大铁桶。第一车稀有贵金属R4即将运出。消息由四子捎到北山。牛松柏对柳族长说："可不能让鬼子把中国的这宝贝疙瘩给弄走了。我们得把它截下来。"

柳族长说："这想法好是好，就不知这东西对我们有用没用。"

牛松柏说："管他有用没用，看着人家把我们好东西偷走，我心里就是不舒服。更重要的是，我们可以借伏击车辆的机会，把鬼子力量吸引过去，再救有才他们一回。"

柳族长坚定地："这样不行，我们的人手枪支原本就不足，再分成两拨人马，一处都弄不赢。"

见族长这般说，牛松柏便不好再说什么。他想，这救不救有才下次不跟族长提了，自己看情况做决定。他问儿子耀宗此事该如何处置好？耀宗说："我基本同意你的意见。一、不能让鬼子顺顺利利把好东西运走。我们至少要让他们知道，拿走中国的宝贝是要付出代价的。二、族长说的也有道理。我们最好下山去找找其他机会。"

牛松柏说："你是说看有没有人肯助我们一臂之力？"

耀宗说："意思差不多。"

这天，父子俩悄悄策马下山。下到山脚之后，便一马平川到了裤裆口。牛松柏立马路口停了一会。耀宗问父亲干吗？牛松柏说："我们得去葛连长营地转一下。"耀宗问："为什么？""去就知道了。"牛松柏率先向西而行，耀宗只好跟上。

葛连长的营地就在裤裆口往西新开省际公路，进去不远的一处敞坡上。这敞坡在公路南侧下方。营房都是干打垒的黄泥巴房。还靠山壁挖了两眼窑洞做库房粮仓呢。看去满眼都是黄，黄房子，黄衣服。

葛连长见了牛松柏父子很是高兴。此时正是中午开饭时间。葛连长对手下说："去伙房打三个人的饭菜，再加炒一盘辣椒炒肉片。"

牛松柏对葛连长说："上次你救了我儿子，我十分感激啊。"

葛连长说："有什么好感激的，这份情义耀宗当时就还我了。有一鬼子要对我下手，是耀宗发现先将对方击毙的。"

牛松柏："如果没有你的碰巧出现，那天三人都得完。"

葛连长说："这个金平辛田实在狡猾。他原先在龙源呆了几年，把我们这里的地理和人员关系都摸了个一清二楚。他很有办法，现在龙源是他一手遮天了，连宋县长都得听他的。

不服不行。"

牛松柏说："那是因为敢于与他们作对的人太少了，他们的气焰自然就嚣张了。"

葛连长说："我作为一个军人，在你们面前都抬不起头啊。"

牛松柏说："我理解你，在你们独立团，我最欣赏的就是你葛九斤。可以理解，人在屋檐下嘛。"

葛连长打量着牛松柏："我看你们好像要有动作？"

牛松柏说："对，我们准备炸鬼子即将运送稀有金属的卡车。就是不知到时他们是走西面的省际公路，还是走来时的州县老路？"

葛连长说："你跟我说这话，就不怕我告诉鬼子你白忙活一场？你忘了我是皇协军？"

耀宗说："如果放第二个，我一定不敢说，可你不一样。"

葛连长谦虚道："你就别给我戴高帽了。"

牛松柏说："你葛连长不仅胆大，心还细。"

葛连长笑道："无事献殷勤。说吧，想让我干啥？"

牛松柏认真地："就是想你能在你能力范围内帮我们一点。如果帮不了，我们也理解。"

葛连长说："说吧，要我具体帮你干啥？"

牛松柏："我刚才不是说了。不知鬼子的车子从哪个方向走，所以我们得有两批人马，一批埋伏在西边的北山公路，一批埋伏在东山蜈蚣岭一带。这样我们的人手就不够，你能不能支援我们一些人手？"

葛连长说："这样的大事，我得请示过罗团长才能答复你们。要他答应我想是相当困难的。"

牛松柏说："那就当我没说。既到了这里，我还想去城里转转。"

葛连长说："虽然困难，你明天城里回头还是来听听消息吧。我下午就去团部营地跑一趟。"

吃过午饭，父子俩离开营地前，牛松柏跟葛连长说："你还得再给我两套军装，我们北山壮汉都没有良民证，进城得靠穿你们的军装混进去。"

葛连长于是给了两套军装。

两个穿上军装把原来衣服往马袋里一塞，骑马从原路回到裤裆口，一会便到了北城门口。两个从很远就策马疾行，城门口的几个绥靖军，见是自己哥们的装束没有多加拦阻，两骑一冲而过。

进城后，两个在北大街的车马客栈先把马安置下，然后出去。两个走在八角街的十字路口，看见穿浅色西装的罗长生与两个鬼子小头目迎面走过来。这时，罗长生也看见了他们两个。略显诧异的罗长生忙跟鬼子嘀咕一会，然后丢开鬼子向两个走来。罗长生低声问两个："你们这身打扮进城，想干啥？"

牛松柏说："看来你跟鬼子处得还挺热乎的嘛。"

耀宗说："你不会转过身去就跟我们使诈吧？"

"我现在是鬼子翻译官。"罗长生把两个一拉，说："此处不是说话地方。"三个来到墙角处，牛松柏问罗长生："有才还关在老地方吗？"

罗长生反问："你们还想救他？"

"是又怎样？"

"我看你们还是算了。人家现在过得正滋润呢。"

牛松柏问："怎么个滋润法？"

罗长生说："他与一日本军妓好上了。有一次，我看到两个在一起玩得正快活呢。"

牛松柏不以为然地："你不也跟鬼子玩的挺好的嘛。"

罗长生说："我跟他不一样。他是真跟人家好。上次我救有才，好生奇怪怎么就被鬼子识破了，我觉得这里面有问题。"

牛松柏说："你大哥不要说二哥，我们不能因为他跟一个日本女人好上就不去救他。他是柳族长唯一的孙子，也是你罗家表亲。"

"反正我已提醒过你们了，到时出事别怪我就行。"罗长生想说朱秀秀被抓也是由于有才的缘故，却没说出来。有才不是有心出卖秀秀，只是无意中说漏嘴，中了日本人的圈套而已。心里替有才辩解着。

牛家父子没把罗长生的话放心上。一会，两个来到鼓楼县衙见到宋县长。宋县长说："你们弄这么一张黄皮套身上，就以为自己是绥靖军啦？"牛松柏说："你不给我们发良民证，我们只有用这办法进城咯。不然，怎能见着我们的父母官呐。"宋县长说："你们还是别见的好，给鬼子碰到没我好果子吃。你们北山佬闯的祸还少啊。我是专门给你们擦屁股都擦不尽。"牛松柏说："只要日本鬼子呆我们这一天，这个屁股你就别想擦干净。"

宋县长说："这么说，你们今天又是来找麻烦的？"

牛松柏说："我们今天是来征求你的意见的。我们想把鬼子即将要运走的稀有金属R4截下，不知你宋县长是支持还是反对？"

宋县长说："作为中国人，我很想支持你们。可如果你们因此而把鬼子惹毛，害得这里遍地流血，那你还是算了。"

牛松柏说："你别扯其他的。我只问你是支持还是反对？"

宋县长说："反对。我劝你们还是别去招惹他们。"

牛松柏说："看来这一趟我们是白跑了。"

第二十四章 伏击

在公学堂门前犹豫许久，宋县长还是毅然把双脚迈了进去。几道门岗见是宋县长也就未加阻拦。他直接进到老宅。辛田中佐正在案前写着毛笔字，看去心情不错。他笑问宋县长："你看我这字怎么样？"宋县长说："真的不错。"

宋县长犹豫了一会才说："我今天是来跟你报告一重要情报的。据可靠消息，北山佬要在你运出 R4 时，打你们运货军卡的主意。"

辛田处变不惊地："是吗？宋县长，你给我提供了这么重要的情报，你说我该怎么谢你啊？"

宋县长恭谨地："谢什么，这是我应该做的。"

辛田郑重其事地说道："我们帝国做任何事都奖罚分明。"

宋县长倾前一步："你辛田如果真要谢的话，那……我宋某倒有一个不情之请。"

辛田放下笔，作出倾听姿态："你说。"

宋县长说："我想让罗长生回到县衙工作。那个警署队长的位置一直没有合适人选。"

辛田想了又想，毅然决然地："也好，你们中国不是有句古话叫：好钢要用在刀刃上。鉴于你的忠诚，你的请求我答应了。"

"谢谢辛田中佐。"

"我跟你宋县长都是老朋友了，不用如此客气。"辛田让人喊来罗长生，对他说道，"你跟着我也就是个摆设。我答应县长放你回去了，你干队长比干翻译的作用大。"

罗长生向辛田鞠躬道："谢谢辛田中佐。"

宋县长也向辛田抱拳："宋某谢过了。那我们两个就走咯。"

辛田一摆手示意。

出了公学堂门口，罗长生问宋县长："你今天来公学堂不会真的是为了我吧？""不是。"宋县长说了事情经过，询问，"你认为我今天这样做是否妥当？"罗长生摇头道："好像不太地道。"宋县长说："运这么重要的东西，他辛田一定会谨慎再谨慎，小心再小心，北山佬不会轻易得逞的。既然如此，出于为龙源百姓考虑，我假意卖他一人人情又何妨？"

罗长生想了想："处在你县长的位置，这样考虑也不无道理。"

"若是把你也算进去，我是赚大了。"宋县长说，"这些日子你不在，我是无头捉蟹。你们那个方局长跟我不对付，尿不到一个壶里？"

罗长生笑道："看出我的重要了？"

宋县长问："那你自己觉得是待公学堂好还是回来好？"

罗长生说："当然是回来好。谁愿意整天对着鬼子点头哈腰啊？"

"那当初，你咋那么乐意？"

"当初我是想找机会救有才，现在的他是乐不思蜀了，我懒得搭理他。"

"当真如你说？"

"千真万确。"

宋县长和罗长生走出老宅之后，辛田让手下把柳有才叫了去。辛田对柳有才说："你以后不必再遮遮掩掩了，我已经让你表弟罗长生走人了。"

柳有才说："谢谢中佐。"

"你坐。"辛田作一手势。

有才站着没动："有事中佐吩咐。"

辛田说道："过两天你得配合我们演一场苦肉戏。我们把你绑在卡车上，你装成硬骨头，这样在乡亲面前也不失你的脸面。"

柳有才一愣："你这是要干什么？"

辛田笑了一笑后，说道："干什么我现在不能告诉你。到时你就知道了。"

有才有些恼怒地："我不就睡了一个日本娘们嘛，你就这么一而再再而三地利用我？"

辛田笑微微地："这不叫利用，叫协作。自从你上次在矿山巷道认出你北山的兄弟后，你就是我们的亲密盟友了。"

有才胆怯起来："这要让北山人知道，非打死我不可。"

辛田说："你不说我不说，谁知道？再说，有我们黄军保护你，你怕什么。"

有才有些明白地："你是要拿我当诱饵？"

辛田中佐说："什么诱饵，不要说的那么难听。你我都是在为大东亚共荣这个伟大目标而努力。"

辛田想着自己的计策，脸上露出阴险而得意的笑。这回我要把北山的这些盗匪一锅端了。灭了这些不安分的家伙，我们这颗嵌入要塞的钉子才能钉的牢。

把柳有才打发走后，辛田中佐给绥靖军的督导组打电话。岩茨郎接罢电话来到罗团长房间说道："辛田中佐让你明后两天各派一个连兵力，以R4矿山为中心，向公路两头巡查，如有异常情况，立即报告。如发现持枪盗匪，不必询问，一律击毙。"

得了这样的皇军指令，罗子俊心里就感到奇怪。心想，这皇军还真是神了，前天葛连长刚说北山佬可能有行动，还未做，这辛田就知道了。他问黄副官："今天是哪个连队在矿上和北山垯值守？"黄副官答道："一连的一个排。"他让黄副官把二连长吴辉找来。他对吴辉说："交代你一个任务。你明天率领你全连人马去省际公路，以矿山为中心，向两头巡逻，遇到情况，及时向我报告。后天我再让离得近一些的一连去。"

二连长吴辉出门后，罗子俊给一连打电话："叫你们葛连长即刻到团部来。我在廊房桥头等他。"

丢下电话，罗子俊独自往营地的后门去。行走在通往后山坞山田的狭窄埂道上。一座上面盖着黑瓦的廊桥高架在前面不远的峡溪上。桥那边宽阔山谷田野的远方，隐约可见有前后两匹马上伏着人影，向这边疾行而来。

罗子俊刚在对着关公神像的廊桥中心部位站定，对面上了桥板的战马得得踏步至跟前。葛连长纵身下马，两个在廊房边沿的条凳上坐下。

葛连长问："有情况？"

罗子俊不屑地："北山佬是怎么回事啊？你说的那个什么计划，北山佬还未做，鬼子就已经知道了。"

葛连长吃惊地："有这样的事？"

罗子俊把督导组交代的任务说了。葛连长说："那我让手下马上去北山垅桥，把走漏消息的情况通报他们。"

罗子俊说："说不说是你的事，我只想告诉你，你以后少跟这帮蛮汉掺和。不然，到时自己怎么死的都不知道。我这次及时告诉你，下一次就管不了这么多了。"

葛连长连忙说："谢谢团长。"

葛连长的马弁马上上马往团长上来的这边桥头疾行而去，一会人马就消失在通向西边的坡下。

近天黑时分，马弁回连部。他对葛连长说："我这去一说，北山佬很是感激。耀宗让我给你捎了一大布袋香菇干和蕨干。"葛连长说："把这布袋送伙房，过节吃。"

翌日早上，二连长吴辉带着全连官兵匆匆赶至矿山口马路上。等在那里的横田对吴辉说："你叫一个排跟我去矿上。其余的分两头沿路巡逻。遇到可疑人物立马击毙。如果路上遇到我们巡逻车，你们可搭车巡逻。"

上午九十点光景，升至东山顶的太阳懒懒打量着矿山的一举一动。这时仓库大门打开，一辆篷布密封的军用大卡车从里面徐徐开出，卡车在前面坪地停下。从开着的铁门望进去，仓库里面还停有一辆上面立着许多鬼子的卡车。这水谷隼小队长迈上第一辆车的踏板，对副驾驶座上的曹长说："记住了，那些在公学堂的小队队员马上调过来。"

看着车子向大门口马路上开去，水谷隼走进旁边的门岗室里打电话："报告辛田中佐，车子已向县城方向进发。"

牛松柏原来计划自己带一批人守在城东二十余里处的蜈蚣岭头上，耀宗带一帮人守在省际分界处的哨壁上。这两处的地理位置极佳又离城里远，等到援兵赶到，伏击早已完成。现在鬼子既然已知道我们要打他伏击，他一定会跟你玩虚的，假装运R4引我们上钩，然后消灭我们。那我们素性跟他来个更大胆的，在他们还没准备好前就跟他来个闪电交火，然后快速撤离。反正我们有背靠北山余脉的巨大优势，往身后的大森林里一撤，就鱼儿游进了大海。

牛松柏说："为预防鬼子交火之后又偷运 R4，我们还得留少数人在蜈蚣岭。他们从西边走的可能性不大，那边是国统区。"

耀宗站出来："我领大部分队员去他们矿山门口打他一个措手不及。"

牛松柏说："好，不过打前一定要先找好退路。"

"我明白。"

耀宗带着人马就埋伏在矿山出口丁字形马路的两边的山嘴上。伏在南边山嘴的耀宗看到一辆篷布密封的卡车开过来，因不知里面状况，犹豫着开枪还是不开枪。此时又见后面有一辆上面站满鬼子的卡车出现，他决定放过第一辆，先打第二辆。第二车从矿山支路刚一冒头开上省际马路，耀宗瞄准驾驶室，一枪就击中了开车的鬼子。车扭动两下就横在了三岔路口上。第一枪一响，马路北的那挺机枪正好对着卡车侧面，哒哒哒……爆豆一样的机枪声骤然响起。只见立在车厢上的鬼子纷纷倒下。个别侥幸存活的连忙跳下，躲在车后还击。这时行至前方一百米的第一辆车子停了下来。车后的篷布掀开，有人往车下跳，手脚快的已开始搂火。此车刚好处在耀宗所俯身的哨壁下。于是一连数个手榴弹抛下，轰隆，轰隆，轰隆……只见尘土翻腾血肉横飞。眨眼间，对方就没了反应。

见此，耀宗手一挥，对南面的队员大声道："大家马上冲下山，过马路回到北边山上去。鬼子的增援人马很快就会赶到的。"

大家纷纷下山，来到被炸毁的卡车前一看，被炸死的多半是皇协军，只有少数几个鬼子。大家分头捡枪捡子弹。耀宗吩咐道："把眼睛睁大了，一个弹夹都不要放过。"于是捡了枪的又去下尸体上的子弹袋。

这时隐隐有汽车轰鸣声。这是城里过来的巡逻车快到了。耀宗一声口哨，大家立马向北边的山上撤退。

过了许久，一辆带篷卡车从矿山开出来。只见柳有才被五花大绑地绑在篷布前的一根原木立柱上。一边立着一鬼子兵，一挺歪把子机枪架在驾驶室的顶上。第二辆车的车篷前头同样如此，不过绑的是一女的，朱秀秀。

听到隐约的汽车声北山佬发现山下有两辆小小的汽车在飘带似的马路上爬行。眼尖的看到篷车前立着两三个人。看着人与车从山下的马路上从容过去，山上的耀宗说："我们今天杀快活了。不管它了，要管也管不了咯。我们回家。"北边组的机枪手说："我毙的最多了。我头功。"一队员说："有什么稀奇的，歪把子给我使，我比你还多毙几个呢。逃下车躲在轮胎后的那个，是我打死的。"北边组的机枪手说："那南边的顺子抱着机枪怎么一个都没打到呢？"顺子说："不是我不开枪，是耀宗说甩手榴弹，不要浪费子弹。"

一个说："不是耀宗把开车鬼子打死，你们屁功劳。"耀宗说："都是好样的，争个什么争？"

牛松柏带着队员半夜才到家，进门没吭一声，就坐在堂前抽着闷烟。睡下的姚氏起来问道："你这是咋啦？"牛松柏说："他娘的，这个卢院长真是有手腕。"

牛松柏觉得自己从来没像昨天这么憋屈过。匍匐在悬崖上，静看着汽车从远至近，以为胜利在望，然而，当看见汽车爬到坡顶时，他呆住了。有才被五花大绑地绑在第一辆车上，第二辆车上绑着朱秀秀。两个身旁除了有处在战斗状态的鬼子，还有鬼子拿枪对着两个的脑壳。

自己千方百计想救人，就是找不到他们被关哪里。这下好，鬼子主动给你送出来了，又不敢救了。

第二天上午，住桥头附近的捧着饭碗聚在树下吃饭聊天。大家谈论着昨天的刺激和壮举，都还处在兴奋中。大家先是说在矿山门口杀得如何兴起，机枪扫人像割稻；又说手榴弹甩下，看着把人炸得飞起来。

"去蜈蚣岭的打死几个鬼子？"

"一个没有，我们眼巴巴看着鬼子车从眼皮下过去。"

"你们怎么回事？不会是怕了鬼子了吧？"

"你们千万别告诉柳族长和朱老先生。一辆车上绑着有才，一辆车上绑着秀秀，鬼子还拿枪对着他们脑壳。大队长这才不让动手的。"

听了此言，大家纷纷骂起来，说这日本鬼子真不是东西，用这等卑劣手段。看着鬼子把稀有金属运走，我们只能干瞪眼。有的就嘲弄道："那个稀有金属有什么好稀罕的，运走就运走，我们又没个屁用。"有的反驳道："就是用不着也不能让鬼子抢走。"

两天后，族长家堂前，牛松柏与柳族长对面垂坐。族长听到传言把松柏叫过去。见了面，族长又没话可说了，沉寂半晌，族长才缓缓开口："你下山的原意是截货，为了截货打死鬼子伪军数十人，到最后却因为一个闯祸胚把货放走了。你傻不傻啊？"

牛松柏说："这是没办法的事。谁叫他是你柳嘉仁唯一的孙子。我的心可没你的硬。"

族长说"这年头，想不硬又如何？我这心里也矛盾啊。我说我们北山大祸将至了，你信是不信？"

牛松柏不解地望着族长。

族长说："你们这次一下打死了这么多鬼子和伪军，人家岂能轻易放过我们。"

牛松柏说："不怕。他们真敢来就跟他拼个鱼死网破，大不了闷锅煮饺子——全糊。我们有北山的天然屏障，真干起来谁输谁赢还不一定呢。"

族长说："你以为日本鬼子是罗子俊啊。"

牛松柏说："他鬼子跟我们一样，也是一双眼睛两只手。"

族长说："人家兵强马壮，武器先进，听说他们枪上有个瞄准器，几里远都打得中。"

牛松柏笑道："真这么厉害，耀宗他们怎么一下干掉那么多鬼子？"

族长说："那只是侥幸而已。"

正说着，朱老夫子进了门，直奔至柳嘉仁跟前："族长啊，嘉仁呐，你说我们两家怎么就这么倒霉呀。你的孙子，我的宝贝女儿都被鬼子押在车上，都作了挡子弹的靶子。"

族长说牛松柏："你看看，你以为瞒得住吗？"

牛松柏说："是我这个护卫队长没当好。我没本事救下他们。"

族长说："你眼下还是先考虑北山的安全吧。日本鬼子要是这么好对付，他就不会大胆上我们中国来了。"族长的顾虑是有道理的。

自北山佬伏击了鬼子和绥靖军，辛田的脸色就一直没好过。军队还未进驻的前几年，他就想借宋县长的手除掉北山的这个心腹大患，可惜当初的如意算盘没打成。如今，这第一批稀有金属虽然安全运出，但这么大的损失是不曾料到的。属下报告对方手里有歪把子机枪，这就证明上次在公学堂后山道搞袭击的也是他们。他们还故意用刀箭杀人，企图转移视线。这些北山佬太鬼了。为了我大日本帝国的宏图伟业，为了我辛田能在这块土地上扎下去，我必须把北山铲平了，端掉他们的老窝。

这般思考过后，辛田中佐让人把城西饭店的牛二叫来。牛二进门就对辛田作揖磕头。辛田说："你这是干吗？我们是老朋友了。你我之间不必这么客套。"

牛二说："辛田太君，你有需要尽管开口，我牛二愿效犬马之劳。"辛田说道："你给我打听一件事。打听清楚我有赏。"他把嘴贴到牛二耳际耳语一番。

北山佬下山进城都是在牛二饭店歇脚打尖。牛二拐弯抹角一试探，果然便有人吹开了牛逼："我们北山佬当然个个是好鸟，不仅这次杀了这好多鬼子，早在几月前就抓了一鬼子小头目。人至今还关在北山的山洞里呢。"

得到这信息，辛田中佐的心情好了十分。他在电话里跟省城的上司说："老师，麻烦你转告上将，勤雄一郎还活着。下一步，我准备发兵剿了匪巢，救出一郎。"

老师说："拔了这钉子，你才能确保今后 R4 的运输安全；端掉了这个匪窝，你才能在那要塞上把自己钉牢，搭建我们向中国腹部扩展的跳板。不过现在兵力紧张，省城无兵可派，你得借力打力，巧妙操作。"

辛田说："为了我们大日本帝国的神圣事业，我不会让老师失望的。"

打完电话，辛田又给矿山横田打电话，让矿山加班加点、加快生产，国内军工急需大量 R4。横田说他已接到科学省和军需处的电报了。

正通着电话，外面一阵汽车声响。不消一会，看见罗子俊的副官黄金彪走进来。黄副官遵罗团长吩咐来找辛田。辛田放下电话问道："罗团长自己怎么不来？"

黄金彪说："伤亡了这些兄弟，他心里难过，躺下了。"

辛田嘴角一扯，怪笑道："照你们中国的说法，罗也是性情中人。不过这军响我真的很为难。如果是你黄副官自己手头拮据，缺个十块二十块的，我倒还能帮忙解决。”

黄金彪于是大着胆子道："不瞒你说，眼下我手头还真有点紧。我前两天去那一趟，那个算是头牌的敲了我五块大洋呢。"

辛田中佐会心一笑，从口袋捏了几个放到黄副官手掌心，说："看你这样子，我真是不忍心拒绝你。你抓紧了，到底几块出门再看。这可是我掏的私人腰包，不得跟任何人说。"

黄副官哈着腰说："我知道，谢中佐，谢太君。"

第二十五章 再解救

其实罗子俊没躺下，他去省城找保安司令部要军饷去了。上头已欠了龙源独立团三个月的军饷了，正好凑着独立团伤亡多人的这个理由，他想向上头多要一些。哪想司令跟他说，下面各州府伤亡减员的情况多了去了。我可没办法。现在连皇军的军粮都要政府帮着筹措，所以政府给的军饷就要打折扣了。罗团长说："上面怎么做，我不管了，也管不了。谁叫我干活，归谁管，我就找谁要军饷。"

罗子俊在司令部磨了两天，司令走到那他跟到那。韩司令没办法，只好让罗子俊去自己账房支 1000 大洋，说是军饷下来再扣回。

罗子俊只好拿着这可怜的一点钱回龙源。

罗子俊把几个贴身兄弟招在一起喝酒解闷。罗团长说："我们这独立团自从变身皇协军后，就没有过过一天好日子。做事要看小日本脸色，军饷还要扣卡，伤亡这么多，不给钱我怎么面对兄弟们的父母？这日子没法过了。"

黄副官说："你走那天，让我去找辛田要些兵员伤亡补贴。辛田还真是鬼，他没说给也没说不给。他说让我们出面帮他向宋县长讨那几万欠款。说讨到就分我们一些。讨不到也没办法。"

葛连长说："他这是变着法子拒绝我们。这还不容易，我们以后不给他干就是了。"

黄副官说："不给他们干，你还能干什么？现在这天下是日本人的天下，连宋县长都得听日本人的。辛田说，你问我拿补贴，那我大日本帝国来中国帮你们实现共荣，死伤这些人，我问谁拿补贴去？"

一旁侍候的金宝忍不住插道："真是笑话，谁让他来的，又没人请他们来。"

黄副官不屑地瞟金宝一眼："你不懂就不要乱插嘴！你不知中国有几条铁路都是日本人帮着建的？"

金宝说："无利不起早，不是盯上了那些资源能白白帮中国建铁路？"

罗团长把金宝支开："你去伙房叫加两个菜吧。"

金宝走后，葛连长笑着说："金宝说的有道理。没有利益的事谁会干。日本人嘴上说的共荣是拿来迷糊人的，他们心里打的是自己的小算盘。"

罗团长说："日本人的这些心思，谁都看得清。不过我们也管不了这么多，也不归我们管。我们先得考虑自己的吃饭问题，没饭吃，什么都是空的。"

金宝去伙房回来，罗团长又让他去把司务长叫来，问他还有多少钱粮。司务长说："也就三五天的粮吧。"罗团长把那张 1000 大洋的支票交给他说："我到省里就讨了这些，全交给你了，你省着用。"

司务长走后，罗团长说："不行，明天我还得去找辛田。他既然说了那样话，希望还是有点的。"

黄副官说："你面子比我大。你去应该行。"

罗子俊在营地歇了一天后，再去公学堂。进门时，刚好看见雪怡从电报房出来。她热情迎上来："罗团长今天有何贵干啊？"

罗子俊答非所问地："请问，你的日本名字怎么称呼？"

雪怡说："雪怡就是我的名字呀。"

罗子俊说："石纯美子，你就不要再糊我了。"

这时，在坪地上练剑的辛田中佐向罗子俊走过说："你今天是来看我的，还是来看雪怡的？"他一边说话一边收剑入鞘，向宅屋走来。

罗子俊问："你有军刀不用，为什么要舞剑呢？"

辛田说："来到这里，就要融入中国文化。"

请罗子俊入座，又让手下端来茶水，辛田才明知故问地："罗团长是有什么事吗？"

罗子俊直言："卢院长，你就不要跟我装了，上面欠我半年的军饷，我只要来 1000 大洋，还不够我们喝汤的。我们给你们干活，还又死了不少兄弟，你中佐总不能一毛不拔吧？"

辛田喜形于色地，"可我身上是真的没钱。不过，我会给你找些出来的。"

他说完这话就拨电话，让宋县长马上过来。半小时后，宋县长甩着汗珠子进门。辛田中佐把上次跟黄副官说过的话，今天当面跟宋县长说了。他说："宋县长，今天把你叫来，也是为了你们中国人自己的事。罗团长现在是焦头烂额，连饭都快吃不上了。你把欠我的那 8 万多还我一些，我再分给罗团长一些。你俩自个商量着办吧。"

宋县长说："辛田中佐，我欠你的钱已没有多少了，很快就要你欠我龙源县府的钱了。你忘啦，你当时说过的，那欠的 8.6 万大洋拿来抵你们买我们矿石的款子。矿石按方计算的，我们与横田签了合同的。到时你还得付我们款呢。"

没想到自己随口一说的话，还被横田和宋县长当真了。辛田马上拉下脸道："一些一钱不值的石头，咋这么快就抵的差不多咯？你们是卖金子还是卖宝石啊？"

宋县长说："具体情况我也不是很清楚，是他们商会与同盟会具体操办的。"

辛田中佐说："你们这样不行。我们来帮助你们，这矿石价格还要这么贵，我还以为十年都扣不完呢。你们良心大大的坏了。"

他马上给横田打电话说："那矿石价格按现行价的十分之一执行，原来的推倒重算。"

这个电话一打，宋县长心里懊悔不迭。原本价格订得就不高，他说的欠款已抵得差不多，现在好了，辛田的一句话就把不高的价格又压下十分之九，这矿石岂不就是白送了。宋县长看出辛田的阴险。

宋县长连忙说："辛田中佐，那价格原本就很低的，这样一来岂不是白送你们啦？"

见宋县长这么说，辛田说："要不你跟罗团长商量着，先拿点出来接济人家。你把罗团长说通了，罗不向我要，我也就不逼你了。"说完就往里面去了。

厅堂留下罗团长与宋县长两个，你看看我，我望望你。想起几年前剿北山榨了几万大洋，罗子俊只好嘻嘻地对着宋县长傻笑，笑过之后说："这个辛田好滑头，我向他要点伤亡补偿费，关你什么事，他非要把你扯进来。"

宋县长说："你的野心也实在太大一点，还想从日本人身上诈好处，趁早死了这个心吧。"

罗子俊说："我那些兄弟就白死啦？"

宋县长说："不白死你还能怎么地？"

罗子俊瞥了宋县长一眼："在日本鬼子跟前，宋县长的骨头也是软的够可以的。"

宋县长说："你这么跟日本人讨价还价，到时你怎么死的都不知道。"

"照你这么说，我就算咯？"

"辛田出来，你就这么跟他说。宋县长答应给我筹筹看，筹到就给一点，筹不到就算了。真到你没饭吃了，我还能看着你饿死？我知道你目前还没到那个份上。"

见宋县长如此说，罗子俊的心头一下轻松起来，说："我就知道你宋县长宰相肚里能撑船，只有像你这样大度的人才有资格当这县长。"

这时，辛田手捧一茶杯从里厅出来，看到两个释然的表情，知道问题解决了，问："你们两个谈好了？"

罗子俊说："宋县长说他尽量筹筹看，筹到就给我一点。筹不到，我也不能硬逼他。"

辛田中佐对宋县长说："筹给罗团长多少，数字报我一份或给横田说一声也行，我们从欠款总数里扣。"

宋县长说："好的，好的。"

北山的一支武装正策马奔驰在崎岖的山间小道上，往蜈蚣岭方向急赶过去。三个时辰前，北山垯岗哨接到一神秘电话。对方说："十分钟前，在省城皇军师部，柳有才和朱秀秀被押上一辆大卡车。日本人要把两个送回龙源了。你们要想救人的话，这是一个好机会。"

北山垯队员很快把这消息送回村里。得此消息，牛松柏马上悄悄召集一部分队员去蜈蚣岭打伏击。他跟一些留守队员说："我们出发半个时辰后，你再把我们去营救的消息告诉族长。"

这次牛松柏把上次跟自己在蜈蚣岭打伏击的几个全带上，外加在矿山口南边一枪未开的那个机枪手，和几个去的心情迫切的。耀宗说："爸，你这次不太愿意我去是吧，为什么？"

牛松柏说："你上次的功劳已经不小了，这次就待在家里吧。"

耀宗说："爸，古话说，打仗亲兄弟，上阵父子兵。我的作用会很大的，你还是带上我吧。"

牛松柏说："我就是怕你作用太大，怕你感情用事。这次可不像你上次，只要闭着眼睛打就能成的。"

耀宗说："你还当我是三岁小孩啊。"

牛松柏说："这次就伏击一辆车子，这些人尽够了。你算了。"

牛松柏带着精干的十余名队员，上马驰骋而去。待在原地的耀宗对几个未走成的笑道："护卫大队长是绝对的公正啊，上次立了功的，有了资本吹牛的，这次一个没要。连我去都不行。"

留下的这个机枪手说："你爸是心疼你，万一秀秀被救回来了，你却被打残了，秀秀跟谁结婚？你难道又要把秀秀让给别人？"

机枪手这么一说，耀宗心里就更不放心了。耀宗说："我想，这次恐怕没有上次那么容易得手了。鬼子不是傻瓜，上次吃了亏，这次难道还不接受教训？"

几个笑道："果然是上阵父子兵。"

耀宗精神一振地："你们马上去找够十个愿意去的，带上枪、子弹、干粮，半个时辰后，牵马在登封桥头集合，我们去增援他们。"

午饭时分牛松柏一行已赶到蜈蚣岭。一路颠簸，一歇下，便感到饥肠辘辘，于是大家便拿出自己随身携带的干粮吃起来。一边吃一边东家的瓜西家的梨胡扯着。

大家正说着话，负责监视的跑过来说："牛大队长，我听见东边传来汽车声音了。"

牛松柏让大家收拾起吃的，拿出家伙。

半小时前，辛田接完一个电话后，对大岛说道："你马上带一帮人马，去州府来的路上迎接松山，帮助松山。若是路遇劫匪或不轨者，统统格杀勿论。"

罗团长问："你这又是要干吗？"

辛田中佐笑道："师部派松山带一个班护送那两家伙回来，我想在快到家门口地方，多半会有人趁机救人。所以，我要让大岛赶去帮帮忙。"

罗团长问："要不要我也派些人去？"

辛田满意地："眼下倒不必，等需要时候我自然会让你出兵增援。你今天的表现，我很满意。"

鬼子的军卡终于在前面的弯道口现身了。看着车子慢慢驶近，牛松柏对左右说："你们待在这里见机行事。我得靠上前去打那开车的。你们不能对车厢扔手榴弹，小心伤着秀秀和有才。见到有鬼子出车厢，就打那车厢外的。"

队员们说："知道了。"

牛松柏带了一队员快速奔跑下山。两个就伏卧在高出马路丈余的一土墩后。这土墩在稍许的弯道边，枪口可以正面对着过来的车子。

军卡在前面不太远的地方停了一会，像是在等什么人，不多一会，它又犹豫着慢慢向前开动。那样子好像有点担惊受怕似的。这模样让牛松柏把心都揪起来。莫不是鬼子察觉前面有埋伏？

终于把车子等到十丈开外，牛松柏瞄准驾驶室的右侧接连开了两枪。只见军卡往前颠两下，便停在那里不动了。也不见有鬼子跳下车来，车厢是用军用帆布蒙着的，看不到里面。见不到鬼子不好开枪，四下便显得格外沉寂。

牛松柏觉得奇怪，便对着驾驶室又开两枪。这下突然有雨点一般的子弹向牛松柏卧身的土墩上泼来。打得前面的一篷狄草纷纷拦腰折断。原来车上的帆布翻开了一个个的小窗口。这押运囚犯的车子早就作了预防袭击的准备的。

崖顶的队员见此情况无法开枪，下面的牛松柏又被连续的枪点压得抬不起头来。一开始处境便显得十分的不妙。

两边就这样相持了一袋烟的功夫。

此时，牛松柏依稀听到从龙源城方向又传来了汽车声，摩托车声，他急得像热锅上的蚂蚁。见此状况，悬崖上的队员也急坏了，有人不管不顾地向蒙着帆布的车厢开了一枪。这枪一开，马上有鬼子跳下车厢，寻找有利地势向上还击。

上下枪声一响，压制土墩的枪声暂时歇火。得到喘息，牛松柏下意识地向军卡的帆布窗口打出一梭子子弹。这一打，又逼得好几个鬼子跳下车厢，寻找避身的地势还击。

这边成胶着，西边汽车摩托的轰鸣声越来越近。牛松柏的脸色越来越青，岩顶的队员已远远看见西边弯道口有车现身了。这时，突然两三声爆炸声从西边传来。紧接着就是哒哒哒的机枪声。爆炸声和机枪声响过后，汽车摩托的轰鸣声突然消声歇火了。

牛松柏趁着鬼子迟愣张皇之机，一个点射，又一个点射，两个伏地还击的鬼子被击毙。这时车厢里又跳下几个鬼子，悬崖上及时扔下两三个手榴弹，连续的爆炸声，车厢外的鬼子死的死伤的伤，很快失去了战斗力。

趁此机会，牛松柏从土墩后跃起冲下马路，向军卡贴近，他必须尽早知道有才和秀秀的死活。牛松柏冲到车头跨上驾驶室踏板，掀开帆布一角，车厢里空空荡荡，根本没有有才和秀秀的身影。这时，一受伤鬼子突然抱住牛松柏大腿，随后赶到的一枪托砸在鬼子脑袋上。牛松柏说："我们快撤……快撤……"边说边往回跑。

两个跑回土墩，又从土墩后往山上急行，当上行至山腰一半时，他对着岩上喊道："你们下来! 都下来了，往西面撤——"

不多一会，十余人匆匆上马向西疾驰而去。行在前头的是牛松柏，他拣最接近的小道向西边响枪的山头迂回过去。一阵急驶之后，这里已隐约可见岩上阻击人的身影了。

当牛松柏行至主山脊又向东往阻击岩行进时，看见视线死角的矮坡下，有几十个鬼子和皇协军正向山头包抄上来，他们已行至半山腰了。牛松柏回头一个眼色，紧随其后的机枪手，便对着下面哒哒哒地扫射起来。

牛松柏策马向前疾奔数十丈，跳下马冲至俯身的耀宗跟前，边举枪对岩下射击边说道："有鬼子和皇协军从侧面包抄上来了，得赶紧撤退才行！"

耀宗说："这鬼子就是鬼，他躲在岩石后，你就是打不到他。"

转回身来的牛松柏对机枪手说："嘎子，这下你好好过了一下枪瘾了吧，不过鬼子太分散，浪费了不少子弹。算了，我们快走！"

耀宗打了最后两枪，对跟自己来的十个队员喊一声："撤——"其他队员纷纷收枪起身。

第二十六章 筹款救人

北山佬的这一伏击，在他们自己看来手忙脚乱。实则给辛田造成了不小的损失。

送人犯的军卡到达州府前，辛田已派人把柳有才和朱秀秀接走了。他把柳有才和秀秀装扮成重病号，从水路坐船回龙源。本欲借押送人钓北山佬，不想给北山佬误打误撞打出个围点打援。

气急败坏的辛田赶至现场，看到皇军伤亡数十人，北山佬早已不见踪影。心里发下毒誓，必除这龙源心腹大患。辛田回到公学堂给省城师部打电话，汇报说："护送人犯的十个上等兵，全被伏击的北山佬打死了。两人犯已安全到达龙源。我要用这两人犯作诱饵，端了北山佬的老巢，救出勤雄一郎。请师长给予协助。"

师长劈头盖脸一阵狠骂。太平洋战争以来，日本节节败退，此时如何再抽得出兵力向这个小小的龙源增兵。

师部抽不出兵，辛田只能借力打力，打电话叫来了宋县长："我准备帮你剿了北山匪盗。"

宋县长一愣之后，说："不必了，这个不麻烦你们了。"

辛田中佐问："你什么意思？"

宋县长笑道："没意思，我还欠着你的钱呢，再加上这，我就更还不起了！"

辛田中佐冷冷地："宋县长你是不是与我们大日本帝国隔着一条心？"

宋县长说："绝对没有。我是衷心希望你们来帮我们共荣的。"

辛田中佐说："为了我们大东亚共荣，北山的匪盗是一定要清除的。你准备一下，把欠我的8万大洋还我。我要用这笔经费剿灭北山盗匪。"

宋县长马上解释道："已经没有这么多啦，有不少已经抵了矿石款了。"

辛田中佐说："我不是说了，矿石款按原定价的十分之一计算？"

宋县长一脸不高兴地："即使这样，也已经不是你说的这个数了。"

辛田中佐说："那好，5万总该还有吧。我这人是最讲道理的。我急着用钱，拿不出，你今天就出不了这门。"

宋县长瘫坐椅子上，心里恨起这些北山佬来。你们打得痛快，却要了我的老命咯。

辛田对大岛副官说："去给宋县长准备一房间，他恐怕要在这里住上一些日子了。对了，这里的被褥宋县长是用不习惯的，你去县府衙门通知一声，让他们拿被褥过来。"

宋县长垂头丧气的，一时说不出话来。辛田把宋县长的表情看眼里心里道，我不这样逼你，你是不会拿出钱来的。没有钱，罗子俊的千余人马就不会听我的。

大岛副官的三轮摩托开至钟鼓楼与警署两对门的街心，刚好碰到罗长生。大岛把车停罗长生身边说："正好，我不进去了。你到县衙帮着说一声，让他们把宋县长的被褥送到公学堂去。县长大概要在里面住上些日子了。"

罗长生问："为什么？"

大岛副官说："你们县府还欠着我们中队七八万大洋。我们等钱急用，你们县府不还钱，就只能委屈宋县长住里面了。你们县府什么时候还上 5 万大洋，宋县长什么时候出来。"说完调转车头离去。

罗长生连忙把此事跟方局长说了。方局长说："你听到中午城东方向的激烈枪声了吧。这都怪这帮北山佬，北山佬几次这么瞎搞，还能不把辛田给惹火了？"

罗长生说："也只有他们北山佬有这血性，我们跟他们没法比的。"

方局长说："看这这话说的，那你拿钱去填辛田的大窟窿？"

罗长生说："这是两码事。你能保证北山佬不闹腾，辛田就不问县府要钱吗？"

方局长说："反正平日县长最喜欢你了，这筹款解救县长的事就交给你了。"

罗长生去到县府跟有关人员说了宋县长被日本人扣押，需缴上 5 万大洋的欠款才能放回的经过。

一群人直往吴会长家里去。金文书把筹款救县长的事跟吴会长一说，吴会长便气愤上了脸膛："这个辛田表面上看去文气儒雅，实则精明无比！他一来就利用爆炸事件做文章，紧紧抓住宋县长的牛鼻子。他就用这根绳索拴住大家，要收紧就收紧，要放松就放松，一切由他说了算。"

罗长生说："你还巴望日本人跟你讲仁义道德？人在屋檐下不得不低头，看在宋县长为大家辛苦操劳多年的份上，你吴会长就带头领着众商家忍痛掏点家底吧。我也会劝我父亲多拿些出来。"

吴会长说："为救宋县长，我们一定会尽我们所能的。我现在就着人去通知，明天上午开个会，你们明天上午再来吧。"

二三十个龙源城最有名头的商贾，在吴家客厅里牢骚满腹怨声载道。丝绸庄的胡老板冷冰冰地说道："到哪天把我们都逼倒闭了，我看他们到哪里收钱去。"南货行的许胖子说："吴会长，你刚才说一家得摊 2000 大洋，我整个店也不值五百大洋。还不如让县府或日本鬼子把我杀了。"

罗长生说："许老板就不要说这怨气话了，宋县长以前也没有死逼你们拿过钱呀，要不是宋县长这次被鬼子关进去，我们也不想让你掏腰包的。我们总得想办法救他出来不是？"

獐头鼠目的米行覃老板说道："按道理这钱该叫北山佬出，是他们一再招惹日本鬼子惹下的祸端，你们说是不是？他们不埋地雷炸日本人车队，日本人就不会找宋县长要赔偿。前些日子还去打了鬼子的伏击，他们是打上瘾了。昨天又把日本人弄得这么焦头烂额，人家能不把气撒到宋县长的身上来吗？"

覃老板此话一出，下面马上嘘声一片。丝绸庄的胡老板笑道："覃老板，看样子你这人的心胸不是很宽敞呐，人家二三十年前做的事，你还记在心里啊。"

覃老板一时愣着："我记着什么啦？"

宜春院的郑老鸨笑道："覃老板，你这话说的丢你男子汉的脸面呐，人家北山佬敢这么跟日本人干，是中国人谁不佩服？连我的女儿们都说，如果北山这些爷们上我们这里来，白贴他们，不收一分钱。你说出这种话来，还有没有中国人的良心呐？"

当铺的王老板笑道："郑妈妈，不好这样不给覃老板面子的。人家下面到底比你多杆枪。"

郑老鸨笑道："还好意思说多杆枪，是蜡做的吧。"

众人一阵哄笑。

郑老鸨说："我们做的虽是小本生意，但我还是愿意倾底拿出1000大洋救宋县长。"

覃老板说："你的意思是他们北山佬闯下祸却偏要我们来承担才是对的？"

吴会长说："老覃呐，那不叫闯祸，那是有血性的中国人都想干的事。国家兴亡，匹夫有责。有钱出钱，没钱出力嘛。为了救出宋县长，我们商人出些钱是理所应当的。"

覃老板说："那你吴会长说说看，应该怎么个出法？"

吴会长说："覃老板啊，你别管人家，你只说你自己能出多少？我们也不能把人逼得揭不开锅不是？"

覃老板坚持道："还是你会长先说你自己出多少吧。"

吴会长想了一下说："我出2000。"

下面有几个叫起来："会长，你这不是逼我们上吊嘛。"

罗长生说："大家量力而行吧，没有非说都要跟会长一样。"

罗子范望望儿子长生说："我出1800。"

覃老板这才说："那我出1300，我连仓底都掏空了，辛辛苦苦多少年，一个喷嚏，全飞了。"

王老板说："那我出1310块，我不仅底掏空，我还要卖出一些死当才凑足这个数呢。"

"我代宋县长谢谢大家的鼎力支持。"金文书说，"你们也不要太苦了自己，我知道大家就是把自己的家当都卖了，也是凑不齐5万，大家尽到自己的一份力就行了。"

吴会长说："大家只要尽力了，不够也没办法。"

大家先后报出自己能够拿出的数字，金文书拿毛笔在一边写下来每人报的数额。还有几个来不了的电话报了数字，金文书最后合计了一下，说："一共是 32400 块，离 5 万还差一大截。"

三天后的中午，金文书一行拿着 32400 大洋到公学堂领人，走到公学堂门口，鬼子门卫对佩枪的方局长和罗长生说道："人进去，枪留下。"方局长说："那我不进去了。"

罗长生交枪道："我进去。"

一行人进了辛田办公住的老宅。金文书交上带来的钱。辛田看着银票和现大洋，说："就是按 5 万算，也还差 16600 啊。"

罗长生说："辛田中佐，这全城大大小小的商户都收遍了，我们就差敲碎骨头炸油了。收时我都一直在场的。实在是没办法了。"

辛田对大家说："看在罗长生给我当过翻译官的份上，我给大家这个面子放宋县长回去。不过，我有一条件，你们得劝宋县长支持我们围剿北山。我这么做，也是为了龙源的安宁。"话毕，辛田吩咐手下把宋县长唤出来。

一会，宋县长出来。看到宋县长神态安详，衣服整洁，想来应该没受苦，大家把一颗心放回胸膛。宋县长抓住吴会长的手，对大家说："让你们受累了。"

辛田笑道："看来你宋县长还是很有人格魅力的，如果不是让你在这里住几天，你部下怎么可能几天就筹到 3 万多的欠款。"

宋县长心中愤恨不搭话。

辛田继续道："吴会长，罗队长，我刚才说的，你们没忘吧？"

罗长生说："没忘，我们回去劝，我们边走边劝。辛田中佐，我们就先回去了。"

宋县长边走边问："辛田刚才跟你们说什么啦？"

罗长生说："他让我们劝你，要你支持他围剿北山。"

宋县长苦笑道："他日本鬼子有本事就自己去剿，要我支持干什么。我能支持他什么？"

罗长生说："这辛田大概是既想当婊子又想立牌坊。"

吴会长说："人家要用你来垫背，好师出有名。"

宋县长环顾左右道："这话前些天他就跟我说过了，说要帮我剿灭北山。我说这个忙不必你帮，他就没让我出这公学堂门，逼你们拿钱赎我。"

罗长生说："你就是不支持，他辛田还是执意要围剿北山，我们也是没有办法的。"

宋县长说："就是呀，他说的所谓支持，就是让大家知道是我们县府让他去打的，他想在我们中国人之间制造内讧。这阴谋他以前就干过。"

一行人说着话来到公学堂门口。

宋县长对大门外的方仲义道："他们不让你进，你就不进了？你这个拿枪的，要有北山佬的三分血性就好咯。"

方仲义说："你怎好把我们警察与山野蛮汉相提并论，如果我们也像他们这么乱来，龙源城的老百姓还怎么过日子？"

宋县长摇着头说："同样都是手上捏着枪的，咋说的话干的事就完全不一样呢。"

大家从东大门进城，一路蹚过来，在过十字街头往北街转的时候，见罗子俊的吉普车穿过南北大街往东大街而去。宋县长猜测："辛田得了这么一大笔意外之财，一定是他让罗子俊领赏来了。"

方仲义说："他辛田中佐是这样好心人？他舍得？"

宋县长说："如果他辛田想皇协军一起帮他对付北山佬，围剿北山，他就得下这本钱。这事要让我说准的。"

大家一路走一路散，到县衙的钟鼓楼前只剩下四个人了。宋县长和金文书往钟鼓楼的门洞里去，方局长和罗长生往对门警察署的院里去。到办公室门前，罗长生对局长说："如果没什么事的话，等会我想早点走，今天有点私事要办。"方局长点点头。

罗长生在自己办公的椅子上屁股还没坐热，就起身往外去了。他向来时的路上往回去，很快来到陪郭头的十字街口，他就站在这十字街头一侧的公告墙旁看墙上的那些无聊广告。站了半天，终于听到汽车声响起，他马上往东西大街的街心上一站。一会，罗子俊的吉普车在他跟前停下。开车的是团长的新侍卫牛金宝。罗长生对金宝点点头后，上前对叔说道："我爸说，好长时间没见到你了，他让你过去吃晚饭。"

叔开心地笑道："好，难得你爸记挂，我去。"

金宝在叔侄俩的指点下，把车子折回头至东大街的罗家巷口停下。罗子俊让金宝在对面店里买了一份糕点。金宝把买来的糕点递到团长手上就坐回到驾驶室里。罗长生说："金宝，一起进去吃，不多你一个人。"罗子俊也说："去吧，我哥家，不必见外。"

罗子范见到弟弟与儿子一起进门，后面又跟着一个，便进厨房叫老伴加炒一个鸡蛋炒韭菜，一个豆腐干炒辣椒丝。这两样菜都是下锅就好的。

罗子范随口问了弟弟一些近况，然后说："这些日子还好吧？"

弟罗子俊说："好个屁啊，以前日本人没来时，我是吃喝不愁，在龙源谁都得巴结我，包括宋县长。现在却得看日本人的眼色行事，给他们干活，伤病医药费都要不到。"

罗长生说："我碰到你时，你应该是刚从辛田那里回来吧。你是去他那里拿钱的？"

罗子俊说："不错，我是从辛田那里来，是他叫我去拿的。我以前找过他几次。这北山佬两次打伏击，我们伤亡有好几十个。"

罗长生问："他给你多少？"

"2000大洋的银票。"

"我们为了把宋县长保出来，说嘴破腿断跑，连小商小贩都没放过，筹了32400大洋给他。他才肯放人的。"

"他娘的，他收了这么多，就给我这么一鼻孔屎啊。"罗子俊气咻咻地，"这个家伙还自我吹捧地说，'你看我仗义不，你们省里给你 1000，我给你 2000。'我这些士兵都是为他辛田死伤的，他收了这么多，就是给我 1 万也不多吧，想前几年我围剿北山还没伤亡几个，宋县长就给了我好几万。这些鬼子他妈的太精了。"

罗子范说："反正有这些日本鬼子在这一天，你就别想有安宁的日子过。他们连县长都是想留就留，想放就放，他还有什么不敢的。这个卢院长原来跟宋仁熊可是好的能穿一条裤子。"

长生娘廖氏把几碗菜相继端上，长生也一趟又一趟从杂物间把几碗米酒端过来。廖氏笑着说："我儿今天难得这么热情，你不会是想叔的什么好处吧？"

罗子俊说："瞧嫂子说的，我现在是穷得叮当响，我那里除了枪和子弹，什么都没有。侄子能想我什么好处？"

听了这话，罗长生想到牛松柏他们经过两次伏击，子弹应该消耗不少。于是灵机一动地说道："叔你如果真的缺钱花的话，你不妨可以打点子弹枪械的主意的，这也是一来钱的路子呀。"

叔说："长生侄你有这个销路吗？不行我真的就卖这个，活人总不能让尿憋死。"

"行，有机会我给你问问。"长生想了想，说，"你说个大概价码我好心中有数，有人要的话我就这样回人家。"

叔说："价格好说，到紧要关头，多两块少两块也顾不了那么多。"

长生说："多两个少两个是没关系，不过你也得说个具体数字呀，不然我怎么跟人开口。人家心中没个数，就难说要不要了。"

罗子俊想了一下，说："那就子弹一个大洋 4 发，不论那种。汉阳造 10 个，三八盖子 20 个，德国驳壳枪 50 个，歪把子 150 个。"

长生拿笔把这大概的价格记下。

父亲担忧地："儿啊，你政府工作人员不好做这军火生意的。"

"爸，你放心，我只是帮我们警署问问。"长生说这话时用脚尖踢了踢金宝的脚杆。

金宝马上说："团长，你要做这买卖，你只要点个头，我来操办。"

第二十七章 靠山吃山

由于侄子的点拨，回到营地的罗子俊就打起了枪械子弹的主意。他带着金宝让司务长开了库房门。几个在里面查看一阵，团长指着几样数目量大的说："这两分半的长子弹，这手榴弹都可以卖掉一些。"

金宝说："那我现在就一样搬两箱放车上，省得回头又麻烦司务长。"

罗团长说："行，你给司务长打个欠条。手榴弹一块大洋一个，一箱子弹两百发吧？欠条上写上欠 140 大洋。"

司务长摇着头道："混到靠卖这个过日子，真是作孽哦！"

罗团长笑道："这就叫天无绝人之路，有什么吃什么。"

金宝把两样东西放车上后，趁着罗团长不在，到屋里给罗长生打电话说："那枪械子弹你说问警署，不会是真的吧？我这里已准备了两箱子弹和两箱手榴弹，你要我马上给你送过来。一共 140 大洋。"

罗长生说："还是哪里需要先给哪里吧，你最后没办法的时候再找我。"

金宝说："好的。不过跟你叔说时，我还得说是你警署要的。"

罗长生说："你现在可以了，能够想到找我当替罪羊了。"

金宝说："你搭的梯子，我总得顺着往上爬吧。"

罗长生说："跟着我叔时间不长，我叔的精明都让你学了。"

金宝笑道："哈哈，好咯，不跟你扯了。"

放了电话，金宝独自开了吉普出营地，往北山堍桥方向去。耀宗看到开车来的竟是金宝，心里极为羡慕，说："金宝，你牛啊，以前是扛铁锤打铁的料，今儿开上小车了。出息的真快啊。"

"树挪死人挪活嘛。"金宝忽然放低声音，"我今天给你们送宝贝来了。两箱子弹两箱手榴弹。一共 140 大洋。"

"你到皇协军里一呆，还学会做这个生意咯。"耀宗一边说一边上车查看，"好，这子弹歪把子可用，就是贵了点，卖给自己的老东家都这样不讲情面，你出息了。"

金宝说："我们都快揭不开锅了。是罗团长让我拿出来卖的，价格是他定的，没有讨价还价的余地。"

耀宗说："既然如此，我们不砍你价，一块大洋都不会少你。"

耀宗让胡伯从账房拿了140块大洋，金宝收了钱写一收条给胡伯。耀宗叫了几护卫队员把四只木头箱子搬下车，弄进屋里，说："这一买，我们三四个月的过桥费又白收了。"

金宝说："你既然这么可惜，下次就不拿给你了。"

耀宗说："我可惜归可惜，你拿只管拿，我嘴上说说又没少你一个子儿。咋出来几个月脾气就见长了？"

金宝说："被你压制多少年，现在不是我东家了，你还不能让我自个儿透透气？"

耀宗笑道："我是怕你长了脾气娶不上媳妇。"

一群人哄笑。

两个说了一会话，金宝就开上车回去了。把140大洋给罗团长过目后就送到了司务长那里。司务长说："你能干啊，再搬几箱去。"金宝说："这东西又不能当饭吃，人家一下要不了这么多，过些日子再说吧。"司务长说："我以后没米下锅就靠你咯。"金宝说："行，那你有空就给我车上再搬两箱两寸半的子弹。"司务长说："我马上就搬，你车上等着。"

不想，这次司务长搬子弹却被督导组组长岩茨郎看见了。岩茨郎跟踪司务长来到吉普车前问金宝："你们把子弹偷到哪里去？"金宝说："伙房快揭不开锅了，司务长让我卖点这个好买米买盐。你也是要吃饭的。"岩茨郎组长问："这事罗团长知道吗？"金宝说："不知道，这些琐碎事，哪能去麻烦他。"岩茨郎组长问："你卖给谁？"金宝说："我……我，买给警署的罗队长。"

见状，渐渐有人围了过来。

罗团长说："怎么，这子弹是我让卖的。你们还不让人吃饭咯？"

岩茨郎组长往车上一坐，说："那好，我陪你去见警署。开车吧。"

罗团长说："随你。"

金宝开动车子向城里方向去。金宝一边开车一边与岩茨郎说："卖了给你五块大洋，你不要把这事告诉辛田中佐好不好？"

岩茨郎说："不行。"

金宝说："日本人就是一根筋。"

"你说什么？"

"我说你日本人的这个……"金宝笑着伸出一大拇指。

车子进西城门，碰到在街上巡逻的罗长生。金宝把车子停下了说了卖两箱子弹给警署的事。罗长生看车上坐着鬼子心里就明白了，说："好，我跟你车子一起回警署。"

岩茨郎问罗长生："你们警署要这子弹干什么？"

罗长生笑道："我们得保证龙源的安宁不是，上面不给我们子弹我们只能自己解决了？"

车子开进警署院内。这一行三人进方局长办公室。不想，宋县长此刻也正在该办公室内。宋县长问："你们这是干吗？"

罗长生说："是这样，罗团长想卖点子弹解决自身的经费紧张，我们警署不是缺这号子弹吗，我来请示局长是不是买他两箱？"

方局长当着宋县长的面说："警署是缺这两寸半的通用子弹，但哪有闲钱呐。"

金宝说："又不多，就两箱，一百大洋。"

方局长说金宝："你卖的也太贵了，没钱，你拿回去。"

宋县长附和道："罗子俊现在是掉到钱眼里去了。"

金宝对罗长生说："上次你说你警署要的，你就帮你叔一把。你先垫上。"

罗长生说："我哪有这闲钱。我垫不了的。五十块怎么样？五十我可以考虑一下。"

金宝说："那我不如不卖了，我去哪里找这五十赔上？"

方局长说："总不能让你白跑一趟。我给你五十块吧，买一箱。"

罗长生说："另一箱也留下吧，钱过两天给你。"

正说着话，外面一阵汽车摩托的声音传来。没过多少一会，金文书带着辛田一行从对面的县府那边过来。一旁的岩茨郎马上上前跟辛田报告到此的原因。辛田中佐对岩茨郎一按手，不让他开口，却问宋县长："我上次跟你说的那事，你考虑怎样咯？"

宋县长知道他说的就是围剿北山的事。宋县长实在不好回答他，只好说："我支持又怎么样，不支持又怎么样，我又不能帮你去打？我警署这几十号人是要维护县城治安的，帮不了你。你问我我能起什么作用？"

辛田中说："怎么不起作用？你是一县之长，你答应了你就能一呼百应，百姓都听你县长的。你县长说要剿匪就师出有名了。"

宋县长说："你别捧我，我这个县长早就不是什么县长了，说的话也没人听。你说还有被人要关就关要放就放的县长吗？"

辛田笑道："宋仁熊你不要不知趣。"

跟班的大岛副官说："这些支那人就是要跟他来狠的才行。"

辛田笑道："我是很讲道理的人，动武，那是实在没办法的事。"

罗长生平和说道："辛田中佐喜欢讲道理，那我问你，你们日本人为什么要来侵略我们中国？"

辛田说："这个问题我不是回答过了嘛，天皇让我们来帮助你们实现大东亚共荣，不是侵略。"

金宝给罗长生使一眼色，两个于是去到门外，从车上搬那两箱子弹去到罗长生办公室，辛田从窗户看到两个鬼鬼祟祟，出屋问这是怎么回事？随后跟出的岩茨郎这才有机会说了是怎么回事。辛田中佐当大家面问岩茨郎："罗子俊营房里不会真的连吃饭的钱都没有了吧？他在省保安司令部拿了 1000 大洋，我刚又给了他 2000 大洋。"

岩茨郎说："具体情况我也不是十分清楚。"

辛田中佐训斥道："我叫你们在那里是吃干饭的？"

金宝对岩茨郎说："我走了，你回不回的？"话罢，他径自上车发动起车子，岩茨郎只有上了已发动的吉普车。

辛田中佐对方局长和罗长生说道："你们如果真缺枪械子弹，我们倒是可以提供一些的，只要你们恪守尽职。"

方仲义面露喜色地："那太好咯，哪天我就让罗长生去你那领一些。"

辛田中佐说："这土匪一天不消灭，我们龙源就一天不得安宁。为了老百姓能安居乐业，必须消灭北山土匪。你们说服宋县长，同意一起齐心合力剿灭北山土匪，你们就去我那里领些枪械子弹回来。"

方仲义频频点着头说："好的好的，为了能拿到枪械子弹，我也要帮你说服宋县长。"

辛田中佐一行走了后，宋县长埋怨方局长："你这是要把我放在火炉上烤不是？"

方局长说："我不这么说，我还能怎么说？"

罗长生说："这个辛田实在狡猾。"

宋县长皱着眉头："这些北山佬，不管过去做过什么对不起龙源百姓的事，眼下他们却是我们这里最有骨气和最有血性的汉子，让我开围剿北山的这个口，那是有人存心要败坏我的名声。方局长你以为你能劝得动我？"

这话说得方仲义哑口无言，再不好意思说劝的话，踌躇半晌之后说："我那么说还不是为你宋县长的安全着想。"

今天是罗长生值班巡街。他在北大街走着望着，突然发现前面两个皇协军行迹有些可疑，于是悄悄跟了上去。

这两穿伪军装的是耀宗和他的一手下，这两套衣服还是牛松柏上次向葛连长要的。是耀宗看到长生后，故意把长生往这饭店引的。

罗长生刚把两条腿迈上楼，耀宗就从侧面拍了一下他肩膀。两个相视一笑，在一饭桌前坐下。那手下正跟跑堂伙计说着上什么菜。

耀宗对罗长生说："我想请你吃顿饭，这不，我刚想到就碰到你了。"罗长生说："原来你这鬼鬼祟祟的样子是装出来的？"耀宗说："也不是，我这没通行证的北山佬，进城在街上走着能不心虚吗。"

罗长生说："算了吧，像你这种敢打鬼子伏击的北山佬会心虚？鬼才信。"

耀宗说："前些日子，我父亲想救他们两个，不仅没救成，反倒差点被鬼子包了饺子，不是我及时赶到，我父亲真是危险了。"

罗长生笑道："被鬼子说的神乎其神的，说你们北山佬厉害，还会打阻击打增援，原来你们是过河的撞着摆渡的，碰巧啦。"

耀宗笑问："怎么，鬼子说我们北山佬厉害？"

罗长生说："是呀，这次鬼子被你们打怕了，他们死伤的人数不比上次少，听说有几十人。你们这次也把辛田中佐给彻底激怒了，他们现在是一心要围剿北山，把你们老窝给端了。刚才辛田还来找宋县长，要宋县长支持他们剿灭你们。"

耀宗说："今天就是你表姑丈让我们下山来摸鬼子动向的，他说我们闯下大祸了。看来这话不假啊。"

罗长生说："你们给鬼子的打击越大，鬼子的反扑自然就越大。"

"依我们现在最需要的就是枪支弹药。你有这个路子吗？"

罗长生说："前几天皇协军不是卖了几箱给你们了吗？"

"鬼子要围剿的话，那几箱怎么够啊。"

罗长生说："我们警署刚好还有两箱两寸半的子弹。金宝本想拿到北山垅桥给你们，被督导组鬼子发现，他只好拿到我们警署来了。等会，你们两个就去拿，就说你们不卖要拿回去了。"

"多少钱？"

"还不是跟拿到北山垅的一样。两箱子弹一百大洋。罗子俊要拿来买米。"

"你叔混到要靠卖这个过日子，也不知他心里是啥滋味啊。来来来，喝酒，吃菜。"

"滋味一定好不了。他又有什么办法。"罗长生拿杯子与耀宗碰了一下，仰脖一口闷了杯中酒。

耀宗想起地问道："我差点忘了。有才和秀秀，他们两个到底押没押回龙源？"

"听说辛田派人去州府把车子拦下，从水路回的龙源。他们两个现在应该已关回到老地方去了。"

耀宗说："这辛田实在狡猾，运稀有金属时把两个当作挡枪牌，运完了又偷偷把两个藏起来。我们至今都不知道他们具体关在什么位置。"

罗长生说："不知辛田把这两人从省城弄回，打的是什么主意。"

耀宗问罗长生："你老实告诉我，你对朱秀秀到底有没想法？"

罗长生说："我还能有什么想法，有也不现实呀。不管有没有想法，我俩都得把她救出来。"

耀宗觉得自己也是说了一句多余的话，喝了一会酒后说："等会我就跟你去警署把两箱子弹搬走，我写张欠条放你这。你让金宝凭这欠条到北山垅桥头饭店拿钱。"

罗长生想了想，说："欠条你也别写了，你拿着两箱子弹怎么出城呀。哪天我或者金宝直接给你们送到北山垅桥头，到时你再付钱。"

耀宗说到："也行，但是得快，说不定这两天就用得上。"

第二十八章 前景再现

临近傍晚，大岛副官拎了瓶酒和荷叶包裹的一大包熟牛肉，来到柳有才在公学堂的住所。他对柳有才说："我出酒肉，你出嘴巴，拿两杯子来，我们喝点。"有才惶恐而巴结地："要你大岛副官出钱买酒给我喝，这实在是担当不起啊。"大岛笑道："你给我说些你北山的趣闻典故我听听，我们就扯平了。中国文化源远流长，我是羡慕得不得了啊。"

于是两个坐下边喝边聊，一个问一个说。大岛看似不经意，实则别有用心。他以了解北山历史轶事为名，拐弯抹角地从有才嘴里弄清楚了北山侠客当年的行为作风和装束打扮。

事后，大岛副官找人组织最具北山侠客特征的不收边小斗笠、锻造红缨大砍刀。当事情进行至一半时，有两天辛田中佐一直没见着大岛。好不容易找到，辛田正要发火，大岛便把自己的精心谋划说给辛田中佐听。辛田转怒为喜："大岛君果然是我们大日本帝国的优秀人才。"大岛副官说："为天皇陛下服务是大岛的职责。"辛田中佐笑道："大日本帝国有大岛君这样的战士，何愁不能战胜支那人。这下宋县长不听我们的都不行咯。"

还有几天就是八月十五中秋节了。大岛与辛田商议后，决定选在中秋这天动手。

转眼这天就是中秋。中秋上午进城置办节货的人很多，街上熙熙攘攘的很是热闹，城门口来往进出的行人不断。所以这城门口虽然有皇协军值守，也就是作作样子，很少有上前盘问叫出示良民证的。何况北城门口外又是个宽敞场子，被人们自发当成交易的自由集市。上午九十点光景，这里人头攒动，人声鼎沸。

这时北城门外，从北边裤裆口方向过来的大道上，突然传来一阵急似一阵的惊呼声。惊呼声犹如风吹的麦浪滚过来，人们仿佛被沸汤泼身，闻声跳开，路人惊散。一会，只见二十多匹快马旋风般冲刮过来，匹匹马背骑着一位头戴针刺斗笠，手举红穗大刀，脸上涂得黑炭一般的黑衣侠客。他们嘴里"喔——嚯——""喔——嚯——"地叫喊着，个个如箭飞逝，有挡路者举刀便砍。很快冲过集市，向城门洞扑来。有两皇协军欲要阻挡，侠客举枪就射。枪响人翻，大队铁骑很快冲过城门。他们在城里的大街上，见到商家富户就向大门上飞上一镖。胆大的取下镖头纸条，展开一看，上面是以下字眼。龙源城的富户们：今年北山粮食歉收，食不果腹，特向你们每户借粮一百担。望七天内送达。装聋作哑者，定血溅辕门。落款，北山敢死队。

这二十多乘被人说成是北山敢死队的黑衣快骑，像一阵风从北城门口刮进，又从东大街的东城门刮出。一路上，快马踏翻撞倒行人无数，死伤者竟有七八人之多。

多少年前的血腥一幕又重现眼前。龙源人再也无法容忍。这些大户义愤填膺地说道，想不到过去几十年了，北山佬还是这样，又来这一手。今年哪有天灾，这明明是讹诈嘛。这些富户商贾不约而同地赶到钟鼓楼县衙前，向父母官鸣不平。钟鼓楼前聚起一圈又一圈的不同阶级的人群。宋县长和警察署长被人们包围在最中心处。

人们用各种方式谴责和谩骂这帮北山佬。

额头包着一块包袱的当铺王老板说道："我家还不止是一百担粮的事，大家看我这头被北山佬的马撞得把后脑勺跌一大洞，血流了有一碗。我以后傻了，不会算账了找谁赔偿去？"

米行的覃老板说："你王老板自己跌的还算好的，我老爹这大把年纪了，肩膀上还被北山佬砍一刀背，那胳膊到现在还一点不能动。你们说这北山佬作的是什么孽噢。我老爹二十年前被他们砍了脚筋，至今还留着残疾，现在又旧伤加新仇。宋县长，你这次要再姑息他们，我们说什么都不答应了。"

前面的人群有一阵骚动，人们自动让开一条路，原来是有人把被踏翻撞死的尸体抬到鼓楼前喊冤叫屈来了。县府围了一圈又一圈的老百姓，大家纷纷叫嚷要县府帮大家出这个头。

这时，皇协军二连的吴辉连长挤开人群来到宋县长面前说道："宋县长，我们罗团长说了，用得着他的时候，吱一声。他还像过去一样支持你县府的剿匪工作。这帮北山佬不治是真不行了，前些日子打死与鬼子一起干活的兄弟时，我都忍住没说，今个闯城又伤了我两弟兄，你说他们眼里哪还有我们呐。"

听了这话，方仲义局长笑道："光吱一声恐怕不行，你还得让罗团长亲自来，我们得谈好条件再说其他的。"

吴连长说："这话也有道理，先难不为难。我们独立团千余人头，吃饭是头等大事。谁给钱就给谁卖力。"

一着百姓服的家伙高声附和道："这位军爷说得好啊。现今这年头今天活着还不知明天怎样，哪管得了这么多，有奶便是娘。谁给钱就帮谁干。"

罗长生问这陌生汉子："你哪里人，我怎没见过你？"

陌生汉子说："说话对事不对人，你管我哪里人。这些北山佬以为自己杀了几个日本鬼子就了不起了。今个儿这么讹诈我们龙源人，比日本鬼子更可恶……"

于是有人附和道："说的是……"

公学堂里，听罢便衣汇报的辛田在那里乐得哈哈大笑。他对众手下说："这下不用我辛田督促催劝。"

大岛副官说："中佐，我已经命令化装成黑衣侠客的龟田曹长直接潜入北山一带侦察活动，争取围剿北山前把勤雄一郎救出来。"

辛田中佐说："大岛，你再给横田打个电话，叫他暂时停下手中工作，化装潜入北山，配合龟田曹长把勤雄一郎救出。他几年前去过北山，他对那里的地形熟悉。"

过后，辛田又亲自给罗子俊打电话说："你下午即去县府打探宋县长的态度。只要他有点这个意思，即使默认，你就可以事后向县里要军饷，我这里也给你，你可以拿双份。不管他有没有这意思，你明天都得给我向北山发兵。"

罗子俊问："我派一个连的兵力够不够？"

辛田说："不行，你得倾巢而出，辎重粮食都得带上。我们大日本帝国的部队会在后面给你们助威壮胆的。"

罗子俊抵制道："辛田中佐，这么大的行动，我得让省绥靖司令部通知我我才能执行呐。你跟上面说吧。"

辛田中佐说："我知道你是想趁此机会向省里要军饷，这个我理解。不过，若是省里通知你去的，我这里就不会再给你发饷了，你自己考虑清楚。"

罗子俊在辛田这里碰了个软钉子，悻悻挂上电话。两个时辰后，省绥靖司令部给罗子俊打来电话。韩司令说："罗子俊你好大胆子，敢跟皇军讨价还价。我上次已经跟你说了，你们独立团归辛田中佐直接指挥，军饷也尽可能地向他们要。你明天就全团出动给我围剿北山盗匪去。"

罗子俊接了这电话，胸膛起伏不平，鼻孔冒烟："两头干活，都不给钱，这叫什么事？"

下午，罗子俊去到县府，对宋县长说："我思来想去，还是你宋县长对我最实诚。今后你有什么要我干的，你宋县长吱一声。"

宋县长说："刚才辛田给我打电话，他说省里的韩司令已命令你独立团明天开拔进山剿匪。他们的消息还真是灵通哩。"

罗子俊说："不错，是有这事。现在的韩司令都听日本人的。起先辛田要我全部出动打头阵，我没同意，我推托说我得听我们司令的。结果韩司令跟辛田说的一样。"

"噢……这样？好像这日本鬼子早就料到北山佬要进城勒索似的。"宋县长皱着眉头问道，"那你到底去是不去？"

罗子俊说："我听你的，你让我去我就去，你不让我去我就不去。"

宋县长笑道："你这话我爱听，不过我可没有让你听我话的权利啊。"

罗子俊说："我高兴，我乐意，怎么啦。"

宋县长想了想后，认真说道："今天突然冒出的这股北山侠客我总觉得怪怪的，他们已有多年不这样穿戴了，而且还没一个熟面孔。"

罗子俊说："你怀疑有人冒充？"

宋县长说："不是没这可能。在我的印象里，北山佬没那么坏，若不是灾年歉收，他们是不会干这勒索事的。今天这事太牵强，会不会是别有用心之人栽赃陷害？"

罗子俊说:"那一定是日本人干的。眼下只有北山佬最让他们头痛了。"

宋县长说:"是不是,你只要见到北山佬就知道了。如果我们夹着眼睛帮着日本人除掉了敢与日本人对着干的北山佬,最后倒霉的还是我们自己啊。"

罗子俊说:"宋县长,我明白该怎么做了。"

罗子俊当着宋县长的面,给辛田打电话,说:"辛田中佐,我明天先派出一个连的先遣队。余下的队伍,你得给补足枪支弹药,我才能把后继部队派出。"

辛田中佐考虑半晌说:"我拨两门山地炮和一万发子弹给你们。你派人过来领。"

当晚,罗子俊把葛连长找了去,两人在屋里嘀咕半天。第二天,葛连长又对一排的张排长说:"我已跟另外两排长说好了,这几天由你代替我。你带着一连战士先去北山。我有点事随后就到。"

一通安排后,张排长就领着一连的百余名战士先行上路了。

在横田的带领下,龟田曹长等二十多个北山黑衣人装束的悄悄摸进了北山群谷,他们避开进山的道路,从树林山涧中穿插靠近。穿过两个依次上升的山梁,在宽敞平地的一处绝壁前,横田想了想对龟田曹长说:"为了能胜利完成任务,我们兵分两路,两报务员一边一个,我带十个,你带十个,分开行动。"

龟田曹长问:"这里离祖源村还有多少远?"

横田说:"应该不会太远了,最多再翻三座山。你用指南针定位,一直朝北就是。也许在我们靠近村子的过程中,就会遇到关押勤雄一郎的山洞。我们多一个小组就多一些机会。"

横田说完领着其中的十个绕到别处山上。

留下的十个决定从悬崖攀登,这是龟田曹长的主意,越险要的位置越安全。

中午时分,远处侧面岩上的牛耀宗,突然被一道划过的亮光刺到眼睛,定眼向亮光划过来的地方望去,眺望许久,终于发现了这些攀爬者的身影。

北山人探得日本鬼子有围剿北山的意图后,山上早已增加了一道又一道的防范措施,就连悬崖绝壁上也不放过。今天终于让他们等到了这第一批客人。有大路不走,非要攀爬绝壁,这想都不用想,肯定不是好人。耀宗叫了几个护卫队员,迅速向有人攀爬的悬崖迂回过去。

靠近后,他们发现这些人都打扮成北山侠客的黑衣人模样,耀宗不免在心里骂道:"你以为你穿成这样你就是北山侠客啦?"

一护卫队员说:"他们穿成这样,一定另有目的。"

耀宗说:"不错,等会留下一两活口,仔细盘问。"

耀宗说:"为了节约子弹,大家自报自己瞄的是哪一个,一人瞄一个,同时开火。就爬到半空的那个留他一条命。"

于是大家选好位置瞄准自报方位，"砰、砰、砰……"一通枪响，十个黑衣人几乎在同一时间，全都栽倒在地。耀宗跑过去，从绳索上第一个滑下绝壁，在下的当中，他眼睛盯着下面横七竖八倒着的这些黑衣人，看见一家伙动了动身子，还未等对方抬手，耀宗的一颗子弹先射到对方肩胛下。

耀宗上前问他："你们为什么穿成这样？"

这个就是那个龟田曹长，他一声不吭。耀宗于是上前扒下一死者的裤子，见死者没有内裤，只在裆位裹一白腰带，便什么都明白了。原来这都是皇军装扮的。耀宗让手下把那个爬到半空的日本鬼子抓到地面上，然后问他："哪一个是负责人？"

那鬼子望了望地上的龟田曹长。

再问："你们上山干什么？"

对方终于说："在大部队围剿之前，把勤雄一郎救出去。"

"为什么要救他？"

"他是皇亲国戚。"

"你们来了多少人？"

"还有一半从那边上山了。"

这下耀宗终于明白了鬼子上山的目的。他再次转到倒地的龟田曹长跟前，看到此时的他似乎已没有力气动弹了，只是眼睛没阖上，于是补上一枪，让他早点解脱。

耀宗叫两三队员把收拢的枪支子弹背了，带着这日本人先回村里，余下的队员跟随他往俘虏指点的方向追踪过去。

然而，耀宗一行寻寻觅觅，追踪至近傍晚，东拐西绕地回到村子里，并在偏头角落搜查一遍，也没见到另一部分陌生人的踪迹。当搜查至举人巷附近一带时，耀宗顺便去族长家汇报。恰巧他父亲和几个管事也在。他们是听了送俘虏回来的队员的述说，才一起聚在这里商议大事的。

耀宗说："另外那十个鬼子真是精怪了，就是找不到。几个埋有地雷下了吊杆的必经路口也查了，东西都还是好好的。"

族长想了想，说："他们可能听到你们朝那些鬼子开枪的枪声，害怕了，躲起来了。"

牛松柏说："有这可能。也许他们在探路时发现埋有地雷的标志，就不敢向前了。我们当年建马路藏下的这些玩意，现在算是派上大用场咯。"

朱守箴说："你松柏是一有机会就不忘表扬自己。"

族长说："这是事实嘛，你老夫子不愿褒扬人家，还不兴人家自己提提啊。知道了你秀秀从省城押回的消息，尽管扑空，人家还是没少出力的。不瞒你们说，在这大敌当前时刻，我把牛家父子看得最重。有他们父子在，我们北山才有生存的希望。"

朱守箴自找台阶下："我这么说，也是想他有更大作为嘛。"

199

　　这时牛松柏对儿子耀宗说道："今晚你还得去乌龙口左面一带的绝壁上巡查。当时好些人都说没这必要，幸亏有你的小心和坚持，这帮化装的鬼子才没了摸上来的机会。你回家吃了饭再过去。"

　　耀宗正待出门，一护卫队员进门说："有一个自称是独立团葛连长手下的张排长，说要见你们。"

　　随后进来的是张排长。他对牛松柏看看，又望望族长，问："你们北山谁做主啊？"

　　柳族长说："什么事，你坐下说，我们大家共同做主。"

　　张排长依然站着。他说："我还没吃晚饭，能不能先弄点什么可以填下肚子的，我实在是挺不住了。"

　　柳族长爽快地："可以呀，我就喜欢你这痛快的。不过没准备啊，如果大家不嫌弃的话，都一起坐下陪张排长。耀宗，你也凑合着在这里吃点算了。饭后你与张排长一同走。"

　　于是大家围桌而坐，没沾酒，只吃饭。张排长连扒两大碗米饭后，才腾出嘴来说话。他说："我几月都没吃到这纯粹的大米饭了，你们有这样的大米干饭吃，还下山借个什么粮啊？"

　　大家没听懂，拿眼望他。

　　张排长于是仔细说道："大前天上午，你们不是有二十多骑黑衣人马，头戴斗笠，手举大刀冲进龙源城，见到大户就门上飞一镖。镖上的纸条上写着：每户借粮一百担，七天内送达。装聋作哑者，定血溅辕门。上面写明是北山敢死队。"

　　"原来是这样呐。"耀宗对张排长说道，"我是说我们今天在乌龙口左面的绝壁下，打死十个日本鬼子，他们身上就穿成你说的这等模样。我当时怎么也弄不明白。原来是他们化装成我们进行讹诈后，又窜到我们山上浑水摸鱼来咯。你若不信，还有一没打死的关在洞里呢。"

　　柳族长有所领悟地："这个卢院长早年就对我们北山用过这借刀杀人的招数，几年后又重新来用，我看他也高明不到哪里去。"

　　张排长说："既是这样，那我们罗团长怨恨你们打死我们两守城士兵的误会可以解除了。我们葛连长对这事本来就有怀疑，这下我可以按照他吩咐的办了。"

　　牛松柏问："他们叫你做什么来？"

　　张排长说："我们罗团长的意思是，他要我告诉你们，我们来剿你们也是没办法，不是出于真心的，但不来又不行。我们就假装对打，暗下都不要伤着对方，我们都保持自己实力，就做个样子给鬼子看看。"

　　牛松柏笑道："这样最好啊，只要互相说清楚就行。"

　　族长说："这日本人未必就这么好糊弄吧。"

　　"日本人拿我们当炮灰，他们自己又不到现场来，还不是由我们自己随便说了算。"张排长此时压低了声音作神秘样，"还有葛连长的私下意思，如果你们肯拿出2000大洋，他可以让你们得到至少几千发子弹和一两门山地炮。这个价可比罗团长卖你们的便宜多了。"

牛松柏道："这话我们听不太明白。葛连长在我儿耀宗的心目中，那可是一个铮铮铁汉。"

"正因为如此，他才有这个交代呀。"张排长把嘴凑到牛松柏的耳边耳语起来。

旋即，牛松柏对族长建议道："为了我们北山的安危，我们就把家里的老底掏了，买下保北山的枪械子弹。此建议妥当与否，望族长慎重考虑。"

柳族长说："眼下北山的局势是立在危卵之上，保土护山是第一位的。我相信你牛大护卫长，你拿主意吧。"

牛松柏对张排长说："待明天见了货，我再给你钱行吗？"

张排长说："行。不过拿货的方式方法有点特殊，具体怎么做，等会我们详谈。货只有多，不会少。到时你多派些人。"

第二十九章 暗中使力

与龟田曹长分道扬镳后，横田等一行即刻返回至树林中，专拣林密无路的地方走。走着走着，见到一处隐蔽性极好的灌木丛，横田让队员坐下休息吃干粮。

就在此时，远处传来十余声枪响，枪声就来自龟田曹长前进的方向。

枪声响过许久，横田对众手下说："龟田他们已经为天皇献身了，才响了十余枪，应该是偷袭，龟田连还手的机会都没有。"

这茫茫绵延多少公里的大山脉，怎么可能来过一次就熟悉？队伍之所以要分成两股，是因为辛田中佐给了他另外一个任务：暗中督察皇协军的围剿行动。

有了龟田的教训，横田令手下两三个一组，分成三组往东西南三个方向扩散开来侦察。两个时辰后，往南的一个小组回来报告，他们在山岩峭壁上发现了一个山洞，是藏身的好地方。

天亮，太阳冒出东山脊，通红变乳白，并渐次爬至头顶。这时，东边山坳里传来激烈的枪声，隐约还有嘈杂的呐喊声。东边是一片宽阔绵长的山谷地带，那里应是大部队施展身手的好地方。难道罗团长的皇协军这么快就攻上山来了？

留下几个在洞内值守，横田带上五六个手下，往东边寻去。

横田对跟在身边的几个手下说："今天的任务就是侦察，不要与任何人遭遇，行动注意隐蔽。你们明白我的意思吗？这也是辛田中佐的命令。"

山岩上多杆长短枪在多个方位对着下面点射，漫山遍野或举着大刀或赤手空拳的青壮，持续从北边山上冲下。山下的皇协军溃败似的向后退去，地上不时地见到有他们丢弃的枪支弹药，整挂的、整箱的。冲到跟前的赤手空拳的北山青壮，见到地上的枪支弹药，抱起就往回去。没见到的就继续往前冲。耀宗带着几个的一直向前，见了地上的枪支弹药也不捡，一心要找张排长说的山地炮。

在远处的一片开扩地终于看到一门威风凛凛的山地炮，两箱炮弹就搁在旁边。见了此庞然大物，耀宗又招呼了几个人过来，拉的拉，推的推，扛的扛，抱的抱，终于将山地炮和炮弹搬走了。

从西坳沟穿插到头的横田将这一切看了个十之五六。因为到得迟了点，又需要隐蔽藏身，没看的十分周全。觉得莫名其妙，不得其解，立即向辛田发了电报。

罗子俊没有全团出动去围剿北山，辛田心头已相当恼怒了，接到这个报告更是火冒三丈。他给火炮阵地打电话："火炮瞄准城西独立团的团部营地，天黑时分，打三发炮弹。"

夜幕降临，龙源城东突然传出"嘭、嘭、嘭"的三声，响声过后，即刻看到天空有三道火光拖拽着尾巴，从城东向城西郊飞去，接着响起三声剧烈的爆炸声。

有一枚炮弹就落在罗团长房前几米，地上被炸出一大坑，五米外的一棵碗口粗枣树被飞起的弹片拦腰截断。罗团长此时恰巧去伙房吃饭，躲过这一劫，不然，不死也要半残了。

罗子俊对几个赶过来看弹坑的手下说："鉴于这种情况，我不得不安排下后事了。我任命吴营长兼任副团长，过后再向上面报批。以后我不在或出意外时，就由吴辉代我指挥这个团。"

吴连长连忙说："我这个营长本来就是兼着的，这下还越兼越大了。这个我可干不了。"

黄副官笑道："没事的，只是预备着，一时半会还轮不上你干。我们的罗团长有福星罩着。"

"就这么定了。"罗团长说："这辛田什么意思，吭都不吭一声，没头没脑地就向我们团部营地开炮？"

黄副官说："他肯定是在用这个警告我们，再不去围剿北山，就对我们不客气了。我们在他的眼里算个屁，还不如一条狗呢。"

吴团副建议道："我们何不出去躲些时日，对外就说我们全部出动，去攻打北山了。他辛田还能真知道我们去打还是没去打呀。"

罗团长说："有督导组的四个家伙在，我们的一举一动，辛田都会知道得一清二楚的。"

"这容易。"黄副官附耳嘀咕了一下。

罗子俊说："好，这主意不错。"

于是第二天上午，罗团长向驻扎在团部营地的几百名官兵宣布，一任命二连长兼一营长的吴辉兼任团副，二除三连二排二班留守营地外，全部出动围剿北山，上午准备，下午开拔。

督导组马上向辛田中佐汇报了独立团的新动态。辛田中佐听了，心里道，看来这些支那人，你就是要跟他来硬的狠的，三颗炮弹下去就乖乖听话了。

吃过午饭，大部队就向北山方向开拔了。他们往县城方向走，顺着城西门口外的绕城马路到城北，再从城北的大路往北去。走到城北城门洞时，便见到这里站着以辛田中佐为首的一帮鬼子，还有宋县长以及龙源的一些名人绅士。他们都是等在这里为罗团长送行的。

辛田一帮人站在那里不动，只是用眼睛打量着罗子俊该有什么下一步的动作。他在等着罗子俊主动凑上去跟自己讨好。然而，罗子俊在见到他们后，只勒住马头停留了那么几秒钟，就继续催马向前了。

辛田中佐在心里笑道，还在生我的气啊。有种。看来，那枪械子弹的事与罗子俊无关。

宋县长见罗子俊没有下马，他便对左右帮罗子俊圆场道："鬼子昨晚向他们开了三炮，这罗子俊现在还在生气，不愿跟鬼子跌软呢，有骨气。长生呐，你拎着这罐酒追上去，替我们龙源的父老乡亲敬敬罗团长。"

"好的。"罗长生牵过一匹马，骑上，宋县长把酒罐递上。罗长生一手勒住缰绳，一手拎着酒罐就催马赶了上去。

罗长生一会便追上了叔叔。见有人追赶上来，罗子俊几个也就停住下了马。长生解释道："这是宋县长代表龙源的父老乡亲给你们的饯行酒。他希望你们能打个翻身仗凯旋。"

罗子俊第一个就着酒罐喝了一大口，然后依次传给其他几个喝。这时，长生把叔叔唤到一边悄悄说道："经查，前些天那二十余个进城勒索伤人的铁骑，不是北山佬，是小鬼子装扮的。宋县长让我特地赶上来告诉你这个。"

叔叔说："他娘的，这辛田也太鬼了点吧。"

"人家这点鬼都没有，小小弹丸之地敢来犯我幅员辽阔之大地？"罗长生眼里透出深邃的光，"鬼子设计除掉敢跟他们作对的北山佬之后，这龙源北山就真正是他们的天下了。到时谁敢跟他说个不字，就只有死啦死啦的。"

叔叔想了想，"现在有北山佬在，我们还有被鬼子利用的价值，他还不会怎样你我，一旦北山佬被剿灭，我们就是他们的盘中菜砧上肉了？"

黄副官过来道："你们叔侄在聊些什么呢？"见此，二连长吴辉和金宝也都跟了过来。

罗子俊把长生刚才说的说一遍，然后说道："我们是被鬼子玩得团团转啊。你们说我们该怎么办？"

黄副官见怪不怪地："能怎么办，跟他们撕破脸，我们还没有这能力。昨晚大家见识了的那三发炮弹了吧。他要我们完蛋只是一眨眼的功夫。人家第一发炮弹下来就把吉普车炸了个稀烂，害得我们今后都没车子可坐了。第二发就落在罗团长的房门口。"

吴团副说："你黄副官尽说这些酸话干吗。我们听团长的，团长说怎么干就怎么干。"

长生说："你们自己看着办吧。我回去了，不然鬼子又要怀疑我在搞名堂了。"

吴连长说："团长，你就说你心里怎么想的吧。你告诉大家，也好让我们心中有个数。"

罗子俊说："我还没想好，当头的就是保住兄弟们的命。还是先上路吧，我们边走边想。"

行走在队伍后的督导组岩茨郎问道："罗团长，你们几个刚才在说些什么呢？"

罗子俊说："你不是看到了吗，是宋县长给我们送饯行酒。"

组长岩茨郎说道："送饯行酒是不假，但你们说了悄悄话。如果你们胆敢有什么企图，我报告中佐，后果你应该知道的。"

罗子俊笑嘻嘻地："有你们督导组在，我罗某哪敢有什么企图呀。"

岩茨郎说："你这笑里是不是藏着奸呐。"

罗子俊说："不敢。"

岩茨郎哈哈笑道："我料你也不敢。"

跟在罗团长身边的金宝这时突然有了主意。他问罗团长："我们今晚在哪过夜？"

罗团长说："再前行十里地，在王家棚一带的路边安营扎寨算了。"

太阳还未落山，队伍到了只有两户人家的王家棚，就在田畈上扎堆歇下，一个班一顶帐篷，一个排为一个起火就食单位，大家各自忙活起来。团部与督导组的几个由司务长亲自开火伺候。不多一会，田野上便升起缕缕炊烟。

团部开饭时，司务长把饭菜分成两份，少些的那份端到督导组帐篷，多些的这份摆团长帐篷里。岩茨郎两边瞧过，给司务长一巴掌，他要司务长把多的这份给他们。司务长说："这边多个人呀。"岩茨郎说："多个人也要换过来。"罗子俊无奈摇摇头。司务长只好把多的这份端到督导组那边去了。见状，金宝自告奋勇地对司务长说："我来帮你端。"他一手拿着海碗，另一手在裤腿上擦开了枪的保险，一进督导组帐篷，他抬手便"砰、砰、砰、砰"地连发四枪。

听到枪声，大家一起奔向督导组帐篷，四个鬼子歪倒，枪枪命中要害。金宝愣在那里一动不动，垂下的枪口还在冒着青烟。罗团长狠狠盯了金宝一眼，没有一句话。

帐篷口集聚的人越来越多。罗团长对帐篷外说："看什么，看什么，有什么好看的？你们说这四个鬼子该不该死？不是他们跟辛田汇报，我们营地怎会被炸？昨晚我不是上伙房吃饭去了，早就翘辫子了。这些个王八蛋。"

二连长吴辉说道："这下瞎了辛田中佐的眼睛，没人监督我们了，我们可以想怎么干就怎么干了。"

黄副官用怀疑的眼神盯着罗团长："这是你的意思？我咋没见你跟我们商量过呢？"

"跟你商量，你露馅了咋办？就你那个胆量。"罗团长来到金宝跟前，把一只手掌按在他肩膀上赞赏道，"你金宝处事果断，天生是一把好手。看不出啊。"

司务长奉承道："团长怎么会看不出呢。你看不出，当初怎么会选他当你的警卫员兼司机。"

"行了，别拍马屁了。你马上带几个人把这四个鬼子的尸体处理掉，把帐篷清理干净。"罗团长对大家说，"若是有人问起这督导组的四个是怎么死的，大家统一口径，就说是夜半被闯进来摸营的北山佬打死的。大家听到了吧？"

大家都说听到了。随后围观的人群逐渐散去。

团部的几个坐着吃饭。大家都闷不作声，好像边吃边在想着自己的心事。闷了好久，罗子俊突然破口质问金宝："你这么突然对督导组下手，你说你到底安的什么心？"

金宝说："我看不惯他们太嚣张，人的忍耐是有限度的。"

罗子俊说："你的这个理由太牵强。"

金宝闷了一会，说："盯着我们的小日本死了，我们就可以凭着自己的良心去干自己想干的事了。现在的罗团长总不会还要去围剿北山了吧？"

罗子俊说："我就知道你杀鬼子是这私心。"

罗团长继续说："你知道不，围不围剿北山，不是你杀了督导组的四个鬼子就能了事的。辛田很快就会知道，鬼子的督导队也会很快跟上来。"

金宝说："噢，他们在后面拿枪押着我们，让我们做他们的炮灰。恕我放肆。即使我不杀这四个鬼子，我们也已经没有退路了。小日本既然跟上来督战，我们索性一不做二不休，转身打他们一个伏击，把他们吃了。"

黄副官有点厌恶地："北山佬就是北山佬，脾性一点都改不了。你这样不留后路地乱来，大家都会被你害死。"

金宝说："有小日本留在龙源北山，你迟早都是一个死。"

黄副官讥讽道："你下黑手撂倒四个，你以为自己就了不起啦。还妄想着把鬼子赶走呢，你就痴人说梦吧。人家没两把刷子敢孤军闯到我们这里来？人家那三百来号人是个比个的强。"

金宝平和地说道："人数已没你说的这么多了，被北山佬炸死打死的就有数十个之多。黄副官，你不要自己吓自己。"

罗子俊有些不耐烦地："行了，好了，你们别吵了。吃完饭早点休息，你们三个今晚都睡对面去，让我清静一晚。"

金宝问道："包括我？"

罗子俊翻他一眼："当然包括你。"

饭后，黄副官、金宝和司务长三个去到督导组的那顶帐篷睡。这边帐篷只剩下罗团长一个人。他和衣躺下静想好一会，心里道，这个牛金宝，不跟我说一句就敢把督导组的四个宰了。这样的狠角色，我岂能留他在身边。想想，又着人把金宝叫来，对金宝说："你干下此等鲁莽事，我心里就一直在打鼓。为稳妥起见，你挑几个人，由你负责，下半夜给我换上便衣返回县城，密切监视辛田中佐的动向，有什么情况即时报告。"

金宝说："没问题，我一定完成任务。"

第三十章 暗下操作

一觉醒来，出帐篷看了看夜空的星星，此时大地已是万籁俱静的时候，估计应该是后半夜了。金宝把身边三个要好伙伴轻轻唤醒。四个穿上便衣操上家伙悄悄往帐篷外去。急走慢行，见路边有打瞌睡的岗哨，也没惊动他们，一行悄悄出了宿营地。

他们在前面坡下牵了四匹啃夜草的马，然后顺着山谷田畈的宽阔大道，向来路扬蹄而去。他们路上没行上多少时间，便发现远方有两点忽闪的火焰。这夜半时分还有人在这山谷里烧火堆？不对呀，这天气又不冷，分明是有人在架篝火壮胆。这会是什么人呢？金宝对同伴说："留下两个，马都留下，谁跟我上前探个究竟？"

大个子下马，金宝道："好，你腿长，溜的快。"两个丢开马匹，躬身捷步潜行。很快离火堆只百米左右了，两个隐身至右边山的树林里，一边向前，一边向下仔细察看。屏气凝视好一会，终于在忽闪的火焰中看清楚，篝火两边各有两顶支起的帐篷，四顶帐篷分立东西南北。篝火的前后位置，时而游走着持枪岗哨的身影。再向前，那眼睛鼻子都能看清楚了。这时一个熟悉面孔来到篝火前。定眼细瞧，原来是值守在矿山的水谷隼小队长。

金宝对大个子说："想不到这鬼子的督导队来得这么快，他们是要让我们没退路，把我们往死路上逼啊。估计有四五十个鬼子。"

大个子问："那我们还回不回城？"

金宝说："还回个什么城啊，我们马上回去跟团长报告这一消息。"

于是原路返回，四匹马四个人儿在黑暗中默默潜行。此刻，启明星已挂上天空东北角，东方晨曦微露。离宿营地还有一箭之地，在迷蒙安静的黎明前，金宝眉头突然一紧一跳的。因为他发现前方的哪个方向有玻璃类的东西，在晃动转向时被微光漾映到的一闪。这证明黑暗里有人持枪物在快速移动中。他正这样想着时，营地前的矮坡上突然爆出一阵爆豆般的激烈枪声。条条火舌泼向下面的宿营地。枪声中，下面有的帐篷里便亮起了灯火，营地出现纷乱奔跑的身影和凌乱枪声。

金宝对身后三伙伴一挥手，同伴两腿一夹马腹，四匹马便刨着蹄子噌、噌、噌地往坡上蹿。上面的枪声还在继续。看见射击者的身影了，最前面的是金宝，他马上抬手就射出数发子弹。有一身影在枪声中倒下，有两个转过身子向这边射来。这时三同伴一起举枪还击。对方又有人栽倒。随着前后都有枪响，担心腹背受敌的对手迅速向坡下撤去。

四个来到坡顶，地上倒着三个。他们头上戴着针边斗笠，身穿黑色家纺粗布褂，一副明显的北山侠客打扮。没了枪声后，罗团长一行很快也上到了坡顶。这时天色微明，罗子俊看见上面却是金宝等四个在场，及地上躺着三个北山客样的死者，一时不明就里。金宝于是跟团长述说了整个事情的经过。听说鬼子督导队就驻扎在离自己不到六七里处，大家很是气愤。罗团长忧心忡忡地："前有北山佬阻击，后有鬼子压迫，我们没路可走了呀。"

金宝说："前面没有北山佬的阻击呀。"

罗团长指着地上倒着的三个："你金宝睁着眼睛说瞎话呀。人家来偷袭了，事实摆在面前你还不认账呀？"

金宝说："他们不是北山人。"

罗团长说："山上有上千号人，你都认得？"

金宝说："我自然认识。"

罗团长笑道："就是认识，为了私利，还是可以说不认识的呀。"

"好了，你是团长我不跟你争。"金宝上去解开死者外面的粗布衣扣，里面穿的却是军衬衣。他掏死者口袋，掏了一个再掏一个，终于在第三个的上衣口袋里掏出一笔记本。打开，里面有一全家福照片。照片上除了一穿日式军装的，老小都穿着和服。日记是用日文写的。

罗团长看到这些才相信。他骂道："这些王八羔子，既要我们帮他打北山佬，又在暗中偷袭我们。这演的是那出戏啊。辛田你到底想干啥？"

金宝说："这不明摆着的嘛。制造我们对北山佬的仇恨，让我们围剿北山佬来，下手更狠一些，更彻底些。"

罗团长说："那我倒想看鬼子到底想干啥？今天不开拔了，等督导队赶上来吧。"

黄副官说："等他们上来，只能挨巴掌、挨熊？这不是高招。"

吴连长说："再上来的不是原来的四个，而是一个小队，我们主导不了他们的。他们一经发现督导组的四个不见了，几把机枪一开扫，大家都得去见阎王。"

金宝说："黄副官和吴副团长说的有道理，我们不要跟他们照面，还是赶上前去与葛连长他们会合为好，我们人一多，督导队就不敢轻易怎样我们，二来也好有个商量，看葛连长他们这几天到底干了些啥？"

罗团长虽然对金宝的多言多舌不是很满意，但看在他说的有道理的份上，且还打死打跑这些假冒北山佬，便用几分嘲弄几分赞赏的口气说道："看来我得提你当我的参谋长了，当警卫员委屈你了。"

金宝说："承团长抬爱，如果团长同意，我们四个索性先行，先找到或联系上葛连长他们，有什么情况，我立马回头报告。"

罗团长乐呵呵地："行，这样也好，省得鬼子见了你这个对头起杀心。我没想到的你都想到了。就按你说的，你们四个作先遣队。我们吃过早饭随后赶上来。"

得到团长同意，金宝上马率先冲下坡。余下三个策马跟上。望着越行越远的四个，黄副官不咸不淡地："我越来越发现这个金宝不是一般人物。"

罗团长说："怎么，吃醋啦？你要是什么都愿意冲前头，我也乐意多听你的。"

"笑话，我吃他小子醋？"黄副官咧嘴大笑，"我跟你出来闯荡时，他小子还在拌尿泥呢。他有什么资格……"

"他有没有资格，谁说了都不算，拿出实际行动来算。"罗团长陷入对往事的回忆中，"我记得我父亲当年临死前说过这样的后悔话。他说我把你们带下山来不知是做对了还是做错了……山上人与山下人就是不一样啊！"

黄副官说："有什么不一样的。要有不一样，也就是山上的人更傻一些，更鲁莽一些，扛竹竿进城都不知道拐弯。"

在两说话时，几个收捡起被打死鬼子的枪支。

罗团长边走边说："我们下去吧。吃过饭起灶开拔。"

此时，驻扎在离主山脉更近的一山坳里的葛连长还未醒来。这几天他们是吃的香睡的实。除了值班哨兵稍稍辛苦外，其他官兵不是待在帐篷里打扑克睡觉，就是外出打野鸡兔子，或寻摘野果菜疏。日子过的是既新鲜又有滋有味。

队伍驻扎这个山坳是北山佬特意安排的，牛松柏还给他们指定了进出的具体线路和活动范围。

那天双方银货两讫后，看着这么多的枪支弹药，特别还是那门山地炮，柳族长喜不自禁又胸有成竹地对牛松柏说："这个葛连长人真是不错。待会你亲自去跟人家道声谢，顺便向他透露点我们的防范机密。如果他信得过我们的话，你就给他们安排个安全去处扎营。"

朱老夫子道："不可不可，害人之心不可有，防人之心不可无，怎可将机密透给来攻打我们的敌人？"

柳族长说："有何不可，老夫子的书就是这样读的？"

"不怪，这就是书生嘛。"牛松柏笑了笑，对族长心悦诚服地，"姜还是老的辣啊。我服了你的这一箭双雕之谋略。这样一可展露我们防范之严密，让他们心存畏惧，不敢有轻举妄动之念想；二来又体现了我们对他们的爱护之心，实施我们的拉拢之策。"

柳族长呵呵笑道："你松柏啊……我一撅屁股，你就说出我要拉什么屎，弄得人原形毕露。不像你这未来亲家，谦虚就谦虚的一塌糊涂。"

见老夫子哭笑不得的尴尬样，松柏连忙说："那我去找葛连长了。"

牛松柏上马往下山的路上奔去。

过了一山又一坡，他抄捷径来到官道山谷下的田畈宿营地。他对葛连长说："你与我们既然能这般坦诚相待，族长让我特意来告诉你。此地前后开阔无屏障，一旦夜里有人偷袭……你如果信任我们，还是挪营至斜对面的那个山坳较为安全。"

葛连长问："为什么？那山坳我去看过，如果两边山头被人占领，我们会死无葬身之地的。"

牛松柏微笑道："你这个连长很有眼光呐。理是这么个理。不过，你只知其一不知其二。我们为了防止敌人攻上北山，在很多地方都作了严密的防范。斜对面那个山坳的两边山头上都设有弓弩陷阱，还埋有地雷，没人可以上得去。在山坞里，你尽可以放心睡你的大头觉。"

葛连长听了这话没吱声。之后，他问："你们为什么在那两边山头上作此防范，犯不着呀？"

牛松柏说："想想，是有点犯不着。就是有人想攻打北山，这里离北山的祖源村还远着。不过我们宁愿有的防范用不上，也要尽可能地多作措施呀。若能把围剿我们的敌人阻截在外，那不是更好吗？"

葛连长说："不过，只要我们移营进了那个山坳，你们的这个防范措施就不白设了。"

牛松柏有些不解地："此话怎讲？"

葛连长说："我们进驻后，我们就成了那些想灭了我们的对手的饵了，不是吗？真要是这样，那些东西不就起作用了吗。"

牛松柏惊讶地："哎呀，葛连长果然是一难得的军事人才。你如果能与我们齐心合力，就是把龙源的鬼子全都灭了，也不是没有可能的。"

"你这话说大了，这样的事是要罗团长点头才能做的。"葛连长看看左右，几个手下回以坦荡眼神，他于是活络了点，"到时看天意吧。我按你说的，移营过去。"

牛松柏叮嘱道："进驻后，你们要想打点野味什么的，往东边山谷去，那边我们没有布防，随便你们怎么走。你们安全了，我们也就放心了。张排长应该跟你说了这山上已有便衣鬼子潜入的事了吧？"

"说了。谢谢你的好心。"葛连长这时想起，"对了，到时我们没粮食了，可不可以跟你们买一些？"

牛松柏说："没问题，要时你吱一声。你现在就派个人跟我过去熟悉熟悉路径。我把不能去的地方指给你们。"

葛连长对张排长抬抬下巴，牛松柏在葛连长的肩上轻轻拍一掌，一笑一点头，就与张排长一同往坡上去。

葛连长带队伍驻扎过来的第二天夜里，山坳的北山头上就有爆炸声响起，只一声，因为路况不熟，葛连长没有上去查看。他只当作什么都没发生，没想到第二天中午，牛耀宗带着两手下，从北边的山头上抬下一只被炸得血肉模糊的野猪，估摸有两百多斤。牛耀宗对葛连长说："你们就是有口福。这地雷埋了多少日，野猪早不踏晚不踏，你们驻进这里，它就给你们送上门来了。"

葛连长说："你们自己不吃，给我们，怎么好意思？"

牛耀宗说："这野味我们吃的多了，你们恐怕有多少日子没尝到荤了。我要猜得不错的话，要不了两三时辰，就会有人给你们送酒来的。有肉没酒可不行。"

听了这话，围在四周的战士欢呼起来。

这话说过不到一时辰，听到一声熟悉的吆喝，正在帮着教他们掏洗内脏大肠的牛耀宗，一抬头，果然是自己小队的十来个小伙，每人肩上挑着封泥完好的两坛酒，悠忽晃荡着进到营地来。

葛连长说："你们北山人太有情意了，我们是奉命来围剿你们的，你们却如此款待我们，这使我们的颜面往哪搁啊！"

牛耀宗说："你我都是交颈之情，何必跟我说这见外话？你葛连长若不是真汉子，我们柳族长也不会如此敬重你。"

一歇下担子的小伙对耀宗说道："祠堂里的公用酒不多，有几坛还是从农家收购的，柳族长说一定要让他们每人都能喝上几口。"

听了这话，葛连长感动不已。

张排长乐呵呵地："这下我们也跟你们北山人一样，能大块吃肉，大碗喝酒了。"

耀宗与送酒来的队员一起回去。临走，他对葛连长说："我们在四周高处的山头都有瞭望哨的，你们有什么困难或有什么事，烧堆狼烟，我们很快就会赶到。"

"真的不留下吃了？"葛连长有心挽留。

"你忙你的吧，兄弟们的馋虫都快要爬出喉咙了。"走在后面的耀宗朝大家招招手，转身去追赶自己队员。

头顶太阳移至西山背后时，帐篷间的宽敞处，官兵们就着岩石当桌，树墩当凳，或站或坐地围成数个小圈，开始了大快朵颐的吃肉，酣畅淋漓的喝酒。此刻还不到真正的傍晚，只因身处坳底天空窄小缘故，虽不见了太阳，上方的天空还是明亮的。

山坳口那边突然传来"砰、砰"两声枪响，随后又是一声。葛连长说："他娘的，什么人在这时候来捣乱啊，让人吃都吃不清闲。张排长，你去看看。"

张排长去牵马时，司务长过来递给他一个荷叶包："这些肉带给两站岗的哨兵。"

张排长赶到山坳口的高岗上，他把荷叶包递给岗哨问道："刚才是你们打枪吗？"

两岗哨回道："不是我们，是外面。"

"你们没过去查看一下？"

"离开了山坳口。万一有人声东击西怎么办？"

张排长笑笑："你们偷懒的理由还蛮站得住脚。"

刚才打枪的是金宝，他实在找不到葛连长他们的宿营地。

枪声响过后好一会，四周还是寂静无声。他于是对三伙伴道："我们还是顺着大道上吧，兴许他们早就与北山佬搅在一起了也说不定。"

一伙伴说："大哥想回家一趟就跟兄弟们明说，兄弟们正好借光去你们家解解馋。"

另一个笑道："我们就去大哥家打长工算了，只要有吃的喝的，强过待这皇协军里。大哥你收留我们不？"

金宝说："行啊，你们种田插秧也行，开荒种包罗也行。不过天天做这农活，到时你们腻味了后悔了，别怨我就是。"

一个说："这话倒也是。当年我就是不想在家干这些才跑出来当兵的。可眼下这皇协军不是人干的。饭吃不饱不说，还三天两头受日本人的气。一不小心，小命都得丢了。"

金宝听了笑笑没接腔，他一夹马肚，一马当先蹿出老远。因为前面就是向上的坡了，他想借着惯性让马儿走得轻松一些。

翻过前面的这个缓坡，又走了一段平路，前面是一片开阔宽敞地。乌龙口就在宽敞坪地的尽头。平地之上突然拔起一道铜墙铁壁。看着乌龙口这绵延横亘数里的，凹凸不一的悬崖绝壁。一同伴说："这样的地理位置太强悍了。前几年，葛连长的敢死队都没能通过这道关卡。"

金宝说："不对吧。我好像记得是有人刚冲上岩顶，你们就鸣金收兵了。"

一伙伴说："那是罗团长鬼精。他父辈是从北山下来的。他知道就是攻上也是打不赢，就在旺头上主动撤兵，给自己找个台阶下。"

这时，突然有一枝箭镞嗦地射到金宝马前的路当中。金宝仰面对上面喊道："我是牛金宝，自家人。"

俄顷，上面人用手臂划着大圆圈，同意上。

于是四匹马姗姗行至一线天的岩前，金宝带头下马，卸重的马儿刨着前蹄上陡坡，金宝不时在臀部推上一把。

上到岩顶，值班的护卫队员问金宝："你不是在独立团给罗团长当警卫吗？怎么开小差回来啦？"

金宝问："你怎么知道我开小差？"

护卫队员说："你不是穿着老百姓的衣服嘛。"

金宝笑道："鬼聪明。"

护卫队员想起地："对了，你的老东家耀宗刚过去一会，你兴许还能赶上他。"

听了这话，金宝扭头招呼一声，自己率先策马疾行而去。上坡又下山，来到一处马鞍形的地上，再从悬崖边上至一条窄窄长长的陡坡。上面就是一片高原田畹。他看见前头琥珀色的晚霞里正徜徉着一行浮动的人影。人影像是在往云霄里行走似的。

约莫一袋水烟功夫，金宝一行赶上了前面的人。耀宗听到身后得得的马蹄声，立住脚。看到飞奔而来的马头昂起，前蹄呈腾空状态，耀宗不得不在心里折服这个昔日伙计。现在的他，跟过去比起来，简直判若两人。这人就是要出去闯荡见世面。耀宗说："你今天这身打扮回来到底想干啥？"

金宝笑道："我还是想回来给你爹的铁匠铺打下手。"

耀宗说："打啥下手，铁匠铺已熄火多日了。你要回来，护卫大队长说让你顶上有才的缺。"

金宝说："族长孙子的缺我可不敢顶。我还是回去干团长的警卫员算了。"

"我就知道你是胡掐，你到底想干什么？"

"我看我父母，看看大家不行啊？"金宝突然想起地，"对了，你知道葛连长他们在哪啊？一路上来，我怎么就没见着他们，难道被你们消灭了？"

耀宗说："原来你是来联络他们的，再盘算着怎么围剿我们？"

金宝心有感触地："我是觉得哪里都没有我们北山好。"

耀宗于是笑道："哟、哟，真觉得家里好，就别去当那什么狗屁团长的警卫员，你回来算了。"

金宝说："你这什么话，当初也是你们同意我去的。我若回来了，谁帮你们买那紧俏的枪械子弹？"

听了这话，耀宗心想，看来金宝和罗团长都还不知道葛连长卖给北山大量枪械子弹的事啊。这个葛九斤的胆子也是够大的。有种。

第三十一章 进攻北山

老远就见到登封桥上有人在指指点点了。近了，才看清是北山议事会人在议事。牛松柏看见金宝一行四个，上前对金宝说道："金宝啊，我松柏叔明人不说暗话。你虽然是我们北山人，但你加入了绥靖军，今日又深入到北山腹地，北山的一切防范已看进你眼里出不来了。你让我怎么向乡亲们交代？你这不是给叔出难题吗？何况你又穿的是便衣，一副侦察敌情的架势。"

金宝想想说："这么说来，我也不想为自己开脱。你把我们四个关了，待打完这一仗再放我们出来。这样你总放心了吧？"

柳族长宽容地笑着："那倒不必这么急，你可以跟大家说说理由的。你只要把大家说通了。乡亲们也不是不通情达理的。眼下大敌当前，各种力量集聚一起，一副要灭了我北山的架势，我们不能不谨慎呐。"

金宝说："就是因为这，我才急着上山的。"

牛松柏对族长使一眼色，然后说："你再说也无益。我们只有先委屈你们了。"

一金宝的伙伴说："只要有饭吃就行。"

牛松柏说："有肉。"

另一伙伴说："好，好。我巴不得你们把我关了。"

牛松柏说："今晚你们就放开肚皮吃。"

在祠堂公灶吃过晚饭，牛松柏对金宝说："你回家看一下你父母，让耀宗陪你一起去。"金宝赌气地："算了，像囚犯一样被人跟着，我丢不起这个人。"牛松柏说："那我陪你去。"

一出祠堂大门，牛松柏就亲热地对金宝道："你以为我们真的不相信你啊，我是担心你的那三个手下坏我们事。"

金宝说："那三个是我好兄弟。"

一路上，金宝跟牛松柏说了大前天城西团部营房被打三发炮弹，第二天被逼出发，以及自己昨晚打死督导组的四个鬼子，奉命夜半出发回城，遇鬼子督导队再回头，碰巧打跑偷袭的便衣鬼子的经过全说了。

牛松柏听了，沉吟一会说："那不与鬼子督导队碰面，皇协军往里面进发，你赶到前面联络，这些都是你说的，团长也都听了你的？"

"差不多吧。"

牛松柏想了想，问："金宝你现在脑子转得快得多了，真是后浪推前浪，叔老了。金宝能不能说说，我们北山如何才能化解这场前所未有的灾难？"

金宝犹豫地说道："我一时也想不出什么办法。我心里也急，所以才找借口急着上来跟大家商议啊。"

牛松柏说："我可以告诉你，第一天我们与葛连长他们开战，他们撤退时，在地上留了不少枪械子弹，还有一门山地炮，是他们故意留下的。我过意不去，就给他们送了2000大洋。我知道你们的军饷一直没着落。"

金宝说："这么看来，葛连长他们是一股可以争取的力量。团部一直纳闷鬼子为啥打那三炮，原来是为这。这周围肯定还有鬼子的侦察小队，山上的任何行动都有可能泄密的。"

牛松柏说："他们目前要闹腾也只能在外围，进乌龙口以上的可能性不大。"

金宝说："若真想消灭鬼子，还不如放他们进来打更容易一些。你可以把他们引向我们挖了陷阱埋了地雷的地方。"

牛松柏说："这意见可以考虑。只是要冒些风险。"

金宝说："另外，你也可以利用皇协军与鬼子的矛盾或误会，制造机会，最好能让皇协军掉转枪口，这样胜利的几率更大。"

黑暗中，牛松柏脸上露出满意的微笑。他说："你当了罗团长的警卫后，一下长聪明了，罗派你出去学习过？"

金宝茫然地："没有啊。"

松柏说："那现在你咋一套一套的？"

金宝说："这都是跟师傅学的，是师父你的功劳啊。"

松柏笑道："拍马屁的本事又是咋学会的？以前的你可是半天憋不出一个屁。"

金宝一笑："还不是被你父子俩压的。"

到了金宝家门口。牛松柏说："我不进去了。晚上你爱睡哪就睡哪。明天有空我们再接着聊。"

这一夜，牛松柏自己却是半宿都没睡着。眼见着这大批的皇协军被日本鬼子压阵包抄上来，山上该怎么对付他们？怎么打才是最理想的，重点是消灭鬼子，还是重点保护北山和父老乡亲？能不能像金宝说的那样放进来打？

横田等几个便衣鬼子竟误打误撞地撞到了关押勤雄一郎的那个山洞。山洞呈葫芦形，口小底大，深达几十米，洞口有护卫队员守卫，凭横田几人根本救不出，打草惊蛇，让北山佬转移了还不知哪去。于是横田给辛田中佐发报，叫人速来增援。接到辛田命令的水谷隼派了二十多名队员，按照横田电报指引的路线上山。路上没有防范，不是北山人忽略，而是牛松柏想通之后主动撤去的。山路崎岖难行，正当他们集中通过一处窄道时，山上大石块纷纷滚下，行走在窄道上的鬼子多被砸中身亡，少数贴着岩壁逃过一劫。见此，藏在

215

大石后的耀宗跃出屏障，挂上两玄线，人又悄然躲回去。没砸死的鬼子在惊慌失措的后撤中，踩响一个又一个地雷。

耀宗带人上前打扫战场。他让队员们把鬼子身上的衣服全剥下。有人问："要这些烂衣服干啥？"耀宗说："这衣服烂吗？比你们家织的粗布强多了。"有的说："再好也不要，穿出去被人骂死。"一个说："笨蛋，你不会穿里面呐。"耀宗说："别争了，这衣服兴许什么时候我们用得着。"

大家扒完衣服，把鬼子的裸尸埋进坑里，清理完路面，再把石头推上山顶。

干完这些回到村里，耀宗跟乡亲们一说。大家听了异常兴奋。没花多少精力和弹药就消灭了二十来个鬼子，真是太划算了。柳族长笑道："看来还是把他们放进来打更容易啊。"牛松柏对耀宗说道："待会你还是亲自去葫芦洞送饭，边上多埋伏几个队员，以防不测。不是他们报信，我们还消灭不了这些鬼子。关在洞里的家伙一定有来头。"柳族长说："那我们可以有好戏看了，多送点饭，不能饿着他们。"

耀宗问："若是躲着的其他鬼子出来抢吃怎么办，我们打是不打？"

父亲说："你见机行事吧。我估计他们不会这么蠢。这山林里野果山鸡多着，暂时还饿不死他们的。"

横田左等右等等不来增援，便再向辛田中佐发报。辛田于是跟水谷隼打电话一时也弄不清情况便令道："你迅速追上罗子俊，已经三天没有岩茨郎的消息了，速查明情况。另再派兵增援横田，一定要救出勤雄一郎。"

于是水谷隼的督导队立即开拔，快速前进。

经过一两时辰的跑步，鬼子督导队终于赶上了罗子俊的大队人马。水谷隼命令罗团长把队伍停下来。他说他要对部队训话。罗团长不阴不阳地回道："我的队伍还轮不到你来训话吧。"

罗子俊话音刚落，水谷隼周围的鬼子就把枪指向罗子俊。

水谷隼的眼睛在皇协军队伍里搜寻一阵后，说："罗团长，请把岩茨郎喊过来，我有话要问他。"

罗子俊脸上肌肉不自然地扯动一下。这时吴副团长开口道："昨天凌晨有一帮北山佬摸进营地偷袭，岩茨郎四个冲出帐篷与北山佬奋勇交战，被对方打死了。"

水谷隼上前啪地给了吴副团长一耳光，冷笑道："你敢编瞎话蒙骗皇军。看来你是不想活了，给我捆起来！"话落，两鬼子一左一右把吴副团长架了起来。

水谷隼左手抓住吴辉领口，右手拿枪口抵住吴辉脑门，眼里透出凶光："我再给你最后一次机会。他们到底怎么死的？"

这时，黄副官上前对水谷隼嬉皮笑脸地："水谷上尉，小心枪走火，你先把枪放下，我告诉你实话。"他把嘴凑至对方耳际，正要开口。水谷隼一把将黄副官推开，正言道："要说大声说，不要偷偷摸摸。"

黄金彪于是左支右挪地说了事情发生的具体经过。他说："因军饷奇缺，大家的伙食本来就不好。罗团长还是照顾岩茨郎四个，他们吃的是最好的。但岩茨郎还是不满意。大家吵起来。是岩茨郎先动的枪，团长警卫员就开枪把他们打死了。"

水谷隼转身大声问众皇协军："事情真是黄副官说的这样吗？"

士兵们稀稀拉拉回道：是，是这样，没错……

水谷隼于是朝两鬼子抬抬下巴，两个就把吴副团长的手松开了。他继续问黄副官："警卫员现在哪？"

黄副官说："他杀了岩茨郎太君，团长要枪毙他，他吓得跑掉了。"

水谷隼想想，不再追究，先解决眼下的事要紧。

他走到罗团长跟前："请你告诉我，我今天早上向上面派出的二十个突击队成员，你见到没有？"

罗子俊回道："没有。一个人影不曾看见。"

回过这话，罗子俊心里乐了。难不成水谷隼的这二十多个被北山佬吃掉了？水谷隼抓起罗团长的领口："你的真的没见着？"罗团长用手掰开，含讽带刺地："难不成你怀疑是我把他们杀了？"水谷隼说："我料你也没这能耐。不过你们良心大大的坏。把许多枪械子弹，还有一门山地炮悄悄给了北山盗匪。"

罗子俊驳斥道："你不要血口喷人，没有这样的事！"

水谷隼说："你不承认是吧。等我们灭了北山盗匪，拿到证据，看你还有什么话说。"

罗子俊说："那我就等着。"

水谷隼说："等着，我不会让你等着。你的大队人马马上给我从正面攻上去。另外，你派十个人给我，我们组成个一小组，抄西边的悬崖小路上后山，去完成另外一项重要任务。"

罗子俊沉吟半晌，对黄金彪说："你帮着点十个吧。"

黄副官对身边队伍一划拉，站出的十个就被鬼子指使着走到另十个鬼子一边去。一会，他们就往左边山林的一条小路上去了。这次鬼子精了，就是要救勤雄一郎，也要拿一半的皇协军作垫背。

之后，水谷隼对罗子俊说："你们扎下营后，马上给我攻山。我们就驻扎在你的后边。"

罗子俊说："你就是让我们送死，你也要让我们起灶吃饱了饭再说吧。你总不能让我的战士做饿死鬼吧。"

水谷隼不耐烦地："好了，行了，你们扎营做饭吧。"

独立团扎营做饭，罗子俊想，等会如何是好啊？打不行，不打也不行，问黄金彪和吴团副："人家逼到屁股头了，你们说怎么才是好？"

黄金彪摇头道："我是没有办法。"

吴连长叹着气说："关键是鬼子在你眼皮下，你一点小动作不能做。"

这时突然听见人说："瞧，右边谷口四匹马直奔这边来了。"罗子俊一看就知道是金宝他们回来了。不过，他们怎么是从这个山谷出来，这让他有些摸不着头脑。你们回来的也太不是时候了，给鬼子发现还不是一个死。罗子俊让一手下骑马迎上去："你叫金宝他们赶快跑，不要再回来，越远越好。"

听说了事情原委，金宝对来人说："你替我谢谢罗团长，那我们暂时就离开独立团一阵子了。"

望着远处的四匹马调转方向上了东山坡的一条小道，人马很快没入树林间。这山势逶迤向峡谷弯划一弧度，然后又向东南迤逦而去。

这条北山正道大峡谷中的一条小河流，因河流弯曲自然划分地块的缘故，人多的皇协军驻扎在河西的大块地皮上，人少的督导队的几个帐篷就安扎在河对面的小块面积上，那边离凸出的东山坡很近。"

突然东面山坡的树林里爆发出一阵激烈枪声。在枪声中，只见对面河的鬼子像热锅上的蚂蚁，无头捉蟹地胡乱窜着。好一会才判定目标，卧地架枪往山坡的树林里盲目还击。

见此光景，罗子俊禁不住说："有种，好样的。"

攻击北山的战斗是太阳当顶时打响的。正确说法是开始。因为先前一个多时辰都是在行进上坡。这一路虽是谨慎推进，却没遇到什么阻击。外围的前山山势平缓，两三百官兵成扇形搜寻着向上。吴连长跟在队伍后边。他身边有数个督战的鬼子。队伍刚到达乌龙口前的平坦宽敞处时，上面悬崖上就向这边打出一发炮弹。炮弹落地炸开的地方离队伍还差着几十米。

有鬼子便嘲笑道："这炮到了土匪手里也是起不了作用的。"

吴连长在鬼子的威逼下，下达了进攻命令。他说："大家拿出点勇气来，后退是要被鬼子打死的。"

当队伍行进到先前落炮弹的方位时，又一发炮弹落了下来，皇协军被炸死炸伤好几个，没有被炸倒的继续向前。这时上面机枪响起，又有数个皇协军倒下。这下大家才明白，炮弹落地的那条横线是开杀戒线。

罗团长马上赶上来，让吴连长命令队伍停止前进。他说："这回不是上一次了。他们有足够的枪支弹药，这片宽无屏障地带是无法通过的。我不想我兄弟都死完。"吴连长命令卧倒。见此，水谷隼对罗子俊呵斥道："你的不想活了？"

罗子俊说："这不是让他们白白送死吗？我的兵就不是人？"

水谷隼说："你们送死的活该。你把大炮送给他们，你们不死谁死？"

罗子俊说："我还不干了，你把我怎样？"

218

"我毙了你。"水谷隼拔出手枪，把枪顶在罗子俊的额头。

罗子俊毫不畏惧地："来吧，你毙了我，你们一个跑不掉。开枪呀！"

这时只听砰的一声枪响，水谷隼身边的一个鬼子莫名倒下。水谷隼等几个马上躲闪到一边，他搞不清这子弹是北山佬打来的，还是罗子俊的属下放的黑枪。紧接之后，又一颗子弹跟踪而至，又一鬼子倒下。罗子俊站在原地未动，命令吴连长把属下撤回。

正在水谷隼也不知怎么办时，报务员过来递给他一份电报，辛田中佐命令暂时停止进攻。停战期间，督促绥靖军在靠近北山防线处紧急修建两座碉堡。

横田跟辛田再三发电报说，增援一直未到。辛田这下才明白，水谷隼派出的两拨人马肯定都被北山佬消灭了。勤雄一郎和横田成了北山佬调日本人进去的诱饵了。一个是皇亲国戚，一个矿山的管理设计者。这两人都必须重点保护。为稳妥起见，只有交换人质才能把两个赎回了。

过了几天两座碉堡拔地而起。

一帮北山年轻人看得哈哈笑。

耀宗说："这日本人是不是真傻啊。"

牛松柏说："日本人如果真傻的话，就打不到我们中国来了。"

完工的两座碉堡足有五六层楼高，两相照应。进攻时，如有碉堡里火力的掩护和压制，确能增加攻上乌龙口的筹码。碉堡各个楼层的四面墙上，都张着吞噬人的黑洞洞的枪眼。

牛松柏看了说："这两座黑高的家伙对我们可是一威胁啊。不知他们下一步玩啥花招？"

第三十二章 交换人质

午后，在乌龙口简易木屋里打盹的牛松柏，被一阵喧闹声吵醒。原来是龙源的牛二到了山上。护卫队员诧异："你是怎么上到这里来的？这条路被鬼子封锁多少日了。"他说："我要见我的本家兄弟牛松柏。我有要事相告。"

于是大家从屋外哄闹到屋里来。

"坐。"牛松柏不愿跟他多说一个字。

"怎么，我辛苦上山一趟，你也不给泡杯茶喝？"

牛松柏对外喊："给牛掌柜舀瓢山泉——"

喝了半瓢水，气喘均匀后，牛二说："我这趟给你们带来了好消息。这是大事，辛田中佐要我亲自跑一趟。他决定用柳有才和朱秀秀换你们手上的两个日本人。"

"你怎么知道我们手上有两鬼子俘虏？"

"我是不知道，是辛田中佐猜的。"

牛松柏心想这辛田还真是有两下，让他猜的八九不离十。后来摸进去的二十个，十个鬼子在窄岩下被护卫队员一一报销，十个皇协军问他们留下还是回去？他们说愿意留下。问他们有多少诚意？他们说愿意把那几个便衣鬼子找出杀了作证明。结果枪杀了两个抓了两个。

牛松柏脸露喜悦，这消息来的太好了。一个是自己的救命恩人，儿子心目中的媳妇；一个是族长唯一孙子，柳家香火的传承人。两三个鬼子算什么，就是十个换两个也跟他换呀。

牛二看到堂兄的表情，说："我辛苦跑这一趟，给你带来这么个大好消息，你有什么奖励？"

"你自己说。"牛松柏一点不掩饰自己的好心情。

"这怎么能自己说呢。"牛二惺惺作态地。

牛松柏想了想后开口："那好，我赏你五块大洋。过后这人情还给你记着。如以后万一犯下弥天大罪，可饶你一次不死。"

牛二脸一红，像是受到极大冤枉似的："你牛松柏说的什么话？从未见过有你这样赏赐的。你这意思，好像我牛二就是一天生大恶人？"

"我不是这意思。不是说万一嘛。"牛松柏沉吟一刻，然后说道，"那赏你四十块大洋。一次了断。"

见如此大数额，牛二面露喜色，继而眉头皱起，现出怅怅的无奈。他说："我怎么能要你这多钱，北山正处在艰难时刻。说到底我也是北山出身。你意思一下就行。还是五块吧。"

牛松柏笑笑："那情意还给你记着。"

第二天，得到准消息的辛田亲自率几大卡车人上路。一辆车上押着朱秀秀，一辆车上押着柳有才。车厢上站满鬼子。百余名鬼子的队伍威风凛凛地向北山开过来。

到山脚，鬼子下车徒步上山。过两道坡，在宽阔地带前看到平地冒出的两座碉堡又大又高，辛田很是高兴。他命令手下把柳有才和朱秀秀分别关进两碉堡的顶层。然后，让牛二通知北山佬派人过来洽谈具体的交换细节。

牛松柏对耀宗说："这事最好别让两家知道。"

耀宗说："那就我们父子去谈。"

在水谷隼的引领下，松柏父子先到左边碉楼见朱秀秀。上到三楼，鬼子让两个止步了。一会，头上套着黑头套，上穿细格洋布装，下着深灰西裤的一个人，被人搀扶着从楼梯上下来。头罩取下，果然是秀秀。已几年未见，着装虽比过去洋气时尚，但还是一眼就能认出的。耀宗冲上前取下她嘴里的毛巾，把她拥进怀里。秀秀一声不吭，看去比过去木讷了许多。这让父子俩心疼不已。

把一切看在眼里的辛田中佐笑道："看来你们关系不错。你们很快就会相聚的。好了，再到那边看看你们族长的孙子吧。"

秀秀的嘴被重新堵上，套上头套，送上楼。

两个来到右边碉楼，同样是到三楼止步，头上戴黑头套的有才让人从四楼扶着下来。摘下头套，嘴里也被塞着一块折叠成块的毛巾。他身上穿的还是被抓时的那套乌凡汁染的粗布衣。看去较干净，显然是洗过新换上的。见到松柏父子俩，脸上现出一副悲苦表情，说："我爷爷呢……他怎么没来……你们要救我，他们开出什么条件你们都要答应啊。我真的好想回家……"

牛松柏上前，两手扳着有才的肩膀，左看右瞧："有才，你放心，我们就是为这事来的。是你爷爷让我们来的。你再耐心等两天，你们祖孙很快就会相聚的。"

辛田只让他们见了一会，柳有才就被重新戴上头套带上楼了。

之后，辛田笑对松柏道："我早就听说你们北山的山势奇特，天下少见；宝纶阁和登封桥也建得极雄伟。听说桥头还嵌刻着这样一首诗："飞虹跨渊五百尺，桥看涧牛小如豕；客家折枝往下丢，落地野菊采一兜。"

牛松柏话里有话地："我们桥上篆刻的诗你都知道的这么清楚，看来你对我们北山花了不少心思。"

辛田谦虚地："我对一切用心的建筑，都心向往之。从诗里就能够想象出这桥的宏伟、高耸。这样伟大的建筑，能否让我一开眼界啊？"

"这恐怕不能满足你。"牛松柏回道。

辛田中佐说："我父亲是建筑师，我与水谷隼是建筑系同学。我是为了帝国需要才半途改学医的。"

辛田中佐说，"我知道，虽然你们北山有胆有识，但你们心里还是惧怕我们帝国的，你不敢放我们进去欣赏你们的杰作。"

牛松柏说："这也没什么不敢的。不过这种大事还得族长决定。要行的话，我们双方就在村中的校场上交换人质怎样？到了校场，便已经过登封桥和宝纶阁了，到时你也能看看。"

辛田中佐问："你们村中还有校场？"

牛松柏说："当然，我们村的历史跟你三天三夜说不完。我们北山人的英武和传奇能写好几本书。千百年来，没有哪一朝的官兵能进得了我们北山。"

辛田满怀希望地："如果你们族长能同意我们进校场交换，那是我辛田莫大的荣幸了。"

"行不行，两天后答复你。"

辛田中佐笑微微地："希望你们看在族长孙子的面子上，能说服族长满足一下我们建筑世家的一点好奇心。"

牛松柏说："我争取吧。"

辛田中佐提出这么一个条件,真的是想欣赏一下北山天地合一的杰作,还是另有所图?此事太过重大，眼下不把交换人质的事告诉族长都不行了。

父子俩回到乌龙口后，马上赶回上面的村里。松柏跟族长说了事情的经过。族长听了半天没吭声，却问一句："我有才身上看去，真的没有一点伤？"

松柏照实说道："对，那衣服干净着。脸色看去也还不错。"

族长哦了一声，马上跳回上句，说："这大的事，得会上说。"

理事会的会当晚就在宝纶阁召开。会上大家发言踊跃，联想丰富，说什么的都有。陈痴痴笑道："想看我们祖源的桥和屋？这辛田也太有意思了，还真是个他家长辈喜欢的好儿孙呐。"朱老夫子侧是一会喜，一会儿癫。他跟族长说："这回找秀秀要回家了。这回族长一定要想清楚了，可不能像上次那样放过救自己亲人的机会。"他一会对牛松柏说："我早说过你松柏是我们北山最有本事的。交换人质之事就全权委托你父子俩了。对付日本鬼子，得靠你们父子啊。"

牛松柏说："这次不是我们有本事，是天意。是老天要让你们父女相聚。我和耀宗为老夫子感到高兴。"

柳族长思忖道："原来你们逮的那鬼子是一皇亲国戚，这辛田想交换人质应该不假。但他这么想进到村里来，会不会还有什么其他目的？以他这种人的一贯表现，我的确很担心。你松柏真有这个胆量放大批鬼子进到村里来？"

松柏说："我是这么想的。一是我不想跌这个脸，让他们说我们不敢。二来他们真想使坏，我们村中有的是机关陷阱，我们可以巧妙利用机关消灭他们。若人跑散，可以各个击破；如聚一起，可以把他们引进陷阱和雷区。祖辈设的机关，加上我们自个的，还怕他日本鬼子？"

柳族长说："你想的倒是好，可凭着鬼子的那股子邪劲，进来，我们的妇孺和建筑恐怕就要受损了。"

松柏说："我就是想看看他辛田到底想干什么。如果真的只是想看看，那就让他们欣赏一下我们祖师爷的高超技艺。不是什么都是他们比我们强的。"

胡老耄孩子般的兴奋："进……进……来好，好，放进来好。我八百里北山，进，进来，就一个都都出，出不去。"

柳族长没好气地一句："你胡老反正是快翘辫子的人了，北山被鬼子弄得一塌糊涂，你就高兴了？"

朱老夫子抢着说："不会的。我们祖辈流传的顺口溜都忘啦？天若有情天亦老，北山自古出好鸟；世人都说读书好，北山竹篙是个宝。凭我们北山的这帮后生，放进来正好关门打狗。"

柳族长摇着头："你这个朱老夫子……你是一日三变呐。"

两天后，牛松柏到碉楼回复辛田说："我们柳族长同意你进村在校场交换人质。我们交还给你的除了勤雄一郎和横田，还有一上等兵，三个换两，你们赚了。希望到时你辛田能按承诺办事，不要耍滑头。"

辛田中佐说："我也希望你们不得沿途给我们制造麻烦。我还要带几十名士兵进去，沿途保护，谁能保证你们不要滑头。"

为救有才和秀秀，牛松柏也只好冒险答应他。

北山人走后，辛田中佐把水谷隼叫进去，威严地说道："天皇考验你的时候到了。为我们大日本帝国的利益，你明天代表我进北山腹地执行这项计划。龟茨小队长留在碉楼接应，以三发信号弹为行动信号。"

水谷隼激动表示："为天皇陛下，我愿肝脑涂地。"

辛田中佐跟他交代了一些需要注意的具体细节。然后又去到绥靖军营地对罗团长说："到时，你若见到三颗信号弹上天，你们即刻向乌龙口岩上发起进攻。皇军会与你们里应外合，一举包了北山护卫队的饺子。过后，我会论功行赏，还会让雪怡嫁给你。"

罗子俊问："你们不是去交换人质吗？"

辛田中佐说："这个方案是在北山佬对我们动手时，我采取的应变之策。不能不防着这帮北山盗匪。做下两手准备总没错。"

罗子俊说："到时我按你指示做。"

夜幕降下后，朦胧中却见辛田带着一小部分人，悄悄下山回城了。

翌日，对面岩上打出信号旗后，水谷隼即率近百官兵，全副武装地向山上进发。通过一线天时，先上的鬼子自动守护在狭道两旁的岩顶上，以防不测。在队伍前头，几个鬼子簇押着一罩黑头套着灰不溜秋粗布服的柳有才；队伍中段又簇押着一头罩黑头套，上穿细格洋布装，下着深灰西裤的秀秀。两个身边都有数支枪口指着两个的脑壳。

北山护卫队员想上前看看，鬼子用枪拦着，一律不得靠近。

通过乌龙口一线天后，在上面稍宽的路上，鬼子又重新恢复成两三个一横排的纵队向前行进，把两人质夹在队伍中间，有些鬼子边走边东张西望。上坡下岭，上到一靠壁狭长陡坡，穿过两三里的高山平原，前面就是登封桥了。

走在高山岭脊的平原上，抬眼远眺，四方远近的大小山峰都处在众人脚下。水谷隼用力向东方远眺，希望能看到家乡长崎的银屏山。他仿佛看到父母妻儿倚肩携手，正站在家门口向这里巴望。

终于来到登封桥头，水谷隼果然看到辛田说的，桥头石垆上的那四句诗。临身一望，下面是万丈深渊。与对面隔着一道几百尺宽的深渊，对面左侧稍低的山坳坪地上，是偌大的祖源村。看去粉墙黛瓦，错落有致，好大一片。登封桥对面的桥礅就坐在下侧的峭岩上。这是一座高桥礅的五孔石拱桥，从涧底上来的四个桥礅足有十几层楼高，礅间的跨度近百尺。整座桥有四五百尺长。

看见北边桥头已伫立着不少人。这头的鬼子立刻精神抖擞地自动排成四人纵队，并大步踏上宽阔的石板桥面。因手里端握枪支缘故，人与人之间的空隙大，所以队形拉得既宽又长，完全上到桥上后，便几乎占据了桥面的大半位置。双方的面孔越来越清晰了。北山这边，除两旁立着数个手里端枪的小伙子队员。前面几个是年老长者。水谷隼上尉觉得中间那位满脸尊者容的苍髯飘逸的老者，应该就是柳族长了。

在双方隔着一箭之距时，柳族长作出让对方停止前进的手势。

水谷隼问："柳族长，你要干什么，不信守承诺？"

柳族长说："我得跟你们提一条件，你们答应了，就继续过桥。不答应就止步在这里吧。"

"什么条件？"

"你们全副武装的官兵进来这么多，我不能不防。是官的枪带身上，士兵的枪全部放在桥上，这样你们方可过桥进村。"

水谷隼说："你们原来没有这一说呀？"

柳族长说："原是为打消你们恐受伏击的顾虑，才同意你们带枪进来。辛田中佐不是很想看我们北山的建筑吗，在这桥上一切皆在眼底，你们可尽情观赏了。如果不按我说的做，这人质我们就不交换了。"

此话一出，水谷隼就让手下把柳有才的头套下了，嘴里的毛巾也取下。有才马上哭悲悲地："爷耶，我的亲爷吔，你不能这样对你的孙子啊！"

身边的朱老夫子也怒目对族长："你怎么能出尔反尔呢？"

水谷隼的眼睛在对面人群中搜索一会后，问道："我们的勤雄一郎和横田呢，他们人在哪里？"

牛松柏接道："你们这么多的枪支人马，我们北山可没有，这样就把人质交你们手上，你们翻脸的话，我们可打不过你们呐。"

水谷隼笑道："知道打不过，还跟我们讲什么条件？"

柳族长说："这也是不得已啊。何况，说好要来欣赏建筑的辛田中佐，怎么没见着他的人呐？"

"噢，是这样的。因接上司电报，有急事，他昨晚急着回城了。"

"你们有意外，我们有变化。这也正常。"

水谷隼在心里想，看来这北山佬也不是我们想象的那么笨，你现在是进也不是退也不是了。按照辛田指示，这两个人是一定要换回来的。若交换成功，我们的胜算就更大。那就冒一次险，答应了这条件。

水谷隼于是叫士兵放下枪支。此话一出，群情骚动，有好些家伙直接朝他咆哮。原来这近百武士只一半是他队里的，一半是精锐一队挑选来的，这部分根本不卖他的账。再说枪就是武士的命，你叫人丢枪，就是叫人丢命，谁会同意这么做？

水谷隼于是对北边道："你们都看到了，我叫他们放下枪，他们就这态度，没人听我的。我没办法。"

看到这情况，牛松柏悄悄对族长说："要么还是让他们进村到校场算了。这是我当初答应他们的。"

柳族长说："在那里交换与在这交换有区别吗？我已看出鬼子没安什么好心。我不敢让他们进去。"

牛松柏说："在校场，他们就是想捣蛋，我们在三面的房屋窗台上都安排了枪手，我量他们也得不到便宜。"

柳族长说："就是得不到便宜，打起来人总要伤亡吧，房屋总要损坏吧。还是在这里保险一些。"

对面的水谷隼不耐烦了。他说："你们到底想怎样，给句痛快的。不然，我们冲进去，你们未必挡得住。"

柳族长说："你们既然不肯放下枪支，我们也就不能让你们过桥了。双方既然都有交换的诚意，那我们都退一步，就在桥上交换吧。"

水谷隼笑道："你柳族长还算一识时务者。"

　　三个日本鬼子很快被带上桥头。牛松柏对勤雄一郎斥道："多半年的饭让你白吃了。喂不熟的白眼狼。"耀宗恨恨地对横田道："你真是有福气啊。三年前的那次让你溜了，今天还得放你走。我后悔当时没一枪打死你。"

　　两个鬼子都是一副犟头犟脑相，不管你说什么，都不予理睬。

　　两方同一时间挥手，双方人质开始往对面走去。柳有才搀着戴头套的朱秀秀往北边过来。三个鬼子往鬼子队伍那边去。一分钟，两分钟，三分钟，两方人质接近，错臂走过没两步，柳有才一下歪倒在地。戴头套的秀秀拉了他两下，没拉起来。他于是对自己人这边喊："爷啊爷哦……我脚崴了，你快来扶扶我！"

　　牛松柏欲要上前，柳族长一把拦住，威严地说道："一个别动，是我孙子，我孙子喊的是我，不是你们。"

　　柳族长步伐迟疑着，缓步挪到孙子身边。双手刚向孙子伸出去时，戴头套穿着秀秀衣服的鬼子，拦腰架起柳族长就往回奔。有才一下站起挡在后面，对北边直摆手地叫唤道："别开枪……别开枪噢……"

　　这突变的情景一下把北边人给弄懵了。

　　几个交换的人质全部回到鬼子这边后，水谷隼对北边喊道："我们不会对柳族长怎样的，让他把我们送出北山后，我立马放爷孙两个回来。"

　　柳族长被放下后，狠狠给了有才一巴掌。有才哭丧着脸说："对不起啊，爷……我不这样做，他们就要杀了我。柳家就没有续香火的了，我不能死啊……"

　　"不能死也得死了，我们爷孙已没脸活这世上了。"柳族长摇头欲举手再打。

　　水谷隼对族长说道："柳有才是我们帝国的好朋友，你再对他动粗，我就对你不客气了。"

　　族长拍着胸口说："你不客气就是，你来吧，朝这开枪。要杀要砍赶早。"

　　水谷隼笑着说："我哪舍得开枪。你柳族长是我们的护身符啊。不然我们怎么敢深入到你们北山的腹地来？我们得靠你保驾才行啊。"

　　族长问水谷隼："你到底想干什么？"

　　水谷隼奸笑道："有你们爷孙在我手上，我想干什么就干什么。按照辛田中佐的计划，进攻北山。都到你们村口了，不把你们老巢剿了，我们在县城能待得安稳吗？"

　　族长笑微微回道："你以为这算盘都由你们拨？"

　　突然砰地一声枪响，枪响之后，队伍中有一鬼子倒下。水谷隼转身把枪口顶在族长的太阳穴上，对四周大声嚷道："谁再开枪，我就要了你们族长的命！"

第三十三章 逆转

在人质交换中有陷阱，这是牛松柏事先没有料到的。牛松柏这时才想起罗长生曾说过的有关柳有才的一些闲话，当时他没有往心里去。现在看来，这个有才太丢族长的脸了。辛田中佐之所以敢大队人马进入北山腹地来交换人质，原是他们早就设计好了。

牛松柏恨不得一头撞死在桥栏上。真是聪明一世糊涂一时啊，自己还帮着辛田做成了这个套。这下如何是好，族长在他们手上，打吧怕要伤着族长，不打吧北山非得让鬼子毁了不可。

松柏问："刚才是哪里开枪？"

护卫队员说："族长在他们那边，我们都没敢开枪呀。"

朱老夫子悲情无限地对牛松柏说："你说好笑不好笑啊，我们都被日本人耍了，他们没有把我家秀秀带来。我是说秀秀头上怎么还戴着个黑套子，原来是鬼子使的障眼法呀。这下可怎么好啊？"

牛松柏说："都怪我，没看出小日本这么阴险。"

耀宗安慰朱老夫子："你放心，我们一定会救出秀秀的。"

牛松柏对左右说："这里没有屏障，我们先主动撤下桥头进入宝纶阁和其他高处，看鬼子是向前还是后退？我们再寻机救族长。"

话落，大家转头呼呼往阶级下退去。

面对桥头护卫队员和众人的瞬间消失。水谷隼一时反倒犹豫着不知是向前还是后退了。这北山佬在耍什么花招呀？我们抓了他们族长，他们应该赶过来解救才对呀，怎么反倒不管他了，还这样放开大路让我进，他脑子没坏吧？

水谷隼疑惑地问柳族长："你手下怎么丢下你不管了呢，这是怎么回事呀？"

柳族长笑道："要能让你们看明白，我们还叫北山佬吗？"

水谷隼谆谆诱导道："如果你柳族长也能像你孙子一样帮助我们，而不是对抗，我们会给你大大好处。荣华富贵享用不尽。"

柳族长笑问："说来听听，有什么好处？"

水谷隼说："要什么你只管说，我们都会尽量满足你。"

有才说："爷啊……你就答应了吧。你答应了我在日本人面前说话也响亮些。"

族长说："那我点三炷香，磕头问问苍天佛主，问一下祖宗，看看他们是个什么意思。"

水谷隼笑道："你们支那人有意思，自己不做决定，叫神仙帮着拿主意，这样自己就不用担责了。好吧，好吧，你问去。"

桥中间东侧的护栏边，有一六尺见方的佛龛。佛龛里的菩萨坐像前终日香烟缭绕。爷孙俩于是来到佛龛前。族长在石案上拿了三炷香，费好大劲在未燃尽的香火上吹亮续火。他拜了又拜，嘴唇不时地闭合张开。插上香炉又取下再拜。

有才看着不耐烦了。他说："爷啊，你省省心吧。菩萨和祖宗都不会告诉你的。你不要自欺欺人了。"

族长再次抱着希望地："我的孙子啊，他们已经告诉我了。他们说，我们不能忘了自己是顶天立地的北山人。他们要我们做一个有骨气的中国人。他们不答应我们帮日本人呐。"

有才笑道："爷……你就糊弄我吧。我三岁呢。"

"你是真不信有神灵？"

"爷，我不信。这是骗人把戏。你信不，我敢砸了这菩萨庙。"

"你别，别……得罪得罪，菩萨，对不起哦……"族长拜了两拜后，又毅然靠近石板条案边，费了一些劲才把香火插到香炉上。

此后，柳族长的眼里悠忽露出慈祥溺爱的神情，他挽住有才的肩膀，说道："有才啊，那我就不糊你了。你爸刚才在我耳旁说，他有二十多年没见着你了，他很想你啊。他一定让我带着你去见他。我们祖孙三个永远不会分开了。"

听了爷爷的这疯话，有才心里害怕了。他一下挣脱爷的胳膊，说："不，不，……我不去见我爸。"一边说一边往后退。

有才往水谷隼那边退去，族长在后边撵着说："有才，你等等爷爷，爷爷要跟你在一起。爷爷怕你迷路啊……"

这时，有那极个别的鬼子听到一种蛇游草丛里的籁籁声，而且不是一两条，像是千百条。这种声音对他们来说是最熟悉又最可怕的。而千百条蛇的游走，这声音听在他们耳朵里，就仿佛是巨龙游走树林。那压倒挪开的不是草丛，而是树木了。那接连不断的树裂枝断的噼啪声，让少数鬼子尖叫着向后疯跑。这惊慌又成蝴蝶效应，于是许多鬼子跟着跑。

轰隆……轰隆隆……随着两声地动山摇的沉闷巨响，只见登封桥首尾两处飞石四溅，随后腾起两股滚滚浓烟。爆炸过后，两处桥拱的最薄部位，塌出四五十尺的断头。除有少数十几个鬼子逃脱，大半鬼子被炸死或掉下深涧，而在桥靠北前侧的水谷隼、勤雄一郎、横田被炸得粉身碎骨，身首横飞。而与他们离的稍近的有才和族长两个，身子随着塌方桥石坠下深渊，魂魄却离体向上腾升，爷爷拽着孙子拼命向上飞，三代人终于永远在一起，再也不分开了。

宝纶阁的房顶上突然有疯狂的机枪声响起。哒哒哒……哒哒哒……哒哒哒……中段桥面上的三四十个惊慌失措无处可逃的鬼子，在密集的枪雨中一片片倒下。

宝纶阁的大厅上，牛松柏在恶狠狠地谴责陈瘌瘌："这样的炸药放置安排，你为什么不告诉我？"

陈瘌瘌说："你忘记我们族长是什么人了？他是事事都要留一手的。他能让我告诉你吗？"

牛松柏感叹地："嘉仁呐，几十年了，我还是没能看透你啊。"

朱老夫子说："族长原是没想到一定要走的，是赶巧都赶到一块了。这火药线一点，就报销了大半鬼子。他走得壮烈，走得英雄呐！在龙源北山是青史留名了。面对这样一个软弱没用的孙子，死要面子的族长还能有什么办法？这是族长的无奈！"

忍住悲伤，牛松柏对众手下说："耀宗你带一组去涧下搜找族长有才的尸首，顺带收拢落在下面的可用枪支；另一组我带队，你们几个先去找几根最长的杉木，打榫眼镶排木，然后架到中心桥面上去清理桥面。圆排木要镶两块，南边也要架通。我们尽快过到南边，去追击逃窜的鬼子。"

剧烈的爆炸声，连远在数座山峦外的葛连长他们都听到了。他们在那山坳里悠闲了几日，心里正痒痒着呢。葛连长对众手下说："这爆炸声好像来自北山中心，不像是地雷爆炸。难不成是鬼子或是罗团长他们攻进祖源村了？"

一个说："不至于吧，北山的防范措施这么好。他们能这么快就攻进去？不太可能。"

张排长说："罗团长也不可能这么卖力。那天金宝不是说了，他会尽量想办法说服团长，不去干这吃力不讨好的事。"

葛连长说："眼见着我们的粮食马上要吃光了，若是向牛松柏他们买些，问题应该不是很大。但看着他们跟日本人拼死搏杀，我们却只做旁观者，这个嘴是怎么都不好意思张的。"

张排长说："要不，我带一个排过去，看情况相机行事？"

葛连长问："你怎么相机行事？"

张排长看着连长，装糊涂地："看哪一边得势，就帮哪一边呗。"

葛连长的脸显得很难看："看你说的什么话，人家给你吃的肉和酒，都喂了狗啦？"

一手下说："也是，我们帮了北山佬，万一没路走了，还可以投奔他们。再不济，叫他们分片山林给我们，我们靠山吃山。"

张排长说："那我们不当兵，又做回农民去？"

一个说："做农民有什么不好？只是单个在家务农，会被人欺负。若大家抱团在北山务农，谁还敢欺负我们。"

"这话说到点子上了。"葛连长一拍大腿，赞赏地，"那就别光动嘴了，愿意跟我出看看的，吱一声。"

不少人站起来说愿意，张排长也主动站了出来。葛连长说："张排长还是留下，你能独挡一面的。万一有什么事，这里由你做主。我不要太多人。大刘，小余，还有你们几个跟我去。你几个马上摘些树枝草叶伪装自己。"

葛连长一行十几个头上缠着枝叶伪装，往上头出口出去，这是一条通往中心祖源村的小路。不多一会，他们就翻过了两道山脊，站在一可登高望远的峭壁上。

这时，眼尖的大刘说："看，那边山岩上有人在跟我们招手呢。"

葛连长举起望眼镜朝大刘指的方向看，收进眼帘的却是几个鬼子。

这几个鬼子就是从登封桥侥幸逃出来的。他们没有方向地胡乱跑，结果有三个掉进埋有竹尖的陷阱里，有两个被地雷炸死，余下的七八个再也不敢走泥土路和钻树林子了，专拣石板路或有岩石的地方走。这几个里面还有一个是鬼子伍长。看见绥靖军后，伍长说："这下好了，待会让他们走在前头，这样既能壮大力量又能避免我们的伤亡。"

七八个鬼子于是迅速向葛连长他们靠了过来。

葛连长见了这情况，说："大家隐蔽好，让鬼子发现不了自己，待他们到近处，我们一人报销他一个。"

"如果他们人数比我们少呢？"大刘想了想后，又道，"现在就把鬼子销了号，北山佬又没看见，亏不亏啊？"

葛连长笑道："你还真会算计。你说某天某时，躺在某个地方的鬼子是你大刘打死的，人家还能不信？"

大刘说："这难说，人家嘴上说信，哪有亲眼见的来得可靠。"

葛连长说："好了，不说了。注意隐蔽自己，鬼子快露头了。"

然而，半天过去，这七八个鬼子始终没出现。原来这个伍长是个谨慎而狡猾的家伙，当他发现这边的绥靖军不是大队人马，而是少数人时，心里便有了戒备。他还派两手下迂回到一侧观察，就是看不到绥靖军人的身影。看来对方明显是伪装潜伏了。于是在上到最后一道山脊时，伍长用一棍子顶一帽子插在那里。

早等得不耐烦了的大刘，正要对冒出的头颅开枪。葛连长一把按住他，轻声道："再等等，看仔细点，那头怎么一动不动呢。"

半个时辰过去还没见响动，小余摸过去一瞧，那下面哪还有鬼子的影子。仿佛受到羞辱一般，葛连长红着脸骂道："他娘的，这鬼子……我们中他招了。"

看到山脊那边下面是一条上下山的正道，大刘说："想必他们应该是从这里下去了，我们追下去。这样刚好与乌龙口守卫形成一个，前有阻挡后有追踪的夹击态势。只要进了这个兜，我看他们是难跑掉了。"

往下行走不多一会，大家远远发现那七八个鬼子，正好行走在一片毫无遮挡的空地上。机不可失，葛连长举枪就射。见此，手下也纷纷开火。鬼子马上找掩体就地卧倒还击。那伍长的嘴里似乎还在叫骂着什么。

　　除了最先被葛连长撂倒的那个，其余鬼子都在凶狠还击，位置也选的好，不是隐身石后，就是窜到旁边树干后。火力还相当猛。

　　葛连长对手下说："这下你们见着鬼子的顽强和厉害了吧。要想一下干掉他们这几个，还真不是一件容易事。"

　　双方对峙好一会，葛连长说："嗨，出发时忘了带手榴弹咯。不然，这居高临下的，一颗下去至少放倒他两个。"

　　大刘说："我们就慢慢跟他磨，看是他们急还是我们急。"

　　葛连长说："还是节约子弹暂停吧，等鬼子起身跑路再搂火。"

　　于是这边顿时一枪不发了。鬼子不明白怎么回事。好一会，终于有耐不住的鬼子以为这边没子弹了，起身欲要上来活捉的。枪声突然又响起，起身的鬼子突遭子弹袭击。有两三个鬼子连续倒下。

　　双方的枪声又激烈了一会，鬼子再不敢起身。

　　之后双方便有一枪没一枪地打着。稀落的枪声在山谷间回荡着，仿佛把声音放大了许多倍。

　　也不知过了多久，激烈的枪声再度响起。原来是耀宗带着乌龙口的几个护卫队员赶到，他们从背后偷袭了鬼子。剩下的几个不消一会就都报销了。

　　在他们清理掩埋鬼子尸首时，牛松柏带着村里的护卫队员也赶到了。牛松柏问："这些鬼子是谁打死的？"

　　耀宗对父亲说："是葛连长他们打死的。"

　　葛连长说："我们先打死几个，耀宗听到枪声赶到，帮我们消灭了最后几个。"

　　"这些鬼子的确该死。"牛松柏接着跟大家讲述了几个时辰前发生的那一幕。"他们背信弃约，用卑鄙手法把两三人质骗到手不说，还劫持族长让我们无法还手。在万般无奈下，族长悄然点燃了导火索，把多半鬼子炸飞，他自己也走了。"

　　守卫乌龙口的耀宗也是现在才明白，那两声剧烈的爆炸声原来是这么一回事。耀宗说："真是想不到，情况发展成这样。"

　　牛松柏感叹道："族长用一己之躯拯救众乡亲，使千年古村免遭涂炭。族长的这一壮举，恐怕此后的我们，是谁也比不了了！"

　　葛连长说："我们就是受了这两声剧烈爆炸声的诱惑，才从那山坳跑出来的。我们一出来就与这些个鬼子捉上了迷藏。"

　　大刘炫耀地说道："他们先是热烈向我们招手，哪知双方都看出了问题。我们想等他们靠近了开火。他们竖一顶帽子在那骗我们，人却走出了老远。这不，最后还是没跑掉。"

　　牛松柏说："真的感谢你们敢调转枪口，支持我们。谢谢啊。"

　　大刘说："光说个谢字有屁用。我们的这个行动若是被鬼子或罗团长他们知道了，还有我们的活路吗？到时我们该投奔谁去？"

耀宗爽快地："只要不嫌弃我们名声难听，你们尽管上北山好了。"

牛松柏说："你葛连长真要是愿意上我们北山，我这个护卫大队长让你当了。"

葛连长说："要是真的没路可走了，你们肯收留已是万幸了，我岂可有这非分之想。"

牛松柏真诚地："我们北山自古广纳天下贤才，收留落难弟子。量才适用是我们北山祠的祠规，没什么非分不非分的。到头来，只怕是你葛连长舍不得脱下身上的这身老虎皮啰。"

听了这话，葛连长笑道："那我们几个先把号挂在你这。若以后是稍多人马，你就划几片山头我们开荒种地如何？"

牛松柏豪爽地："好，我们一言为定。"

这时有乌龙口上来的队员报告说："皇协军在鬼子的督促下，又开始攻山了。"

于是三股人马合成一大帮，快速往下去。

在疾行中，葛连长想起便不时地与牛松柏说上两句："我想尽可能说服罗团长他们，不要让手下再无谓地为鬼子送命了。"

牛松柏说："好，你如果能做到，愿意上山落户的，我再奖励你们十头耕牛。罗团长他提什么条件我们都好商量。"

"此话当真？"

"我牛松柏说话是算数的。"

这群人马很快到了乌龙口。绵亘的峭壁上是稀稀拉拉的护卫队员，大家俯身岩上，枪口对着前方宽阔无屏障的坪地。来到的队员就提枪自动间隔着加塞进去。葛连长对自己的手下说："你们也给我加入到他们的行列中去。"

大刘看到旁边有一门山地炮，就说："我们帮你们打炮吧，我很有经验的，保证三炮之内把炮弹吊到鬼子的两个碉楼上去。"

牛松柏知道这个绥靖军说这话的意思，他是不想把枪口对着自己的战友搂火。牛松柏说："你们干点别的什么我不管，别把那碉楼炸了，我想留着有用呢。"

"大刘，你跟我下山去。"葛连长喊了这一句后问牛松柏，"除了乌龙口，还可以从其他地方下去吗？"

牛松柏说："有，往东两三里有一密道。要有人带路才行。因为我们在密道上设了防。"

葛连长说："我想下去做罗团长的工作。"

"好！"牛松柏马上叫儿子耀宗给葛连长带路。

葛连长与耀宗往东面去时，大刘也跟了上去。耀宗领头，三个在岩上横着走向的灌木丛中往前去。约莫过了个把时辰，在向下的一段陡峭弯道上，耀宗回头打招呼："下面你们要踩着我的脚印走了，不能有一丝半点的走动，不然危险就大了。"

耀宗在不是路的东侧，推开枝桠，钻藤蔓，强行往前去。

下到坡底，前面不远处，应该就是罗团长他们的宿营地了。

第三十四章 督战

超过约定时间，也没见着有一颗信号弹上天，就更别说三颗了。留守下面的龟茨小队长，便预感到进去的水谷隼这一支队伍凶多吉少。他于是亲自去到东侧的绥靖军宿营地。他对罗子俊说："考验你们的时候到了。原本应该是你们打头阵的，结果还是我们大日本帝国的军队先上了。可超过时间还没信号出现，我们必须攻上去。这次你们打头阵。"

罗子俊只有答应道："好好好的，我们冲前面，上攻乌龙口。不过，你们碉堡里的机枪要压制上面的火力。"

龟茨小队长说："这个没问题。"

鬼子小队长走后，罗团长让吴辉团副马上组织进攻。他说："没办法，在人眼皮下，就是做做样子我们也得做。你相机行事吧。"

吴团副只有领命而去。

皇协军发起进攻了。百余官兵，成撒豆状向前。他们冲至北山佬认定的底线时，枪声就响起来了。都是东西两侧长枪点射，正面却一枪不发，枪声是间接性的，快慢不时转换，像鼓师用鼓槌轻慢急缓地敲击鼓面。只要人卧倒，枪声即止，一次又一次，此起彼落。

这样，正面碉堡的火力点，由于角度关系，就发挥不了压制对方的作用。待在碉堡里的龟茨小队长看到气得不行。三番五次之后，他就骂道："这些北山佬会使坏，这些怕死的绥靖军，一开枪就趴下。我操你姥姥的，都给我死啦死啦的。"

此话一出，那把持机枪的鬼子的脸上便现出杀气。有两个就把子弹发泄至趴倒绥靖军的屁股后。由于手头震动原因，有些子弹便泼到了他们的身上。边上的伙伴是一片惊慌失措。

这个画面被吴团副在望远镜里发现。他把望远镜递给罗团长道："这些日本鬼子太坏了，见我们战士进攻不积极，他们竟朝我们战士身上开枪。"

罗子俊看了，无奈地："我罗子俊对不起我的兄弟啊。"

黄金彪说："这些北山佬也是心肠硬着。都是中国人，他就下得了这个狠手？"

"你这什么话！"罗子俊瞪他一眼，"是我们要围攻剿灭他们耶，你难道还要人家伸长脖子来让你砍？何况我们还是帮日本人，应该是我们没脸皮。这仗打完，就是死了，我们恐怕也是进不了祠堂的了。"

黄副官说："眼下哪还管得了这些。"

这时，老吴对罗团长说："我让他们撤了？"

罗子俊没吭声，连长兼营长兼团副的吴辉便发出撤退指令。碉堡里的龟茨小队长，见到绥靖军在后撤，他也没辙。不过，正面后撤的绥靖军的队伍里有少数士兵在倒下。这枪声是两个碉楼里发出的。于是撤退中的二连一排长就朝碉楼的枪眼开火。见此，有士兵也学他样，朝碉楼的枪眼口还击。至此，龟茨才大声叫停止。

龟茨小队长匆匆下到楼下，恰好，罗子俊一行也正好在向他这里走来。龟茨责问罗团长："你们为什么撤退？"

罗子俊反问道："你们为什么向我们士兵身上打枪？"

龟茨辩解道："我们是盟军呀，怎么可能向他们开枪？"

罗团长气呼呼地："你龟茨小队长是一点公正心都没有，你这么包庇你手下，看来我们的合作是到头咯。"

刚退下的二连一排长过来证实："刚才后撤时，这碉堡里又向我们开枪了。他们几个就是刚才受的伤。"他指指身后被众兄弟架下来的两三个士兵。

这时，碉楼里出来的一个鬼子，在龟茨耳旁悄悄说道："他们还反击呢，我们一兄弟也受伤了。军医官在给他取子弹。"

龟茨骂一句："谁让他开的枪？活该！"

龟茨小队长这才对罗团长抱歉地说道："真是对不起，我代我手下向罗团长表示十分的歉意。回头我严厉处罚他们。不过，鉴于目前组合二小队的处境危险，我们还得抓紧时间迅速增援进去才是。你罗团长跟我进来，我们坐下来好好研究一下进攻方案。你看怎样？"

罗子俊迟疑了一下，说："可以。"

龟茨作一请的手势，罗子俊就往前去了，黄副官于是跟上，老吴带着他们二连的一排长也快速跟上。二楼有一简陋桌子，还有几个胡乱钉的凳子。龟茨小队长让几个坐下，他还拿出苹果，一人手里塞了一个。他说："只要能攻上去，我还可以给你们牛肉罐头吃。"

商量的最后结果是，除了正面进攻外，另派出几十人从侧面偷袭上去。双管齐下，这次一定要成功。这主意是鬼子拿的，也是他们要皇协军执行的。

当罗团长要告别时，龟茨小队长说："这里有吃有喝的,你干吗走呢？"罗团长执意要走。龟茨一挥手，上下楼梯口顿时出现数管黑洞洞的枪口。龟茨小队长笑着说："真是对不起。为了保证这次上攻北山的成功，我只有让罗团长在这里陪着我督战了。你们三个可以下去。如果这次再不成功，我只有叫罗团长在这里陪我们一起殉战了。"

罗子俊没料到龟茨有这一招。现在就是想走也走不了了，他只有壮胆道："你俩下去，给我好好指挥这一次的攻山。吴连长，哦，不，吴副团长，你这次要代我好好指挥。我相信你一定行。"

于是三个在数个鬼子枪管的压制下下楼，吴团副对跟在后面的黄副官说："你止步，留下陪团长！"

黄金彪望了望罗团长，只好留下。

这第一次独自作决定，就让吴辉感到异常艰难。罗团长在他们手上，你就只能先按鬼子说的做了，在做的过程中再相机行事。他把人员分成三拨，一拨从正面攻山，一拨从侧面想办法偷着上，一拨作预备队。

这次二连的一排被分在从侧面上的行列中。一排长说："这还差不多，大家都轮着当一次正面进攻的炮灰。"老吴说："你以为侧面上就容易吗？那没人把守的地方不是地雷就是陷阱，说不定危险更大。"一排长回道："那我不会躲懒咄。"吴副团长说："你躲懒，你攻不上去，捏在鬼子手上的罗团长就只有死。他们已把他当人质了。"

"说来说去，还是他妈的鬼子厉害。"一排长说完这句负气话后，领命而去。

一排长领着三十余人在上行不足两公里处，恰巧碰到了葛连长耀宗大刘三个从上面下来。喜极的一排长对葛连长说了当前的处境和自己受命上来的目的。他说："临时受命的吴团副也没有办法，只能按鬼子说的办啰。你听，西边乌龙口的枪声正激烈着呢。这回要泼命上攻了。"

葛连长沉吟了一会，说："若按鬼子说的去做，那个结果是会很惨的。那岩上已有多挺机枪，乌龙口又窄小，你们大着胆子上，那只有送死。若兄弟们都死了，罗团长他心里会好受吗？他就是能活着，若就是个光杆司令，鬼子还会把他当回事？那他活着比死还难受。"

牛耀宗对大家说："你们应该看出来了吧，我就是一北山佬。我们北山佬不是那么好剿灭的。你们知道吗，早上水谷隼上尉带进去的百余个鬼子，就我们柳族长他一个老人家，便把他们消灭的七零八落了。剩下的一阵机枪一扫，全报销。"

一排长问葛连长："这是真的吗？他们都已完蛋了？这里的鬼子还想让我们攻上去接应他们那一帮呢。"

葛连长说："没错，柳族长把登封桥给炸了，鬼子被炸飞大半。我们几兄弟也帮着打死几个。"

一排长问道："那族长也被炸死了？"

耀宗答道："他与几十个鬼子在一起的，能不死吗。"

一排长羞愧地："我们却还帮着鬼子进攻你们北山，你们北山佬是真豪杰啊。"

耀宗问一排长："你们这山下到底还有多少鬼子？"

一排长说："两个碉楼里，一共二三十个吧。"，

葛连长摇着头说："这么点人就把几百号人马的绥靖军指挥得团团转？这几百人恐怕都要死在这二三十个鬼子身上，说出去都要笑掉人大牙。我们只要稍稍齐点心，一人一脚也能把这点鬼子踩死呀。"

耀宗说："这话一点不假。只要我们拿出点勇气来。打死了鬼子你们没地方去，我们

北山的大门是敞开的，只要你们愿意。"

葛连长马上说："他爸是这样跟我说过的。他爸的话是一言九鼎的。"

一排长说："有退路哪还怕个卵呐。我听你葛连长的。你让我怎么做，我怎么做。"

下面好多士兵也纷纷应道："我们听葛连长的。"

葛连长对大家说："当前关键，一是救出罗团长，二是阻止我们兄弟的无谓牺牲。这两件事又是互相关联的。"

他与耀宗商量了一下，一个消灭鬼子伺机解救罗团长的方案很快出来。两个然后问一排长："这样计划是否妥当？"

一排长说："绝妙。"

葛连长说："不能说绝妙。这只是第一套方案。这样若不行，还有第二套预备着的。"

一排长说："这一招应该行了吧。"

葛连长交代道："到时大家可不能心慈手软噢。来，陈排长，把我们绑上吧。"

一排长于是让手下把葛连长和牛耀宗两个绑了，然后把绳头塞还到两个背后的手上。一排长然后带领着自己的三十多个士兵押着这两个战利品回到宿营地来，并继续往西边的两个碉楼靠过来。

这时，两个碉堡正面空旷坪地的前方，看去地上已倒着不少绥靖军战士的身影。绥靖军前进的步伐却不是很明显。

东边碉楼的龟茨小队长用喇叭从观察口对外喊叫："你们再不加快进攻步伐，我们后面也开枪咯。"龟茨刚喊完，他手下的一个机枪手就咧着嘴，朝着落后的绥靖军泼去一长串子弹。最后那稀稀落落的一排绥靖战士顿时便七零八落地栽倒在地。东边碉楼的枪声刚落，西边碉楼也射出了一长串火舌，也是冲着后面的绥靖军扫去的。未倒下的就拼了命地往前拱，这时岩上的枪又砰砰砰地响了。

在东侧观察口观察的一鬼子，转身去报告上司说有新情况。龟茨过去察看，他看了又叫罗团长过去看。鬼子小队长问罗团长："这是怎么回事？那两个被绑的是什么人？"

罗团长说："一个是我们先遣队的葛连长，一个是北山护卫队的小队长。我也不知怎么回事。"

龟茨小队长笑道："前面那个就是把枪械子弹偷偷让给北山佬的那个家伙？后面那个就是袭击了R4矿的那个北山小头目吧。你的那个从侧面上的小排长无意间抓了这两个？"

这时他们又观察到，原待在两碉堡中前侧指挥上攻的吴副团长，他发现了东边过来的这队人马，立马迎了上去。两边碰头站定后，陈排长在向团副诉说着什么。然后这两个被绑的家伙又在跟吴副团长辩解着什么。一会，吴团副便一个人向他们这东边碉楼走来。

龟茨小队长正在思忖之际，楼下守卫报告，绥靖军吴副团长请求上来，是否允许？经龟茨同意后，吴副团长上到二楼。龟茨问吴："楼下是怎么回事？"

吴副团长答道："我的一排从侧面悄悄上时，抓到他们两个。一个是从我们这边叛逃过去的葛连长，一个是北山的小头目。可他们在见到我时，却跟我说他们不是被抓的。他们是等在那里，准备过来跟我们讲条件的。他们说，他们要见罗团长，要直接跟罗团长谈。"

龟茨小队长说："他们要谈什么？你忘了这里是谁做主？"

吴副团长恭恭敬敬地："他们说，水谷隼那部分皇军被北山佬活捉了。你们若想他们回来，就得用东西交换。具体怎么交换，要见面谈。"

听了这话，龟茨短暂思考一下，然后说："我与你下去跟他们谈，这是我们与北山佬的事。罗团长，你不用下去。待会我再上来陪你。"

龟茨与吴副团长下楼时，两鬼子就用枪横在了罗团长面前。罗子俊只有站住了。

见从碉楼里走出的只有龟茨小队长和吴副团长，以及四五个尾随在后的持枪鬼子，没有罗团长。葛连长和耀宗陈排长他们一时也傻眼了。这鬼子够狡猾的，他不让我们上去，却自己下来了。

龟茨小队长走到被绑着的葛连长面前，用手指抬起他下巴，冷酷地说道："你这王八蛋，当初就敢开枪打死我们皇军，今天叫你上山剿匪，又吃里扒外，你还敢来跟皇军讲条件。讲不讲，你今天都死定了。"话落，即拔出手枪顶住葛连长的前额。

旁边的耀宗忙说："你就不想知道水谷隼他们到底怎么啦？还有辛田中佐想救的那个勤雄一郎是死是活？"

龟茨于是问："他们到底怎么啦？"

牛耀宗却迟疑着，半天不吭声。

葛连长冷静地替耀宗回答道："要说就去碉楼里坐下说，这站着绑着，怎么谈？"

吴副团长低眉顺眼地对龟茨小队长说："为了二队长，为了勤雄一郎，就依他们一次吧？"

龟茨迟疑着，犹豫着，在想着进碉楼对自己是利还是弊。

这时突然传来连续的几声枪响。仔细辨别后，却发现这枪声来自东边的碉楼。原来这是在旁边潜伏了许久观察了许久的金宝他们搞出的动作。他们见龟茨小队长带着四五个鬼子从碉楼出来，而罗团长没出来，他就萌生了消灭该碉楼里的鬼子，救出罗团长的想法。这会碉楼里只有不多的几个鬼子了，还分了四层。此时不做，更待何时？

他们先是悄悄靠近，用匕首抹了门楼里两鬼子的脖子。上到二楼，是黄金彪的惊诧声惊醒了两看守的。因离得远，金宝不得不先下手为强。砰砰两枪，其他三个同时蹿上三楼，又是砰砰砰三枪。楼上的三个鬼子又歪倒了。这鬼子也未免太好对付了吧，容易得让人不敢相信。原来这楼上鬼子都是背对楼梯口，人坐在机枪后，心思都在枪眼外面。就是来得及转身，手边也没可供他们使用的武器。

见碉楼里有异变，趁着龟茨分神之际，葛连长甩了绳索去夺对方手里的枪。耀宗即刻举枪射击其他几鬼子。见此，陈排长等也接着开火。这时吴副团长提醒道："赶快撤到死角位置，担心西碉楼的鬼子。"

四五个鬼子眨眼间报销。耀宗帮着葛连长把龟茨小队长制服。龟茨小队长被五花大绑地绑着扔在地上。

这时，西边碉楼突然对着坪地上的绥靖军疯狂扫射。有数十人被扫倒。与此同时，砰砰砰……砰砰砰……东碉楼的西面枪眼对西碉楼的枪眼口吐出一串串击的火舌。西边碉楼里的枪声才顿时稀灭下去。见此，大家往东碉楼奔去。上楼才知，这里被金宝四个占领，罗团长对上来的兄弟们热切地说道："看到你葛九斤被绑的身影过来，我就知道会发生点什么。不过，还没等我想明白，金宝他们又闯了进来。"

葛连长笑着声明："这金宝可不是我安排的，我还没这本事。你团长被鬼子当了人质，这做警卫员的还能不时刻记挂在心头吗。"

罗团长说："金宝是我的福将呐，几次救我于危难。当时我挑他当我警卫员，真是有眼光。我不服自己都不行。连黄副官都一并跟着沾了光。"

黄金彪频频点着头："罗团长的确慧眼识珠。当初我还说风凉话呢。金宝，第一我在这里跟你说声对不起咯；第二谢谢你刚才的救命大恩。不是你及时冲进来救了罗团长，吴团副下一步不知怎么办，我们这些官兵都得跟着遭殃。"

吴副团长对罗团长说："要感谢的还有北山的牛耀宗。是他与葛连长他们一起想了这个绑了自己当诱饵的办法，想进碉楼救你，也是救大家，不想这龟茨不按我们想的做，却自己下楼了，把你留上面。恰巧，躲在暗里窥伺已久的金宝把这一遗憾补上。"

葛连长说："我们本来还有第二套方案的，金宝你这么一插手，第二套我们还没来得及用上。"

牛金宝说："我不跟你争功，救团长是我本职工作，谁叫我是他警卫员呢。"

罗子俊说："行了，别争了，你们都是我的好兄弟。我眼下主要是担心事情闹这么大，这辛田中佐要是知道了，从省城调大批人马来，把我们这独立团连同北山都一起灭了，那该怎么办？"

听了这话，牛耀宗对罗团长说："刚才我忘记告诉你了，也没时间说。是我父亲让我来跟你罗团长交底的。你独立团如果真的没路可走，我们北山的大门是永远为你们敞开的，只要你愿意，只要你不为日本鬼子卖命，只要你还有一颗中国人的良心。进了我们八百里茫茫北山，鬼子是奈何不了我们的。另外，我还要告诉你，你的还没出五服的至亲柳族长，他为了北山的经济政治中心——祖源村，免受鬼子的践踏，他点燃导火索，把自己与五六十个鬼子一起送上了天。族长他永远离我们去了。"

此话让罗子俊的心很有力地扯动了一下，一时热血涌上脸庞。他百感交集地说："想不到我的六十有余的娘舅爷还这么有血性，走的这么漂亮和风光，没离开过北山的纯爷们就是比我们下了山的纯粹多了。我惭愧，我无法与他相比。想起来，我就是一孬种，不是一个有骨气的中国人。"

葛连长问罗团长："下一步我们如何打算？"

罗团长说："大家说吧。"

葛连长说："鬼子我们也射杀了，这状况摆这里了，反正伸头一刀，缩头也是一刀。鬼子还能饶了我们？素性亮开旗帜，公开跟他们干算了。这样也活得痛快些。"

牛耀宗附和道："我同意葛连长说的，干完再大大方方把队伍往北山一拉，就如同鱼儿游进大海，谁也奈何不了你们。"

金宝说："干吗要公开呀。就是要公开也没到时候。我们最好在辛田还没摸清头脑的状况下，把龙源县城的鬼子全干了。还龙源北山一个没有日本鬼子的纯净天空。"

牛耀宗用陌生眼光打量着金宝，说："我的兄弟耶，看不出你金宝很有想法，眼光看得远，比人高出一等，我服了。"

"要真能这样，今后鬼子恐怕再也不敢踏进龙源北山一步了。"罗团长说到这，突然想起地，"你们去看看龟茨小队长，不要让他挣脱绳子跑了。"

这话提醒大家，于是都下了东面碉楼。一看地上，还真不见了龟茨小队长。大家分头寻找，葛连长一抬头，刚好看见一个身影往西面碉楼拼命跑去，人已接近碉楼底的门了。他举枪瞄准，正待扣扳机，罗团长突然伸手把他枪管按下："别开枪。"

第三十五章 马不停蹄

大家对罗团长的这一举止很是不理解，问："为什么？"

罗子俊说："就是这个龟茨小队长的馊点子，让我兄弟死伤不少，现在他们已是瓮中之鳖，我岂能让他就这么痛快地死去？"

老吴说："刚才下面报来数字，这次发起上攻，死伤的兄弟是六十七人，来北山这些天，死伤兄弟一共有 123 人了。"

罗团长说："老吴，这伤员事你给我多上心，伤势重的送县城。"

金宝听了说："送伤员去县城的事交给我吧。"

罗团长说："你离开了我，你还是我警卫员吗？你上县城无非是想杀鬼子啰。要我说，去打那防守严密的公学堂，还不如暂且留着龟茨及西碉楼里的十几个鬼子的性命。这样他们就会求辛田发兵来救。若辛田来救，我们就在半道伏击他们，这比去城里打容易。"

大家笑着说："还是罗团长老奸巨猾。这主意好。"

罗团长说："现在大家轮班守着这西碉楼，他不动我们不动。我们就跟他耗，看谁耗得过谁。辛田发兵来救，我们就打他伏击；不发兵，我看里面也没多少吃的喝的了，这十几个鬼子坚持不了几天的。让龟茨活活饿死渴死，总比一枪毙命强吧。"

司务长笑道："团长把鬼子留着慢慢收拾，看来你是舍不得离开这里咯。粮食不够吃怎么办？"

葛连长说："这个不用担心，真没有，我可以去筹措借一些，牛松柏他们答应过我的。真不行，灭了这些鬼子后，我们上北山安家算了。"

从岩上赶下来的牛松柏，他跟罗团长寒暄两句后，转入正题道："刚才葛连长说的没错的，只要你们反正，真心打鬼子，我们就是兄弟。北山的大门会为你们敞开的。"

罗团长傻傻地笑着："好啊，好啊，这天下还是好人多啊。你们都给我安排妥咯，也省得我罗某动脑筋了。"

绥靖军和鬼子这次的围剿北山，最后竟然变成绥靖军反水，鬼子自己建的碉楼却将成为埋葬他自己的坟场，这是北山的豪杰们没想到的。眼皮下的这场博弈的胜局基本敲定，回到乌龙口上头的牛家父子，就商量着要去城里救秀秀了。

牛松柏问儿子耀宗："你说辛田他们到底会不会派兵来救这十几个同伙？我们是现在进城还是等他们来救之后再进城？"

耀宗说："谁知道他们来救不来救，我们还是趁早去救比较好，如果他们输不起，找秀秀出气，把她杀了呢？"

"说的也是，她可是救过我两次命的呀。"牛松柏想想说，"若去还是我去合适些，你留守吧。这次去县城不单要救秀秀，还要争取把县城的鬼子消灭了。只有消灭了他们，才能更好更顺利地救人。"

耀宗说："现情况发展成这样，这里还有什么好留守的，叫葛连长他们帮忙看着点就是了。又要消灭鬼子，又要救人，这得人多势众才行。你还是让我一起去吧。"

想起上次儿子帮自己解困之事，牛松柏于是说："好好，我依你了，一起去。不过到时你得听我的。"

动身前，牛松柏挑选了三四十个枪法好身手矫健的主要队员，让大家一律都换上鬼子衣服。他说："日本鬼子化装成北山侠客，我们也来个以其人之道还治其人之身。这样的穿戴，蒙蔽起鬼子来也相对容易些。"

耀宗说："这主意好，我们人比他们少，只有蒙混搞偷袭了。"

牛松柏说："在县城的鬼子应该不会有多少了，他们心里也在打着鼓呢。这次我们有信心把秀秀救出。"

三四十个身穿鬼子服的北山佬，骑马在下山道上疾速向前。在到达东山坳的三岔路口上时，远远看到葛连长手下的那大个子张排长，带着二十余骑人马伫立在路口一旁。

张排长对近身而来牛家父子说："葛连长本来要跟你们一起去的，罗团长没同意，团长要他主要负责伏击的事。葛连长把一连的多半人马移营到那边去了，只叫我这个排来协助你们。"

牛松柏高兴地："葛连长真是想我之所想呐。"

两队人马于是归拢并肩往一条道上去。大家一边走一边说话。

牛松柏说："我要谢谢你和葛连长呐。"

张排长笑道："我们原来归鬼子领导，现在还归鬼子领导。从现在开始，我听你牛大队长的。"

牛松柏笑道："怎么做，我们还是有商有量的好。"

话罢，两人同时夹了夹马肚子，两支人马于是轻松跑起来，路上顿时翻卷起两股黄色尘灰来。

却说辛田中佐自耍了那个奸计回城后，原以为过个一两天就能听到激动人心的消息，哪知水谷隼这支组建的人马出发后就再也没有信息。发电问龟茨小队长，龟茨也是丝毫不知。龟茨小队长起先还信誓旦旦来电：我正在发起攻势，以便接应水谷隼君。后又补来一电文：为促效果，我已变相把罗子俊扣在碉楼当人质，胜负很快见分晓。结果等来的第二天来电却变成：绥靖军反水，碉楼成孤岛。我勇抗两股寇，望速援兵解围。切盼。

看到这样的电文，辛田中佐的脸气成猪肝色。他给省城师部打电话，要上面增援他一个大队，他要把北山及和绥靖军都一起端了。哪想研究后的师部给的答复却是这样：当前帝国军力有向南亚集结之意向，中国战区维持现状，不宜有规模行动。反水之事，我会做工作，让省绥靖军司令部督促独立团迷途知返。小小北山盗匪，不足挂齿，希望你两军团结携手并进，共同完成光荣使命。

接到这样的电报回复，辛田脸上挂霜，心里念叨道："看来师部是要甩包袱放弃我们了，我辛田恐怕也要在此无法脱身了。"

他马上召开留守公学堂的精锐官兵的会议。他在会上说："危机正在向我们逼近，我们每个战士都要做好为天皇献身的准备。今后我们每个人都要以一当十，以一当百，发扬大无畏的武士道精神。"

辛田中佐然后又去到县衙。他跟宋县长寒暄一会后，然后把话转入正题："围剿北山的皇军和绥靖军正在与北山匪作最后决战，在这非常时期，我希望你们警署能加强巡逻和警戒，以防北山匪作困兽之斗的反扑。"

宋仁熊点头道："好的，我知道了。我一定让他们加强警戒。"

辛田中佐走后，宋仁熊对他登门的谦恭态度感到奇怪。宋县长去到对面警署，见到方仲义后，他脸上露出诡秘的笑："从辛田的反常表现和那矛盾的话语中可以看出，这围剿北山的皇协军和鬼子可能遇到了相当大的麻烦。我看这个辛田是外强中干地在硬撑着呢。"

方仲义迟疑道："我看不至于吧。这日本鬼子厉害得是可以一个抵我们十个的呀，这么多的皇协军和鬼子就拿不下一个北山祖源村？"

宋仁熊说："你方氏就只会鼓人家士气，灭自己威风。"

这北山攻不下早在我预料之中。这辛田就一怂包，有好戏看了。一边的罗长生在心里这般想着之后，说："那我就再带上几个上街巡查去了？"

宋县长说："你去吧，不过也别太把鬼子的话当回事。"

罗长生与县长相视一笑，出去了。

长生出鼓楼支街，先往最近的北大街城门口去。自绥靖军和一多半的鬼子去围剿北山后，这城门口已多日没人值守了。罗长生想了想，就把跟自己出来的其中两个安排在这北城门口值守。他说："你们两个就在这做做样子，不必太当真的。"

他然后回头往南面十字街头方向去，至陪郭头的十字街时，看见东大街街头的陪郭头酒家的大厅里是人头攒动，吃饭人特别多。他往里一瞧，在此吃饭的大多竟然是日本鬼子。这倒让人奇怪了。鬼子都是在营地自己起火烧饭的，在外面小酌也只是极个别，哪有成群结队出来吃喝的。一听，这日本鬼子说的还是纯正的本地话。还有一些人在看吃饭看热闹。有看热闹的市民说："这些北山佬说了，上次鬼子化装成北山侠客模样骚扰老百姓。今天他们也装一次日本鬼子，在这里吃饭不给钱。"

罗长生于是在低头吃饭的人群里寻找。还是牛松柏先看见他，主动叫道："罗警官在找什么呢？"罗长生说："你当队长的弄套小兵服穿着，人家哪认得出来啊！看样子，鬼子让你们消灭了不少？"牛松柏说："这些衣服都是从死掉的鬼子身上扒下来的。不灭了他们，我们能轻松到这县城里来吗？"

罗长生说："你们穿着他们的衣服在这里公开大吃大喝，你们就不怕公学堂的鬼子得了消息赶过来？"牛松柏说："我料他们也没这个胆子来。在这里打总比去公学堂打容易吧？"罗长生佩服地："原来你们是跟鬼子挑衅来咯？那我报告去了？"

牛松柏说："还真拜托你了。"

牛耀宗插道："你去报告了是一举两得，两边都要说你好。说不定辛田还会给你发奖金。"

罗长生说："我还是装作没看见吧，别到时有嘴说不清。"

牛松柏把罗长生扯进旁边一房间内，小声问道："这公学堂里到底还有多少鬼子？秀秀关哪你清楚吗？"

罗长生说："公学堂里应该还有近百鬼子，具体多少，不是很清楚。这鬼子精着呢。朱秀秀关哪，我确实也不知道。"

"想不到还有这么多人呐。"牛松柏略显惊讶之余，感叹道，"有才果然像你说的……你的表姑丈柳族长是因他而死的。他把自己和孙子有才，连同几十个鬼子一起送上了西天。不是族长，我们不可能这么轻松来城里。我们要把进驻龙源的鬼子都消灭了。你可以把这些话跟任何人说，包括鬼子。我要长长我们的志气，灭鬼子威风。"

罗长生说："好，我就到处给你说去，就去。"

出陪郭头酒家，往前几步，罗长生就在前面的电报局给宋县长打电话。他说："我还真出来对了，告诉你一好消息，也不知北山佬是怎么整的，他们已把围剿的鬼子打得七零八落了。他们的柳族长一人就炸死了六七十个鬼子。眼下牛松柏他们已经进了城，穿着鬼子衣服公开在陪郭头酒家里喝酒吃饭呢……"

这消息通过电话传到辛田中佐耳朵里时，他是惊愕得不敢相信。这消息是真还是假？龟茨小队长向我求救时，为什么没告诉我这些？是不知道，还是不敢，怕说了我就不去解救他们了？

一刻钟后，一便衣细作跌跌撞撞闯进，他向辛田绘声绘色地报告了听说和他的亲眼所见。他说："这群北山佬穿着你们日本军人衣服，坐在十字街头的饭馆里大吃大喝。他们边吃饭边说着那些鬼子，噢，不……说皇军，是怎么被炸翻的……"

辛田中佐气得把桌上的文件笔架一扫。他对手下挥手叫嚷道："立刻出击……这些北山佬统统死啦死啦地……"

叫嚷之后，三辆三轮摩托开道，后面跑步行进着一小队全副武装的鬼子。他们迅速出公学堂大门，往左手拐弯过一片低矮山坡，东城门就出现在眼前。待到小队鬼子行至坡顶时，耀宗和张排长把首发子弹射向已前去不少的摩托车手。枪响，有两辆摩托顿时向路的一边歪倒。伏击队员开枪和手榴弹齐扔。一阵激烈枪声和手榴弹的爆炸声。不多一会，这三辆摩托车上的及跑步行进的十几个鬼子，一个都没能跑掉。

围墙外的枪声和爆炸声把辛田炸醒，原来这是北山佬的伎俩，他们是要把公学堂的帝国军人引出来，在外面消灭。他娘的，老子竟然上了他们的大当。幸亏派出的人员不多。

牛松柏听到东城门外的枪声和爆炸声，一帮人便乐呵呵地离开了陪郭头酒家，往西大街奔去。在经过西城门口的牛二饭店前时，牛松柏让手下把牛二叫出来。他对牛二说："你对日本人不是一贯很服帖的吗？我们的晚饭你给准备了，四十人的。到时你派人给我们送到独立团营地去。钱到时我会算给你。"

牛二惊愕的眼神里露出不解。他说："我的兄弟，你们是咋弄的，皇协军和鬼子不是进山围剿你们去咯，你们怎么反倒进到城里来了？辛田不是给你们使了一个相当的奸计吗？怎么没得逞？"

松柏说："你是不是很失望啊？"

牛二忙说："哪能呢，说到底我还是一个中国人不是。我为我们北山兄弟感到骄傲啊。"

松柏说："别光说嘴，得看你的实际行动。"

牛二说："是说晚饭是吧，一句话。我也大方一次，不收钱。"

牛松柏看似认真地跟牛二说道："听说你那朋友的一本《孙子兵法》是长年带身边的，他那书也是白看了，我刚跟他玩了一个声东击西的游戏，我以为他不会上当，结果还是上当了。你哪天跟他说，叫他别看了，光看书是没用的。我们走了，待会记着送饭。"

牛松柏跟牛二说这些，无非就是敲打敲打他，顺便考验他一下。在牛松柏的眼里，自己的这个本家兄弟，就是一个有奶便是娘，一头钻进钱眼出不来的典型生意人。

这晚牛松柏他们其实住的是一连宿营地，这里与独立团团部营地隔了三五里地。他们与伏击后即撤回的张排长他们住一起。这晚未见鬼子偷袭团部，也未见鬼子向团部打炮。牛松柏于是向围桌吃饭的几个说："也不知是牛二不曾向辛田通报消息，还是通报了辛田不愿有行动？"

耀宗说："应该是他会看风头吧。这牛二人灵活着呢。"

张排长说："有了今天的伏击，他辛田应该不会再冒险。明天我们可以放手干一场了。按你说的，把这 R4 矿夺回到我们中国人的手中。"

牛松柏说："我已派了两个，连夜去矿上摸底去了。那有我们的人呢。"

"是你儿子耀宗吧。我是说他人咋就不见了。"

牛松柏点点头，说："不错，是他。水谷隼小队的大部分已报销，我估计矿上的鬼子应该不会多了。"

　　两个在说到耀宗的时候，耀宗与他的一个手下已换下鬼子服抵达矿山，并翻墙进入到西侧的工人住宿区，伏地隐身在一方矿石堆的后面，观察里面的地理位置和人员往来。

　　东边那个有各色人等进出的有烟囱的大房子应该是食堂，食堂左侧的好房子应该是矿上的高级管理人员住的。有一些穿黄衣服的往下侧那一排房子去。那下一排屋应该就是守卫矿山的鬼子住的。工人住宿区与其他的这些房子之间隔着一个堆码矿石的大场子。

　　观察了好一会，这会耀宗突然发现从食堂出来的一工人像是四子。他往这边过来了，越近越像，于是悄悄朝他脚头扔一石子。对方走过来打探时，耀宗低声问一句："是四子吗？"一看表情就是。四子作一个手势，两个马上蹓身跟随其后，然后溜进屋，扣上房门。四子说："我们北山来的四个都住在这。没事的，都是做苦力的。"耀宗对着屋里四个上下床迅速瞄一眼，然后简洁地跟四子述说了北山发生的一切。他接着说："趁此大好机会，我们准备把矿山鬼子也消灭掉，牛大队长带的人马和绥靖军的一个排，明天上午九点前赶到。"

　　四子说："好好好，太好了。这矿山半个小队的鬼子，人数在三四十个左右。两辆军卡四辆三轮摩托，这些车就停在对着大门的那个大车棚里。白天会有一半的鬼子去到坑道监工。"

　　耀宗问："一般他们是什么时候下坑道？"

　　四子说："吃过早饭吧，早上八点过后。"

　　耀宗说："就是时间不太配。我们最好想个办法，九点前把他们都留在地面上。到时给他们制造点麻烦或意外，到他们查清楚时，我们的人也就差不多到了。"

　　四子说："那我们赶紧睡吧，明日早点起。屋里都是自家兄弟，两个将就着睡吧。"

　　耀宗说声好的，走到对面一高低床的下铺，倒头就睡。约一炷香功夫后，耀宗感到上床有轻微响动。微眯眼睛的耀宗看见上床的这个工人悄悄下地，打开房门往外去。他拿了枪尾随而上。当这个工人走过工人住宿区的简陋茅厕，欲要向空旷的场子去时，耀宗一枪托砸在该工人的太阳穴上。这时，四子也跟过来了。耀宗对四子说："你们的这个同屋可能是鬼子条子。进门见他眼神就不对，我就留意了。"四子说："我早已心里有数，你却比我还厉害，一眼就看出了。"

　　一顿吓唬，这工人果然招了，说是鬼子给了钱让注意你们几个。于是把他绑个结实，塞到床下。

　　之后大家一觉睡到天微明。耀宗让熟悉情况的四子与自己先出去查看情况，让另外几个保持一定距离跟后面。两个先去对面食堂。这时的食堂里已亮起灯火，四子问大师傅有没什么可吃的，大师傅指了指筐里，四子便把所剩不多的十几个大馍都买了。耀宗让四子把一大半馍送给后面几个。正当耀宗猫在蒸炉下的干沟里嚼馍时，斜对面的一个门开了，一穿内衣的鬼子往这边过来。耀宗瞄到前面是一简陋厕所。耀宗心想，这地方没路可退了，我不杀他，他就会发现我。他只有前进几步至拐角。鬼子一露头，一枪拍在鬼子的太阳穴上。

然后把他拖至一隐蔽处藏起来。

这一切被后面赶过来的四子看到。四子说："你现在杀鬼子太早了点吧。那个墙角一下就会被人发现的。"耀宗说："我也觉得早了，但人家硬要这个时候出来凑热闹，我就没办法了。"四子说："我有一办法补救。你在拐角望着，有人过来，就学两声猫叫。"四子去到墙角背起那昏死过去的鬼子往厕所去。原来那茅厕就是一用水泥和砖砌的深坑，上面搭两块松树板。四子把鬼子扔进了有大半坑粪水的粪坑里。

听说了四子的这个处置。耀宗笑道："你出手够狠的啊。这下好了，人家就是找到，还以为是自个不小心掉下去的。我们现在摸到车库去看看，或许能找到一些枪支弹药，到时配合外面的进攻。"

两个往车库去的时候，两鬼子从对面过来，其中一个突然叫住耀宗，问他工号多少？四子替耀宗解释道："人家才来的，还没去办呢。"鬼子说："我是说怎么看着眼生。马上跟我们去办。"四子上前讨好地说："你们不是还没吃早饭吗？"

那鬼子不答应。耀宗说："去就去。"他跟四子眨眨眼睛，两个便跟着鬼子往办公室那边去。至岔路口，两鬼子却是往左边的食堂去。那个鬼子回头坏笑道："让你们陪着我们走了一段，不好意思啊。"站住的耀宗对继续向前的鬼子招招手道："没事，没事，谢谢皇军看得起。"

看着两鬼子进食堂，耀宗和四子才快速往大门口那边的车库去。车库后头是用军用油布和竖起的原木围遮而成。两个顺着原木爬到顶，从上面的隙缝钻进去。好一会才适应里面的黑暗。里面一共是两辆军卡，三辆三轮摩托。一辆三轮摩托上还架着一挺歪把子。船座里塞着一箱子弹。四子说："眼下关键就是怎么出去的事。拿着这箱子弹，我们是爬不出去的。"耀宗说："这不难。"他找了一撬棍把子弹箱一撬，脱了长裤子，把裤脚口一扎，抓起箱里的子弹夹就往裤子里装；然后又找了些破布头和绳子，把歪把子缠绕数道。他让四子先爬上原木钻过隙缝，再把歪把子吊上去，然后吊上装了子弹的长裤软包。

人刚下到外面地上，听到拐角那边传来鬼子的说话声，此地没一丝可藏身的地方，两个只有转过库房屋角往前面的空场上来。幸好这边无人，于是一人扛了一样在车库前的空场上狂奔起来。这空场离东面山坡有近百米距离。待转过拐角的鬼子看到前面狂奔的两个人，两个已快到山脚。鬼子看到的只是两工人背影，无法猜出他们手上拿了什么。

这队巡逻鬼子赶到山脚的铁丝网前，见上面张开了一个口子，也就停住了脚步。为两手脚不干净的工人，他们可不愿贸然深入到山林里去。随后当他们发现一同伴也不见了时，把两件事情联系起来一想，这才觉出事情恐怕不是那么简单。

矿山立马全矿戒严，然后挖地三尺地找伙伴。猫在山上的两个把这一切看眼里。耀宗看看太阳说："现在应该八点多了，看来他们一时半会难找到，我们可以先逗他们玩玩了。"他把自己的那支驳壳枪递给四子。四子问："你用歪把子？"耀宗说："我练练手劲，平日难得摸一下的。我们打点射,尽量节约子弹,若子弹完了我们的人还没来,那就麻烦大了。"四子说:"那就再等等吧。"

又半袋烟的功夫过去。此时只见下面场子里有几个鬼子疯跑起来。原来失踪的那个伙伴终于被人从茅坑里捞出来了。他们用水一冲,发现伙伴的太阳穴塌陷一块,于是纷纷回住宿的房里拿枪支。耀宗瞄准奔跑的人群扣了一个点射,人群里顿时一个栽倒。一个持枪刚要出门的鬼子随后也挫在地上。而四子瞄的却是高架岗哨里的机枪手。

同时响起的三声枪响,鬼子还没辨明方向,枪声便戛然而止。当手中操枪的一群鬼子终于理清思路,一起挤在两排房子之间的空场上,要往东边山上包抄过来时,那铁丝网又是挡着的。耀宗抓紧时机,一梭子子弹泼过去,这群鬼子一下栽倒七八个。那些未倒地鬼子正要推倒铁丝网往外去时,后面有人喝住他们,让不得轻举妄动,以防中了对方的调虎离山计。

鬼子慌乱了一阵后,很快在大门口处垒起两道前后相隔五六十米的沙包墙,人员迅速进入第一道沙包,架起枪支。看到这情景,耀宗感叹道:"这些鬼子精明啊。我们这么一骚扰,反而促使他们提前进入战斗准备了。"

牛松柏和张排长他们随省际公路刚至进矿山的分岔口,远远见到矿山大门口的这副临战状态。张排长说:"看来他们已有准备啊。这样,我的人马从正面佯攻,你带人从侧面山坡靠过去,居高临下消灭他们。"牛松柏说:"这主意好。我们就从这里上山。"

张排长他们又前行了几十米,就被前面的鬼子喝住了。鬼子问:"什么人?再往前就开枪了。"张排长说:"你们去北山的水谷隼小队长已经战死了,我们是来替他增援你们的。"鬼子中的一个说:"你们支那人的狡猾,我命令的没接到。你们再向前我们就开枪了。"张排长不理睬鬼子,打手势让大家继续向前推进。沙包后的鬼子就真的开火了。张排长让大家退至山根两侧还击。在能保护自己的状况下,能前进几步是几步。于是这双方的枪声便显得不温不火,有一枪没一枪的。

趁此机会,牛松柏一行已迅速迂回至斜对沙包的上方。远处望去,沙包后没几个鬼子,牛松柏便对随从说:"你带几个靠近了用手榴弹炸。我带余下的往里面穿插进去了。"牛松柏走了好一响,也没听到背后的爆炸声,反倒传来连续枪声。他心里叫一声,坏了。马上回头往下斜插过去。很快发现有几屁股朝他这方向的鬼子伏在灌丛后面乐。他接连扔了两手榴弹过去,两脚杆却仍然未停下来。后面队员也学他样,补上一颗手榴弹,跟着向下去。他们看见前面有两受伤队员。

牛松柏和队员们对着下面的沙包继续扔了多枚手榴弹,这道防御工事总算被清除了。牛松柏心头刚升上一丝喜悦,不想前面相隔五六十米的第二道沙包后又伸出数支黑洞洞的枪口。一个抢先下到沙包前捡拾枪支的队员,被第二道沙包后射来的子弹撂倒。

这时,第二道沙包后的车库突然升起浓烟和火焰,火势转眼成熊熊之态,还夹裹着剧烈的爆炸声。这是耀宗的手下与那三个北山工人的杰作。一群鬼子赶过来查看，里面山头上的耀宗趁机向这空场上泼过来一梭子子弹，这些鬼子又栽倒几个。这些子弹虽然没能打在第二道沙包后的鬼子身上，却分散了他们的注意力，有鬼子端枪向后寻找目标。这前面山坡的牛松柏他们，迅速从坡上斜插过去，再次用手榴弹炸垮了第二道防线。

这么一来，没死的鬼子剩下应该没多少了。牛松柏与张排长的两支人马冲进去，在住宿区又进行了一场近身搏杀。

第三十六章 急转直下

当牛松柏与张排长进入矿山办公室时，一鬼子还在那里通电话。不知谁一枪打去把他撂倒。牛松柏拿过话筒，问道："你应该就是辛田中佐吧，你很是大方啊，我北山佬要拿你矿山，你看着他们死去也不肯出手相助。我牛松柏很是感谢你啊。"

一旁的张排长笑道："他是被我们昨天的伏击打怕了。我们跟他实实虚虚地这么一来，他就摸不着北了。"

牛松柏说："他现在是要死保自己了，他就是想来救，恐怕也腾不出多少兵力了。他还能怎么办？他明白得很，来救只能死得更快些。"

不想辛田却在那边不急不躁地回道："不用谢，真的不用。你们北山佬的这个本事和顽强，让我深深领教了，我还要谢你呢。我相信我们还有机会再见面的。回见啊。"

放下电话的牛松柏在心里道，这个辛田看去好像很是胸有成竹啊。不知是他故作的外强中干表现，还是真的情形有了新变化。

战斗结束，在矿工们的帮助下，大家一起清理埋葬了鬼子尸首，把在办公室和管理人员住宿处收缴的一些钱财和粮食分给矿工一部分，自己留一部分。在排队领取遣散费的矿工里，有少数问："我们留下参加你们的这个队伍行吗？"

牛松柏说："这个你们自己要考虑清楚了，舞刀弄枪虽然刺激好玩，可随时都有掉脑袋的危险的。再说，我们也不是什么队伍。我们是北山护卫队的。你难道还住我们村上去？"

牛松柏这么一说，问的人就不吭声了。

过后，牛松柏对张排长和兄弟们说："这里房子被子粮食都是现成的，还有烧吃的地方。我们暂且就在这里休整几天再说吧。"

大家都赞成，说这里是个落脚的好地方。

张排长说："你就不怕城里的鬼子反扑过来？"

牛松柏说："我巴不得他反扑。这样就省得我们去攻他那戒备严森的公学堂了。他辛田就堡垒里的那点兵力了，他是要拿来保护自己的。他要能真这么干就好啰。"

耀宗说："休息个两天后，我再进城去打探消息。等把状态搞清楚，我们再作下一步打算。"

牛松柏说："好的，按你说的。"

然而，才几天过去，龙源城的情形已是大变。上头无法给辛田调剂军队，却有几十个在省城的浪人自愿来这里协助帝国军队。一个名叫石川的浪人头领对辛田中佐说道："你放心，我们个个都是刀枪高手，你发我们一批枪械子弹，我们去把帝国的矿山夺回来。"

辛田中佐说："不急，那矿山对他们没用。他们夺矿山目的是为了对付我们。我们不上他们当，我们这里有他们的一大诱饵。他们会自动找上门来的。"

石川说："还是赶早吧。你给画几张北山佬头头的画像，我们挖地三尺把他们找出来。治了这些领头的，其余的就不在话下了。"

辛田中佐说："这个容易。"

辛田中佐除了印了牛松柏和牛耀宗的画像，给浪人人手一份，还在四个城门口设立了岗哨，对进出的人员进行搜查，凭证放行。还公示了抓到几个北山头人的奖金额。牛松柏和牛耀宗都是1000大洋。查岗的是警署的警察，这些浪人就在旁边盯着监督着。稍有疑义，就给抓起来。辛田中佐给县衙和警署都派了监督员，以保证他们的意志能得到很好的贯彻执行。罗长生和宋县长他们已没了人身自由。监督人员就是这些浪人，他们穿成普通龙源人模样行走其间。表面上看去风平浪静，实际处处暗藏杀机。

一张捕杀北山头鸟的无形大网悄悄布下。

三天后，对这些一无所知的耀宗，及四子等三个在矿山做的北山队员，五人乘一辆马车顺马路而下。约莫两个时辰就到了北城门口外的郊区。这里距离城门口还有一箭之地，两旁是稀落的店面。马车在一馒头店前停住，耀宗下车买馒时听店里的人在议论说，昨天一进城家伙被查收去了几块大洋，跟人理论还被打耳光。耀宗问怎么回事？店老板不耐烦地说，谁知道。你一会就会知道的。

于是马车继续向前，很快就到了北城门洞口。远远地看见城门口前站了好些个穿黑制服的警察与几个穿老百姓服装的。车上藏了枪支，是难通过检查的，耀宗不得不一抖左缰绳，让马儿往环城马路而去。

城门口的一日本浪人察觉到这辆迎头驶来马车的细微变化。这浪人于是指示手下悄悄跟上，他还进岗亭打电话让东门同仁迎过来。从城东迎过来的同仁，一看到耀宗的那张脸，觉得好熟悉。一对照，原来正是画像当中的一个。浪人此下心头大悦。他们马上通知东城门的警察隐身，好让这辆马车能长驱进城内，以便瓮中捉鳖。

远远看到东城门口此会无人值守，耀宗觉得机会难得，几个低语几声便催促着马儿直接闯进了城门洞口。耀宗是这样想的：你不进城就见不着你熟悉的人，见不着人就得不到信息。人说大隐隐于市，相比于城郊旷野，藏身城内还是不容易让人找到的。

马车在街上行驶没一会，耀宗就察觉出哪里似乎不对，但又说不出具体原因。眼睛所到之处，忽闪之间，总好像有眼睛在盯着自己。是自己比平日更受人关注了，还是人家认得我是北山佬，还是因为车上有北山籍的矿工？城里的人们一定听说，矿山被北山佬占领的事了。

　　耀宗决定把马车赶过狭窄多支的东街，去到宽阔的北大街停车吃饭。到了北大街，为了能离鼓楼支街更近些，他们就在对着支街口的一家车马客栈住下了。登记时，耀宗叫掌柜准备五个人的中饭。老板于是随口问："什么规格的饭菜？喝什么酒？"

　　耀宗说："无所谓，有什么吃什么，能快些便好。"

　　四子与另外三个抱了包裹着枪支的草包上楼。一进房间，耀宗就四下检查，以便有情况发生好有退路。他发现后窗下的院子外是一条巷子。如果有意外发生，从这里出去应该是最便捷的。

　　大家正在房间里休息着，跑堂上来说："饭菜好了，你们下楼到厅堂吃饭吧。"

　　耀宗给跑堂的五个铜板："麻烦你把饭菜端到房间里来。"

　　见了钱，跑堂笑嘻嘻地："我马上端上来！"

　　好一会了，当跑堂把饭菜端上楼时，耀宗发现他的神态里竟多出那么一丝鬼祟来，还有心惊胆战的害怕成分。人家走后，大家举筷正要入口，耀宗制止道："不急，待我验过。"耀宗从左胸口的贴衣口袋里摸出一枚银元，两面在衣襟上摩擦几多下，就一个碗一个碗地试。试到那钵青菜豆腐汤时，只见浸入汤水的半个银元一会变成淡淡的黑。他说："看到了吧，这汤里放了砒霜。"耀宗把这汤的大半倒进条案上的一花瓶里，然后神色严肃地："大家赶紧吃，吃饱好干活。"

　　四子问耀宗："这颜色不是很黑嘛。"

　　耀宗说："已够毒了，这银元纯度不足。袁大头是成色最好的。"

　　"耀宗你行啊，这枚大洋放在左胸贴身口袋，一防子弹，二防毒。"

　　耀宗一笑："是有着这考虑。你们也学着点。"

　　四子马上把草包扯开，一人一把驳壳枪插进腰里。他说："这样吃起饭来更安心些。"

　　大家于是闷头匆匆吃着。想吃汤的就喝茶。看大家吃的差不多了，耀宗说："吃饱的就先磕在桌上打下瞌睡，当作装死吧。"

　　四子说："我不装死。我装熊装这么久了，我要表现一下我的神勇。我躲门后吧，待他们进来，从背后好好痛快打它一梭子。"

　　耀宗说："到时你要留个活口。我们总得问清个中原由吧。"

　　"这没问题。"

　　这时，听见有人上木楼梯的咚咚声响。四子马上跳到门后，其他三个便趴在桌上。耀宗原也是趴着的，但又觉得趴着视线受阻，你看不见对方将要干什么，于是便仰面倒地板上。

　　一会，没听到招呼声，门便被啪地一脚踢开。进来的一群浪人见到眼前的倒趴状况，乐呵呵地笑着，说着拍手称快的日本话。一个手里拿着画像的一眼就认出倒在地上的这个就是画上的。四子对着这一群浪人就是一梭子连射，这五六个家伙还没弄清是怎么回事，就到上帝那里去报到去了。屋里枪声刚落，走廊上的一浪人对门后响枪地方打去一梭子弹。

这楼上的门和房都只是一层薄薄木板。四子中枪是肯定的了。当走廊上的这个浪人刚把前脚迈进屋内，被耀宗一枪命中脑门。耀宗来到四子身边，见他身上有数个枪口在汩汩淌血，人很快便没了气息。

耀宗出房门朝下一看，厅堂里好多人，有警察有穿老百姓服饰的，穿老百姓服饰的在命令警察往楼上冲。耀宗瞄准那个穿老百姓服饰的一枪射去。那个家伙扑通栽倒在地。趁此机会，耀宗返身房间对三个道："我们从后窗翻下去。快。"

四个一跳下后院，院子的几个门洞里顿时涌出几十个蓬头垢面的牢狱犯，他们个个手里举着打狗棍，嘴里喊着杀杀杀，赏十块大洋。这下四个没办法了，开枪不是，不开枪也不是。你要爬围墙，几棍子就把你砸下来。一个北山护卫队员被乱棍激怒开枪后，他同时也被一颗不知从哪里飞来的子弹击中。

这些牢狱犯既打你棍子又抢你枪。看着突围无望，又不愿伤及无辜。当几个犯人疯了似的来抢夺耀宗手里的枪时，他心里想：我何不就此被他们抓进去，或许能见上秀秀也说不定。这样就能知道关押位置了。思想一分神，稍一迟疑，枪就被对方抢走了。当三个的枪都被收缴，身上又被搜索绑了后，一门洞里走出四个人来。第一个是警署的方仲义局长，第二个是罗长生，第三个浪人头石川，最后一个竟然是辛田中佐。方仲义对牛耀宗训斥道："你这可是第二次落入我们手中了。这次看你还有什么办法能跑掉。"辛田中佐却拍着耀宗的肩膀说："你的厉害，我的佩服和敬重，包括你父亲牛松柏。有机会望你代我转告我对你父亲的敬意。"他对石川道："这下你见识北山佬的狡猾和能耐了吧。你的八个兄弟都死在你的麻痹大意上。要不是有人及时汇报，你还是抓不住他们。亏我来了这一手让他们无可奈何的举措。"

石川恭敬地："辛田中佐实在高明，我的佩服。"

"我的高明比起这帮北山佬来，还差得远呐。"辛田中佐把眼睛转到耀宗的脸上，笑眯眯地，"听说你与那个朱秀秀是青梅竹马的恋人，你不是很想知道她关在什么地方吗？我就决定做件好事积点阴德，成全你们，把你俩关一起。"

另两个北山护卫队员与那些狱犯一起被警察押至对面鼓楼街的县大狱。紧接着开来一辆军卡。车上有多个持枪鬼子。罗长生上来抓住牛耀宗的衣领就往军卡的后车厢上拽，在拽着靠近身体之时，往他怀里的腰带上塞进了一把带鞘匕首。几日本浪人也爬上车厢。辛田中佐一坐进驾驶室，车子就往公学堂开去。车子一进大门，罗长生的一双眼睛就对着车外四处张望。他已经很久未上这里来了。他发现现在的公学堂，各个方位多了不少沙包矮墙。西侧的大操场上还卧着六七门炮，这原是安在东山坳的。那栋四层楼高的老宅顶楼多出了几个小窗口，这应该是新增的火力点。

车子直接开到公学堂最里面靠近左边教堂的两间平房前停下。围墙的那边就是龙源的天主教堂。它坐落在一绿意葱葱的矮山坡下。看得出，这紧靠围墙的两间平房是日本人进驻这里之后建造的。门是移动铁板轨道门。

车停，罗长生又要上车去拽牛耀宗下来。这次，辛田中佐拦住他道："罗队长，不辛苦你了。你去老宅里陪陪雪怡吧。你可是好久未上这里来咯，她很是想念你啊。"

罗长生只好停下脚步往回："那我去雪怡那里了。"

待到罗长生走远，辛田中佐才吩咐开门锁。这里他连浪人都没让他们进来。几个持枪鬼子一进入平房，就从里面把门反锁上了。打开里面的第二道门，耀宗看见门的屋里就是一条地下通道的入口。通道里面灯火通明。辛田中佐一边走一边对耀宗说道："你以前不是一直很想知道关押朱秀秀之所在吗？我今天带你走上这一遭。你要记牢了。"说话间出口到了。移开一块木板，大家从一虚拟的橱柜里出来，进到一间屋子里。接着，大家就走在一条对外封闭的类似狭窄房间的通道里。

天主教堂的尖顶楼近在咫尺了。

这时眼前现出一有下降阶级的通道口。大家一起往里没走两步，就是一扇厚重的铁板门。门开进去，走了好一会，耀宗自我感觉已置身于教堂位置的地底下了。一会，前面的鬼子用钥匙打开一侧的一扇铁栅栏门，把耀宗往里面一推，门再锁上。辛田中佐隔门对耀宗微笑道："快上前去看看你青梅竹马的恋人吧。我们后会有期。"

看着鬼子走远，耀宗才回头打量这室内。里面黑得看不清五指，眼睛适应半天，才隐约觉出角落里团着一模糊人影。耀宗激动上前，两手捏住对方双肩，叫唤道："秀秀，秀秀……我是耀宗呐。我耀宗看你来啦……"对方似乎没什么反应。秀秀已被这长久的暗无天日的寂寞和孤独，给逼得脑袋麻木，反应迟钝了。

费了耀宗好大的劲和好长久的时间，沉睡在淤泥底的秀秀渐渐有了反应，渐次苏醒的她的潜意识里的求生欲望增强，迫使她从底部挣扎着向上漂浮，用了好长时间，终于把头颅伸出迷糊混沌的水面了。她睁开眼睛，疑惑地问道："你真的是耀宗？我不信，我不信……你怎么会在这里？"

耀宗犹豫了半天还是据实相告："我与我父亲，还有强子都来公学堂救过你。就是不知你关在哪里。这次又与鬼子交手，在最紧要关头，我就想……也是没办法，就选择了被擒……我想两人的力量总比一个的要大一些。没想到知道我心思的辛田还真把我俩关在了一起……"秀秀说："你傻啊……"边说边偎进他的怀里。

耀宗终于向自己心爱的人吐露了自己的心声和爱意，经历了太多的波折，他的确需要勇敢一次了。

辛田回到公学堂老宅，给宋县长打电话说："最近这些日子，你与我们工作配合不错。我先谢谢你，希望你继续支持。这里再麻烦你通知一下牛松柏。现在北山应该是他牛松柏作主了。你告诉他，他的儿子牛耀宗已在我手上，只要他牛松柏肯把矿山还给我们，我们再签订一个今后互不侵犯的条约。我在北山的兵可以撤回，今后也不围剿了，我还把他的儿子和未过门的媳妇一并还给他。这次我是真心实意的。他如果愿意，具体条件我们还可以细谈。"

接了这个电话，宋县长从对方话语里觉察，现在的辛田对北山佬已是力不能支了。如果北山佬肯给他台阶下，他是愿意妥协的。想不到这北山佬还真是厉害啊！如果不是这批日本浪人的来到，辛田中佐广布眼线，使了这么一个请君入瓮的诡计。他还真拿北山佬没办法。

宋县长回道："我听你辛田中佐的，等会罗长生回来，我马上派他去矿山传达你的意思。"

辛田中佐说："你别眼中就一个罗长生。雪怡今晚要留他在公学堂过夜呢。你找其他人去吧。"

放下电话的宋县长很想拨一个电话到矿上，亲口跟牛松柏他们交代个仔细，或帮着出了主意，但他不能这么做，这身边就有两三日本浪人在前厅后院游荡着。自己的一言一行都在他们的监视下。宋县长只好中规中矩写一封信交给通信员，又在耳边作了特别交待，然后让他快马加鞭去矿山。两时辰后，牛松柏便知道了这个意想不到的坏消息。

想不到才几天功夫，处在劣势的辛田还能弄出这大的动作。还真不能小看他，连警察和牢狱犯都利用上了，这个辛田确实不简单。还说救秀秀呢，还没开始就搭进去一个。真是防不胜防。人家这是真想跟我谈，还是耍的一什么阴谋？想我北山佬跟你日本鬼子屈服，签那种软骨头协议，糟蹋我北山数世英名，你想都别想。

牛松柏当即就把信撕了。他对通信员说："你回去让宋县长告诉辛田，叫他这种异想天开的事情还是少做。谈点什么条件也不是不可以，但要我签那种软骨头条约，门都没有。"

听了这样的回复，宋县长在心里替牛松柏着急。这人实在是太直了，一点策略不讲，这样会害死自己的儿子的。于是宋县长在辛田中佐那里替他圆道："牛松柏说这个问题可以考虑，不过要给他一些时间。"

听了这样的回话，辛田中佐笑道："他比族长年轻些，头脑自然活络些。不过，太长的时间我可等不起。"

宋县长说："要不我再找个时间好好劝劝他？"

"你自己看着办吧。"

此刻的辛田已觉此事无足轻重了。因为一刻钟前，辛田派到围剿前线了解情况和做分化瓦解工作的密使回来了。密使说："此次效率巨大。黄副官看在一万大洋的重金上动心了。黄金彪说，他早就看不惯罗子俊了，怎么能干下反皇军的事呢。他说一个礼拜内，一定带一帮人马，联合西碉楼的皇军，抓了罗子俊，逼迫大家回头。"

辛田在心里笑道，幸亏我平日给你下过一点饵，试过你黄金彪。知道你这么个人。这步棋总算让我走对了。

　　从来龙源的那天起，辛田就没断过算计中国人的念头。他心里想，只要好处给够，这些支那人是最容易从堡垒内部攻破的。我从你们身上敲的几万大洋，最后还是要用在你们这些中国人身上的。这个宋仁熊像泥鳅一般滑，两不得罪，见风使舵。我辛田才不会真把你的建议当回事。那个罗长生也是八面玲珑，只有利用价值。

　　眼下，辛田倒是很愿意此事能糊着拖延着，把牛松柏多留在城边一些日子，使黄金彪的倒戈能成，以扭转皇军的颓势。事后，他拟了一份电文，让雪怡发至西碉楼的龟茨小队长，让他们作好准备，以策应绥靖军黄副官的行动。

第三十七章 反水

黄金彪说早看不惯罗子俊，这确是他的心里话。这灵活人的心里啊，就遵从一条利益为上的行为准则。它会在潜意识里自动替自己找到心理平衡的砝码。先举证据，言之凿凿，气愤在前，之后行之便理直气壮，心安理得，顺理成章。

你罗子俊一再提拔没用的吴辉，先营长后团副，却一直想不起提拔我黄金彪？我黄金彪为你鞍前马后几十年，为你挡子弹，为你找女人，为你倒夜壶，我得到过什么？我能力比吴连长差吗？我比他不知强多少。你罗子俊的良心既然被狗吃了，那我黄金彪也无须对你手软了。

看情形，这中国将是日本人的天下，你罗子俊还这么不识时务，这就怪不得我黄金彪了。我黄金彪有了这一万大洋，干什么不行？这总比今后猫在这山上，比做农日晒雨淋强一百倍吧。

黄金彪是在天蒙蒙亮的凌晨时分开始倒戈行动的。

二三十个平日跟他走的近的，自觉怀才不遇臭味相投的，在收到他黄金彪赠的每人十块大洋时，他不忘再附加上一句："这只是小头，大头在后头。今后若呆山上，有钱也没机会花呀。"

一个说："谁要呆在这山上受这罪。老子才不干。"

黄金彪说："你们都给我去通通气，凡是不愿的都告诉我。通气成的我另外有赏。"

黄金彪于是迅速拉拢了一批追随者。

这日，饭后的牛金宝在外面闲走，发现一帐篷内有些人鬼鬼祟祟的，黄副官也在。他装着不经意地走过此帐篷，黄副官马上把头扭一边，以躲开他的视线。一袋烟功夫，金宝再转回来时却不见了黄副官，但他应待的帐篷里也没人，直到很晚才现身。

之后，金宝很谨慎地对团长说："我怎么觉得黄副官这两天有些不正常呐。"

罗子俊说："你的精明我很欣赏，不过别把精明用自己兄弟身上。"

金宝说："那我出去走走。大白天的，不需要我在你身边吧？"

罗子俊说："你关键给我盯牢了西碉楼的门和枪眼口。下面值守的擅自离岗，一定严惩不贷。葛连长他们守住了外坳，这里面才能安全。这里只能靠我们自己了，千万马虎不得。"

金宝说："我看这碉楼里的鬼子再坚持个两三天，最多了。到时不费一枪一弹，乖乖举白旗投降。"

可就在这天后半夜最后一班换岗后的几分钟，潜伏四下的倒戈人员就把这七八个战友的脖子给抹了。他们然后带着吃的喝的和枪支弹药，进入西碉楼。这些盼望许久的饿极鬼子，吃过喝过，快意上涌，有的还向外发泄似的打了几枪。

埋伏在罗团长帐篷外的第二组倒戈成员，听到枪声有些惊慌不已。黄副官却胸有成竹地对大家说："没事的，不必惊慌，罗团长已在我们的掌控之中。我们只要控制了他，就控制了整个团。那个警卫员弄不赢他，就打死他。"

枪声让罗子俊和牛金宝惊醒过来。罗子俊让金宝出去查看是怎么回事。金宝只走到对面帐篷口一看，立马回头对团长说："不好，恐怕要出大事了。黄副官不在自己帐篷里。"

罗子俊斥责道："叫你去响枪地方看，不是叫你查黄副官，人家是打牌打晚了就不回来睡的。"

牛金宝说："我是你警卫员，我不能离开你。"

罗子俊发火道："叫你去你就去，啰嗦什么，谁还敢对我怎么样？"

金宝只好往响枪方向去。见此光景，黄金彪心中大喜。刚不见了金宝背影，他黄金彪手一挥，七八个手脚灵敏的，冲进就按住了罗子俊手脚。他那只伸至枕头下取枪的手，被他们压的几乎要断掉。罗子俊不相信地咆哮道："你们好大胆……你们要干什么？想干什么？"他妄图用自己的威严镇住这些手下。

一个昔日受过罗团长羞辱的，他上前给罗团长一巴掌，说道："你违抗皇军旨意，你知道你将会受到怎样的惩罚吗？绑起来！"

一个以前受过罗子俊责罚的，他说："团长，真是对不起了，每个人做错事都是要付出代价的。"

黄金彪这时不紧不慢从外面进来。罗子俊说："你这是要干什么？是你金彪带头造反？"

黄金彪不紧不慢地："造反我可不敢，这种事也只有你罗子俊做得出来。我是遵照辛田中佐的旨意办事。只能先委屈你一下了。辛田中佐说，只要你还听他的话，与这些还在奋勇作战的皇军积极配合，拿下北山，他可以对你既往不咎。"

罗子俊懊悔不迭地："我罗子俊是瞎了眼咯，选你这样一个头生反骨，脚底流脓的家伙当我贴心人。我活该！"

黄金彪笑道："团长你这说的什么话，刚才你跟金宝说的那些话我都听着呢，我很感动。谢谢你对我的信任。正因为此，出于多年兄弟友谊，看着你往绝路上走，我也是于心不忍呐。关键时刻，我必须促你一把。对兄弟你我不能见死不救啊。"

罗子俊冷笑道："你黄金彪不愧是耍嘴皮子的人，出卖了自己的主子，这话还说得这么动听。你这些年的副官没白当。"

黄金彪说："团长呐，我没时间跟你闲扯了。待会你在广大的独立团战士面前检讨一下过错，说明是自己一时糊涂。我们再一鼓作气攻上山去。皇军还是会原谅你的。此会山上正空虚着，机不可失啊。"

罗子俊说："要我听你这样一个反复无常小人的唆使？做你的白日梦吧。你想都别想。"

黄金彪对跟随他的属下说："把团长带到外面去，我要代表团长跟大家说话。"话罢，他唬着脸对罗团长说："聪明的话，你尽量配合我，不然你会死的很难看。"

罗子俊在心里想，这个牛金宝怎么一去就不回了呢。都怪我，怪我自己啊，人家金宝可是提醒过你的。你的心机还不如自己警卫员，你败在人家手里是迟早的事。

而此时的金宝不仅安排了两个去外山坳给葛连长通报消息，还安排了一个在大本营静观其变，自己却悄悄上了乌龙口。他对留守在岩上的不多的护卫队员说："这些反水的绥靖军又内讧了。他们放了碉楼里的鬼子。一场攻打北山的激战恐怕又要开始。你们快去村里喊人和搬运枪支弹药吧。"

金宝吩咐完开始检查哨岩上的枪支弹药。一路看去，枪支没有多少好的，子弹也不多。还好，凹坑里的那门山地炮还在，六发炮弹一发未用，全好端端放在箱子里。

他在心里对罗团长说，对不起了，谁让你不听我的，事情发展成这样，你自己有很大责任。我眼下只能保重点，顾不了你了。请你谅解。你能不能生存，就看你自己的造化了。

而此时绥靖军宿营地的空场上，稍远处的高墩上有鬼子的机枪架着，上头站着被枪指着押着的罗团长以及黄副官一行。面对着广大战士，黄副官高声说道："我的兄弟们，大家都知道，军人的天职就是服从命令。上级让我们服从皇军的指挥，我们就要听辛田中佐的。前些日子，在特定的情况下，因罗团长的意志不坚定，听信了北山佬的一些蛊惑，做了些错事。今天，他幡然悔悟了，他知道错了。现在北山的大部分护卫队员已不在山上，我们马上攻上去，端了北山匪的老巢。我们就不用在这里受罪了，就可以回县城吃香的喝辣的去了。"

人群中的倒戈者附和道："打到山上去，回城喝洋曲！"

有的喊："黄副官当团长，兄弟们得光洋。"

有的叫道："黄金彪当头头，兄弟富的冒油。"

黄金彪又喜又恼地望了望附和的支持者，加上一句："皇军说了，只要大家一鼓作气攻上去。事后会大大有赏。"

下面却有人喊出一句："让罗团长说话，罗团长怎么说我们怎么干！"

被押着的罗子俊张了张嘴，却没说出一句话来。

黄金彪说："刚才是谁说这样的话？有胆的站到前面来说。正因为罗团长犯了错，上头让我暂时代理这个职务。现在大家得听从我的号令。"

龟茨小队长帮着证实道："情况的确是这样，我龟茨小队长能证明。没操枪的回帐篷拿枪，下面马上开始上攻乌龙口。"

　　黄金彪适时大声吩咐道："具体的进攻由吴副团长指挥。"

　　吴副团长直了直身体，顺从地应道："是！"

　　留在宿营地的这些大都是一些无主见的官兵，随大流的官兵，基本是二三连的。吴副团长见罗团长没说什么，就吆喝着一班一排的先上，二班二排的待会儿上，大家轮番进攻。那些一班长一排长就督促着自己的手下磨磨蹭蹭向前。

　　有人高声问道："那三班三排的就不用上啦？"

　　吴副团长回道："番号三的作预备队，谁认为不公平谁来指挥。"

　　倒戈里面的一个排长曾是吴连长的手下。他得意洋洋地纠正吴团副的话："你老小子别耍滑头啊，代理团长说，不留什么预备队，全部轮番上。这是我们的最后一搏了。"

　　吴副团长怒斥曾经的手下："你也配这样跟我说话，小心我一枪毙了你！"

　　龟茨小队长用枪指着吴副团长说："你现在还敢耍滑头，你的心眼是大大的坏了。为避免坏我们计划，我得提前送你上西天。"话罢，对着他的胸口就搂火。

　　一泓血水从胸口汩汩涌出，在吴副团长倒下前，他那个曾经的手下走到他跟前讥笑道："怎么样啊吴连长，你说是谁毙谁呢？"

　　吴副团长突然艰难拔枪，对着对方胸口连发三枪，嘴里说："我说话向来是算数的。"

　　看着这个曾经的手下先自己一步气绝，吴副团长也欣慰地合上了自己的眼睛。

　　经过了这一番纷乱，龟茨小队长对黄金彪说："你的亲自指挥，你要勇敢冲前头。"

　　要我冲前头可没门。黄金彪于是对追随自己的这一帮人命令道："我们几个是要看守和监督罗子俊的。你们到前面去督战。你，你，还有你，各带十个跟在上攻的他们后面，谁后退就枪毙谁。"

　　绥靖军刚开始上攻，金宝就抢先把一枚炮弹吊到东碉楼的跟前炸开了。炸弹不仅炸死炸伤几个冲在最前面的绥靖军，还炸翻了两鬼子。

　　这一炸弹对他们的惊吓不小。前些日子上攻无数次，乌龙口都没有开过炮，这次却一下来势凶狠。难道是去县城的牛松柏他们回来咯？还是龟茨小队长看出此中玄机。他说："正因为山上空虚，所以他们要虚张声势。炮弹看着可怕，其实炸不了几个人的，大家大胆往前冲，一定能攻上乌龙口。"

　　果然，三发炮弹吊到上攻绥靖军的人群里炸过，绥靖军的一半人马还是冲过了岩前坪地的大半位置。这时，岩上只有一挺机枪声骤然响起，但依然压不住过多上涌的人头。间或有步枪、鸟枪的单发枪声，听在耳里是稀稀啦啦的，临到伪军涌至岩下一线天通道口，上面再有一两颗手榴弹扔下来，这已无法阻止绥靖军上行的脚步了。为什么会这样？原因是这样的。金宝让人回村喊人，议事会的陈痂痂却这样说："西路和村中的两股人员是不准动的。牛大队长临走交代过，万一守不住乌龙口就放弃。现在桥断了，他们就是上山也进不了村的。万一进了，我们利用里面的一弓弩一陷阱，一巷一墙一屋和暗道机关，反倒更容易消灭敌人的有生力量。妇孺皆可派上场。族长就是一最好例子。"

得到这样的回复，包括金宝在内的十几个队员，眼见守不住了，就只能悄悄撤下了。他们躲在暗处观察绥靖军和鬼子动静，以他们的新动向作出新应变。

绥靖军和鬼子占领了乌龙口的岩上后，龟茨小队长马上向辛田中佐报喜。辛田中佐回电说："现在你们尽管放心攻进去，牛松柏他们目前还蒙在鼓里。待他们得知消息返回，你们已控制北山。我这里再全军出动，牛松柏的护卫队定会在腹背受敌中消损殆尽。代我向最忠诚的盟军战友黄金彪致敬！"

得到这样回复，龟茨小队长是精神大振。黄金彪也乐不可支地做起升官发财的美梦。通过乌龙口的几百绥靖军，因上山的道路狭窄，加上心情的急迫，很多官兵便漫山遍野地向上包抄进发。这便让安置在树林中的弓弩和陷阱发挥了作用。不时地有人被射倒，或突然消失于地面。有战士向长官报告这一奇异现象。长官便聪明地放弃树林走回到正道上，但大多的士兵还是行走在树林间。后有的北山队员便在暗里偷袭，他们还以为是这些机关的原因。

走在队伍最后的黄金彪一行，他笑问罗子俊："看看，在我领导下的攻山还行吧，你围剿北山两次，两次都无功而返。你说是你行还是我黄金彪行？"

罗子俊说："当然是你行，我一向对兄弟都是一心一意，没你这么多的花花肠子。"

黄金彪老脸皮厚地："不是说这个，我说的是打仗的本事上，战略战术上。"

罗子俊说："我看你迟早会把我们的兄弟全葬送掉。"

他在说这话时，心里却在想：为什么葛连长一点动静没有？发生这么大的变故，精明的牛金宝一定会把此消息通报他的。他为什么到现在没来救我？我可是听了你的鼓惑，才有了心动的想法的呀！

情况正如罗子俊想的，他葛九斤是想来解救你罗团长的，当他带的两个排赶至东碉楼附近时，这里的几百号兄弟已攻至乌龙口以上了。既然全部人马已被黄金彪要挟成功，并赋予行动了。他葛九斤就犹豫着不肯上前了。他可不愿为了一个暂时没生命危险的团长，去射杀自己的这些兄弟。再说一开火，这矛盾就升级了，你这几十号人是根本对付不了几百号人的。这样的傻事他葛九斤是不会做的。最重要的是，黄金彪胆敢如此做，一定有辛田中佐的支持。在围剿北山的这件大事上，辛田是不会这么轻易认输的，他是一个敢想敢干的非常人。这里面一定有他的阴谋。自己还是坚守原来山头伺机而动吧。

于是葛连长除派两人悄悄跟进，其余人在各帐篷里搜到一些吃的喝的和弹药，就又回到外坳的那段最窄山谷的山头上。这里是进入北山打伏击的最佳位置。他猜测，辛田是不会把这样的重任交给绥靖军的一个副官的，他应该会亲自来，感受拔除这枚眼中钉的快感。

住在矿上等消息的牛松柏和张排长他们，这天突然见到北山垯桥开店的张婶。张婶说："昨天下午，陈瘌痢派三子到店里打了一招呼，又马上回去了。他说怕山上人手不够。他说那些反水的绥靖军，在那个黄副官的蛊惑下，大部分又反回去了。他们与鬼子攻上了乌龙口，马上就要过登封桥进村了。"

牛松柏心里想，即使他们攻了上去，想进村恐怕不是那么容易。过渊涧的登封桥可是被族长炸成三段了，他陈瘌瘌不会这么傻，连两块木排都不会抽。我们马上回去跟他们玩猫捉老鼠的游戏去。

牛松柏问张排长："你这些人马是跟我回北山还是继续留在这？"

张排长问："你到底是怎么想的？"

"我尊重你的选择。"牛松柏想了想，敞开心扉地，"我是从你的角度考虑，你总不愿用枪去面对自己昔日的兄弟吧，所以你还是留下监测县城的鬼子吧。有机会就尽量不要放过。这次你的绥靖军兄弟攻上北山，不知辛田是一什么态度，如果他想亲自去参加这顿最具诱惑力的晚宴，你就凭你的良心行事吧。"

张排长说："谢谢你为我想得这么多。听你这口气，好像你们北山就得败了似的？"

牛松柏说："这只能看天意了。比如你们帮谁呀，最终站在哪一边呐。"

张排长说："黄金彪再怎么倒戈，我张某及我手下的这三十余人绝不会变。我相信葛连长他们也不会。"

牛松柏很有信心地："只要你们是这个态度，我相信辛田以及黄金彪他们就占不到多少便宜。我们北山还会壮大。到时你们每人把家都搬到我们北山来，我让山上的石匠木匠给你们这些新入户的立房架屋。"

张排长说："那我张某代我手下先谢过牛大队长了。"

牛松柏带着北山的三四十余名主要队员，带着鬼子的一部分枪械子弹，从捷径穿插回北山祖源村。

为更方便打探城里鬼子动态，张排长考虑良久，决定撤离矿山，住回到城西郊自己原来的一连营地。临走前，他们把矿上的几十麻袋粮食全驮上马，人马并行地离开了这里。

回到营地，有人说："还是睡在自己床上舒服啊。"

有人说："这还只是自己的床而已，如果以后睡的是自己屋，那感觉就更好了。"

有的说："只可惜在老远半山腰上，没这里进城方便。"

张排长说："我看还是住在山高皇帝远的地方好。没事进城干什么？我们什么世面没见过？关键是，就这样像风箱里的老鼠，两头受气，我情愿一边倒，这样心里既踏实了，也能对得住自己的良心。"

有的说："这倒是实在话，帮着日本人欺负中国人，你跟人家低三下四的不说，帮着干活还三天两头不给饭吃。有点血性的人哪受得了这个窝囊气。"

张排长说："我相信我手下都是有血性有正义感的中国人，当然如果有愿意继续跟着黄金彪听命于日本人的，我也不反对。你只要别坏我的事，自动离开，我不会伤害你。"

　　第二天天亮，二三十个手下没一个走的，于是张排长心里很高兴。他亲自带了几个穿上便服去城里打探消息。人还没到北门城门口，就听到轰隆的汽车马达声，一阵紧似一阵地传过来。一会，一辆鬼子的军卡从城墙外的环城路上过来，向北上的大路驶去。一会又过来一辆。掉头看过去的后车篷口，里面都是持枪的鬼子身影。一连过去四辆。张排长心想：这县城鬼子还真是消息灵通啊，牛松柏他们才回去一天多，他们就把不多的兵力往北山投送了。

　　城门口不见有岗哨，几个便闪进城里，沿北大街往南去。这时前面有几个警察过来。走在前面的正是罗长生。他发现对面过来的几个汉子有点异常，又似曾相识。打量半晌，他问道："你们几个应该是罗团长的手下吧？"

　　张排长照实道："正是，罗队长。你能告诉我城里情况吗？"

　　罗长生反问道："你必须先告诉我，为什么人家都在围剿北山，你们几个却在这里？"

　　张排长说："这话一时三刻跟你说不清。不过，我可以正大光明告诉你，前些天东城门外的那场对鬼子的伏击就是我们干的。"

　　"真的？"罗长生瞪大眼睛，有些不相信地，"这么说，是你们跟北山佬合伙做的局？北山佬扮成假鬼子在饭店里胡吃海喝，引鬼子去抓捕，结果一出公学堂就遭到你们的伏击？"

　　张排长说："还好，他们没有发现是绥靖军打的伏击，不然他辛田非气吐血不可。"

　　罗长生佩服地："你是好样的，我们就没你这样的勇气和胆量。"

　　张排长说："我们独立团的很多战士已倒向北山佬这边，包括你叔，可刚有消息传来，黄副官带着一大帮人又反水倒向鬼子那边去了，他还解除了对碉楼十几个鬼子的禁锢，反过来抓了你叔来要挟大家。结果绥靖军很快就攻上乌龙口了。"

　　罗长生问："那牛护卫大队长现在哪？"

　　张排长说："一得到绥靖军攻上乌龙口消息，他们就回北山了。"

　　罗长生终于释然地："原来是这样啊。我是说辛田怎么把城里的最后一点兵力都输送出去了，今天早上他自己也上了车。上车前，他把宋县长和方局长叫去吩咐后事。看来他是要背水一战，在北山跟北山佬作最后的较量了。"

第三十八章 酣战

罗长生与张排长没聊一会，一个日本浪人赶上来。他对张排长左看右打量，然后问罗长生："他是什么人？你们在聊什么？别以为皇军暂时离开这里，你们就可以搞阴谋诡计了。"

罗长生解释道："一平常熟人，随便聊聊。"

日本浪人说："你想蒙我是吧？"话罢就去张排长身上搜索。当他刚摸到腰际的铁疙瘩时，张排长一掌砍在浪人的颈项上，一属下的匕首也同时捅进了浪人的腰际。

此举把街上的行人吓得四下逃窜。

罗长生对张排长说："你这下害苦我了。我们县衙警署可是有多个日本浪人在盯着我们的。"

张排长说："那我们趁此良机，把他们都解决了。一共有多少个？"

罗长生说："原有五六十个，被牛耀宗打死六七个，有一部分跟着皇军去了北山，有一部分去了看守人犯的地方，也有散落街头的。眼下知道的，鼓楼街的县衙和警署里还有七八个。"

张排长说："这帮日本浪人还真他妈的爱他的帝国啊。我们是自觉不如。走，去你们县衙警署，先把他们解决了。"

罗长生想了想后，说："不急，就这几个人，真要解决我们还是可以做到的。现在的主战场在北山，那里正在流血。如果你的心真的有那么坚强，我看你还是赶回北山，参加那里的战斗。那里更需要你们。这里我们会相机处理的。"

张排长说："我们还想救耀宗呢。"

罗长生说："只要鬼子都死了，他自然也就得救了。"

张排长说："这话也对。那我们走了。"

"你等等……"罗长生叫住，想想又补充几句，"张排长，你如果能救罗团长，也就是我叔，不管他以前怎样……都希望你能出手救他一把，你帮帮他。我叔对自己的兄弟还是很讲情义的。对你和葛连长也还不错。另外，你告诉牛松柏，如果能救，我一定会帮他救出耀宗的，还有秀秀。"

张排长说："我会站在北山佬这边的。也会把你的这些话带给牛队长。不过眼下他们到底是一什么状况，我就不知道了。我走了。"

几个回到一连营地，张排长马上让大家收拾东西，准备上路。全排战士又马不停蹄地从裤裆口往北山而去。而前日走捷径从摩天岭回的牛松柏他们，此时早已回到村里有一天了。

当他们的双脚迈进村里，未见到有任何打斗的纷乱场景。一切井然有序。只见陈痫痫在奔前走后地告知大家，在什么情况下干什么，敌人到了什么位置该做什么。牛松柏看的心里舒畅，他对陈痫痫说："你干的倒是不错啊。这些眼下还是暂停吧。你去发些子弹炸药给我们，我们得先过桥到南边看看。"

牛松柏召集一些青壮，叫拿上锄头畚铲等家伙上路，有牵上马驮着东西走的。正式护卫队员就带上炸药包和配足的子弹，背着枪往登封桥上去。走在临时搭上的木排上时，牛松柏对陈痫痫说："在我们没有撤回来之前，你们千万不能把木排枋抽了。记住，这木排由我们抽。"

来到南边桥头，牛松柏对陈痫痫说道："你就到这里止步吧。村里妇孺老嬷的安全交给你了。不到万不得已是打不到这里的。不过，你不能因此就不作准备，知道吗？我们去南边平原等着他们。"

大队人马走出好一截，路上还是寂静安宁无比。牛松柏对一手下说："还是你骑马往前探出几里。有情况回来报告，我们好提前作准备。"

一手下便上了马背，鞭打着马屁股，一下蹿出老远。那个飘忽的身影眼见着越来越小。

几十人的杂乱队伍于是把行进的步伐放慢。因为这一片都是平原，是北山的粮仓。眼下正是包罗挂须时节，那整片如汪洋的青纱帐，人躲进去就如泥牛入海。牛松柏似自言自语又似对左右说："按理这一带打伏击没得说，不过糟蹋了粮食于心不忍。"

有人说："这里的路还宽阔，又是泥地，我们就在路当中挖它几排横沟。"牛松柏说："这主意好，隔个百余米挖一道。三个人挖一条，一个挖一个畚一个倒土。泥巴倒到包罗地里。沟挖至人深，让竹签能戳透脚背。你们几个去削竹签。记得地上要作记号。其余的跟我继续向前。"

一抱机枪的与一扛子弹箱的停下也想帮忙。牛松柏说："你俩是专业射击手，这里不必你们帮忙，待会有你们岗位。"

有人插一句："如果打不到这里，岂不亏了。"

牛松柏说："亏什么，这是生死存亡的大事。多作防御没有错。"

磨磨蹭蹭，终于走完这一片高原，前面靠东边是一突起的山嘴，叫鹰嘴岩。岩下是四十五度的斜坡缓慢向下，一边是悬崖，一边是深渊。道路是在陡峭的悬崖上凿出来的。

牛松柏对机枪手和扛子弹箱的两个说："你们俩上到山嘴上去，敌人上来时，子弹要节省着用。枪管与斜坡最好在一条平行线上，这样一颗子弹也许就能打倒两三个敌人。子弹打完扔两炸药包再撤。记住，点着后要抱在手里一会，滋点离包一寸许再扔下。"

两个说："记住了，四狗，帮我把炸药包送上来。"

安置好隘口的机枪手，牛松柏心里顿时轻松许多。他在心里想，这些绥靖军是怎么回事啊，都两天了还没攻到这里，这是什么速度呀？前面一坡高一坡的两道山岗，因为树间稠密藤蔓横生缘故，安了些弓弩和吊杆，还有陷阱。你们不会因为这个，就怕成这样吧？

状况让牛松柏猜了个十之五六。而实际情况是，牛金宝等十几个撤回的北山队员在暗中使坏操作，让他们不敢向前了。几百人的绥靖军，具体少了多少是没数的，而十几个鬼子在行进中一个个少去，却是有眼目睹。当鬼子只剩下龟茨小队长和一个随从及报务员时，黄金彪提出："这上面陷阱太多。我们还是原地休息，等待皇军增援上来再说吧。"

"好吧。"眼见着要轮到自己消失，龟茨不得不同意了这建议。

主要人员寻到一块无树丛无障碍的宽敞平地坐下，四边的警卫线很快拉起来。坐了一会，龟茨小队长说："我还是去查看一下，我的那些属下到底是怎么死的。"罗团长不真不假地："你还是别去看的好，你看着查着，说不定就把自己看没了。"

龟茨小队长对黄金彪说："黄副官，那就麻烦你手下去查一查。"

黄金彪只好指派了两三个绥靖军去查看。

这时，黄金彪讨好地问罗子俊："你说我们能攻进祖源村吗？"

罗子俊说："不能。"

黄金彪："你这么看好北山，为什么还要搬下山居住？"

罗子俊说："你问我地下的祖父去，我怎么知道？"

黄金彪自以为是地说道："我知道。你祖父是为了做生意发财下的山。看看龙源城的那条罗家巷就知道了。头脑活络的，想享受的，爱财的都下了山。山上只留下一些木瓜脑袋，一根筋的，把吃苦当快乐的傻瓜蛋。"

罗子俊问黄金彪："你以为你自己是聪明还是傻瓜蛋？"

黄金彪说："看看眼前的你我，这还用问吗？"

罗子俊摇头道："经历了这么多，我看这个世界往往是那些自以为聪明的人是最没前途的；而那些看似傻瓜的木鱼脑袋，被人看不上的一根筋的，说不定什么时候就成就一番事业了。"

黄金彪笑道："你不会因为这个挫折，就改变人生的观点了吧。如果是这样，我只能跟你说对不起了。"

罗子俊说："你对不起我没关系，你只要对得起皇军就行。"

两个正说着话，从东南方向的外围突然传来争吵打斗声。黄金彪于是过去查看，原来是几个倒戈人员在命令几个老绥靖军把干粮拿出来供大家分享，人家不干，说你自己忘了带就想吃人家的？倒戈人员说，现在是我们有功的说了算，你不拿出来就绑了你。于是动起手脚。

黄金彪说自己的追随者说的有道理，说我们要共甘苦同患难，谁也不能吃独食。老绥靖军说："那边那么多人都有，为什么不向他们要，偏要我们几个的？我们老些就好欺负？"

几倒戈的说："就欺负你们老的怎么啦？"

黄金彪打着圆场说："你们老的吃的少一点嘛。"

黄金彪然后对另外一些人说："你们就拿出匀他们一点。"

这些人全当没听见，个个一副置之不理的淡漠神情。一个开门见山说道："你们光记着搞阴谋诡计，却忘了带干粮，怪谁啊？若这样匀，以后大家都不带了，岂不都得饿死？"

竟有这么不给面子的，黄金彪于是动了怒。他冷冷地说道："你小子这么伶牙俐齿，我担心你以后要在社会上吃亏啊！你们几个帮他长长记性。"

几个于是扑过去，对说风凉话的一阵拳打脚踢。一会就把这战士打得鼻青脸肿，嘴里吐出的吐沫都是血。

头顶的日头在不知不觉中滑到了山的背后，夜幕在徐徐降临。这些绥靖军战士就地东倒西歪地躺下，在苍天旷野里熬过这个难挨的夜晚。夜里睡得不是很沉的人，总能时而听到窸窸窣窣的声响。第二天天大亮，细心的就会发现，一夜过去，这人好像少了不少。最显眼的，是那个鼻青脸肿的不见了。

有弃枪而逃的，有携枪遁迹的。

罗子俊是清楚下面的人数的，满山坡一打量，他就能看出走掉的至少有五六十人之多。他心里很是愉悦，这兵让你黄金彪带成这样，你也是成不了什么气候的角色。你比我罗子俊差远了。

他故意对黄金彪说："黄团长，这天还是不能黑啊，你看这一夜过去，这人好像就少了不少耶。你觉得呢？"

黄金彪不屑地回道："逃走的是垃圾，留下的都是精华，这是历史的筛选。只有这般地自动淘汰，队伍才能百炼成钢。"

此言出，罗子俊先是惊讶，然后开怀大笑："厉害，厉害，什么臭事经你这张逼嘴一渲染，瘌痢壳都能变成花骨朵……我罗某佩服。"

黄金彪说："今天你才知道佩服，晚啦。"

……

他们就这样胡说神侃混过一天。

一夜过去，第二天天大亮，看着人又少了一些。

这时，龟茨小队长一脸严肃地来到黄金彪跟前。他说："辛田中佐来电质问我们了，问到底到了什么地方？他说他亲自带领的精锐已在路上，很快到北山脚下。问北山的政治经济中心——祖源村，吃下没有？他要知道我们还在半山腰，非宰了我们不可。赶紧出发！赶紧！"

黄金彪满脸不悦地："他自己也是这么磨磨蹭蹭的，要求起别人来就这么严格。官大一级压死人呐。"

龟茨小队长说："我们不该在此歇两晚的。我们耽误辛田中佐的部署了。我们要加紧赶上，解决了这一头，才能安心实施包饺子计划。"

黄金彪心想，早知道还要帮你中佐干这么多，我就不答应了。他娘的，这一万大洋不是这么好拿的。

但现在后悔也晚了。他不得不命令大队人马向上推进。他手下的一部分倒戈人员赶到前头督促。龟茨小队长等三个鬼子与黄金彪一行十几个慢吞吞行走在队伍后面。

队伍行进的再慢，只要没战事，几时辰后，一面大漫坡也翻过去了。穿过柔和圆润的马鞍脊背，向下没走上几十步，脚下的泥土表层变成了怪石嶙峋的石块，这前面拱起的山势顿时雄伟而陡峭起来。人不能漫坡随步了，只得选几处可下脚的斜坡豁口，拥挤着上，当然还是从正道上的最多。

原来坚守乌龙口的十几个护卫队员，早转移到这里来了，包括金宝在内。这时金宝发现下面上的，走在最前面的是自己的那个兄弟，他忙对这些北山兄弟说："你们别开枪哦，前面没帽子那个是我最好兄弟。你们要开枪，就把枪对准那些把枪对着他们自己人的家伙开。"

那个兄弟也看见了露出身子的牛金宝。他于是一个急闪身，人便消失于一巨石后，然后嗦嗦嗦几个急速的上蹿跨越，人便上到了岩上。他跟牛金宝说了些什么。牛金宝马上对自己的这些北山兄弟说："你们守在这里，我们两个上鹰嘴岩找护卫大队长有事去。"

两个一上去就见到了牛松柏他们。

金宝说："据可靠消息，龙源城的最后一批精锐部队已在向我们这里进发，由辛田中佐亲自带队。他要在这里作孤注一掷的最后决战。他以为这次的绥靖军与皇军的包饺子行动一定能成功。"

牛松柏听了这些，笑着说："包我饺子？想来辛田以为我们还是从裤裆口回的北山。听说我们回来了，就想从背后包抄。他也想得太美了一点。"

金宝说："人家不是本地人嘛，不知有密道，这不能就说人家不聪明。"

牛松柏说："他不知道将要被包进去的却是绥靖军。我心里真是有点同情罗子俊了，若不是黄副官被收买，他辛田哪敢有如此野心呐？"

金宝说："也不知这个罗子俊心里到底怎么想的，当初一枪击毙逃跑的龟茨小队长，趁热打铁将西碉楼端了，也就不会有后来的事情发生了。"

牛松柏理解地："人家毕竟是头子，要人家一下转这么大的急弯，哪有这么容易的事。"

金宝说："前天他们上到乌龙口后，在那片树林里，我们有意识地专找单个鬼子下手，还有那些用枪逼自家兄弟的神气家伙。但这样的机会不是很多。我是无法靠近他们身边，他们的戒备也严，不然我不会让黄金彪嚣张到现在。"

牛松柏问："那这下面大概还有多少人？"

"三四百人吧。"

"就这点呐？"

"伤亡一部分，跑了一部分，躲起来一部分。应该就这么多了。"

牛松柏喜悦地："就是说，葛连长的一部分不见踪迹了？"

金宝点点头。

牛松柏说："那我们不用怕了。他手下张排长带的一帮人马已在龙源县城跟我们合作了两次。葛连长应该也是没说的。有这么一个连的战斗力在支持我们，我想胜利应该属于我们。"

正说着话，突然从东南方向传来激烈枪声，这枪声小的如同爆米花，来的远，至少在直线距离的七八里外。那应该就是东山坳吧。

的确就是在葛连长他们原来坚守的坳的脊背上，刚好是近百人的一连人马，因为张排长的一排战士已回归至此。因为西边是坦坡，东边是陡峭的山势，于是这一连人马都集中在东边山的脊背上。

鬼子见到此阻击和此山势，也不是很急很慌，因为这地理位置不会致人于绝境，既可打也可退，往西往后皆可。四五辆军卡上的鬼子跳下，大小炮卸下，大的是山地炮，小的是六零炮。反击瞬间组织起来。枪声响起，大小炮弹的呼啸声、爆炸声此起彼伏。葛连长他们被打得没了还击的余地。一个个躲进猫耳洞里避炸弹。

大伙儿此刻方想起连长的好来。当初葛连长让大家挖洞，大家都说鬼子不可能把大炮搬这里来，你葛连长是成心不想让大家舒坦。人家反对时，葛连长说："就算是我瞎指挥，你们就当作锻炼身体好嘛。五大三粗的人，不能总吃饭不干活吧。不挖的，一餐吃半碗。"

于是大家没奈何，半玩半做地干起来。后来挖成，觉得里面凉快能躲荫，那挖的劲头才稍大一些。

一阵狂轰滥炸后，见陡峭的山头上没了回应，辛田让一小队鬼子上去探查。鬼子刚摸上半山腰，上面一阵乱枪射来，十个鬼子倒下七八个，活下的转身往回审。逃回来的跟中佐报告说："怪事咯，在上面阻击的好像是绥靖军耶？"

辛田中佐说："我早从枪声里听出来了。这些狡猾的支那人，我就知道他们靠不住。再给我狠狠轰，把山削去一半，也要叫他们全完蛋！"

于是山地炮和六零炮的炮声再度猛烈响起，直到炮队长告诫辛田："中佐，这山地炮的炮弹打了不少了，应该差不多了吧？"

辛田中佐说："算就算了吧。也要留些上面用，待会你们尽量多扛几门炮上去。"

这回中佐没让手下再登上东山检查，他想倾泻了这多的炮弹，就是有没炸死的，八成也活不下来了。

见轰炸停止，葛连长让大家注意鬼子偷袭。出猫耳洞一看，并没有鬼子上来的迹象。再望望山谷对面，漫坡的鬼子背影，他们正在向西山坡稀疏树间的深处和高处缓慢爬升。

葛连长对张排长笑道："这多的炮弹泄下，辛田以为我们都翘辫子了，连检查程序都省去了。"

张排长说："人家急着去消灭心腹大患呢，哪顾上我们。"

葛连长说："待他们走远，我们下去瞧瞧，捡点便宜去。"

一会，他们下山。远远看去，四五辆军卡前后游走着几个流动哨兵。葛连长让手下分别摸上去，两个对付一个，用刀子下手，以免走远的辛田听到麻烦。

把值守的哨兵一一干掉后，一检查车厢，发现车上还有一些子弹枪械和罐头，大家七手八脚就把这些战利品瓜分了。

第三十九章 乱作一团

从东南方向传来的激烈枪炮声，让龟茨等三个鬼子和黄金彪一行兴奋不已。龟茨小队长说："听啊，我们帝国的枪炮多威风呀。"黄金彪说："是够劲，就不知在跟谁打？"

他心里想，是不是跟悄悄溜掉的葛连长一伙打？不大可能，即便是，辛田杀鸡何苦用牛刀？一定是与北山护卫队的牛松柏他们干上了。辛田见他们回北山了，于是从后面撵上来。追上了，双方就不得不干起来了。持续的大炮轰炸声是这样的威武和震人心魄。有这样优势的武器装备，你北山佬想要阻挡，那恐怕是螳螂挡车了。

黄金彪于是想当然地吩咐下去，让大家停止前进，前面的返回来，大家一致调转枪口，先配合辛田中佐夹击这北山护卫队。若北山主力牛松柏他们被消灭，再与皇军一起进村剿灭年老体弱的残存，那还不是像喝茶嚼饼一样轻松？

罗子俊看到黄金彪这般自作聪明的乐观，心里窃笑不已。得到绥靖军倒戈反复的消息，牛松柏一定会先回村里查看损害程度，他怎么可能走大道跟在我们屁股后面呢。罗子俊相信，刚才这般激烈的枪炮声，八成是跟葛连长他们干上了。此人大胆果敢，又听得进人劝，若是让他执掌大权，这人是能干出让人瞠目结舌的伟绩的。如果自己当初能听进金宝的两句话，处事果断些，也就不会有后来的事情发生了。是不是我罗某命该如此？不，我不能屈从老天的安排，我要争取。

看着成片蝗虫般的人马漫过自己身边左右，又向下面行去，罗子俊哈哈大笑不已。黄金彪问他笑什么？罗子俊说："想到你跟我一样逃不脱，得一块完蛋，我能不笑吗？"黄金彪不解地："你这话怎讲，我不明白？"罗子俊说："你忘了皇军交给你的任务，你认为你还有活路吗？你以为这枪炮声是皇军跟北山匪干的？应该是葛连长他们才对。"

黄金彪说："我才不信，葛连长他们有这大本事和能量？"

罗子俊说："不管是不是，人家叫你往前攻，叫你去端北山老巢，你却往后撤，想去与主子会合，人家会有好果子给你吃？"

这下黄金彪真的急了："罗团长，皇军真的不是与牛松柏他们打？"

"人家可没你想的这么傻。是不是很快就会知道。"

黄金彪一下没了主意，人愣在那里。队伍依然在哗哗下撤。

龟茨对罗子俊呵斥道："你再扰乱军心，别怪我对你不客气了。"

罗子俊没好气回一句："当初你往西碉楼跑，人家对你瞄准，不是我拦下，你还能在这里训我？"

龟茨毫不领情地："这都是你无能表现，你还好意思说？"

罗子俊合上眼，心里道："好，领教了。看北山佬怎么收拾你。"

情况确如罗子俊猜的那样，甚至比他说的还糟糕。

还隔着一山头，从望远镜发现对面山的树间有成片游走的散状人群，辛田中佐即命令六零炮手一字排开，不问青红皂白地打了好几排炮弹。炮弹在对面山坡一线次序炸开。

大岛副官拿望远镜看了又看后，疑惑地说道："对面看去不像是北山匪，倒好像是我们的盟军哩？"

辛田中佐无所谓地："是盟军又怎样？现在还待在这里的盟军就不是好盟军。先前在外头阻击我们的不就是盟军吗？黄副官率领的一部应该早就进村了，龟茨君在电报里不是这样说的吗？"

大岛副官说："他好像没有这样确定的字眼。"

辛田中佐自信地："不会的，龟茨君对天皇是绝对忠诚的。我出来前在电话里跟将军保证了。我这次要不把这北山匪灭了，我也就留在北山了。日后，希望将军他有机会能来看我。"

大岛副官埋怨道："你这话说得太满了，你会为此话后悔的。"

辛田中佐说："正因为不可能，我才这样说的，以表明我对帝国的忠诚。万一情况不是想象的这样，最后葬身在此，我辛田也没什么可遗憾的。这北山可比我那横滨的小山丘奇伟多了。"

大岛摇头道："辛田，你疯了。"

没多少一会，辛田精锐支队的先锋跟对面短兵相接了。他们不管你是绥靖军还是什么人，见人举枪就射，砰砰砰，砰砰砰，噼噼噼，噼噼噼……这些返回的绥靖军见跟他们照面的不是北山护卫队员，而是威风凛凛的皇军，便现出一副束手待毙的样子；有少数不服气的也举枪予以还击，这样便遭到加倍报复。

这时龟茨才据实给辛田发电：你属下打的是我们，请停止误伤。辛田声色俱厉地对大岛道："你回他，打的就是你们这帮蠢猪！"

过了好一会，显得很无力的辛田对大岛说："你通知，让前头别再胡乱放枪了。"

大岛把通信兵派出许久，那枪声才稀落下来。

这时，辛田闷着头一个劲往前去，大岛和随从紧紧跟上，唯恐落下被责骂。他们一会便看到落荒而来的三个同仁和黄副官一行。辛田上前就给黄金彪一巴掌，厉声道："你把我的指令当耳边风？"

哭丧着脸的黄金彪说："没有啊，我们攻到登封桥了，可桥是断的，过不去呀。我们听到帝国的威武枪炮声，我想一定是中佐你撵到北山匪的屁股后跟他们干上了，我们于是回头配合你们包饺子呀。"

"你其实是想包我们的饺子吧？什么东西，大岛，把这个畜生给我毙了。"辛田用极其厌恶的眼神鄙视着黄金彪，然后对自己的副官斜斜眼，"不过枪毙前，让他把那一半的大洋 5000 吐出来。"

黄金彪被拖到一边去，辛田质问龟茨："情况是像姓黄的说的这样吗？"龟茨说："报告中佐，是这样的。"

"那袭击我们的为什么是一股绥靖军？"

"那股是围剿北山的先遣队，他们还故意给北山匪留枪支弹药，是早就投靠了人家的，与黄副官无关。"

"你们小队不是还有十几个吗，其余的上哪儿去了？"

龟茨低下了头："我也不知道，在上攻的路上，就一个个莫名其妙地失踪了。树丛中有机关呐。"

辛田中佐长啸一声，仰倒在地。众人立马上前救护。

这时大岛问龟茨："那个罗团长呢？"龟茨说："不知道，方才黄金彪的几手下还押着呢，这会没见着。"

原来是罗子俊见机会来了，便跟押自己的三个属下说："我肚子疼，我要拉稀。"其中一个说："你不要耍滑，拉什么稀？"

罗子俊站住不走："真的，我马上要拉裤子上了，帮帮忙，拜托了。"

一个只好上来把他手上的绳子解开，说道："你过去一点拉吧，别把人熏倒了。好了，好了，就蹲在那里，别在树后。"

就在罗子俊蹲下的当口，他突然发现右侧树丛间躲闪、前进、跳越的两个身影相当熟悉，还有几个穿百姓服的北山队员。罗子俊的心头顿时一振，心想，苍天有眼，牛金宝终于救自己来了。

一个往前闪动的身影吸引了看守的目光，借此机会，躲在树后的牛金宝一个点射。一个看守倒下了，另两个马上警觉卧倒，并向来枪方向还击。机会难得，罗子俊站起就往树林茂密的深处奔去。两看守顾此失彼，一分神，双双被击倒在地。不多一会，两走过的绥靖军在倒地两个的身上踢两脚，骂道："你们神气个鸡巴呀，还不是比我们先走咯。"金宝走到踢人的两个身边说："你们真有心要打鬼子的话，就把外衣脱了往后头山上去，你跟北山护卫队说我名字就行。"

"好的。"两个绥靖军士兵脱了外衣往回走。

牛金宝往罗团长跑的方向追去，很快在一大树背后找到团长。他说："对不起啊，团长，我救驾来迟。"

罗团长第一句话就问："北山护卫队回祖源村了吗？"

牛金宝说："不仅回了，他们还又从高原出来了，就在前面的鹰嘴岩一带。"

罗子俊又问："你怎么没让葛连长他们来救我？"

牛金宝说："我派了两兄弟去通知了的，怎么没来就不清楚了。"

一会，罗子俊说："我明白他们怎么不来咯。先前那惊天动地的枪炮声，应该就是他们与辛田中佐干上了。葛九斤是好样的，我为我罗子俊有这样血气方刚的兄弟感到骄傲。"

牛金宝说："松柏叔让我救出你后，立马上到高原上去。他说你是老北山人了，他欢迎你重回故土扎根。"

罗子俊想了想，说："我就是回，也要带着我的大批人马回，就我这么一个光杆司令，算怎么回事呀。"

"你的意思是……"

"你看我们的这么多兄弟在黄副官一伙的要挟下，正在遭受鬼子的践踏和滥杀，我要尽可能地带大部分兄弟跟我一起走。"

牛金宝眼睛亮起地："凭你团长的这个号召力，应该没问题。好，我支持团长的决定。北山的护卫队已渗透过来一部分，他们会在暗中协助我们的。"

罗子俊说："那就更好了，待会遇到黄金彪那一伙的就毙了他，遇到其他的就做工作。我算是看透了，给鬼子卖命是没有出路的。你瞧到刚才他们是怎么不把中国人当人的咯？"

牛金宝说："就刚才，我已劝了两个往后山上去了。"

罗子俊说："真有你的，你这哪像我的警卫员呐。说是我的教导员都行啊。"

"团长过奖了。我就是你的一个踏踏实实的勤务员。"牛金宝把自己的驳壳枪递团长手上，自己去地上捡了一条步枪使用。

两个迅速往有人声的地方靠拢过去。

这边的好几个皇协军战士正蹲在一起商量着下一步该怎么办？他们看到走近身边的竟是逃脱看押的罗团长和他警卫员。大家招呼团长好，团长是怎么逃脱的？罗团长问："你们在商量什么呢？"

众人反问："团长说我们该怎么办才好？"

罗团长说："这还用问吗，在北山的地盘上，当然是向我们的山民兄弟靠拢咯。先前，牛松柏不是已答应我们了吗，划给我们山皮，送我们耕牛，出砖匠石匠帮我们盖房子吗。"

众人说："那我们听团长的。"

牛金宝说："你们要往上去的话，一律把外面的黄皮脱了，这样鹰嘴岩上的北山队员看见心中就有数了。"

几个于是脱了外面的军装，露出灰不溜秋的白衬衫，提枪一步一回头地往上返回。

看到这，罗子俊心里有了些许成就感。他说："我们再继续。"

哪曾想，这一幕却被辛田中佐在望远镜里观察到。中佐对刚救他不死的黄金彪说："你们的罗团长刚做下了对不起皇军的事，我命令你去处死他，你办得到吗？"

黄金彪啪的一个立正敬礼："我立马去执行，我黄某若是皱一下眉头，我头朝地脚朝天地爬到你这儿。"

黄金彪说完这话，马上带着自己的一帮贴心兄弟，往辛田中佐指的方向赶过去。待黄金彪一帮人走远，辛田中佐对大岛说："你吩咐下去，枪炮侍候，全部煞断往下溜号的绥靖军。另外，刚才的那个……支那人的不可信，你们分左右的悄悄跟上。"

于是当罗子俊遇上以二连二排长为首的第二拨人时，二排长说："黄副官一伙抓了团长，我当时很想救你，可又怕会害死你，所以就一直忍着。现在有你团长带头，我们不用怕了，我们也不往后撤，团长到哪咱到哪。"

罗子俊说："你们还是先上吧，这样我心里也踏实些。"

二排长说："你如果想让我们心里踏实些，你也与我们一起……"

话未说完，砰砰砰……一长串的子弹泼洒在各人脚前。大家抬头一看，在一起低头商议的这些个全被包围了。黄金彪得意地说道："不错啊不错，赵子龙舍身救主来了，精神可嘉啊，金宝你不仅救主，还想带一部分造反。我看你简直就是共匪啊。"

金宝说："是共匪总比舔日本人的屁股沟强。"

罗子俊说："这不关金宝的事，是我罗子俊的主意。我也告诉你金彪，你这么帮日本人，是绝对没你的好下场的。你如果肯回头，我还可以给你最后一次机会，帮你在北山佬面前求个情。"

黄金彪哈哈笑道："多谢你罗团长到现在还替我着想。你是木瓜脑袋，还是真的不知行情呐？这日本有多强大啊，中国马上就是日本人的中国了，你还在这一厢情愿地想歪歪？你傻不傻呀！看在我们相交多年份上，我还是可以给你一次机会的，只要……"

这时金宝突然瞄到远处有皇军在悄然合围过来，再不动手就来不及了。他抬手冲前面就是一枪，嘴里喊着冲出去，一马当先冲前头。听到号令，被包围的众兄弟纷纷开枪或卧倒或突围。罗子俊马上退避到一棵大树后还击。

这时，几北山护卫队的听到金宝声音，绕过来，从背后打倒了两黄金彪手下，使金宝能迅速脱身出来。脱险后的金宝还想回去帮罗子俊脱身，一个北山护卫队员说："你没看到，鬼子的包围圈就快合拢了。合拢口就在我们这儿。再不走来不及了。"

金宝说："你们先走吧，我躲到树上去。我们还得靠罗子俊策反更多的绥靖军战士呢。"

一北山兄弟笑道："你金宝在绥靖军里待了一两年，还真待出感情来了。好吧，我们就壮胆配合你一次。都上树。"

金宝笑道："这才是我北山的好兄弟嘛。"

话罢，几个拣了几株树干高树冠密的大树，一人一株，噌、噌、噌爬上去。一会便隐身于树冠中。

　　那边对峙的两方还在继续战斗。罗子俊他们以金宝冲出的这个方向作靠背，边打边退。黄金彪边开枪边朝对面喊："罗子俊，是皇军要我来收你命的，到了地狱你别怨我。各位，给我盯紧右边那株松树干，露头就打！"

　　罗子俊在树后回道："去地狱有你黄副官陪我一路同行，我罗某不会寂寞的。"

　　另一树后的二连二排长说道："团长放心，我帮你先敲掉这个姓黄的脑壳。只要他露头。"

　　于是两方都小心谨慎，一会子弹如蝗虫飞舞，一会是寂静无声。谁都不敢轻易离开树干。

　　大岛副官把这一情况告诉辛田中佐，辛田摇头道："黄金彪也真是没用，这点事都办不好。日头都过顶了，这得拖到什么时候？算了，反正也是饭桶，不如炮弹轰进去，炸死就挑一能干的代替他。"

　　于是一发接一发的炮弹打进鬼子包围圈，里面顿时一片鬼哭狼嚎，大树被削枝切冠，小树被掀翻炸断。

　　一见这阵势，黄金彪心里明白皇军是要抛弃他了。他心里后悔不迭，当初如果不背叛罗子俊，到了山上生活大不了清苦些，这命还是能保住。如今，为了那一万大洋，到手的才5000，却连命都要没了。想到这，心里那个悔呀，他于是不顾炮弹的纷落，跑向罗子俊，嘴里喊着："罗团长，罗团长……"

　　看见黄金彪握枪朝罗团长奔来，二排长以为他要图谋不轨，举枪当胸射去，罗子俊欲要阻拦已来不及了。二排长问："你什么意思？"罗子俊说："有日本人的炮弹，你何苦动这手。我是想让他后悔的时间再长些，认识再深些。"

　　一枚呼啸而来的炮弹在两个间的狭窄地带炸开。尽管卧倒及时，因为离得太近了，两个伤得都很重，人已无法动弹了。

　　二排长说："这个世上要是有后悔药卖就好啰。我要是早点听了你的话，就不会被炸了。"

　　罗子俊宽慰地："你现在就这么想吧。老天爷说，中国正在进入一个遭受外族欺辱的苦难期，他不忍心看着我们受苦受难，提前送我们上天堂了。你这样想，心里是否会好受些？"

　　二排长于是照团长说的体验一会，道："心里是舒服多了。"

　　仰面躺着的罗子俊无意识地摸了一下，发现右腿没了，却一点疼的感觉都没有，头脑还异常活跃。他想，真好啊，这故乡的土还能帮助躯体驱痛。我是从北山出来的，俗话说，好马不吃回头草。我是没脸回这山上生活了，但能埋骨这里却是我最满足的事。这老天怎么这么体谅人呐，全按着我的心意来，谢谢啦。

　　又一发炮弹呼啸着在两个身边落下，还没等它炸开，罗子俊的心房骤然抽搐两下便归于平静了，一袋离体的魂魄乘着爆炸的声浪一起冲上了九霄云外。

276

　　密集的炮火轰过之后，鬼子过来搜查。看到空地上到处是断肢残臂，几无活着的完整人，大岛副官表扬炮队长："你的技术不错，辛田中佐还想留下一两个代替黄金彪的，结果全去地狱报到了。"

　　炮队长说："炮弹不长眼睛，滑头绥靖军，炸死的省事。我们把炮弹全搬来了，我们要用炮弹炸开一条通向北山的血路。"

　　大岛副官说："废话先少说，找个弹坑，把罗子俊埋了。"

　　埋后，一鬼子在一炮弹铅皮上刻上罗子俊三个字，然后把钉了铅皮的木头插在土堆前。

　　隐约目睹着这一切，望着下面广阔地域的鬼子，金宝等几个可不敢轻易从树冠上下来。

第四十章 你死我活

日本鬼子全部去了北山之后，龙源县城表面上看去依然风平浪静，若是深入几关键人物内心，其间的波滚浪涌实则为两年之少见。表现在具体行动上的就是，辛田离城的当天下午，宋仁熊就对罗长生面授机宜："你这几天要密切关注围剿北山之战事，利用一切关系获取最新消息。这关系到我们的未来。辛苦你了。"

罗长生首先想到的就是去城西牛二饭店打听。牛二说："拜托，北山人有日子没在这里打尖了。你也不替人想想，人家正在拼着命地保境安民，谁还有闲功夫进城呐。"

在城门口转了又转，确实没见着北山人。

罗长生于是想到祁雪怡的身上去，当冒出这念头时，他自己脸都红了。这日，罗长生来到公学堂，现这门口已没有鬼子站岗了。不过有来回巡视的日本浪人。他在里面没走出几步就被浪人拦住，人家见他穿着警服，还是比较礼貌地："对不起，这里是军事要地，你请回吧。"

罗长生说："我要见祁雪怡，你不让进，就把她叫出来吧。"

其中一浪人说："话帮你带到，人家出不出来不关我事。"

一会，浪人回复："人家让你今晚在香茗茶馆等。"

香茗茶馆在繁华东大街。傍晚时分，罗长生就过去了，他点了几样茶点等着。差不多时候，一辆人力黄包车在门口停住。穿素雅旗袍的祁雪怡从车上下来。她今天略施粉黛，看去艳丽而光彩照人。

穿警服的罗长生忙迎至楼梯口。祁雪怡对他颔首点头，朱唇微启。在指定位置坐下后，罗长生筛茶，拿点心，嘴里说着想不到你说到做到。祁雪怡也不声张，打量着四下环境，偶尔抿一小口香茶，掐一粒水煮花生放两唇间。两意中人能在这坐着，就是一享受，何需开口。

过了漫长而沉寂的两分钟，罗长生终于开门见山地："北山的围剿进行的怎么样了？"

雪怡说："不怎么样。告诉你一不幸消息，你叔罗子俊已经战死。还有黄金彪副官。"

"当真？"罗长生略显惊讶之后，又问："那皇军的伤亡怎样？"

"有战绩，有死伤，弹药消耗巨大。"说罢，雪怡从坤包拿出发师部的几份电报底稿给罗长生。

罗长生匆匆看过返还，然后问："你明白我问你这些的用意？"

"根据战况发展决定自己姿态,这是正常人的心理。一个原本就悄悄支持北山佬的警长,他的这种关切心情我能理解。"

"那你为什么还告诉我?"

"那是因为,是因为……"她想说我曾经爱过你,却怎么也说不出口。她叹了一声,"是因为你是罗子俊的亲侄,我与你叔曾经相爱过几天,虽然荒唐,却是事实。在这里生活了几年,曾给我留下美好记忆,我不想临了还跟你撒谎。"

罗长生心里一震:"你预感到辛田中佐要输?"

雪怡说:"他是跟将军打了包票的,为了自己的名誉,我估计他多半是回不来了,你叔的死就是预兆。你没见第一份电报:倒戈绥靖军跟皇军激战,倾泻炮弹百发;第二份:黄部未按时到达预定位置,包饺子计划受阻……还没跟北山匪正式交战,我部已疲惫不堪了。"

罗长生突然问对方:"雪怡,如果辛田中佐输了,你准备坚守到什么时候离开?"

雪怡坦然地:"我军输了,我还有可能离开吗?"

"我希望你能活着,平安出龙源。"

"你能有这话,我非常感谢。我得走了。"说完,祁雪怡匆匆离去。

罗长生想马上将这些信息告知县长。当来到钟鼓楼前时,他突然又不想说了。现在一切还是未知数,说了,你还想让宋县长来一大变革?他没这胆子,也担不起这个责,还会徒增他的思想负担。既是这样,还不如我来按他之所想,配合自己之想做,相机行事就可以了。

如果去北山的鬼子被歼灭,我们就要除掉县城的浪人,救出朱秀秀和牛耀宗。这下一步的信息,怎样才能及时知道,再去找祁雪怡?不行,不能再去了,你也没脸去了。

按理,浪人的行为举止就能反映出来。帝国打胜仗,他们就嚣张,打输自然会萎靡。管你是输是赢,我就只做赢的准备。看看人家耀宗有多勇猛,一次进城就灭了七八个浪人,张排长无意间也捅死一个。我也要有所行动啊。为保险起见,我大不了隐蔽行事罢了。

这日,方仲义把罗长生喊去。他没好脸色地:"辛田中佐去北山前曾交代,让我们在他们不在的这些日子加强巡逻检查,以防各种势力趁火打劫。你倒好,几天不见人影。"

罗长生说:"你不知我除了受你调遣,还要听县长的招呼?我可没有三头六臂啊。"

方仲义:"你有时间与你的前情人坐茶馆喝茶,却没时间干你分内事。何况那还是一皇军情报人员。你就不怕太招摇了?"

罗长生说:"你不知道那也是我的工作,县长交代的。"

方仲义笑道:"你跟县长走得近,就拿他作挡箭牌得了?"

"真的。"罗长生一脸认真地,"他让我尽一切办法打听北山的最新战况。绥靖军的罗团长我叔战死了,还有一部分绥靖军跟鬼子对着干。前期一小队日军在北山差不多全完蛋，矿上的二队也被消灭，我估计辛田的这最后一支也好不到哪里去。宋县长没跟你说？按他的意思，把握行情，顺势而为，把县城的鬼子势力彻底铲除。"

方仲义愣了愣，逗能地："他当然跟我说过了。"

"那就好，你给监狱长写个手令，就几个字：一切按罗队长说的办。我拿着它在必要时有用。"

方仲义犹豫了一会，还是写了。他把纸条递上时说："我也不想知道你的真实用途。不过你要想清楚，如果你想用它来徇私枉法，到时监狱里少不了你的。"

"这个我自然知道，谢谢局长。"

这天晚上，罗长生去大狱把手令给狱长看后，然后说了自己的意思。狱长说："没问题，上次没这东西我都照办，今天还不你说了算。"当即就把两北山佬给放了。当两北山队员被领到罗长生跟前时，两北山佬对罗长生很不待见。罗长生说："当时那样抓你们，是辛田一手安排，有浪人盯着，我们是一点办法没有。现在你们自由了，这两支枪借你们使，外面可能有日本浪人。"

两北山队员这才露笑脸："我叫阿祥，我叫狗子，我们后会有期。"

"有什么需要来罗家巷找我。"罗长生转身对狱长说，"去你办公室喝点，我带了瓶汾酒和一包卤猪舌。"

阿祥狗子出监狱门，两下一转来到鼓楼大院内，发现与县衙相通的廊道上，徜徉着三个在客栈见过的黑衣人。他们说着日本话。等了一会，他们只是在来回走动着，没有离去的意思。两个只好先下手为强，一人一枪把两个解决了，剩下那个在一阵来回的枪击中倒下。两个不忘上前把他们的枪支收走。

当晚两个就去罗家巷，翻墙进到罗长生家里，把借的两支枪还了。两个顺带打听牛耀宗的关押处。

罗长生说："我不清楚。你们本可留个活口，就能问出的。"

两个说："这容易，我们再去抓一个来问就是。"

临出门，罗长生塞给他们十块大洋："你们自己买着吃吧。"

虽然关押的位置不确定，罗长生还是知道一点的，那天人家不是当他面把耀宗带到那围墙边的小平房的吗？但他不想说。人家牛松柏找过两次都没找到，你两小队员去还不是白白送死。

还是待时机成熟再说吧。

第二天上午，罗长生进警署，看见浪人头子石川在那里训方仲义，旁边站着默不吭声的宋县长。石川说："你们是怎么回事啊，昨晚大狱跑掉五个罪犯，两个还是北山佬，打死我们三个兄弟，打伤三狱警。你这局长是怎么当的？三天内给我查明真相。不然，你们吃不了兜着走。"

石川走后，方仲义当宋县长面说罗长生："谁惹的祸，谁搽屁股。石川再来找麻烦的话，我就把你交给他。"

宋县长说："这事好像也不赖啊，死了三个管闲事的浪人。你仲义不要什么事都推下属身上，当头的要敢于承担责任啊。"

罗长生说："关键是跑掉两个敢做敢干的北山佬，这为两方力量的倾斜又增添了一块砝码。鬼子在这里快呆不下去了。不然，他们死了三个人，会这么轻易放过我们？"

宋县长说："还是长生说到点子上了。你们看，那三个昨晚被杀后，另外四个今天也不来了。他们心里虚着呢。这与北山的战事是密切相关的。我看辛田危险了。"

见此，方仲义大度地："好好好，知道了你县长大人的态度，我以后顺你毛摞就是了。"

"你这不叫顺我毛，叫识时务者为俊杰。"

"宋县长的眼光还真是犀利啊。"

宋县长走后，方仲义对罗长生说："这时局我是没你们看得透彻。你爱干啥干啥吧。"

罗长生说："遵命，谢谢局座错爱。"

长生来到对面自己警员的大办公室。他问大家："昨晚县大狱的事，你们应该都听说了吧。这人心都在思变呢，听说鬼子打不下北山，还被北山佬围在里面出不来了。这大狱里的犯人都被人偷偷放掉了几个，有两个还是前些天被关进去的北山护卫队员呢。"

有警察说："这正常呐，这做人都是锦上添花的多，哪有雪中送炭的。"

"俗话说，墙倒众人推，树倒猢狲散。"

有个年纪大点的正经说道："不能用这老词俗话来解说这个，这是关乎国人的尊严问题。我就是佩服这些北山佬，个个出来都是好汉，这北山佬就好比水浒里的水泊梁山。看到梁山好汉，大家都想学学样。能帮的自然就帮上一把啰。"

"这话说得好。"罗长生赞许道，"被帮的两个北山佬，一出来就打死三个浪人，余下四个浪人今天就不敢上我们这里来了。是人都是怕狠呐，日本人也不例外。所以说，今后走在大街上，我们也不要怕他们。反正我们比他人多，手中有家伙，他要找茬生事，就不要跟他客气。你们明白我的意思了吗？"

"明白。"

罗长生说："待北山打胜的消息一到，我们马上围剿留守浪人。"

在他们盼望北山胜利的此时，北山的战事正处在胶着状态。自辛田中佐简单粗暴地炸死绥靖军的团长和副官后，皇军的残暴激起了更多皇协军士兵的反抗。反正是一个死，帮你皇军是死，跟你作对也是死，那还不如死的壮烈些，死的有骨气些。

而躲在暗处打冷枪的金宝和几个北山队员的使坏，使鬼子更是见到绥靖军就生气，就开枪，这绥靖军士兵也就不客气地予以回击。亲眼见到没了领导的绥靖军还这么狂妄，这么硬气，辛田中佐于是对左右说："这样不听我们皇军的，还想他们帮我们？统统死了死了的。"

早就贴过来的绥靖军三连长劝辛田："这样会激起兵变的。还是我到前面喊话，让他们回头往上冲吧。"

辛田中佐说："好的，这个团长你当了。那一万大洋归你了。"

三连长喜极："谢中佐栽培。"

三连长便让两跟屁虫随自己一起到前面喊话去了。三个大声道："大家都往回去，冲上鹰嘴岩的每人奖励十块大洋，冲在最前面的奖一百大洋。"尽管两应声虫喊破嗓子，回头往上冲的依然不多。

辛田中佐于是吩咐炮队长："你看到那帮往下去的身影了吧，先往那人群前头打一炮，乖巧的就会回头。再往后百米打两炮，来个杀鸡儆猴，怕死的偏偏让他早点死。"

这些绥靖军让鬼子左折腾右折腾，只剩下百余人了，加上百余鬼子，这上冲的势头依然不可小觑。在上冲鹰嘴岩前的那座马鞍山脊时，这鬼子先是不管三七二十一地一阵炮轰，炸得马鞍上乱石横飞。他们再往上去就没有阻击了。上去看到几具北山佬尸首，鬼子的感觉相当好。这几个犟卵年轻队员是没听队长劝，当牛松柏让他们呆一边凉快去时，他们说："我们还是一步一个脚印地退吧，步枪也是枪，打死一个少一个。"牛松柏说："这里地势平宽，容易挨炮弹。"年轻队员说："试过才知道。"结果就当了炮灰。

见绥靖军和鬼子很快上到了这个马鞍形的坳垱上，牛松柏不得不在鹰嘴岩上的狭窄地块又增加一挺机枪，以应付即将到来的恶战。这里是北山的第二险要，若是冲过这里，祖源村的危难就会增添一大半。

下面的辛田中佐观察地形后说："只要我们冲上这个半弧的岩顶，上面就是一马平川的高原了，那就没有什么力量可以阻挡我们了。"

大岛副官说："怕就怕那鹰嘴岩上有阻击点，你没见那条唯一的上行坡道正对着那突起的鹰嘴吗？"

辛田对炮队长道："把炮弹吊到那个鹰嘴岩上去。要多、要狠。"

头两三发炮弹眼见着是吊在了鹰嘴岩上，却像消失了似的听不到一点声响，半晌后才听到像是打破汤罐的声音。原来岩后就是万丈深渊，炮弹掉到渊底了。

炮队长让属下调整角度，这后几发炮弹又落在岩前坡下爆炸。可这岩前坡底离上头鹰嘴岩落差百余米，对鹰嘴岩是毫发无损。

辛田中佐不耐烦了，上攻的命令下达，人潮涌似的往上去。但那三尺多宽的碎石土道，最多也只能并排上两三人。上的越高，前头的人就越少，因离下面的悬崖底越深，都怕走在边沿掉下去。

前面的绥靖军上至大半高的山道上时，鹰嘴岩上的一挺机枪突然欢叫起来，而且是持续地。砰砰砰……砰砰砰……砰砰砰……那道上的人墙便如多米诺骨牌一般从前往后翻，一直翻至近坡底处。

这时，待在鹰脖子下的牛松柏，叫上头机枪手立马抱着枪和子弹箱下来。一会，炮弹又呼啸着砸下，一发又一发。终于有一发落在鹰嘴岩上的几乎方位置炸开，紧接着的又有第二发。之后呼啸的炮弹便停止了。瞬间，有咿喱哇啦的欢呼声传至上面。

之后，坡下的上攻大胆起来，人头几乎是半跑着前进的，还很稠密。看着长条状的密集人身越升越高，这次牛松柏让四个人两挺机枪上去。他说：“要快，敌人快到坡顶了。”

这回不仅是绥靖军，中间还夹杂着不少皇军。皇军也是有激励政策的。更主要的原因是，他们以为这个火力点被彻底摧毁了。

前一对机枪手上到岩顶时，最前面的敌人已来到高原口的转角了。于是一阵急风暴雨似的弹雨倾泻，这弹雨就像一串鞭炮扔进人堆里，炸得敌人四下鼠窜，不少栽到悬崖底。眼见要得逞的希望瞬间又湮灭。不过这次的效果没上次明显，因人头更稠密缘故，有的倒下，有的还在向前。幸亏有第二挺机枪及时上来复射，才把未透穿的坚挺人墙推倒。

这下可把辛田一行看傻了。这是怎么回事呀，明明有两发炮弹准确在上面爆炸了的，难道这枪手是金刚不坏之身，炸都炸不死？这枪声还更猛烈了，一听就知道是两挺机枪在扫。这大批上到上面的绥靖军和皇军，像割稻子一样唰唰倒下，他觉得有些束手无策了。他望望左右，像是在询问大家：这如何才好？

大家也不作声，你中佐都没办法了，我们就更不用说了。

辛田突然问：“这里离登封桥还有多少路？”

没有人能接上这句问。辛田突然凶神恶煞地对着新提的绥靖军团长：“你们从来就没有上到过登封桥的边上，是不是？”

这个原来的三连长点着头，应道：“是的，我们连这鹰嘴岩都没上去过，怎么能跳到前头的登封桥呢。”

辛田大骂：“你们都应该死啦死啦的。龟茨君也一样。”

串通黄副官一起来糊弄我，武士道精神的没有。辛田中佐对大岛副官说道：“你去对龟茨君说，让他带着他的两手下冲到前头去，为天皇的圣战献身。他的七八十个队员都为大东亚共荣献身了，他自己还好意思活在这世上？”

这会，四下显得异常安静，什么声音都没有。下面没有上攻，上面也就没有枪声。牛松柏在心里想，他们不会因此就不上攻了吧？如果不上攻的话，我们一时还没有更省心的办法消灭他们。

当辛田中佐再次发出上攻的指令时，绥靖军里的不少官兵不愿了。明明知道是送死，是攻不上去的，非要让人上，这不是让人白送命吗？绥靖军便不愿服从这个指挥了，有的还不管不顾地骂起来。有看不顺眼的鬼子就与绥靖军对骂推搡起来。

一直躲在暗处的金宝见机会来了，领着几北山队员潜到绥靖军后对着鬼子开枪。鬼子见绥靖军竟敢向他们开枪，便予以十倍的还击。绥靖军自持人多不甘屈服，反击的就越发多起来。

好一番奇异的景象呈现在众人面前。

辛田中佐看着这景象，摇头道："这支那人就是不可重用啊。我辛田今天之所以有这个惨状，就是上了你们的当了。都死吧，都去死吧。"

一会，一发又一发的炮弹，落在绥靖军人头最稠密的地方。

绥靖军的新团长恳求道："中佐消消气，你还是让他们死到北山佬的枪下好些。这样也可以给你们皇军多垫下背不是？"

辛田说："你上前做工作，希望他们能听你的。"

这个新绥靖军团长上前遇到一就要对绥靖军搂火的鬼子，他刚要开口训斥，就被这鬼子调转枪口打倒在地。这时，相互开火的枪声又激烈了起来。

满眼望去，能站立的已经不多，双方加起都不足百人了。

这样的天险，攻上是万难，撤退又断断不可。我错估形势了，我太刚愎自用了。勤雄一郎死了，老师的儿子也死了。我还能活？

辛田中佐仰天长叹："我辛田一郎命该丧此……"

冲上狭窄坡道的辛田部下已经所剩无几，牛松柏在上面高声喊道："缴枪吧，金平辛田，缴枪不杀……"

辛田中佐丝毫没有缴枪的意思，嘴里反复叫嚣道："你们有什么本事，只是占着天险优势而已，没有真本事，不算英雄好汉……"

牛松柏于是对机枪手说："留下辛田和他身边的几个。我就用中国功夫跟他过招，我要让他输得心服口服。"

辛田开始拔军刀，边拔边说，"让我领教一下你的中国功夫。三年前，在北山垴桥时我就想与你过招了，一直等到今天。"

…………